잘들 살고 있는가.

백성들아, 우리말이 다른 나라와 달라 새로 만드노니.

동포여, 다시 태어나도 나는 혁명을 일으킬 것이여.

청년들아, 해안가와 바다는 우리 것이야.

한국인이여, 경제를 잘 운영해야 해.

　　　사랑하는 자손들에게 훈수 한 마디
　　　세종, 순신, 봉준, 김구, 정희 일동

일본의 꼼수 올라서는 **한국**

모든 사람은 성공을 위하여 최선을 다한다.

단잠을 자고 한끼의 밥을 먹을 때에도.

단지 결과가 약간 다를 뿐이다.

현우씨 수민씨, 힘껏 달려

가자! 미래로!

들어가는 말

"솔잎이 떨어졌다. 독수리는 그것을 보았다. 사슴은 그 떨어지는 소리
를 들었다. 곰은 그 냄새를 맡았다. 그러면 사람은?"

사람은 눈이 머리 부피의 5%만을 차지하는 것에 비하여 조류는 눈이
머리의 절반을 차지하는 종이 많다. 그래서 조류가 대상을 잘 보고 세밀하
게 지각할 수 있게 해준다. 동물은 종에 따라 민감하게 반응하는 대상의 종
류가 다르다. 사람의 능력과 재능도 사람에 따른다. 사회가 제공하는 어떤
획일적인 기준 또는 단일한 기준으로 능력과 재능을 발휘하려고 하는 사람
은 능력과 재능을 발휘할 수 없을 것이다. 자신의 진정한 능력과 재능을 발
휘하려면 자신만의 창의력이 필요하다. 다른 사람이 알고 있다면 그것은 이
미 새로운 것이 아니다. 성공한 사람이 되려면 자신의 깊숙한 곳에 숨어 있
는 자신만의 창의력을 밖으로 끄집어내야 한다.

나는 왜 성공할 수 있는데도 실패하고 있는가? 나는 왜 내가 버렸던 기
회를 다른 사람이 잡아 큰 성공을 거두고 있는 것을 보고 있을까? 사막에는
여러 종류의 새들이 살고 있다. 어떤 새는 먹이를 찾아 큰 원을 그리고 날아

다니지만 아무 것도 찾지를 못한다. 때로는 나는 이 세상에 너무 늦게 태어났다는 생각이 들 때도 있다. 해볼 만한 가치가 있는 일은 이미 사람들이 다 해버린 것 같다. 세계의 탐험이라곤 다 끝나버리고 이제 남은 곳은 우주의 탐험 하나 뿐이다.

심지어 인터넷도 이미 개발되었다. 하지만 그렇지 않다. 앞으로 인터넷을 대체하는 오버넷이 만들어질 것이다. 그리고 그 다음에는 트랜스넷이 만들어질 것이다. 이것들은 아직 개발되지 않고 있을 뿐이다. 오늘 할 수 있는 일은 어제도 할 수 있었다. 그리고 오늘 하지 않는 일은 내일도 못한다. 성공한 사람에게 필요한 것은 성공을 향한 창의력과 의지이다. 여기에 어느 성공한 사람이 집에 걸어 놓은 좌우명이 있다.

성공한 사람의 좌우명

성공한 사람의
숭고한 정신과
창의력의 심장이
여기서 펌프질하다.

이 마음으로 이제 해안가로, 섬으로, 바다로, 세계로 멀리 나아가자. 세계의 탐험은 지금부터 시작이다. 저 멀리 태평양과 대서양을 다녀오자. 거기에는 무엇이 있고 누가 살았는지 몹시 궁금하다. 일본을 아는 데는 이것이 바로 왕도다. 일본은 섬나라가 아니더냐. 여봐라! 배 출발하는데 닫힌 수문을 활짝 열어라. 힘껏 열어라. 일본은 땅에서는 알 수 없는 나라이다.

저 멀리 바다를 한 바퀴 돌고 나면 일본의 참모습이 저절로 내 눈 앞에 나타날 것이다.

자, 떠~나자. 꼼수 잡으러~~. 뱃고동을 울리면서 넘실거리는 파도를 타고 꼼수 큰 거 한 놈 잡으러 가자. 이 꼼수 놈을 잡은 후엔 노래를 부르며 그 위에 힘껏 올라서자. 올라서는 주인공은 그 이름도 한국의 창의력, 한국 정신이다. 얼~씨구, 명량이가 신이 났네. 절~씨구, 이 독도도 흥이 난다. 독도는 바다의 폭풍도 무섭지 않다. 그 까짓 거. 덤빌테면 덤벼라. 이렇게 바다를 한 바퀴 돌고 와서 다시 해안가에 도착하니 이제 해안가가 무엇인지 절로 보이는구나!

일본이란 도대체 어떤 나라일까? 이번 여행으로 배운 것이 많다. 국가의 영토는 우리의 삶이 펼쳐지는 공간이다. 공간은 시간과 어울려 우리의 기억을 만든다. 사람은 과거를 기억하면서 시간과 더불어 그 때 공간에서 있었던 일을 기억한다. 공간이야기는 시간이라는 영화 속의 스크린에 펼쳐지는 삶의 이야기이다. 우리의 삶에서 독도는 매우 중요한 의미를 가지고 있다. 만약 누군가가 독도를 부정한다면 우리는 거기에 맞서 싸워야 한다. 독도는 일본을 제대로 알아가는데 있어서 촉진제이자 중심체이다.

일본을 아는 것이 쉬운 일은 아니다. 일본은 우리와 너무 다른 나라이다. 일본은 꼼수에 익숙해 있다. 일본은 자신들을 과대포장하는 것에 능수능란하다. 또한 그것이 꼼수와 과대포장이라는 것을 알지 못하게 가리는 일도 참 잘한다. 여기에 말려들면 일본을 더욱 알 수 없게 된다. 일본만을 쳐다보면 일본은 늘 가려져 있기 마련이다. 일본을 알려면 일단 저 멀리 섬과 바다 여행을 다녀와야 한다.

일본은 제2차 세계대전 때 태평양에서 앞뒤 안 가리고 미국을 공격하기까지 한다. 미국은 그 당시 세계 최고의 경제력을 보유하고 있었다. 그런 미국을 공격한 일본이니까 일본은 강대국임에 틀림 없어야 한다. 하지만 그 당시 일본은 이탈리아보다 조금 더 큰 경제규모를 가지고 있을 뿐이었다. 그래서 같은 편이었던 히틀러조차도 일본을 크게 신뢰하지 않았다.

우리에게 일본은 크게 보였지만 강대국들에게 일본은 그리 큰 존재가 아니었다. 우리에게 일본이 크게 보인 것은 일본이 흔히 하는 자신들의 힘에 관한 과대포장 때문이었다. 거기에 우리는 그대로 속은 것이었다. 우리의 일본에 대한 인식은 많이 왜곡되어 있다. 일본이 개항한 이후 이미 많은 일본 사람들이 서양에서 유학했다. 하지만 일본은 서양의 이론을 거의 대부분 변형하고 있었다. 이것이 항상 일본이 안고 있는 한계이다. 이러한 한계는 지금도 여전히 그대로 가지고 있다.

꿈수를 밖으로 드러내는 것은 매우 힘든 작업이다. 꿈수의 속성은 보이지 않는 곳에 꼭꼭 숨어 있기 때문이다. 특히 국가가 구사하는 꿈수는 국가의 여러 장치들을 활용하기 때문에 찾는 것이 더욱 더 힘들다. 국가가 구사하는 꿈수는 하나의 거대한 전체 속에 다른 것들과 함께 자리를 잡고 있다.

그래서 꿈수를 밖으로 드러내려면 거대한 전체를 깊이 파헤치지 않을 수 없다. 꿈수를 찾고 이해하는 과정 속에 독도의 해법도 있다. 이제 일본이라는 국가의 전체와 체계가 우리 눈에 하나씩 하나씩 드러날 것이다. 이렇게 드러난 조각들을 맞추면 독도의 해법도 찾을 수 있고 아울러 일본이 하는 행동들에 대한 최고의 대응책을 찾을 수 있을 것이다.

이제 일본을 잊기로 하고 저 멀리 태평양과 대서양을 다녀온 탐험의 결과를 알려줄 차례이다. 그 곳 해안가와 섬에서 태어난 사람들은 어떠한 사람들일까? 여행은 놀라운 사실들을 하나씩 둘씩 알려줄 것이다. 한 마디로 섬과 해안가는 창의력이 폭발하는 곳이다. 섬과 해안가에서 태어난 사람들을 알게 되면 깜짝 놀라게 된다. 음악가와 화가 그리고 과학자. 정치가와 기업가 그리고 운동선수. 해안가와 섬은 많은 영웅들과 인재들을 배출하는 곳이다. 그것도 엄청나게 놀라울 정도로 말이다.

이번 여행은 사람이 어떻게 하면 방황하지 않고 성공할 수 있는가를 알 수 있게 해주고 있다. 식당을 하던 사람들이 어떻게 성공했고 장난감을 만들던 사람들이 어떻게 성공했는지를 생생하게 보여줄 것이다. 하이힐을 가지고 성공할 수 있는 비결도 소개하고 있다. 성공의 비결은 멀리 있지 않고 우리 생활 속에 있다는 것을 알게 될 것이다. 내가 당장 라디오를 혼자서 만들 수 있을까? 물론이다. 부품을 사다가 만들면 된다. 라디오는 이미 중학교 때 만들어 보지 않았던가! 이 경험을 수업시간에 가져본 사람들도 있을 것이다.

성공하려면 내 능력을 발휘하면 된다. 일부의 천재는 따로 있겠지만 대부분의 천재는 따로 있는 것이 아니다. 라디오를 만들다가 잠시 멈추어 보면 천재가 이미 되어 있다. 바닷가에서 밀려오는 파도 소리와 새 소리를 잘 듣고 있으면 나는 어느새 음악가가 되어 노래를 부르고 있다. 바다 저 멀리 날아가는 새를 보고 그림을 그리다 보면 그 새가 한 점이 되고 바다는 수평선이 되어 나는 어느새 추상화가로 유명해져 있다.

이번 여행으로 얻은 경험을 바탕으로 하여 우리가 사는 이 사회를 개선시키기 위하여 필요한 몇 가지 중요한 생각을 제시하려고 했다. 이것은 우리가 무엇을 어떻게 해야 할지를 생각하게 해줄 것이다. 나는 공부를 많이 하지 않았다. 가진 것도 없다. 그렇다고 더 나은 삶을 살고픈 꿈마저 없는 것은 아니다. 이 글은 이 꿈을 사회에 호소하고 있다.

이 글이 새로운 이유는 우리들의 우수성을 발굴하려고 한 것이다. 그 대상 중에는 우리글 한글도 포함되어 있다. 우리들의 우수성은 바로 한국의 창의력에서 나온 것이다. 한국의 창의력은 우리의 삶과 감정 그리고 이성이 역사 속에 모여서 만들어졌다. 지금도 한국의 창의력은 때로는 후퇴하기도 하고 다시 전진하기도 하면서 새로이 만들어지고 있다.

이 글은 우리의 혁명적 창의력을 촉구하고 있다. 동학혁명의 전봉준 장군에게서 우리의 혁명적 창의력을 발견하게 될 것이다. 전봉준 장군은 10만 양병이라는 거대한 계획을 제시한 율곡 이이의 못다 이룬 꿈을 다시 한 번 살리려고 노력했다. 이에 비하여 유길준은 전봉준 장군과 다른 길을 선택했다. 유길준이 간 길은 개화파의 길이었다.

전봉준 장군은 또 다른 개화파인 서광범에 의하여 사형선고를 받았다. 하지만 서광범 또한 바로 죽게 된다. 우리는 동학혁명 때의 쓰디 쓴 패배의 경험을 가지고 있다. 하지만 이전의 패배는 현재 승리의 원동력이다. 창의력과 정신이 중요한 이유는 이것으로 일본의 꼼수에 올라서야 하기 때문이다. 다른 방법이 또 있을까?

이 글이 새로운 또 하나의 이유는 꼼수를 찾아내고 올라서기 위하여 전문가가 등장한다는 것이다. 이 전문가의 역할은 매우 중요하다. 이 전문가는 꼼수의 사례들을 우리들에게 계속하여 제공하고 있다. 그렇게 하지 않으면 꼼수를 찾아내고 올라서는 것이 어렵기 때문이다. 이 전문가는 평소 한글을 보면서 한글의 모양을 유심히 보고 있었다. "음, 모양이 창의적이군!" 이 전문가는 자기의 전공을 살려 수수께끼를 풀곤 했다. 이제 이 전문가가 독도에 대한 사건을 의뢰받는다. 어느 날 조르쥬 비제의 카르멘이 흘러나오는 사무실에 2명의 의뢰인들이 찾아온다. 그렇게 이 글은 시작한다.

차례

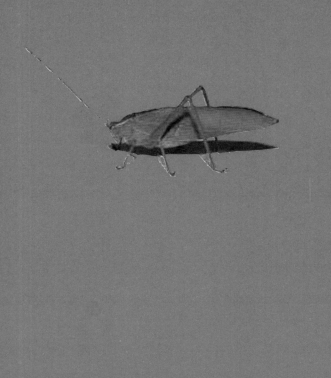

1

드디어
독도가 소송을 걸다!

1 드디어
독도가 소송을 걸다!

뭐 묘수가 없을까? 지금 내 책상에는 온통 독도에 관한 자료들 뿐이다. 지도가 가장 중요한 자료이다. 아주 오래 간만에 독도 덕분에 지도라는 것을 꼼꼼히 보게 되었다. 학창 시절에는 지리부도를 재미 있게 보았다. 군대에 갔더니 독도법이 중요한 과목으로 되어 있었다. 가만 있자, 여기에도 독도가 나오네. 그 당시 독도법에서 독도에 관하여 교육을 시켰나? 그 때 나는 독도법에서 최고 점수를 받았었지. 그 덕분에 부대배치성적이 좋았어. 눈이 나쁘다 보니까 사격은 최하위권이었고 몸이 약하다 보니까 태권도 역시 최하위권이었어. 독도법이 아니었으면 나는 성적이 최하위권이 되었을 거야. 독도와 나는 아무래도 인연이 있나 봐!

　지금 내 책상에는 학위논문도 놓여 있다. 나는 조약을 전공했다. 내가 쓴 학위논문이 조약이다. 내 학위논문은 책상 위에 있는 독도에 관한 수많은 논문들과 책들 중의 하나이다. 독도에 관한 연구를 하면서 내 눈은 자꾸만 학위논문에게로 간다. 그리고는 하나의 생각이 머리를 스치고 지나간다. 그 때 좀 더 잘 쓸 걸. 이제 와서 그런 생각을 해서 뭐 하겠어! 독도에 관한 연구를 하다 보니까 그 때 논문을 썩 잘 쓴게 아니라는 생각이 든다. 창의성이 떨어진다. 창의성은 무언가 새로운 것을 만들어내는 것을 말한다. 사람은 그때그때 하는 일에 최선을 다해야 해. 그러면 언젠가는 큰 도움을 받을 거야.

이번에 창의성이 무엇이라는 것을 처음으로 알게 되었다. 관련자료들을 책상 위에 가득히 쌓아두고 계속 뒤적이는 것이다. 그러다 생각하고 또 뒤적인다. 이러면서 시간이 지난다. 이제 놀러 산으로 올라갔다. 그리고 바다로 여행을 떠났다. 아무 생각도 없이 말이다. 그리고 식당에 들어가서 먹을 것을 고르기 위하여 메뉴를 보는 순간 음식과 가격이 보이는 것이 아니라 지금까지 계속 뒤적이던 것이 머리 속에 떠오른다. 그렇게 해서 경제에 있어서 메뉴에 관한 이론이 만들어진다.

갑자기 머리 속에 떠오르는 것이 바로 돈오점수의 돈오이다. 계속 뒤적이는 것이 점수이다. 갑자기 머리 속에 떠오르는 것은 평소에 한 많은 생각이 일시에 밖으로 표출되는 현상이다. 생각이 표출될 때에는 머리 속에 갑자기 떠오를 수밖에 없다. 그 다음에는 이것들을 다듬으면 된다.

조약을 공부하면서 재미 있는 사실을 알게 되었다. 조약을 거꾸로 쓰면 약조가 되는데 조약과 약조는 의미가 같다. 약조는 계약과 의미가 같다. 그래서 조약은 계약과 의미가 통한다. 조약 중에는 자연에 관한 조약이 매우 많다. 이런 조약을 자연보호조약이라고 한다. 독도가 자연일까 아니면 영토일까? 독도에 관한 소송을 맡기 전에는 독도를 영토로만 생각했었다. 소송을 준비하면서 독도가 영토이면서 동시에 자연이라는 사실을 알게 되었다. 그래서 독도에 관한 이야기는 영토에 관한 것이면서 동시에 자연에 관한 것이 된다.

벌써 점심시간이야! 독도 생각에 점심 같이 먹자는 말을 친구에게 하는 것을 잊어버렸네. 할 수 없지, 혼자서 먹는 수밖에. 사무실을 나서면서 사무실간판을 스치고 지나왔다. 간판은 세로로 이렇게 써 있었다. 정상익 법률사무소. 그 밑에는 형사소송 대환영이라는 문구가 조그맣게 써 있었다. 나는 원래 형사소송 전문변호사다. 특히 사기사건을 잘 다룬다. 그래서 사기의 트릭을 썩 잘 안다.

트릭은 무엇일까? 바로 꼼수다. 트릭과 꼼수는 같은 심리에서 나온다. 그리고 같은 방법을 동원한다. 사람의 사기심리는 묘한 것이다. 상대방이 사기의 트릭을 쓰고 있는지 알려면 내 입장에서만 보면 절대 안된다. 상대방이 되어서 상대방 안으로 좀 더 깊숙이 들어가야 한다. 이것은 형사소송 전문변호사로서의 오랜 경험이다. 내 입장에서만 보면 반드시 사기당하고 만다.

사기에 관한 이론을 간단히 소개해 보겠다. 속이기는 숨기기, 선전, 손의 솜씨, 주의산만, 위장과 관련이 있다. 속이기는 관계 있는 사람들 사이에서 배신, 불신의 감정으로 이어지는 주요한 관계적 위반이다. 사기 그 자체는 메시지의 송신자가 메시지의 수신자로 하여금 자신이 알고 있는 잘못된 방법을 믿게 하기 위하여 말 또는 말이 아닌 메시지를 의도적으로 관리하는 것이다.

만약 파트너가 명백한 거짓말을 하지 않는다면 또는 다른 파트너가 진실이라고 알고 있는 것에 모순되지 않는다면 파트너 사이에서 속이기를 발견하는 것은 극도로 어렵다. 오랫동안 파트너를 속이는 것은 어려운 일이지만 속이기는 종종 파트너 사이의 일상적인 대화에서도 일어난다. 속이기에 관한 완전하게 의지할 만한 알려진 지표가 없기 때문에 속이기를 발견하는 것이 더욱 어렵다.

하지만 속이기는 속이는 사람에게 중요한 인지적 부담을 준다. 속이는 사람은 그의 이야기가 일관적이고 믿을 만한 것이기 위하여 이전의 진술을 상기해야 한다. 그 결과 속이는 사람은 종종 말 또는 말이 아닌 것으로 중요한 정보를 누설한다. 학자들은 속이는 의사소통과 관련된 약간의 단서가 있다는 것을 발견하였다. 그러나 학자들은 자주 이러한 단서들이 의지할 만한 지표로서 기능할 수 있는 효과성에 관하여 의견이 일치하지 않는다. 속이기와 관련된 것으로 알려진 약간의 행위들이 있다. 이러한 행위들의 집합은 단일한 단서를 조사하는 것보다 더 의지할 만한 지표이다.

과학에서도 즉시적인 금전적 이익보다는 명성을 얻기 위하여 하는 사기적 발견이라는 것이 있다. 작은 요금추가(크래밍)는 작은 요금이 서명자의 동의나 공개 없이 제3자에 의하여 청구서에 추가되는 사기의 한 형태이다. 이러한 것들은 세금, 다른 일반적인 요금으로 위장된다. 이러한 것들은 아주 작은 금액일 수도 있고 좀 더 큰 금액일 수도 있다. 요금추가자의 의도는 서명자가 이러한 요금들을 간과할 것이고, 결과적으로 이러한 요금들을 지불한다는 것에 기초를 두고 있다.

소비자들은 작은 요금추가에 대하여 많은 불만을 가지고 있다. 전화에 있어서 작은 요금추가(폰 크래밍)는 집전화에 대하여 승인받지 않은 요금을 부과하는 것을 말한다. 웹에 있어서 작은 요금추가(웹 크래밍)는 소비자들이 웹페이지를 가지고 있다는 것을 알지도 못하는 그러한 웹페이지에 대하여 소비자들에게 요금을 청구하는 것과 관련된다.

신뢰성사기(신뢰성트릭)는 신뢰성을 얻음으로써 개인 또는 집단을 속여서 무언가를 빼앗으려는 시도를 말한다. 신뢰성기술자는 부정직과 정직, 허영, 동정, 너무 쉽게 믿는 성질, 무책임성, 순진과 탐욕과 같은 인간정신의 특성들을 이용하는 사람을 말한다. 의도되는 희생자는 표적으로 알려져 있다. 신뢰성기술자는 공범자를 고용하기도 한다. 그들은 앞잡이 또는 바람잡이로 알려져 있다.

바람잡이가 많으면 많을수록 바람이 거세기 때문에 표적의 혼동은 더 커진다. 국제적 신뢰성사기에서는 다른 국적의 바람잡이들을 고용하기도 한다. 그러면 이 바람들이 내는 소리는 국제여론처럼 들리기도 한다. 신뢰성기술자는 표적으로 하여금 자신을 믿도록 촉구하면서 표적에게 그의 신뢰성을 심어주려고 노력한다.

보일러실(보일러 룸)은 종종 전화로 의심스러운 물건을 파는 중심지를 말한다. 보일러실은 전형적으로 판매원들이 불공정한, 정직하지 못한 판매 전술을 사용하면서 근무하는 방을 말한다. 판매원들은 때때로 주식과 관련 하여 1주의 가격이 작은 주식(페니 스탁, 페니는 매우 작은 화폐단위이다)을 팔거나 노골적인 주식사기를 범한다. 주식사기는 투자사기의 일종이다. 보 일러실이라는 용어는 부정적인 의미를 가지고 있으며, 종종 높은 압력의 판 매전술 또는 빈약한 근로조건을 나타내기 위하여 사용된다. 1주의 가격이 작은 주식은 1달러 미만으로 거래되거나 매우 작은 양으로 거래되는 작은 공개회사의 보통주를 말한다.

2년 전 어느 날 점심을 먹고 사무실간판을 스치면서 사무실로 들어왔 다. 사무실에는 처음 보는 사람 2명이 소파에 앉아 있었다. 점심 때 사무실 직원이 가끔 가다가 멋 있는 음악을 틀어 놓곤 한다. 그 음악의 정체는 비제 의 카르멘이다. 사무실에 들어오자 처음 보는 사람들이 벌떡 일어나더니 나 에게로 다가와서 내 손을 덥석 잡는 것이었다.

나는 너무 갑작스러운 일이라 그만 누구세요? 라고 말하고 말았다. 사무 실에 소송을 맡기러 찾아오는 사람(이들을 고객이라고 부른다)에게 누구세 요? 라고 말하기는 이번이 처음이다. 누구세요? 라고 말하면 기분이 나빠 그 냥 사무실을 나가는 경우가 더러 있다.

이 두 사람은 내가 무슨 귀중한 보석이라도 되는 것처럼 나를 보고 보석 을 발견한 사람의 얼굴을 하고 있었다. 그런데 갑자기 "이 음악, 카르멘이네 요!" 하는 것이었다. "아, 네. 소파에 앉으세요." 이 두 사람이 자신들을 소개 했다. 한 사람은 이독도이고, 다른 사람은 이명량이라고 한다. 네?

이 두 사람이 하는 말이 우리 사무실에서 돌린 사기에 관한 팜플렛(여기 에는 위에서 본 내용들이 기재되어 있다. 사건 수임을 위하여 돌린 것이다.

사무실을 유지하려면 할 수 없다)을 보고 우리 사무실에 찾아온 것이라고 한다. 내가 바로 자신들이 찾는 변호사라는 것이다. 그리고 하는 말이 사무실에 와서 음악을 듣고는 감동했다는 것이다. 그리고는 이런 말을 하는 것이었다.

"역시 다르십니다."

"뭐가요?"

"음악이 말입니다."

"음악이 참 좋지요?"

"네. 우리가 찾는 바로 그 음악입니다."

"레코드점에 가 보셨어요?"

다음의 내용은 이독도와 이명량 두 사람이 번갈아 가며 나에게 알려준 나의 전문에 딱 맞는 내용이다. 라틴어 베르수스 이아눌리는 야누스(두 얼굴을 가진 신이다)를 칭송하는 운문의 시작부분을 말한다. 베르수스는 원래 돌리다라는 의미이다. 로마시대의 운문을 카르멘이라고 한다. 카르멘에는 기도, 주문이라는 의미도 들어 있다.

카르멘은 프랑스의 작곡가 조르쥬 비제(1838년-1875년)가 작곡한 오페라 등장인물의 이름이기도 하다. 이 카르멘은 사람을 속이는데 능한 사람이다. 그의 희생자 중의 한 명이 스페인의 군인인 돈 호세이다. 스페인어 돈은 씨, 아저씨라는 의미이다. 호세는 이름이다. 돈 호세는 호세씨라는 의미이다. 돈 후안은 바람둥이라는 의미이다. 돈 후안도 돈 호세와 구조가 같다. 후안씨. 오페라에서 프리마 돈나는 주요한 여자가수라는 의미이다. 돈과 돈나는 남자와 여자로서 서로 대비된다.

돈과 동일한 발음의 말이 우리나라 말에도 있다. 돈이라는 우리나라 말은 화폐라는 의미이다. 우리가 하는 말에는 외국어들이 많이 포함되어 있다. 다만 그 의미가 다를 뿐이다. 일종의 동음이의어라고 할 수 있다. 동음이의어는 발음은 같지만 뜻이 다른 말을 의미한다. 커리어(career)는 경력이라는 의미이다. 커리어는 우리나라를 의미하는 코리아(Korea)와 발음상으로 매우 비슷하다. 코리아의 발음은 커리어이다.

우리가 외국인과 대화할 때 코리아라고 하면 그 사람은 코리아와 커리어를 모두 떠올린다. 그리고 코리아를 떠올리는 사람들은 우리나라 전체를 떠올린다. 우리나라 전체라는 것은 육지, 섬(섬도 사실은 육지이다), 섬을 둘러싸고 있는 바다를 모두 포함하는 것을 말한다. 물론 독도도 포함된다. 이것이 코리아의 개념이다. 그런데 이것이 독도와 관련하여 매우 중요한 의미를 가진다. 당연한 것이지만 이것을 부정하는 사람들이 있다.

알고 보니 우리 사무실은 음악까지도 사기사건을 다루도록 되어 있었던 것이다. 그런데 나는 사실 카르멘보다는 "나비부인"을 더 좋아했다. "나비부인"은 지아코모 푸치니(1858년-1924년)가 작곡했다. 이 작품 속에는 이런 대사가 나온다. "명예롭게 살 수 없을 때는 명예롭게 죽어라." 이로써 나비부인은 죽는다. 이 모습을 본 나비부인이 사랑했던 연인, 핀커톤은 울부짖는다. "마담 버터플라이" "마담 버터플라이"……카르멘보다 "나비부인"을 더 좋아하는 것은 "명예롭게 살 수 없을 때는 명예롭게 죽어라"라는 대사 때문이다.

그렇다고 명예 때문에 죽는다는 것은 아니다. 만약 그런 판단을 해야 할 때가 오면 한 번 생각해 볼 수는 있을 것이다. 내가 이 대사를 좋아하는 이유는 우리 사무실에서 돌린 사기에 관한 팜플렛과도 관련되어 있다. 사무실을 유지하려면 할 수 없는 일이지만 팜플렛, 그것도 사기에 관한 팜플렛을 돌린다는 것은 사실 좀 찜찜한 일이다. 찜찜한 느낌이 들 때에는 항상 그런 것은 아니지만 "나비부인"의 대사가 생각나기도 한다.

이게 사람의 마음인지도 모른다. 내가 할 수 없는 것을 다른 사람이 한다면 그 사람을 동경할 수밖에 없다. 겉으로 내색은 하지 않지만 말이다. 그래서 나는 "나비부인"을 혼자서 몰래 듣고 있었던 것이다. 혼자서 몰래 듣는 것도 마쳐야 할 때가 온 것 같다. "나비부인"보다 카르멘이 나의 전문성에 더 잘 맞기 때문이다. 그래서 이독도와 이명량이가 한 말을 듣고는 좀 생각하다가 "나비부인"보다 카르멘을 더 좋아하기로 하였다.

이독도와 이명량이 나를 찾아온 이유는 다음과 같다. 이독도가 먼저 말을 하기 시작하였다. 이독도는 신라시대 이사부 장군의 정통 후손이었다. 그 이전에는 독도가 신라의 다른 사람 소유였는데 이사부 장군 이래로 자신들 가문의 땅이 되었다는 것이다. 독도의 소유권자는 자신이라는 것이다. 그래서 자기의 이름도 독도가 되었다고 한다.

자기 동생도 이름이 독도란다. 다만 한자가 다른데 자기 동생 독도는 독도법의 독도라는 것이다. 내가 군대에서 잘 배웠던 그 독도법 말이다. 나는 이 말을 들으면서 속으로 생각했다. 그러면 독도가 우리땅 맞는 거구나. 그런데 일본은 지금까지 왜 그래? 혹시 이사부 장군의 후손 중에 누군가가 일본 사람과 결혼이라도 한 건가? 그래서 한 번 슬며시 물어 보았다. 답은 아니라고 한다.

이명량이 말을 이어나갔다. 이명량은 조선시대 이순신 장군의 정통 후손이었다. 그래서 이름이 명량이가 되었다고 한다. 이순신 장군이 승리한 그 명량해전의 명량 말이다. 자기 동생의 이름은 노량이라고 한다. 노량해전의 그 노량. 임진왜란이 발생했을 때 이순신 장군이 빛나는 공을 세우면서 사망하자 이사부 장군의 후손들, 즉 이독도의 조상들이 독도의 일부를 이순신 장군의 후손들, 즉 이명량의 조상들에게 증여했다고 한다. 그래서 독도 일부의 소유권자는 자신이라는 것이다.

　　내가 이독도에게 이명량의 말이 맞는지 물었더니 맞는다고 한다. 나는 이 말을 들으면서 속으로 생각했다. 그러면 독도가 정말로 우리땅 맞는 거구나. 그런데 일본은 앞으로도 독도가 자기 땅이라고 할까? 이 때 사무실 직원이 말을 건넨다.

　　"변호사님, 시간이 늦었는데 퇴근 안 하세요?"

　　"벌써 시간이 그렇게 됐어?"

　　"네."

　　"그래, 먼저 퇴근해."

　　"사무실 키는 나에게 1개 주고 가."

　　"네."

　　시간이 많이 지났다. 이독도와 이명량의 말에 시간 가는 줄을 모르고 있었다. 이독도와 이명량이 말을 이어나간다. 요즘 일본이 부쩍 독도를 자기 땅이라고 주장하고 있다는 것이다. 이것은 나도 알고 있는 사실이었다. 그런데 일본의 주장에는 분명히 꼼수, 즉 트릭이 있다는 것이다. 그럴 수밖에 없는 것이 이독도와 이명량의 소유를 가지고 자기 땅이라고 우기려면 당연히 트릭이 사용될 수밖에 없는 것이다. 이것이 바로 트릭의 본질이다. 나는 오랜 경험으로 한 눈에 알 수 있었다.

　　그래서 이독도와 이명량이 그 트릭을 찾으려고 했지만 자신들은 전문가가 아니기 때문에 한계가 있다는 것이다. 한계를 느끼고 난 이후 형사 전문변호사, 특히 트릭 전문변호사를 찾고 있었다는 것이다. 그게 바로 나였던 것이다. 학위논문이 조약인데다가 이름 하여 형사 전문변호사, 특히 트릭 전문변호사.

그런데 이럴 땐 어떤 소송을 해야 되는 거야? 분명히 트릭은 있다. 이것을 찾으면 된다. 이 트릭은 곧 일본의 약점이기도 하다. 이 트릭을 찾으면 일본의 약점이 완전히 드러날 것이다. 소송은 어떤 형태가 되어야 하지? 이 2가지를 연구하다가 2년이 지난 것이다. 그리고 지금 내 책상에는 온통 독도에 관한 자료들 뿐이다. 2년 동안 연구한 결과 지도가 가장 중요한 자료라는 것을 알게 되었다. 또한 조약이 중요하다는 것을 알게 되었다. 이 책에 지도와 조약이 나오는 이유는 바로 이것이다.

원래 독도를 수임했을 때 수임료 중 성공보수가 상당했다. 이독도와 이명량의 소유권이니까 소유권소송이 된다. 그래서 그런지 처음 이독도와 이명량은 10%를 제안하였다. 네? 10%요? 나는 속으로 생각했다. 독도의 10%면 나는 이제 갑부가 되는구나. 그러면 이제 팜플렛 돌리지 않아도 되는구나. 하지만 나는 5%만 받겠다고 했다. 그래도 나는 최고의 갑부가 되는구나. 약정서는 다음에 쓰기로 했다.

어느 날 등기가 하나 사무실로 배달되었다. 이독도와 이명량이 보낸 등기였는데 각서가 들어 있었다. 각서는 자신들이 앞으로 지킬 약속을 담고 있는 중요한 문서이다. 각서의 내용은 성공보수를 10% 주겠다는 것이었다. 나는 이 각서의 복사본을 10개나 만든 후 여러 개의 은행금고에 분산 보관하였다.

내 책상에 독도에 관한 자료들이 쌓이기 시작하면서부터 정확히 5개월 후 나는 다시 그 은행금고들을 찾아다녔다. 은행금고들이 많다 보니까 금고에 가는 것도 쉬운 일이 아니었다. 은행금고에서 원본과 복사본을 수거한 후 집으로 가져왔다. 그리고는 모두 태워버렸다. 지금 나는 후회가 없다. 내 생각은 오로지 이독도와 이명량의 소유권을 안전하게 지키는 것 뿐이다. 그리고 독도라는 자연을 지키고 독도라는 영토를 지키는 것 뿐이다. 내가 2년 동안 해 온 일은 3가지 의미를 가진다. 소유권을 안전하게 지키는 것, 자연을 지키는 것, 영토를 지키는 것이다.

소송의 형태는 연구결과 자연을 지키는 소송으로 하기로 했다. 독도라는 거대한 자연 말이다. 이것이 가장 무난했다. 그렇다고 독도의 영토적 측면, 즉 독도가 우리땅이라는 것을 다루지 않은 것은 아니다. 자연을 지키다 보면 소유권도 지키고 영토도 지키게 된다. 독도의 영토적 측면은 이 소송에서 다루는 핵심적 사항이기도 하다. 그래서 이 소송은 자연을 다루면서 동시에 독도의 영토적 측면을 다룬다. 이 소송에서 이것은 매우 중요한 사항이다.

그러면 소송의 원고를 누구로 하여야 하나? 소송의 원고는 독도로 잡았다. 드디어 독도가 소송을 걸게 된 것이다. 소장은 이제 완성되었다. 소장을 제출하기만 하면 된다. 소장을 제출할 곳은? 소장을 제출하는 곳을 관할법원이라고 한다. 관할법원은 소송의 관할권을 가지고 있는 법원이다. 관할법원은 미국 샌프란시스코에 있는 샌프란시스코 평화조약 관리법원이다. 그 이유는 샌프란시스코 평화조약 관리법원이 평화조약을 관리하기 때문이다. 평화조약은 앞으로 등장할 것이다. 평화조약은 제2차 세계대전의 승전국들이 패전국인 일본을 상대로 하여 체결한 조약이다.

승전국들 중에서 미국이 가장 큰 승전국이다. 그래서 미국이 평화조약 관리법원의 소재지가 된 것이다. 또한 미국은 평화조약 관리법원의 법원장이다. 법원장은 칩이라고 한다. 미국은 평화조약 관리법원의 칩국가이다. 미국은 자연보호가 매우 철저한 나라이다. 독도가 바로 자연이다. 그래서 이번 소송이 공정하게 될 것으로 믿는다. 소송의 구체적인 내용은 다음과 같다.

소송의 이름: 독도보호소송

소송의 번호: 2015년 자연 제1호

원고: 독도

주소: 경상북도 울릉군 울릉읍 독도리 1-96

원고 보조참가인: 이독도, 이명량, 울릉도, 독도 주변 바다, 경상북도,
　　　　　　　대한민국국방부, 대한민국 해양경찰, 독도의용수비대
　　　　　　　기념사업회, 한국자연보호협회, 유엔환경계획

원고 및 보조참가인 대리인: 변호사 정상익

예정 보조참가인: 미국, 중국, 러시아, 북한

예정 보조참가인 대리인: 변호사 정상익

피고: 일본

주소: 태평양 일본섬

피고 보조참가인: 시네마현, 일본 해상보안청 해양정보부, 자민당,
　　　　　　　일본교과서 제조하우스, 일본지도제조소

피고 및 보조참가인 대리인: 변호사 미정

관할법원: 샌프란시스코 평화조약 관리법원

관할법원 소재지: 미국 샌프란시스코 내처럴 구역 프로텍션 스트리트

담당재판부: 자연보호부

법정: 내처럴 코트 제1호 대법정

방청자격: 전세계 자연을 사랑하는 사람들

방청권 배부기구: 그린피스

설명이 좀 필요하다. 소송의 번호 2015년 자연 제1호라는 것은 소송이 2015년에 제기되었고 2015년 소송 중에서 첫 번째라는 의미이다. 이번 소송이 제1호 소송이라는 것을 기억해 두기 바란다. 자연은 소송의 종류를 의미하는데 독도가 자연이기 때문에 붙은 이름이다. 보조참가인은 한쪽 당사자를 도와주기 위하여 소송에 참가하는 것을 말한다.

예정 보조참가인은 보조참가인으로 참가할 것이 예상은 되고 있으나 참가 여부에 관하여 아직 뚜렷한 입장을 표명하지 않은 것을 말한다. 대리인은 대리권을 가진 사람을 말한다. 내처럴 구역 프로텍션 스트리트는 자연구역 보호거리라는 의미이다. 내처럴 코트는 자연법정이라는 의미이다. 대법정은 아주 큰 사건에서 방청객이 많을 것을 대비하여 만든 그야말로 큰 법정을 말한다.

그린피스는 이번에 원고 보조참가인에서 빠져 있다. 그 대신 샌프란시스코 평화조약 관리법원의 자연보호부로부터 방청권 배부기구로 임명이 되었다. 방청권 배부기구는 방청권을 신청하는 전세계 자연을 사랑하는 사람들에게 추첨에 의하여 방청권을 배부할 것이다. 추첨이 합리적인 방법일 수도 있을 것이다. 일본교과서 제조하우스는 약간의 설명이 필요하다. 일본지도제조소도 마찬가지이다.

일본교과서 제조하우스에 관하여 간단히 설명하면 일본의 교과서를 제조하는 하우스, 즉 집이다. 일본지도제조소는 일본의 지도를 제조하는 곳을 말한다. 교과서를 제조한다는 것이 뭔가 좀 이상하기는 하다. 왜 하필 교과서에 제조라는 용어를 사용하고 있을까? 타짜라는 말이 있다. 타짜는 도박판에서 남을 잘 속이는 전문적인 기술을 가진 사람을 말한다. 한마디로 전문 도박꾼이다. 도박을 하는데 사기가 이루어지는 것을 사기도박이라고 한다. 도박 자체는 요행을 바라는 것이다. 요행을 바라는 것을 사행성이라고 한다. 요행을 바라는 행위를 사행행위라고 한다. 도박, 사행, 요행은 그저 운을 바라고 할 뿐이다.

타짜는 전문도박꾼 중에서 사기도박꾼이다. 도박을 하는데 사기가 이루어지면 도박의 결과가 요행, 운에 의존하는 것이 아니라 사기의 기술에 의존하게 된다. 이 순간 도박은 사기로 변하게 된다. 타짜가 사용하는 사기도박의 기술은 매우 다양하다. 윷놀이를 통하여 사기도박을 할 경우 윷짝에 전자침을 박아두고 윷짝이 땅에 떨어지는 순간 리모콘을 누르면 윷짝은 리모콘의 조정을 받아 항상 윷 아니면 모이다.

카드를 통하여 사기도박을 할 경우 모든 카드장에 자신들만이 알아볼 수 있는 그러나 다른 사람들은 알아볼 수 없는 표시를 해둔다. 그러한 표시는 손가락의 감촉으로 읽는 것이다. 이 때 이러한 카드를 만드는 것을 그들 사이에서는 제조라고 한다.

하우스는 도박이 이루어지는 곳, 시설이라는 의미이다. 하우스는 원래 집이라는 의미이다. 도박에서 하우스는 도박이 이루어지는 집이라는 의미이다. 제조하우스는 일반의 하우스와 달리 제조가 이루어지는 하우스를 말한다. 제조하우스에서는 윷짝에 전자침을 박아두거나 모든 카드장에 자신들만이 알아볼 수 있는 그러나 다른 사람들은 알아볼 수 없는 표시를 해두는 것과 같은 작업이 이루어진다.

방청할 때 필요한 것은 지도에 관한 약간의 이해이다. 지도는 그림의 일종이다. 다만 규칙이 좀 엄격하다. 그런데 정작 미술가는 그림을 음악으로 이해하고 있다. 유명한 화가인 바실리 칸딘스키는 러시아 태생이다. 칸딘스키는 프랑스에서 삶의 마지막까지 살았다. 칸딘스키는 색채에 관한 많은 연구를 하였다. 칸딘스키는 그림을 음악에 비유하곤 하였다. "색채는 건반이고, 눈은 망치이며, 영혼은 여러 줄을 가진 피아노다. 미술가는 영혼에서 떨림을 만들기 위하여 건반을 두드리면서 연주하는 손이다."

방청할 때 필요한 또 하나는 수수께끼에 대한 약간의 이해이다. 독도에 관하여 일본은 하나의 수수께끼를 만들어 내었다. 이것은 일종의 트릭이기도 하다. 그래서 트릭의 이론을 미리 소개한 것이다. 지도를 이해하는 첫걸음은 그림을 여러 번 보면 된다. 이 책에는 간혹 가다가 그림이 등장한다. 이 그림을 보면서 지도에 관한 감을 잡으면 된다. 지도는 앞으로 출발하는 태평양과 대서양에 대한 탐험에서도 인도자의 역할을 한다.

집에는 가훈이라는 것이 있다. 이독도와 이명량이 나에게 전해준 자신들 집안의 가훈을 소개하기로 한다. 이독도 집안, 즉 이사부 집안의 가훈은 2가지이다. 하나는 "독도는 우리의 땅"이다. 다른 하나는 "독도를 지키자"이다. 이명량의 집안의 가훈도 2가지이다. 하나는 "바다를 지키자"이다. 다른 하나는 "부모님께 효도하자"이다. 효도를요? 내가 물었다. 이명량이 하는 말이 이순신 장군은 효자였다는 것이다. 그래요?

이독도와 이명량으로부터 들은 말들은 많이 있다. 여기서 그 말들을 모두 소개하지 못하는 것이 아쉽기는 하다. 그 말들 중에 이런 말도 있다. 이것은 지나가는 말이었기 때문에 그 당시 내가 귀담아 듣지는 않았지만 지금 생각나서 여기에 적는 것이다. 이독도와 이명량이 나에게 하는 말이 영토의 귀속에 관하여 의견이 여러 개가 있으면 그 지역 주민들이 주민투표로 결정한다고 하던데, 정말 그래요? 지금 생각해 보면 이 말이 틀린 말은 아닌 것 같다.

만약 주민투표를 하면 결과가 어떻게 나올까? 내 생각이 잘못된 건가? 생각하면 생각할수록 점점 이독도와 이명량의 말이 맞는 것 같다. 이론을 좀 찾아봐야 하나? 내가 이론을 조금 찾아보기는 했다. 많은 경우에 주민투표로 결정하고 있었다. 혹시 모르겠다. 이번에 독도가 낸 소송에서 관할법원인 샌프란시스코 평화조약 관리법원이 독도의 주민들이 투표를 통하여 결정하라고 할지도. 흐흐흐……이론을 더 찾아봐야 하나? 그러면 또 1년이 흘러갈 것이다. 그러면 독도만 3년 연구하는 것이 된다.

이독도와 이명량을 만나고부터 내가 점점 이독도와 이명량의 말들이 맞다고 생각하는 것이 많아지는 것 같다. 이들을 만나기 전 형사전문, 특히 사기전문 변호사로 살고 있을 때에 나는 이런 사람이 아니었다. 만약 이 때 독도는 주민투표해야 해 라는 말을 들었다면 나는 하하하.....라고 웃었을 것이다. 이독도와 이명량으로부터 들은 말들 중에는 일본이 독립운동가들을 어떻게 다루었는지에 관한 이야기도 있었다.

그 당시 내가 이독도와 이명량에게 물은 적이 있다. 독도에 누구 누구 살아요? 독도에는 매, 새매, 흑비둘기, 올빼미, 붉은가슴도요, 세가락도요가 살고 있다는데 이것들, 아니 이들도 주민투표에 참여시켜야 하나? 독자들은 이번에 독도가 낸 소송이 자연을 지키는 성격이 강한 소송이라는 것을 머리에 떠올려야 한다. 자연보호소송에서는 사람만이 권리를 가지고 있는 것이 아니다. 자연과 생물도 권리를 가지고 있다. 그러면 자연과 생물은 어떠한 권리를 가지고 있을까?

"나는 숲과 고독을 사랑한다.
나는 숨막히는 사무실과 복잡한 도시에서
나의 생애의 많은 부분을 소비하는 것을 증오할 수밖에 없다."

꽃다운 술잔은 푸른 빛을
산머리 풀에서 빌려오고
떨어지는 햇살은 붉은 빛을
바다 밖 구름에서 끌어오네.

바람 속 피리소리는
객의 흥을 돋우고
모름지기 달빛 가득할 때까지
기다리게 하네.

율곡 이이

2

독도보호에
대한 반응

독도: 나는 일본 땅이 무엇인지 모릅니다.

일본: 당신이 일본 땅이 아니라는 것을 당신은 어떻게 아는가?

독도: 당신이 무슨 말을 하는 것인지 모르겠어요!

일본: 당신은 당신이 일본 땅이 아니라는 것을 어떻게 알 수 있는가?
 일본 땅이 무엇인지 아직도 모르는가?

주민투표에 대한 일본의 과민반응

지금 독도보호소송이 진행 중이다. 일본에서는 소송에 대응하기 위하여 형사전문 변호사, 특히 사기전문 변호사들에 대한 총동원령이 내려졌다고 한다. 이번 소송에서 내가 트릭을 구사하고 있다는 것이다. 나처럼 형사전문 변호사, 특히 사기전문 변호사들은 늘 트릭을 구사하기 때문이란다. 그리고 일본은 그 트릭을 반드시 찾아야 한다고 생각하고 있다는 것이다. 그래야 이번 소송에서 자신들이 유리하다고 생각하는 모양이다. 하지만 나는 이번 소송에서 트릭을 구사한 것이 없다. 내가 비록 사기전문 변호사이기는 하지만 그것은 사기의 피해자들을 구제하기 위한 것이다. 내가 뭐하러 트릭을 쓰겠는가?

일본은 지금 매우 잘못 생각하고 있는 것이다. 내가 트릭을 구사하고 있다고 생각할 것이 아니라 자신들이 지금까지 한 일을 진지하게 생각하여야 한다. 내가 이독도와 이명량으로부터 들은 얘기는 그야말로 무지하게 많다. 다만 책의 페이지가 너무 많으면 안되기 때문에 쓰지 않고 있는 것이다. 이독도와 이명량에게 한 번 전화해 보라. 그러면 내 말이 맞는지 확인할 수 있을 것이다. 전화번호가 여기 있다. 전화하면 독도와 명량이가 친절하게 대답해 줄 것이다. 지금 보니까 이독도와 이명량보다는 독도와 명량이가 더 좋아보이네. 그럼 앞으로 독도와 명량이라고 부를 것이다.

독도: 371-4220

명량: 131-5208

일본이 특히 과민반응을 보이는 것이 있다. 영토의 귀속에 관하여 의견이 여러 개가 있으면 그 지역 주민들이 주민투표로 결정한다고 하는 부분이 바로 그것이다. 여기서 다시 한 번 주의를 상기시키겠다. 나는 분명히 "이것은 지나가는 말이었기 때문에 그 당시 내가 귀담아 듣지는 않았다"고 말한 적이 있다. 물론 내가 "이론을 조금 찾아 보았으며 독도와 명량이를 만나고 부터 내가 점점 독도와 명량이의 말들이 맞다고 생각하는 것이 많아지는 것 같다"는 말은 했다. 그리고 하하하……가 아니라 흐흐흐……라고 웃기도 했다. 하지만 동시에 나는 "이론을 더 찾아봐야 하나? 그러면 또 1년이 흘러갈 것이다. 그러면 독도만 3년 연구하는 것이 된다"라는 말도 했다.

그리고 나는 앞에서 "눈이 나쁘다 보니까 사격은 최하위권이었고 몸이 약하다 보니까 태권도 역시 최하위권"이라는 말도 했다. 이 말들이 의미하는 것은 나는 더 이상 주민투표에 관하여 연구할 수도 없고 할 마음도 없다는 것을 의미하는 것이다. 1년 더 연구하다 가는 내 눈과 몸이 망가질 것만 같다. 변호사가 연구를 해야 무슨 주장이고 하지 연구도 하지 않고 주장했다가는 오히려 역공을 받는다는 것은 사기전문 변호사, 아니 변호사는 누구나 다 아는 사실이다.

다만 아는 것 하고 실천하는 것은 다르기 때문에 연구도 하지 않고 주장하는 변호사가 있기는 하다. 나는 이번 소송에서 이미 제출한 소송서류에 주민투표에 관한 말은 한 마디도 하지 않았다. 그리고 앞으로 더 제출할 서류에도 그 말을 할 생각이 없다.

그런데 왜 일본이 주민투표에 대하여 그토록 과민반응을 보이는지 나는 정말로 이해할 수 없다. 독도에는 일본 사람이 안 사나? 설마. 그러면 왜 일본땅이라고 주장하는 거야? 그리고 나는 "독도에 사는 매, 새매, 흑비둘기, 올빼미, 붉은가슴도요, 세가락도요를 주민투표에 참여시켜야 하나?"라는 말도 했다. 지금 내가 그것에 대한 결론을 내렸다. 만약 주민투표를 한다면 이들도 주민투표에 참여시켜야 할 것이다. 자연의 생물들이야 자연에 맞는 것을 좋아한다. 그러니까 주민투표에 대하여 그렇게 과민반응을 보이지 않았으면 한다.

일본은 또한 예정 보조참가인으로 미국이 들어간 것에 대하여 과민반응을 보이고 있다. 미국이 보조참가인으로 참가하면 그 때 보조참가인의 자격과 지위를 얻는 것이지 처음부터 예정 보조참가인이라고 정할 수는 없다는 것이다. 처음부터 정하는 것은 미국에 대한 압력 또는 강한 압박으로 작용하기 때문에 불공정하다는 것이다. 그리고 미국은 과거에 독도에서 비행기 폭격훈련을 한 적이 있기 때문에 영토소송이라면 몰라도 이번 자연보호소송에서는 참가할 자격이 없다는 것이다.

내 생각에 독도가 낸 소송을 보고 일본이 연구를 많이 한 것 같다. 총동원령을 내렸다더니 일본의 형사전문 변호사, 특히 사기전문 변호사들의 실력은 알아줘야 한다. 원래 일본은 변호사들 중에서 최고의 변호사들이 사기전문 변호를 한다. 이것이 우리나라와 차이점이다. 우리나라는 로펌에 가서 고문을 한다. 여기서 주의할 것이 하나 있다. 고문과 고문관은 다른 것이다. 고문관은 좋은 뜻이 아니다. 어떤 사람이 로펌의 고문을 고문관이라 하여 내가 속으로 웃은 적도 있다. 로펌은 고문관이 아니라 고문이라니까. 그런데 이 사람이 고문관의 뜻을 아직도 이해하지 못하고 그 후에 만났을 때에도 여전히 고문관이라고 하고 있다. 이 사람 하고 말하려면 고문관이라고 해야 알아듣는다. 그럴 바엔 이참에 고문을 아예 없애는 문제도 고려해 볼 만한 일이다.

일본이 이렇게 연구를 많이 한 것은 어떻게 해서든지 미국이 우리편을 들지 못하게 하기 위한 것이라는 것을 알 만한 사람들은 다 안다. 그리고 중국은 어차피 우리편을 들 것이라는 것을 일본도 잘 알기 때문에 일본이 미국에 대하여 신경쓰는 것이라는 것도 알 만한 사람들은 다 안다. 이러한 것들은 이미 알려진 것이기 때문에 그렇다 하고, 놀라운 것은 미국이 과거에 독도에서 비행기 폭격훈련을 한 적이 있나?

독도폭파에 반응 없는 일본

가만 있자, 비행기 폭격훈련이라면 우리도 이전에 독도를 폭파한다고 했잖아! 그건 그렇고 비행기 폭격훈련은 뭐고 독도폭파는 뭐야? 누가 감히 이런 발상을 할 수 있지? 가만 있자, 그 때 우리가 독도를 폭파한다고 했을 때 일본이 이의를 제기한 적이 없잖아. 세상에, 자기들 땅이라면서 독도를 폭파한다고 했을 때 이의를 제기하지 않고 있어? 그러다가 요즘은 독도 주변 해상에서 훈련하는 것에도 이의를 제기하는 척하고 있어. 이것은 우리에게 매우 유리한 자료야. 세상 일이란 것이 다 이런 것 같다. 독도를 폭파한다고 했을 때에는 웃지도 못할 말이라고 생각했는데 일본이 이의를 제기하지 않음으로써 자기들 땅이 아니라는 것을 인정하였던 것이다.

독도폭파는 비행기 폭격훈련이나 독도 주변 해상에서의 훈련과는 비교도 안되는 것이다. 독도폭파는 독도를 폭파해서 독도를 없애는 것이기 때문이다. 독도를 없애는 데에도 지금까지 가만히 있어? 독도폭파는 그 후 철회된 적이 없잖아! 독도폭파는 1962년 김종필씨가 일본의 대평오방(오히라 마사요시) 외상에게 한 말이다.

"손톱 만한 섬, 차라리 폭파시켜 없애버리겠다."

아까 가르쳐 준 전화번호로 독도와 명량이에게 전화했더니 미국은 비행기 폭격훈련 후에 자신들에게 사과했기 때문에 이번 소송에 참가하는데 문제될 것은 없다는 것이다. 순간 또 하나의 생각이 내 머리 속을 스치고 있었다. 비록 사실은 아니었지만 미국은 그 당시 독도를 무주지로 생각한 거야. 그 후 우리가 독도에 들어가 살았기 때문에 결국 독도는 우리땅인 거야. 미국이 독도를 무주지로 생각하지 않았다면 비행기로 폭격훈련을 할 까닭이 없다. 이렇게 되니까 미국의 비행기 폭격훈련도 독도에게 유리한 것이잖아! 그런데 독도만한 손톱 본 적이 있어?

일본 교과서 제조하우스와 지도제조소

일본은 내가 일본교과서 제조하우스와 일본지도제조소를 설명하면서 왜 하필 바로 그 아래에서 타짜라는 말을 설명하고 있는 것인지 의문을 제기하고 있다. 이들이 하는 말은 자기들은 원래 제조라는 말을 좁게 한정해서 사용하지 않고 널리 광범위하게 사용하고 있다고 한다. 다시 말하면 자기들은 타짜와 관련이 없다는 것이다. 일본교과서 제조하우스와 일본지도제조소라는 말도 제조라는 말을 좁게 한정해서 사용하지 않고 널리 광범위하게 사용하고 있는 한 예라는 것이다.

제조라? 독도를 연구하면서 알게 된 것인데 1895년 우리나라에서 단발령이 내려진 후 일본인이 단발을 하기 위한 이발소를 차렸다. 그 이발소의 상호가 무엇인가 하면 "개화당제조소"였단다. 개화당제조소라고? 단발을 하면 개화당이 제조되는 것이다.

이에 비하여 우리나라 사람이 차린 이발소는 상호가 동흥이발소와 태성이발소였다. 일본은 원래 제조라는 말을 좋아하는 것 같다. 이발소에도 제조라는 말을 사용한 것을 보면 말이다. 제조라는 말은 그렇다 치고 일본교과서 제조하우스와 일본지도제조소와 관련하여 중요한 것은 교과서의 내용이고 지도의 내용이다. 내용이 제대로 잘 되어 있다면 누가 교과서와 지도에 관하여 말들을 하겠는가?

더군다나 교과서에는 아직 얼마 지나지도 않은 역사에 관한 부분도 들어 있다. 이런 역사를 잉크가 아직 채 마르지도 않은 역사라고 한다. 이 역사가 얼마나 상처를 받겠는가? 사람만이 아픈 것이 아니다. 독도도 아파할 줄 알고 역사도 아파할 줄 안다. 일본은 이런 사실을 모르고 있는 것이다. 제발 역사의 아픔을 잊지 마세요.

지도는 역사 뿐만 아니라 현재이기도 하다. 그래서 지도는 더욱 중요한 것이다. 갑돌이와 갑순이는 같은 반이다. 그리고 갑돌이와 갑순이는 한 마을에 살았다. 갑돌이와 갑순이의 집은 가운데 큰 터를 사이에 두고 마주보고 있다. 어느 날 학교에서 그림을 그렸는데 갑순이가 집 가운데 큰 터에 "갑순이네 터"라고 써 있는 현수막이 걸린 갑돌이와 갑순이의 집 풍경화를 그렸다. 이 그림을 본 갑돌이는 그날 그만 울고 말았다.

갑돌이가 우는 것을 보고 선생님이 왜 울어? 하고 물었다. 갑돌이는 마음이 너무 아파서 울고 있다고 한다. 갑순이가 집 가운데 큰 터에 "자기네 터"라고 썼다는 것이다. 갑돌이는 계속하여 선생님, 무서워요. 라고 말한다. 선생님이 깜짝 놀라 갑순이를 불러 앞으로 그러지 마. 라고 말했다. 갑순이는 조용히 네. 라고 말했다. 그런데 일본해라고?

일본은 해상보안청 해양정보부에 관하여는 적극적으로 해명하고 있다. 자신들이 사용하는 보안, 정보라는 말들은 어떤 공작을 의미하는 것이 아니라고 한다. 그러면서 해상보안청은 우리의 해양경찰과 같은 것이라고 한다. 해상보안청이 보유하고 있는 순시선도 우리의 경비함과 같은 것이라고 한다. 보안이라는 말에 너무 과민하게 반응하지 말라는 것이다. 해양정보부도 해상보안청에 소속되어 있는 단위부서일 뿐이지 정보기구가 아니라는 것이다.

비록 자신들이 정보라는 말을 사용하고 있기는 하지만 그것은 정보기구가 아니라 정보통신이라고 할 때의 그 정보와 같은 것이라고 한다. 해상보안청 해양정보부는 CIA나 FBI 그리고 KGB 같은 무시무시한 정보기구가 아니라는 것이다. 과거에는 동독의 슈타지도 무서웠고 히틀러의 게슈타포도 무서운 정보기구였다. 슈타지의 구호는 "당의 방패와 칼"이었지. 게슈타포는 비밀경찰이야.

이것도 그렇다. 보안, 정보라는 말이 듣기 좋은 것은 아니지만 중요한 것은 해상보안청 해양정보부가 실제로 하고 있는 일의 내용이다. 하고 있는 일의 내용이 제대로 잘 되어 있다면 누가 해양정보부에 관하여 말들을 하겠는가? 우선 해양정보부가 만든 지도를 보라. 이 지도는 갑순이가 집 가운데 큰 터에 "갑순이네 터"라고 써 있는 현수막을 걸어놓고 그린 갑돌이와 갑순이의 집 풍경화와 다를 것이 하나도 없다. 내가 해양정보부가 그린 지도를 보고 처음 느낀 감정은 섬뜩함 그 자체였다. 그리고 그 지도가 마치 나의 심장을 공격하는 것만 같았다. 해양정보부가 사람을 공격한 것은 아니지만 해양정보부가 그린 지도가 사람을 공격하고 있었던 것이다.

갑돌이가 갑순이가 그린 풍경화를 보고 울었던 이유는 바로 이것이다. 갑돌이는 "갑순이네 터"라고 써 있는 현수막을 보고 섬뜩함을 느꼈고 갑순이가 자신을 공격하고 있다고 생각했다. 중요한 것이 하나 더 있다. 갑돌이는 갑순이가 다음 그림 시간에는 다시 자기집, 즉 갑돌이네 집마저 "갑순이네 터"라고 써 있는 현수막이 걸린 갑돌이와 갑순이의 집 풍경화를 그리지나 않을까 두려워하고 있다. 갑돌이는 갑순이가 야금야금 자신의 터와 집을 차지하고 있다는 것을 본능적으로 느끼고 있었던 것이다.

해양정보부는 말은 수로측정이니 해양환경조사니 해양사고예방이니 하면서 자신이 하는 일을 설명하고 있으나 자신이 하는 일이 단지 그것 뿐이라면 "갑순이네 터"라고 써 있는 현수막이 걸린 지도가 어떻게 나올 수 있었겠는가? 그래서 나는 해상보안청 해양정보부를 이번 소송의 피고 보조참가인으로 정했던 것이다. 해양정보부가 하는 일이 수로측정, 해양환경조사, 해양사고예방 뿐이라면 "갑순이네 터"라고 써 있는 현수막을 지도에서 삭제하여야 할 것이다.

그러면 나는 피고 보조참가인에서 해양정보부를 철회할 것이다. 그리고 해양정보부에게 사과할 것이다. 그 동안 마음을 아프게 해서 미안하다고 말이다. 사과라는 것이 어려워 보이기는 하지만 진정한 마음을 가지고 있으면 그리 어려운 것은 아니다. 그리고 진정한 마음으로 사과하면 그 사과를 받아들이지 않는 사람은 없다.

일본은 3·1운동 때 많은 사람들을 죽인 것을 사과해야 한다. 그리고 안
중근의사(1879년-1910년)에 대하여 잘못된 재판을 한 것과 신속한 처형을
집행한 것을 사과해야 한다. 박은식선생(1859년-1925년)은 출신지가 황해
도인데 안중근의사 또한 황해도 출신이다. 박은식선생은 안중근의사의 아버
지 안태훈선생과 교우하며 문장을 겨루어서 황해도의 양 신동이라는 이름을
듣는다. 박은식선생은 안중근의사보다 20살이 더 많다. 안중근의사가 사형
집행당할 때 박은식선생은 많은 눈물을 흘렸을 것이다.

그런데 요즘 일본이 이상한 말을 하는 것 같다. 안중근의사를 살인자라
고 한다. 나는 이 말을 듣는 순간 "아, 일본이 또 트릭을 쓰고 있구나"라고
직감했다. 독자들은 이 책을 보면서 늘 머리 속에 내가 형사전문 변호사, 즉
사기전문 변호사라는 사실을 염두에 두어야 한다. 나의 직감은 믿어도 된다.
왜 내가 구태여 사기전문 변호사라고 자칭하고 있겠는가? 1900년이 되기
전에 우리나라에 근무했던 러시아의 외교관 중에 카를 이바노비치 베베르라
는 사람이 있었다. 베베르는 한자명이 위패이다. 이바노비치의 이와 베베르
의 베를 합치면 이베이다. 위패라는 말을 보면 마치 트릭과 같다.

베베르는 실제로 트릭의 전문가이다. 그것도 아주 고단수 말이다. 베베
르는 청일전쟁 이후 중국에서의 삼국간섭과 우리나라에서의 아관파천을 성
공리에 완수한 사람이다. 이 모든 것들이 바로 트릭이다. 이 트릭의 전문가
가 아관파천 전에 일본이 하는 행동을 보고 한 말이 다음과 같은 말이다.

"일본이 하는 행동은 트릭이야!"

아쉽게도 위패는 1910년 1월에 사망한다. 위패는 자신이 했던 대예언인
"일본이 하는 행동은 트릭이야!"라는 말이 그대로 실현되는 것을 확인하지
못하고 죽게 된다. 1910년에 있었던 강제적인 한일합방(합병이든지 병합이

든지 합방이든지 신경쓰지 마시기를)은 베베르가 말하는 바로 그 트릭이었던 것이다. 이 트릭은 강제와 결합되어 있기 때문에 강제성만이 크게 부각되고 트릭성은 잘 보이지 않는다. 트릭을 발견하는데 있어서 가장 어려운 상황이 바로 트릭과 강제성이 결합되어 있을 때이다. 베베르는 트릭의 전문가 답게 이미 1890년대에 일본의 트릭성을 그 예리한 관찰력과 직감으로 파악하고 있었던 것이다. 만약 주변에 사기꾼이 아니라 트릭의 전문가가 있다면 그 사람의 말을 경청하는 것이 좋을 것이다.

일본은 안중근의사를 살인자라고 하고 있지만 마음 속에는 3·1운동 때 자신들이 7,509명을 사망시킨 사실이 떠오른다. 동시에 일본은 자신들이 보기에 이 양자의 모순을 해결할 수 있는 유일한 도구는 법이라는 생각을 떠올린다. 하지만 아무리 법을 동원해도 양자의 모순을 해결할 수는 없다. 그래서 안중근의사를 살인자라고 하는 것은 트릭으로 전락하게 된다. 이 트릭의 기술은 3·1운동 때 자신들이 많은 사람들을 사망시킨 사실은 저쪽 보이지 않는 곳에 숨기고 잘 숨겼는지를 확인한 다음 안중근의사는 법을 위반했다고 말하는 기술인 것이다.

시위를 했는데 그 많은 사람들이 사망했다고? 시위가 아니라 전쟁이었나? 3·1운동 당시 평화시 아닌가? 일본은 1919년 4월달이 되면 일본으로부터 군대를 증원하여 투입하기 시작한다. 엄청난 수의 일본군이 동원된다. 각각의 사단에서 연대를 차출하여 계속하여 투입한다. 이것은 일본의 방침이었다. 일본은 대단한 각오를 하고 3·1운동에 반응하였다. 홀로코스트, 즉 대학살이 진행되었던 것이다.

나는 위 수치들을 모두 믿고 싶지 않다. 하지만 자료들은 위 수치가 사실이라고 한다. 세상에 시위하는 사람들을 7,509명이나 죽인 예가 세계의 역사에 과연 있을까? 시위는 사람들이 모여서 자신들의 의사를 표현하는 것이다. 모인 사람들이 많으면 대규모시위이고 적으면 소규모시위이다. 시위를 진압한다는 것은 모인 사람들을 해산시키는 것을 말한다. 시위에 관한 어떠한 개념도 그리고 시위진압에 관한 어떠한 개념도 이것을 넘지 않는다.

시위가 있으면 해산시키면 되는 것이다. 시위하는 사람들이 만세를 부르지 그러면 조용히 시위하겠나? 시위 중에는 침묵시위라는 것이 있기는 하다. 침묵시위는 입을 다물고 시위하는 것을 말한다. 아예 말을 하지 않기 위하여 마스크를 착용하기도 한다. 일본은 만세라는 말에 그만 깜짝 놀라 그 많은 사람들을 살해하고 말았던 것이다. 안중근의사는 일본이 구사하는 트릭의 기술을 이미 간파했었다. 안중근의사는 말하고 있다.

"나를 일반 살인피고가 아닌 전쟁포로로 취급해 달라."

안중근의사는 일본이 하는 행동들을 보고 일본이 우리나라를 상대로 전쟁을 하고 있다는 것을 간파하고 있었던 것이다. 그래서 자신을 전쟁포로로 취급해 달라고 한 것이다. 강제적인 한일합병에 조약을 찍은 그 당시 우리의 권력자들은 일본이 우리나라를 상대로 전쟁을 하고 있다는 것을 알아채지 못했다. 한일합병 때 권력자이었던 사람들은 3·1운동 때에도 많은 사람들이 사망한 것을 눈으로 보았으면서도 일본이 우리나라를 상대로 전쟁을 하고 있다는 것을 외면했다. 전쟁이 아니고서는 그 많은 사람들을 거의 같은 시기에 죽일 수는 없다. 일본이 우리나라를 상대로 전쟁을 하고 있다는 것은 일본의 방침이었다. 하지만 우리는 전쟁을 일으키지 않았다.

일본이 도구로서 내세우는 법은 그들만의 자그마한 파편조각에 불과한 것이다. 안중근의사를 살인자라고 하고 있는 것과 3·1운동 때 자신들이 많은 사람들을 사망시킨 사실을 모두 그 자그마한 파편조각으로 합리화하려고 한다. 그 자그마한 파편조각은 산산히 부서진 지가 언제인데 지금도 그렇게 부서진 파편조각을 만지작거리고 있다.

일본은 이미 전쟁범죄로 처벌받지 않았나? 안중근의사를 사형집행한 것과 3·1운동 때 그 많은 사람들을 살해한 것은 자연법을 위반한 것이었다. 또한 일본이 생각하기에 우리나라를 상대로 전쟁을 하고 있었다면 국제법을 위반한 것이었다. 그리고 우리나라의 법을 위반한 것이었다. 안중근의사가 간파한 것은 바로 일본의 생각이었던 것이다.

안중근의사는 살인자가 아니다. 범죄에 있어서 살인자는 살인의 동기를 가지고 있다. 안중근의사는 이등박문(이토 히로부미)에 대하여 살인자들이 가지는 살인의 동기를 전혀 가지고 있지 않았다. 살인의 동기가 없이 사람을 죽이는 것을 증오범죄 또는 증오로 인한 살인이라고 한다. 안중근의사는 이등박문을 증오한 것도 아니었다. 안중근의사는 천주교신자이다. 종교는 부조리를 고발하는 것은 허용해도 사람을 증오하는 것은 금지한다.

안중근의사가 이등박문에 대하여 한 행동은 부조리를 고발한 것이었지 살인사건에서 말하는 살인이 아니다. 이등박문은 그 당시 일본정부의 권력자로서 일본이 우리나라에 대하여 행한 많은 부조리에 책임이 있는 사람이었다. 만약 이등박문이 아니라 다른 사람이 그 당시 일본정부의 권력자로서 일본이 우리나라에 대하여 행한 많은 부조리에 책임이 있었다면 안중근의사는 결코 이등박문을 대상으로 선택하지 않았을 것이다. 이것은 안중근의사가 개인적으로 이등박문을 증오하지 않았다는 것을 의미하기도 한다.

안중근의사가 생각한 일본의 부조리는 일본이 우리나라의 독립된 주권을 완전히 침해한 것이었다. 그러한 일본의 부조리에 이등박문은 많은 책임이 있었다. 안중근의사는 이등박문에 대하여 행동을 취해야 할 것인지에 관하여 많은 생각을 했을 것이다.

하지만 행동을 중지해야 한다는 생각보다는 일본의 부조리를 고발해야 한다는 결론을 내릴 수밖에 없었다. 그 당시 만약 일본이 자신들의 부조리를 더 이상 진행하지 않고 중지했다면 안중근의사 또한 이등박문에 대하여 행동을 중지했을 것이다. 하지만 일본은 자신들의 부조리를 중지하지 않았다.

안중근의사의 행동은 이등박문의 생명만을 요구하는 것이 아니었다. 안중근의사의 생명 자체도 요구하고 있었다.

안중근의사는 일본의 부조리를 고발하기 위하여 자신의 생명과 이등박문의 생명이 필요하다는 것을 잘 알고 있었다. 범죄에 있어서 살인자는 자신이 살기 위해서 다른 사람을 죽인다. 안중근의사는 자신이 살기 위해서 이등박문을 죽인 것이 아니다. 일본의 부조리를 고발하기 위하여는 이등박문이라는 삶의 마지막에 있어서의 동행자가 필요했던 것이다.

우리는 어느 누구도 임진왜란을 일으킨 풍신수길(도요토미 히데요시)을 살인자라고 부르지 않는다. 우리의 교과서에서 풍신수길을 살인자라고 하는 표현은 본 적이 없다. 우리는 어느 누구도 이등박문을 살인자라고 부르지 않는다. 일본의 권력자들이 우리나라 사람은 아니다. 그래서 안중근의사에 대하여 우리가 가지는 존경심을 일본의 권력자들이 가지기를 기대하지는 않는다. 하지만 안중근의사를 살인자라고 부르면 안된다. 일본은 우리나라에 대하여 예의를 지켜주어야 한다. 그러한 예의마저 어렵다면 최소한 다음의 표현을 넘어서는 안된다.

"안중근의사는 한국의 독립된 주권을 회복하려고 몸을 바친 사람이다. 그 과정에서 일본인이 죽었다."

또는 이것이 마음에 들지 않는다면

"안중근은 한국을 위하여 노력한 사람이다. 그 과정에서 일본인이 죽었다."

우리는 안중근의사가 이등박문을 죽인 것을 부인하지 않는다. 그 당시 우리나라에 살았던 서양인의 글을 보면 이들의 눈에 비친 이등박문은 친절하고 관대한 사람이었다고 한다. 하지만 이등박문은 우리에게는 친절함과

관대함을 보여주지 않았다. 우리는 서양 사람이 아니었기 때문에 친절함과
관대함을 받아보지 못했던 것이다. 일본 사람들이 보기에 우리가 그렇게 구
질구질하게 보였단 말인가?

프랑스의 신부들은 우리의 시골 아낙네가 건네는 봉주르라는 말 한 마
디에 자신들의 목숨을 바쳤다. 일본은 서양의 겉껍데기만을 보았을 뿐 안은
들여다 보지도 않았다. 일본은 서양의 겉껍데기만을 걸쳤을 뿐 서양 사람도
아니었던 것이다. 그렇다고 해도 우리는 한 명의 인간으로서의 이등박문을
죽인 것을 자랑스럽게 생각하는 것이 아니다.

안중근의사는 자신을 대한의용병 참모중장이라고 소개한다. 안중근의
사가 자신을 일반 살인피고가 아닌 전쟁포로로 취급해 달라고 한 것은 살기
위한 것이 아니라 자신이 바로 대한의용병이기 때문이었다. 안중근의사가
자신을 일반 살인피고가 아니라고 한 것은 지금도 여전히 유효한 말이다. 안
중근의사는 일본이 자랑하는 이등박문을 상대한 사람이다. 일본은 안중근의
사의 말에 귀를 기울여야 한다. 안중근의사는 평화를 사랑한 사람이다. 그것
도 동양의 평화를 말이다.

홍길동전의 트릭과 장길산의 100년 계획

어느 날 일본에 있는 재일교포로부터 전화가 왔다. 지금 일본에서는 홍길동전과 임거정이 불티나게 팔리고 있다는 것이다. 일본 사람들이 우리나라 소설책을 그렇게 좋아해요? 그런데 그게 아니었다. 내가 홍길동전과 임거정에서 이번 소송의 아이디어를 얻은 것이고 이번 소송에서 홍길동과 임거정처럼 트릭을 구사하고 있다는 것이다. 그래서 그 트릭을 찾기 위해서는 홍길동전과 임거정을 잘 읽어야 하기 때문이란다. 일본은 지금 트릭공포증에 휩싸여 있는 것이다.

홍길동전과 임거정의 시대적 배경을 알아보기로 하자. 우선 허준부터 시작하자. 허준(1546년-1615년)은 16세기의 사람이다. 우리의 16세기는 어떠한 시대일까? 역사를 연구할 때 세기별 구분은 상당히 중요하다. 우리의 역사에서 16세기는 매우 중요하고 찬란한 역사이다. 16세기는 임진왜란이 발생한 시대이기도 하다. 허준은 이순신(1545년-1598년)과 단 1살의 차이이다. 이것은 상당히 놀라운 사실이다. 두 분이 이렇게 같은 시대를 그것도 단 1년의 차이로 살아갔다니 말이다.

어느 날 이들 사이에 대화가 오고 갔다. 이들의 대화는 이렇게 진행되었을 것이다. 이봐, 준. 예, 순신 형님. 내가 말이야 요즘 통 잠을 잘 수가 없어. 형, 나라 걱정을 너무 많이 해서 그래. 형, 당분간 생각을 좀 줄여보지 그래. 준이야, 정말 그런 거야? 예.

허준의 아버지는 무관으로 용천부사를 지냈다. 허준은 1574년 의과에 급제하여 의관으로 내의원에서 근무했다. 허준은 어의였고 동의보감을 지었다. 허준은 왕자의 두창이 쾌차하여 정3품 당상이 되었다. 허준은 임진왜란 때 선조를 피난지인 의주까지 모시고 갔다. 1606년 정1품이 되었으나 보류

되었다. 선조가 죽은 뒤 종래의 예에 따라 책임을 물어 형식적으로 대죄를 하게 되었으나 광해군의 만류로 사면되었다. 1610년(광해군 2년)에 동의보감을 완성하였다. 동의보감은 허준의 삶의 거의 마지막 부분에서 완성된 것이다. 1615년 허준이 죽자 보류하였던 정1품이 추증되었다.

허난설헌(1563년-1589년)의 동생인 허균(1569년-1618년) 또한 16세기의 사람이다. 허균과 허준은 나이 차이가 있기는 하지만 사망한 시기는 거의 비슷하다. 물론 이순신은 먼저 전사하였다. 임진왜란 때 허균은 24살이다. 그 시절에 살았던 사람들은 아마 허균과 허준을 혼동하기도 하였을 것이다. 어의 허준을 말하는 것이야 아니면 허균을 말하는 것이야? 흥미로운 것은 허난설헌과 허균의 아버지 허엽은 서경덕의 문인이었다는 것이다. 서경덕의 맥이 허난설헌과 허균에게도 흐르고 있었다.

또 한 가지 흥미로운 것은 허균이 유성룡에게서 배웠다는 것이다. 유성룡은 징비록을 쓴 사람이다. 유성룡은 이황, 이이, 이순신, 권율, 허균 등과 연결되어 있었다. 유성룡은 지금으로 말하면 마당발이지만 허균 등을 가르치고 한 것을 보면 지금의 마당발과는 성격이 다른 것 같다. 지금의 마당발들이 어디 누구를 가르치나.

허난설헌은 문학가이다. 허난설헌은 강원도 강릉에서 태어났다. 그런데 신사임당 또한 강릉에서 태어났다. 신사임당과 허난설헌은 묘하게도 같은 곳에서 태어났다. 신사임당과 허난설헌은 모두 해안가에서 태어난 사람들이다. 강릉은 바다에 접하고 있다. 신사임당이 죽은 후 12년 후에 허난설헌이 태어난다. 허난설헌은 사랑하던 남매를 잃는 등 아픈 삶을 살아야 했다. 허균은 귀양까지 가게 된다.

허난설헌은 불과 27살의 젊은 나이로 세상을 떠났다. 허난설헌의 삶은 비극적인 것이다. 허난설헌은 많은 작품을 썼으나 거의 소각되고 일부가 남아 있는데 허난설헌이 죽은 후인 1606년에는 중국에서 간행되기도 한다. 더 놀라운 것은 1711년에는 일본에서도 간행되었다. 조선의 16세기는 뛰어난 여자들을 배출하고 있었다.

허난설헌과 비슷한 시기에 논개(출생미상-사망 1593년)가 살았다. 논개는 허난설헌이 죽은 때로부터 4년 후인 임진왜란 때 죽는다. 논개는 새로운 유형의 사람이다. 논개는 임진왜란 중 진주성이 일본군에게 함락될 때 일본군을 유인하여 남강에 빠뜨린다. 16세기에는 황진이와 장금이도 살았다. 황진이와 장금이는 비슷한 시기의 사람이다. 전혀 관계가 없던 사람들처럼 보이지만 두 사람이 모두 같은 시기의 사람이다. 황진이와 장금이가 모두 함께 출현하는 드라마를 만들어도 된다.

장금은 중종 때의 의녀이다. 장금을 대장금이라고도 한다. 의녀 장금의 생존시기는 명확하지 않다. 다만 중종(생존시기: 1488년-1544년) 때의 사람으로 알려져 있다. 허준은 1574년에 의과에 급제했기 때문에 허준과 장금이가 중복하여 활동한 시기는 없을 것이다. 중종 10년과 39년에도 장금이가 등장하는 것을 보면 장금이의 나이가 중종과 거의 비슷하거나 10살 이내에서 차이가 있는 것으로 보여진다. 장금이는 1490년대에 태어났을 것이다.

서경덕과 황진이는 스승과 제자 사이로 인연을 맺게 된다. 황진이의 정확한 생존시기는 알려진 것이 없다. 한 자료에 의하면 황진이는 40살에 일생을 마감하였다고 한다. 그러면 황진이가 30대 정도에 서경덕을 만난 것이 된다. 서경덕은 58살에 죽었기 때문에 서경덕이 황진이를 만난 것은 40대 정도일 때이다. 이것을 보면 서경덕과 황진이는 10살에서 15살의 나이 차이가 있게 된다. 서경덕은 중종보다 1살이 적다. 서경덕은 중종보다 2년 후에 죽는다. 서경덕과 중종이 비슷한 시기이기 때문에 황진이와 장금이도 비슷한 시기의 사람이다. 이는 다소 놀라운 사실들이다.

황진이와 장금이는 비슷한 시기에 살았지만 서로 다른 모습의 삶을 살았다. 그런데 더 놀라운 사실은 신사임당(1504년-1551년) 또한 황진이, 장금이와 같은 시기의 사람이라는 것이다. 이제 이들 세 사람이 모두 함께 출현하는 드라마를 만들어도 된다. 세 사람 중에서 신사임당과 황진이는 거의 비슷한 때에 죽었을 것이다. 장금이는 이들보다 조금 더 살았을 것이다. 신사임당 또한 단명하고 있다. 신사임당 뿐만 아니라 이이도 단명하고 있다. 이이 집안은 건강에 어떤 문제가 있었을 것이다.

허균은 임진왜란 중에 문과에 급제하고 관직을 시작한다. 그 후 여러 사건들을 경험하다가 저자거리에서 능지처참을 당하고 만다. 허균이 지은 책 중에 동정록은 현재 전하지 않지만 선조실록 편찬에 중요한 자료가 되었다고 한다. 허균은 홍길동전을 지은 사람이다. 홍길동은 연산군 때(연산군 6년: 1500년) 활동한 도적의 이름이다. 홍길동은 허균의 홍길동전의 모델이 되기도 한다.

홍길동에 관한 기록은 조선왕조실록에 나온다. "백성을 위하여 해악을 제거하는 일이 이보다 큰 것이 없으니 청컨대 이참에 그 무리들을 다 잡아들이도록 하소서"라는 대목이 나온다. 홍길동 사건을 담당한 관청은 의금부였다. "홍길동이 옥정자와 홍대 차림으로 첨지(중추부의 정3품 관직)라 자칭하며 대낮에 떼를 지어 무기를 가지고 관부에 드나들면서 기탄없는 행동을 자행했다"라는 대목도 나온다. 홍길동이 일종의 관직사칭을 하고 다녔다는 것이다. 상당히 흥미로운 대목이다. 의금부의 조사 결과 여러 사람들이 처벌받았다고 한다.

그 후 임거정(출생미상-1562년, 임꺽정이라고도 한다)이 등장한다. 임거정은 처음에는 도당 몇 명을 모아 도둑질을 하다가 황해도로 진출해 구월산 등지를 소굴로 삼았다. 조정에서 선전관을 보내 정탐시키면 미투리(일종의 신발이다)를 눈 위에 거꾸로 신고 다니면서 행방을 감추었다. 임거정도 일종의 트릭을 사용하였던 것이다. 홍길동도 사실은 트릭을 사용한 것이다. 미투리를 눈 위에 거꾸로 신고 다니면 방향이 거꾸로 난다. 임거정은 이렇게 추적을 따돌리고 있다. 홍길동이나 임거정은 추리소설의 훌륭한 모델이 될 수 있다. 1560년에는 서울에까지 임거정과 그 일당이 출몰했다. 이들은 관직사칭을 하기도 한다.

임거정 일당이 해주에서 평산으로 들어와 대낮에 민가 30여호를 불태우고 많은 사람을 죽인 사건이 일어났다. 황해도 해주는 김구 선생이 태어난 곳이기도 하다. 그런데 황해도 평산은 이승만 대통령이 태어난 곳이기도 하다. 황해도가 그런 곳이야? 구월산은 높이가 954m이다. 구월산의 봉우리에는 사황봉, 오봉(859m), 주거봉(823m), 삼봉(615m) 등이 있다. 구월산에는 용연폭포도 있다. 또한 구월산에는 온천도 있다.

조정에서는 도둑을 체포하는 토포사들을 계속하여 보내지만 임거정은 잡히지 않았다. 대대적인 수색작전을 해도 사정은 마찬가지였다. 의금부까지 나서 보지만 성과는 마찬가지이다. 임거정의 아내를 잡기는 하였다. 임거정 일당은 도리어 장수원에 모여 있으면서 전옥서(조선시대 죄수를 관장하던 관청이다)를 파괴하고 임거정의 아내를 구출할 계획까지 세운다. 그러다가 1562년 임거정은 잡히고 잡힌 지 약 15일 만에 죽게 된다. 이익은 성호사설에서 홍길동, 임거정, 장길산을 조선의 3대 도둑으로 꼽았다. 이익은 언제 또 이런 말을 하였을까?

신사임당과 임진왜란 때 활동했던 신립 장군은 8촌간이다. 신립 장군의 사위는 선조의 장남 신성군이다. 이이(1536년-1584년)는 아홉 차례의 과거에 모두 장원(1등)해 구도장원공이라고 부른다. 이이는 부친이 사망한 뒤 지나칠 정도로 슬퍼하였고 3년 동안 죽을 먹으며 제물을 손수 준비했다. 송강 정철(1536년-1593년)은 이이와 출생연도가 같다. 정철과 이이는 동갑내기였던 것이다. 서로 관련 없는 것 같이 보이는 것들이 알고 보면 서로 밀접하게 관련되어 있다. 정철은 가사문학이라는 훌륭한 작품을 남기고 있다. 정철은 이이와 나이가 같지만 임진왜란이 발생할 때까지도 살아 있었다. 이이는 임진왜란이 발생하기 전에 이미 죽었다.

그런데 임거정 또한 정철, 이이와 비슷한 시대에 살았고 혹시 나이가 같을지도 모른다. 임거정이 활동할 당시 20대였다면 말이다. 임거정이 활동할 당시 이이의 아버지는 돌아가시고 이이는 3년상을 치르고 있었다. 정철과 이이 뿐만 아니라 이황도 임거정이 활동할 당시에 존재하고 있었다. 정철은 1561년 진사시에, 1562년 별시문과에 각각 장원으로 합격한다. 1562년이면 임거정이 잡힌 해이다.

임거정 때문에 나라가 요란법석이었다면 정철도 과거 공부를 하면서 "임거정이 누구야?"라는 생각을 하고 있었을 것이다. 이 당시 만주에서 여진족의 누루하치가 후금을 세웠다. 후금은 조금 지나 청나라를 세울 것이다. 이이는 1583년 시무육조를 올려 외적의 침입을 대비해 10만 양병을 주청하였다. 이이의 10만 양병은 이러한 시대적 배경 하에서 나온 것이다. 그리고 우리나라에서는 9년 후에 임진왜란이 발생한다.

임거정 이후 한참 뒤에 장길산이 나타난다. 장길산은 생존시기가 명확하지 않지만 숙종 때 활동했다. 장길산은 처음에는 황해도 구월산을 중심으로 활동한 도둑이다. 그 후 다른 지역으로 활동무대를 넓힌다. 장길산은 원래 광대 출신이었다. 1692년 조정에서는 포도청 장교를 보내 체포하려다 실패한다. 장길산에 동조하려는 사람들도 있었다. 1696년 서울의 서얼 출신과 금강산의 승려가 손을 잡고 장길산 세력의 힘을 빌려 함께 거사를 도모하기도 한다. 장길산을 잡으려고 포도대장이 나서기도 한다. 하지만 장길산은 끝내 잡히지 않았다. 이것이 임거정과의 차이이다.

허균이 홍길동전을 지었기 때문에 홍길동이 임거정보다 시대적으로 뒤의 사람이라고 생각하기 쉬우나 그 반대이다. 홍길동과 임거정은 시기적으로 60년 정도 차이가 난다. 하지만 장길산은 임거정 이후 130년 뒤의 일이다. 장길산은 홍길동보다는 무려 190년 뒤의 일이다. 홍길동과 임거정 시대는 비슷하였을 것이다. 하지만 장길산과 홍길동 시대는 많은 차이가 있었을 것이다. 홍길동전과 임거정을 보면 모두 트럭이 등장하지만 여기서 이번 소송의 아이디어를 얻은 것은 없다.

말이 나온 김에 장길산에 관하여 하나의 아이디어를 제시하겠다. 장길산은 알고 보면 안용복과 같은 시대에 살았고 비슷한 나이이다. 안용복은 1693년 숙종 때 울릉도에서 고기잡이를 하던 중 일본 어민을 발견하고 문책하다가 일본으로 잡혀갔다. 이 때 울릉도와 독도가 우리 땅임을 밝힌다. 안용복의 영토확인 행동은 계속하여 이어진다. 안용복은 1696년에도 어부들과 울릉도에 고기 잡으러 갔다가 어로중인 일본 어선을 발견하게 된다. 이에 조선의 영토에 들어와 고기잡는 것을 문책하였다. 안용복은 남구만과도 관련이 있다. 한 때 안용복이 어려움에 처했을 때 남구만이 안용복을 구해 준다.

안용복은 평민의 삶을 살았던 사람이다. 이것은 이황, 이이, 이순신, 남구만, 이익, 안정복과 다른 점이다. 하지만 독도와 관련하여 안용복은 우뚝 솟은 큰 기둥이 되어 있다. 우리 같이 평범하게 사는 사람들은 이황, 이이, 이순신, 남구만, 이익, 안정복과 같은 삶을 살 수는 없다. 이들은 결코 평범한 사람들이 아니기 때문이다. 하지만 안용복과 같은 삶을 살 수는 있다. 그래서 안용복은 우리에게 더 가까이 다가오는 사람이다.

장길산과 안용복이 왕성하게 활동했던 연도는 1692년, 1693년, 1696년이다. 1696년은 완전히 동일하다. 동일한 연도에 왕성한 활동을 했다는 것이 의미하는 것은 이들의 나이가 같거나 거의 차이가 나지 않는다는 것이다. 그래서 장길산과 안용복이 모두 등장인물로 나오는 새로운 장길산이라는 작품을 만들면 거대한 역사소설이 될 것이다.

이 소설에는 남구만(1629년-1711년)도 나온다. 또한 이익(1681년-1763년)도 나온다. 이들 중에서 남구만이 가장 나이가 많다. 그래서 남구만은 이들 모두의 스승이다. 남구만의 정신적 스승은 율곡 이이이다. 남구만은

우리가 잘 알고 있는 사람이다. 남구만은 병조판서가 되어 군사행정을 개선
하기도 하였다. 남구만은 우의정, 좌의정, 영의정을 모두 거치기도 한다. 남
구만은 문학적 재능도 뛰어나서 시조를 짓기도 한다. "동창이 밝았느냐 노
고지리 우지진다"는 남구만이 지은 시조이다. 노고지리는 종다리라고도 한
다. 종다리가 종달새이다. 종다리는 몸이 참새보다 조금 크며 붉은 갈색이고
검은색 가로무늬가 있다. 봄에 공중으로 높이 날아오르면서 잘 우지진다.

　노고지리 우지진다를 영어로 번역하면 트위터이다. 트위터는 정보분산
에 있어서 하나의 혁신이다. 새가 지저귀다, 노고지리 우지진다를 프랑스어
로 번역하면 샹송이다. 샹송에는 작은 새의 지저귐, 속삭임이라는 의미가 들
어 있다. 샹송은 프랑스의 노래를 의미하기도 한다. 남구만은 트위터라는 말
과 샹송이라는 말의 정감을 이미 오래 전에 파악한 사람이다. 우리의 조상들
은 만만한 사람들이 아니었다. 이것이 가능했던 것은 늘 자연을 염두에 두었
기 때문이다.

　남구만 다음으로 나이가 많은 사람은 안용복이고 그 다음은 장길산이
다. 남구만, 안용복, 장길산은 이이를 정신적 스승으로 삼고서 모인 사람들
이다. 이익 또한 이이를 존경해 오던 터였다. 안정복(1712년-1791년)은 작
품의 마지막 부분에 등장하여 이미 나이가 들은 스승 이익으로부터 이야기
의 전모를 듣고 후세를 위하여 기록하는 역사가가 된다. 안정복은 이익의 문
인이다. 안정복은 젊은 시절 학문에 몰입한다. 안정복이 이익을 만난 것은
그의 삶에서 매우 중요한 것이다. 이익은 우리나라 역사에서 매우 중요한 사
람이다. 이익은 남구만과 안정복 사이의 시대를 살았던 사람이다.

　남구만은 원래 송준길(1606년-1672년)의 문하에서 수학하였다. 송준
길은 이이의 학설을 지지한 사람이다. 이이의 골수 추종자인 셈이다. 송준길
은 김장생의 문인이다. 송준길은 1649년 효종이 즉위하자 김장생의 아들인
김집의 천거로 발탁되었다. 송준길은 송시열과 함께 북벌계획에 참여하였

다. 송준길과 송시열은 친척이다.

송시열(1607년-1689년)은 어릴 때부터 송준길의 집에서 함께 공부했다. 송시열은 12살 때 아버지로부터 격몽요결을 배우며 이이를 흠모하도록 가르침을 받았다. 격몽요결은 이이가 학문을 시작하는 이들을 가르치기 위해 지은 책이다. 송시열은 김장생에게서 학문을 배웠다. 김장생은 이이의 수제자이다. 이렇게 하여 이이는 남구만, 안용복, 장길산의 정신적 스승이 된 것이다.

한 가지가 더 있다. 장희빈 또한 안용복, 장길산과 같은 시대의 사람이다. 장희빈(출생미상-사망 1701년)의 출생연도는 흔히 미상으로 알려져 있다. 장희빈의 사망연도는 좀 독특하다. 1701년이다. 유명한 사람 중에서 1년에 사망한 사람은 거의 없다. 새로운 장길산에서 장길산은 장희빈의 오빠로 나온다.

남구만은 원래 장희빈의 처벌에 대해 중형(무거운 형벌)을 주장하는 김춘택의 주장에 맞서 경형(가벼운 형벌)을 주장하다가 장희빈이 죽게 되자 사직하고 고향으로 갔다. 그 후 다시 관직을 맡았으나 다시 관직에서 물러난다. 김춘택은 김만중의 소설 구운몽과 사씨남정기를 한문으로 번역하기도 한다.

새로운 장길산에서 장길산은 장희빈에 대한 경형을 주장한 남구만에 대하여 고마움을 표시하기 위하여 남구만을 찾아간다. 이렇게 장길산과 남구만의 인연은 시작된다. 장길산이 남구만을 찾아갔을 때와 그 이후에도 장길산의 조직은 여전히 건재하였다. 장길산이 남구만을 찾아갔을 때 이미 그 곳에는 안용복이 남구만의 곁을 지키고 있었다.

안용복은 한 때 자신이 어려움에 처했을 때 남구만이 구해 준 것에 감명을 받아 남구만을 찾아가 남구만의 곁을 지키고 있었다. 안용복과 장길산은 생존시기가 명확하지 않은 것이 아니라 남구만의 곁을 지키고 있었던 것이다. 그리고 그 이후 사람들의 시선에 좀처럼 잡히지 않았던 것이다.

이익의 둘째형 이잠은 1706년 장희빈을 두둔하는 소를 올린 것 때문에 역적으로 몰려 47살을 일기로 옥사했다. 이익은 이 사건을 계기로 과거에 응할 뜻을 버리고 평생을 칩거하였다. 이익의 아버지는 중국의 연경(북경)에 들어갔다가 귀국할 때에 수많은 서적을 가지고 왔다. 이러한 서적들을 통하여 이익은 서양의 문물을 일찍 접한 사람이다. 이 때 이미 서양의 문물을? 이익은 이잠에게서 글을 배웠다. 이익의 딸은 지봉유설을 쓴 이수광의 후손과 결혼했다.

이익은 군사제도에 있어서 병역의무 대상자의 철저한 파악, 성지수축, 군량확보, 군기의 제조 및 공급의 원활, 도로확장, 병거의 개발 등을 주장하며 군사제도의 개혁을 주장했다. 이익은 남왜북로에 대한 경계를 게을리하지 말아야 한다고 하였다. 남왜북로는 남쪽의 왜구와 북쪽의 여러 부족을 말한다. 이익이 죽은 후 110년이 조금 지나 우리나라는 일본의 침투를 당하게된다. 우리가 이익의 가르침을 잊었기 때문이다. 이익의 가르침은 지금도 여전히 유효하다.

새로운 장길산에서 이익은 칩거 중에 남구만을 찾아간다. 남구만은 이이가 만들어 전해준 비법을 간직하고 있다가 이익에게 그것을 전해주고 죽는다. 이익 또한 죽을 때까지 남구만이 전해준 비법을 간직하고 있다가 안정복에게 전한 후 숨을 거둔다.

19세기 들어와 우리나라의 수군(해군)은 근대식 군함을 거의 가지고 있지 않았다. 임진왜란 때 우리의 수군은 막강했다. 이것이 원동력이 되어 임진왜란을 승리로 이끌 수 있었다. 19세기 들어와 우리나라의 수군은 일본을 감당할 수 없는 상태가 되었다. 1875년 일본 군함 운양호가 우리나라의 해안에 접근하여 강화도 앞바다에 불법으로 침투한 후 함포공격을 가하고 영종진에 상륙하여 조선수군을 공격했다. 그 결과 1876년 강화도조약이란 것을 체결하게 된다.

일본을 상대할 때에는 항상 바다와 해안가 그리고 섬이 중요하다는 사실을 잊어버린 것이다. 이것은 이이의 가르침을 잊어버린 결과이기도 하다. 이이는 10만 양병을 주장했다. 안정복이 전해받은 비법에 의하면 이이는 이순신의 의견을 참조하여 다음과 같은 내용의 거대한 계획을 수립하고 있었다. 이순신은 이 계획의 수립에 매우 중요한 기여를 한 사람이다. 이이는 모든 것을 뒤로 하고 계획을 수립하기 위하여 심혈을 기울였다.

이이는 계획을 수립하기 위하여 수도 없이 우리나라를 답사했다. 또한 중국과 일본도 많이 찾아다녔다. 이이는 중국과 일본을 알기 위하여 여러 지도들을 만들기도 한다. 다른 사람들은 그 때 이이가 하는 일이 무엇인지 잘 알지 못했다. 이이는 100년에 1명 나오는 거대한 위인이다. 16세기에는 이황과 이순신이 있었기에 거대한 위인이 3명이나 있었다. 드디어 이이의 거대한 계획이 완성되었다.

- 앞으로 100년이 지날 때마다 군사의 수를 10만씩 증가시켜야 한다.

- 군사의 수를 10만씩 증가시킬 때마다 수군의 수는 1만씩 증가시켜야 한다.

- 일정한 시기가 되면 북쪽으로 진출해야 한다. 빠르면 빠를수록 좋지만 서두를 일은 아니다.

- 일본은 언젠가 우리나라를 넘볼 것이다. 그 때 통로는 바다이므로 바다를 지켜야 한다.

- 바다 건너 서쪽 저 멀리 나라들을 피하지 말고 가까이 지내라.

■ 중국을 조심해서 대해야 한다.
■ 백성의 목소리에 귀를 기울여라.

새로운 장길산에 의하면 10만 양병은 앞으로 100년이 지날 때마다 군사의 수를 10만씩 증가시켜야 한다는 것이다. 아울러 군사의 수를 10만씩 증가시킬 때마다 수군의 수는 1만씩 증가시켜야 한다는 것이다. 이것은 이이가 앞으로의 인구증가를 고려하고 있기 때문이다. 이이가 이순신의 의견을 참조하여 수립한 계획은 100년을 단위로 하는 거대한 계획이었다. 우리의 조상들은 벌써부터 우리의 미래를 준비하고 있었던 것이다. 특히 일본에 대비할 것을 누누이 강조하고 있었다.

이 계획을 제대로 실천했다면 일본 군함 운양호가 침입했을 때 운양호는 우리의 상대가 되지 않았을 것이다. 하지만 현실은 그러하지 못했다. 이이의 거대한 계획은 실천되지 못했다. 그런데 안정복이 전해받은 비법을 담은 새로운 장길산은 지금도 여전히 유효하다. 새로운 장길산은 소설일 뿐만 아니라 앞으로의 지침서이기도 하다. 숙종 때 박세채는 다음과 같은 말을 하였다.

"나라의 지세가 반도를 이루고 있으므로 바다의 방비는 없앨 수 없다."

국학을 깊이 있게 연구했던 안확에 의하면 임진왜란 때 이순신은 거북선 13척을 만들었다. 숙종 때 수군이 크게 발전하여 군함은 776척이었고 이 중에서 전선은 81척이고 거북선은 39척이었다. 거북선의 수만 해도 상당하다. 그런데 어느 때부터인지 수군이 제대로 기능하지 못하게 된다. 그러다가 일본 군함 운양호의 침입을 당하게 된다.

그 후 우리는 1903년 군함을 도입했다. 이 군함의 이름은 양무호이다. 그 후 1904년 광제호가 도입된다. 광제호는 해안경비, 등대순시와 보급을 목적으로 하는 1,056톤급 선박이다. 광제호에는 3인치포 3문이 탑재되었다. 당시의 조선술로는 최신의 기선이었다. 하지만 그 후 일본의 침략으로 광제호는 제대로의 기능을 수행하지 못한다. 우리가 군함을 도입하고 했지만 일본의 트릭에 속아서 결국 한일합방을 당하고 만다.

우리는 몇 시간 또는 몇 년을 단위로 삼고 살고 있을까? 1세대는 약 30년을 단위로 하는 시대를 말한다. 1세기는 100년을 단위로 하는 시대를 말한다. 백년대계는 글자 그대로 해석하면 백년을 단위로 하는 계획이다. 백년대계는 흔히 먼 앞날까지 미리 내다보고 세우는 크고 중요한 계획이다. 백년대계는 사람들의 이상적인 소망을 담고 있는 말이다. 백년 앞을 내다보고 계획을 세우는 것은 어려운 일이다. 그럼에도 불구하고 우리에게 백년대계는 필요하다. 한치 앞만을 내다보는 조급한 마음으로 살면 일들이 망가지는 경우가 많다. 백년대계가 너무 긴 시간이라면 50년 또는 30년 계획이라도 세워야 한다. 혹시 우리가 지금 너무 조급하게 사는 것은 아닐까?

벌침과 속임수

어느 날 일본에 있는 재일교포로부터 다시 전화가 왔다. 지금 일본에서는 조르쥬 비제의 카르멘 음반이 불티나게 팔리고 있다는 것이다. 일본 사람들은 원래 소나타를 좋아한다. 그런데 우리 사무실에서 가끔 가다가 카르멘을 틀어놓곤 한다는 말을 듣고는 내가 카르멘에서 이번 소송의 아이디어를 얻은 것이고 이번 소송에서 카르멘처럼 트릭을 구사하고 있다는 것이다. 그래서 그 트릭을 찾기 위해서는 카르멘을 잘 들어야 한다는 것이다. 하지만 나는 이번 소송에서 트릭을 구사한 것이 없다. 트릭의 세계는 과연 어떠한 것일까? 이것에 대한 답은 벌침이 가지고 있다. 이것은 상당히 의외이다.

사람은 벌이 가지고 있는 침을 부러워하거나 모방하려고 한다. 그래서 사람의 이름을 벌침이라고 짓기도 한다. 영국의 음악가 중에 스팅이라는 이름을 가진 사람이 있다. 스팅(sting)이 바로 벌침이라는 의미이다. 스팅은 이름 때문인지 대단한 인기를 누리고 있다. 스팅어도 벌침이라는 의미이다. 스팅어는 미국 육군의 방공용 미사일이자 땅에서 하늘을 향하여 쏘는 지대공 미사일이다. 군인들은 적의 비행기를 향하여 스팅어, 즉 벌침을 쏘아댄다. 벌침의 독을 맛보라고 말이다. 스팅어 미사일을 발사한다는 것은 벌침을 발사하는 것을 의미한다.

그런데 스팅에는 속이다라는 의미도 들어 있다. 스팅은 트릭, 속임수 행위 또는 속임수 행위를 하는 누군가를 말한다. 스팅이라는 영화도 있다. 스팅은 치밀한 구성과 화술로 갱 두목을 속이는 사람들의 이야기이다. 스팅에서 걸려 있는 돈의 액수는 50만 달러였다. 갱 두목을 속인 사람들은 50만 달러를 벌고 삼십육계를 한다. 벌이 쏘는 것처럼 속인 것이다. 삼십육계 또한 속이고 난 후 등장하는 수법이다.

벌침 때문에 벌을 벤치마킹한 가장 뛰어난 사람은 바로 권투선수인 무하마드 알리이다. 알리에게 벌은 토끼의 꾀와 영화 스팅의 속임수 그리고 스팅어 미사일을 모두 합하여 놓은 것이다. 알리는 벌을 위하여 엉뚱하게도 나비를 등장시킨다. 나비는 일종의 조연이다. 주인공은 바로 벌이다. 나비와 벌은 별로 관계 없이 살아가는 존재들이다. 그럼에도 불구하고 알리는 양자를 동시에 등장시키면서 1964년 다음과 같은 말을 하였다.

"나비처럼 날아서 벌처럼 쏜다."

이로써 알리는 세계 헤비급 챔피언이 된다. 알리의 벌침의 희생자는 소니 리스튼이다. 리스튼은 1965년에도 알리의 벌침의 희생자가 된다. 리스튼은 알리를 나비로만 생각하다가 2번이나 당한 것이다. 1974년에는 조지 포먼이 알리에게 당했다. 트릭의 힘은 이렇게 무서운 것이다. 상대방의 트릭을 알아채지 못하면 반드시 당하고 만다.

나비와 벌이라. 혹시 꽃에서 나비와 벌을 동시에 본 사람이 있을까? 나비는 파란색, 보라색, 짙은 분홍색, 주황색, 빨간색 등을 좋아한다. 그런데 벌은 파란색, 보라색, 옅은 보라색, 노란색, 흰색 등을 좋아한다. 집의 화단에 너무 많은 벌이 날아온다면 이러한 색을 피하면 된다. 벌은 어두운 곳에서 추는 춤의 동작과 꽃에서 가져온 꽃의 향기로 같은 벌집에 사는 다른 벌들에게 꽃까지의 거리, 방향, 종류, 양 등의 정보를 제공한다.

이것은 벌이 "꿀이야! 꿀을 발견했다고!"라고 외치는 것과 같다. 벌은 빨간색을 식별하지 못한다. 이것을 빨간색 색맹 또는 적색맹이라고 한다. 이것은 나비가 분홍색, 주황색, 빨간색도 좋아하는 것과 대비가 된다. 벌과 나비의 성향을 잘 아는 꽃들은 둘 모두를 끌어들이기 위하여 파란색, 보라색의 꽃을 피운다. 파란색, 보라색은 벌과 나비가 좋아하는 색깔의 공통집합이다.

그림을 그릴 때 꽃과 벌, 나비를 모두 그리기도 한다. 그런데 꽃의 색깔이 노란색이었다. 이 그림은 자연을 보지 않고 자신의 상상으로 그린 그림이다. 그림을 그리는 일이 쉬운 일이 아니다. 잘못하면 자연이 만들어 놓은 함정에 빠지고 만다. 패션 디자이너가 꽃과 벌, 나비가 모두 있는 그림을 디자인으로 선택했다. 그런데 꽃의 색깔이 노란색이었다. 이 옷은 농촌에서 인기를 끌지 못할 것이다. 농부들은 이런 장면을 본 적이 없기 때문이다. 패션 디자이너가 되는 일도 쉬운 일이 아니다. 벌에 쏘이고 싶지 않다면 꽃무늬 옷을 피하여야 한다. 그리고 꽃무늬 옷을 입는다면 벌이 좋아하는 색깔을 피하여야 한다.

나비가 파란색, 보라색, 짙은 분홍색, 주황색, 빨간색 등을 좋아한다는 것은 나비가 광범위한 색깔을 구별할 수 있다는 것을 의미한다. 나비의 시력은 상당하다. 나비는 시각으로 꽃을 찾아낸다. 나비가 수분시키는 꽃에는 라일락, 카네이션, 라벤더, 털조장나무 등이 있다. 새들은 색깔을 구별할 수 있으나 후각은 좋지 않다. 그래서 새가 수분시키는 꽃은 향기가 없다. 그리고 낮에 개화하여야 한다.

새가 좋아하는 꽃의 색깔은 빨간색이다. 꽃에 향기가 없고 꽃의 색깔이 빨간색이면 벌은 그 꽃에 가지 않는다. 새와 벌은 꽃에 있어서 경쟁자가 아니다. 서로 좋아하는 꽃이 다르기 때문이다. 그림을 그릴 때 주의하여야 할 것은 빨간색 꽃에 새와 벌을 모두 그리면 안된다. 빨간색 꽃을 그리려면 새와 나비를 그려야 한다. 나비는 짙은 분홍색, 주황색, 빨간색 등도 좋아한다. 새와 나비는 빨간색 꽃에 있어서 경쟁자이다.

알리는 인문학사적으로 뛰어난 창의성을 발휘한 사람이다. 그 이유는 벌과 벌침을 사람의 세계에 처음으로 도입한 사람이기 때문이다. 뿐만 아니라 알리는 비록 조연이기는 하지만 나비를 다시 사람들의 머리 속에 환기시킨 사람이다. 알리는 나비를 통하여 푸치니의 "나비부인"을 계승했고 다시 나비를 통하여 프랑스의 작가인 앙리 샤리에르의 "빠삐용"을 탄생시켰다.

빠삐용은 나비라는 의미이다.

그리고 그 후 다시 프랑스의 작가인 베르나르 베르베르의 "별들의 나비"를 탄생시켰다. 베르베르는 알리를 약간은 비켜가고 있다. 베르베르는 나비를 통하여 알리를 계승하고 있지만 벌이나 벌침으로 가지 않고 개미로 가고 있다. 빠삐용에는 종이라는 의미도 들어 있다. 종이를 하늘에 날리면 나비처럼 날아간다. 이것이 종이와 나비의 공통점이다.

나비는 이미 사람의 세계에 도입된 지가 오래 되었었다. "나비부인"은 1904년에 초연(프리미어)되었다. "나비부인"의 프리미어는 부적절한 리허설로 인하여 처음에 엄청난 혹평을 받았다. 그 후 개정을 거듭하여 5판이 되어서야 안정을 찾을 수 있었다. 푸치니는 나비를 어렵게 사람의 세계에 도입했다. 그리고 결국 나비를 도입하는 것에 성공을 거두었다. 이 나비가 알리에 의하여 다시 부활하였다. 하지만 알리의 나비는 조연인 세콘다 돈나(제2의 여자)이었고 알리에게 있어서 주연인 프리마 돈나(제1의 여자)는 당연히 벌과 벌침이었다.

샤리에르는 "빠삐용"을 통하여 다시 푸치니의 "나비부인"의 길을 걷는다. "빠삐용"에서는 다시 나비가 주연으로 등장한다. "빠삐용"이 출판된 것은 1969년이다. 알리가 나비를 부활시킨 후 5년만이다. 샤리에르는 분명히 알리의 나비를 의식하고 있었다. 그 당시 알리의 시적인 말을 모르는 사람은 거의 없었다. 많은 사람들이 알리의 벌과 벌침에 초점을 맞추고 있을 때 샤리에르는 반대로 나비에 초점을 맞추게 된다. 그리고 샤리에르는 푸치니가 "나비부인"에서 명예를 위한 죽음에 초점을 맞춘 것에 착안하여 이번에는 자유를 위한 탈출에 초점을 맞춘다. "빠삐용"은 1970년 바로 영어로 번역된다. 그리고 영화로 만들어지게 된다. 이 영화의 이름도 "빠삐용"이다.

베르베르가 "별들의 나비"를 출판한 것은 2006년이다. "별들의 나비"에서 나비는 우주여행의 상징으로 등장한다. 우주여행은 배를 타고 진행된다.

이 배에는 144,000명이 타고 있다. 이들은 지구를 떠나 태양계 밖에 있는 행성으로 여행한다. 이 여행은 1,000년을 필요로 한다. 샤리에르는 "빠삐용"에서 식민지에 만들어진 교도소(이것을 처벌적 식민지라고도 한다)에서 벗어나는 것을 탈출이라고 생각했다.

이에 비하여 베르베르는 비록 여행이라는 말을 사용하고는 있지만 지구에서 벗어나는 것을 탈출이라고 생각하고 있다. 베르베르의 벤치마킹의 대상은 바로 "빠삐용"이었던 것이다. 다만 베르베르에게는 교도소의 탈출은 너무 좁은 것이었다. 이번에는 더 넓게 지구를 탈출하는 것으로 자신의 꿈을 꾼다. "별들의 나비"는 바로 "별들의 빠삐용"인 것이다.

베르나르 베르베르의 이름은 참으로 신비한 이름이다. 베르베르가 성이므로 우리식으로 베르베르를 앞에 두면 베르베르 베르나르가 된다. 이것을 간격을 두고 배치하면 베르 베르 베르 나르가 된다. 베르가 3번이나 나온다. 베르베르는 원래 나비가 아니라 개미를 사람의 세계에 도입했다. 베르베르는 개미에 관하여 3부작을 만들었다. "개미"는 1991년에 나왔다. "개미의 하루"는 1992년에 나왔다. "개미의 혁명"은 1996년에 나왔다. 그런 그가 "별들의 나비"를 통하여 개미에서 다시 나비로 방향을 바꾼 것이다.

알리의 벌과 벌침은 샤리에르의 "빠삐용"보다 더 먼저 스팅어 미사일에 의하여 계승되었다. 스팅어 미사일에 관한 연구는 1967년 미국에서 시작했다. 알리가 벌과 벌침을 사람의 세계에 도입한 후 3년만이다. 벌침과 스팅어 미사일은 정말로 닮았다. 양자의 차이는 벌침은 벌이 휴대하고 다니는 것이고 스팅어 미사일은 사람이 휴대하고 다닌다는 것이다. 그 후 1973년 벌과 벌침은 영화 스팅에 의하여 또 다시 계승된다. 영화 스팅은 "빠삐용"이 나온 후 4년만에 나온 작품이다.

알리가 벌과 벌침을 사람의 세계에 도입한 후 벌은 이미 이전에 도입된 나비와 주인공 자리를 두고 각축을 벌이는 중이다. 그 순서는 스팅어 미사일

→ "빠삐용" → 스팅 → "별들의 나비" → ? 이다. 이제 앞으로 나올 주인공
은 벌과 벌침이다. 서양 사람들은 일정한 법칙에 따라 생각하는 경향이 강하
다. 나비와 벌의 관계에 관한 법칙은 나비와 벌의 법칙이라고 할 수 있다. 나
비와 벌의 법칙에 의하면 다음 작품은 벌과 벌침에 관한 작품이다.

소나타도 괜찮은 음악이야. 그냥 소나타를 계속하여 들으시기를. 심포
니는 악기를 위한 곡이다. 악기를 위한 곡을 기악곡이라고 한다. 성악곡은
악기가 아니라 성악을 위한 곡이다. 여기에 오페라를 포함하면 음악의 3가
지 주요한 장르가 나온다. 심포니는 3개 이상의 부분으로 구성되어 있다. 각
각의 부분을 무브먼트(movement)라고 한다. 무브먼트는 이동, 기동이라는
의미이지만 음악에서는 작품을 구성하는 각각의 부분을 무브먼트라고 한다.
무브먼트는 악장이라고 번역한다. 1악장, 2악장이라는 것이 바로 무브먼트
를 의미한다.

심포니(교향악)는 오케스트라를 위하여 작곡된다. 오케스트라는 종합
기악단이다. 소나타는 1개 또는 2개의 악기를 위한 곡이다. 소나타는 3개 또
는 4개의 악장을 가진다. 악장 측면에서 보면 소나타와 심포니는 비슷하기
도 하다. 악장이라는 것이 이렇게 중요하다. 소나타는 사람이 노래를 하지
않고 악기만을 연주해도 음악으로서 성공할 수 있다는 것을 보여준 대표적
인 예이다. 소나타는 기악곡의 대명사가 되었다.

사람이 내는 소리가 그리워 사람의 노래를 부흥시킨 것은 대중가요이다.
대중가요는 기악곡과 달리 사람의 노래를 필수적인 요소로 하고 있다. 악기
만을 연주하는 대중가요는 보기 드물다. 대중가요는 흥얼흥얼 따라 부를 수
도 있기 때문에 듣는 사람이 참여하기도 좋다. 또한 가요 속의 노래말을 듣고
있으면 가요가 의미를 전달하기도 한다. 이렇게 하여 기악곡과 대중가요는
일대 격돌하게 된다. 이것은 도구가 내는 소리와 사람 목소리의 대결이기도

하다. 어떤 사람들은 이러한 대결보다는 아예 모두를 좋아하기도 한다.

음악과 바다는 문학의 보고이기도 하다. 촌상춘수(무라카미 하루키, 1949년-)는 일본의 소설가이다. 촌상춘수는 경도(교토)에서 태어난 사람이다. 교토는 해안가에 있지 않다. 하지만 약간 옆에 호수가 있다. 촌상춘수의 작품으로는 "바람의 노래를 들어라", "먼 북소리", "해변의 카프카", "오자와 세이지와 음악을 이야기하다" 등이 있다. 촌상춘수는 소리, 음악에 매우 민감한 감각을 가지고 있다. 그리고 "해변의 카프카"를 보면 바다에 관하여도 민감한 감각을 가지고 있다.

이들 작품 이외에도 작품 속에 음악이 자주 등장한다. 그리고 레코드 가게가 나오기도 한다. 촌상춘수는 음악을 작품으로 만든 사람 중의 한 명이다. 음악이 음악에만 사용되는 것은 아니다. 음악은 다른 분야에서도 중요한 소재가 될 수 있다. 촌상춘수의 작품은 음악에 관한 지식이 있어야 작품 속을 들어갈 수 있게 되어 있다.

노벨 문학상을 수상한 미국의 헤밍웨이는 바다를 작품 속에 등장시킨 것으로 유명하다. "노인과 바다"가 바로 그것이다. "노인과 바다"에서는 어부가 등장한다. 그리고 물고기와 상어가 등장한다. 아프리카 해변도 등장한다. "노인과 바다"에 등장하는 물고기는 청새치이다. 노인이 바다에서 잡은 것이 바로 청새치였다.

노인은 청새치에 이끌려 바다를 헤매다가 잡기는 잡는다. 그럴 수밖에 없는 것이 청새치는 속도가 매우 빠른 물고기이다. 청새치는 시속 80km 정도이다. 그래서 청새치를 잡는다는 것은 불가능하거나 매우 힘든 일이다. 헤밍웨이가 작품 속에서 노린 것은 바로 이것이었다. 드디어 노인이 청새치를 잡은 것이다. 새치 중에는 더 빠른 것들도 있다. 녹새치는 시속 130km이고 황새치는 시속 97km이다. 사실 청새치가 배보다 더 빠르다.

헤밍웨이는 "노인과 바다"를 쓰기 위하여 바다와 물고기에 관하여 많은 연구를 한 것으로 보인다. 그 이유 중의 하나는 너무 빠른 녹새치와 황새치가 아닌 청새치를 등장시켰기 때문이다. 청새치 대신에 녹새치나 황새치를 등장시켰다면 바다를 아는 사람들은 실감 있게 작품을 읽지 못했을 것이다. 그로 인하여 "노인과 바다"는 상상성이 너무 강하다는 비판을 심하게 받았을 것이다. 그러면 "노인과 바다"는 작품성을 크게 훼손당했을 것이다. 미국에는 바다를 잘 아는 사람들이 많기 때문에 작품을 쓸 때 바다나 물고기를 잘 알지 못하면 작품성을 인정받기가 힘들다.

새치는 위턱과 아래턱이 뾰족하고 길다. 위턱은 아래턱보다 길게 칼처럼 튀어나와 있다. 새치 중에서 큰 것은 길이가 3m인 것도 있다. 몸무게도 120kg 정도에 달한다. 몸무게가 600kg 이상인 것도 있다. 이 정도면 새치는 거의 돌고래급이다. 돌고래는 길이가 2.6m에 이른다. 몸무게는 135kg인 것도 있다.

헤밍웨이가 바다를 작품의 소재로 잡은 것은 이미 그 때 성공을 보장한 것이나 마찬가지이다. 바다는 미국 사람들이 항상 즐기고 탐구하는 대상이기 때문이다. 미국 자체가 커다란 섬이라는 사실을 잊어서는 안된다. 헤밍웨이 또한 소리에 민감한 자신의 감각을 여실히 보여주고 있다. 이것 또한 작품을 성공으로 이끄는 중요한 요소가 되었다. "누구를 위하여 종은 울리나?"가 바로 그것이다. 촌상춘수와 헤밍웨이는 작품의 중요한 동기를 공유한 측면이 있다. 촌상춘수 또한 섬나라에서 태어났기 때문이다.

헤밍웨이는 엄청난 창의성을 가진 사람이다. 헤밍웨이가 작품을 쓰기 이전에 이미 바다는 허먼 멜빌(1819년-1891년)이 "모비딕"에서 다루고 있었다. "모비딕"은 고래 또는 백경이라고도 한다. 허먼 멜빌은 바다와 더불어 고래를 작품에 도입하고 있다. 고래는 물에 살기는 하지만 물고기라고 하지는 않는다. 또 고래를 잡는 것은 사냥이라는 말을 쓴다. 상어는 물고기에 해당한다.

상어 또한 영화 "조스"에서 다루어지고 있다. 1975년에 이 영화를 만든 사람은 스티븐 스필버그이다. 상어는 크기가 작은 것부터 큰 것까지 다양하다. 상어 중에는 길이가 16cm인 것도 있고 18m나 되는 고래상어도 있다. 고래상어는 고래처럼 큰 상어이다. 고래상어는 보통 길이가 12m 정도이다.

"조스"에 나오는 상어는 대담하게도 사람을 공격하려고 한다. 이 상어를 잡는 과정에서 상어와 사람 모두 죽고 만다. 이 사람의 죽음에 미국 사람들은 애써 외면한다. "조스"의 원작을 쓴 사람은 피터 벤츨리이다. 벤츨리 가문은 유명한 예술가이자 작가 가문이다. 벤츨리는 뉴욕시에서 태어났다. 뉴욕시는 해안가이자 섬이다. 벤츨리는 상어와 바다 그리고 섬에 관한 작품들로 유명하다. 벤츨리는 "조스" 이외에도 상어에 관한 작품들을 더 쓰기도 한다. 스필버그는 벤츨리의 "조스"를 통하여 바다와 해안가의 세계로 들어선다.

허먼 멜빌은 "모비딕"에서 어부가 아니라 고래가 승리하는 것으로 묘사하고 있다. 고래를 잡으려는 선장을 포함한 어부들의 집념은 대단한 것이지만 고래는 이들을 모두 죽이고 단 1명만 살려준다. 그 이유라는 것도 그 때까지의 이야기를 전할 사람이 필요했기 때문이다. 그래서 사실은 작품 속에서 모든 어부들이 죽은 것과 마찬가지이다. 허먼 멜빌은 이렇게 함으로써 사람들에게 바다에 대한 경각심을 불러 일으키고 바다에 대한 도전을 촉구하고 있는 것이다. 그런데 이것이 사람들에게 잘 먹히지 않았다. 그래서 책은 실패하였다.

그런데 시간이 한참 지난 후에 갑자기 "모비딕"에 대한 평가가 바뀌었다. 위대한 작품이라고 말이다. 미국의 위상이 이미 바다를 통하여 거대한 국가로 바뀐 것이다. 이러한 상황에서 헤밍웨이가 "노인과 바다"를 쓰면서 "모비딕"처럼 고래가 승리하는 것으로 내용을 전개하면 그것은 "모비딕"을 완전히 모방한 것이 된다. 그리고 미국 사람들의 기대를 충족시킬 수 없었다. 헤밍웨이는 분명히 바다와 물고기를 작품으로 써야 한다고 생각하고 있었다. 방법은 단 한 가지이다.

이번에는 어부가 승리하는 것을 쓰는 것이다. 그것도 노인이 말이다. 헤밍웨이는 더 나아가 작품에 등장하는 상어도 죽이고 만다. 이 상어가 자신의 청새치를 노리고 있기 때문이다. 이 과감성에 미국 사람들은 깜짝 놀라고 만다. 그 결과 "노인과 바다"는 대성공을 거두었다.

이 성공에 헤밍웨이는 더 깜짝 놀라고 만다. 왜냐하면 헤밍웨이는 노인이 청새치를 잡은 후 다시 바다 멀리 갔다가 오는 바람에 다른 상어가 청새치를 다 뜯어먹은 것을 보고 멀리 나간 것을 후회하는 장면을 추가하고 있기 때문이다. 헤밍웨이가 놀란 것은 미국 사람들이 헤밍웨이가 추가한 것은 보지 않고 노인이 청새치를 잡고 상어를 죽이는 것에만 열광했기 때문이다. 미국 사람들은 "모비딕"과 달리 청새치를 잡고 상어를 죽이는 것을 보고 싶었다. 이것이 바다를 통하여 살아가는 미국 사람들의 마음이었던 것이다.

헤밍웨이는 이것마저 잘 알고 있었다. 헤밍웨이는 너무 직선적인 것을 피하기 위하여 멀리 나간 것을 후회하는 장면을 추가하였을 뿐이다. 헤밍웨이는 오히려 해변가의 소년에게 청새치를 잡는 비법을 설명하고 있다. 헤밍웨이는 꿈 속에서 바닷가에 어슬렁거리는 사자를 보게 된다. 미국 사람들이 어느새 사자가 되어 있었던 것이다. 헤밍웨이는 바다를 통하여 엄청난 창의성을 발휘하고 있다.

"조스"에서는 상어와 함께 사람도 죽는 것으로 유도했지만 이러한 유도는 미국 사람들에게 지나가는 이야기일 뿐이었다. 그 당시 영화 "조스"가 대성공을 거둔 것은 상어와 바다에 대한 승리 때문이다. 사람이 청새치든지 상어든지 이들에 대하여 이겨서 뭘 할까? 청새치와 상어는 승리와 성공에 대한 투영물이었던 것이다.

일본 사람들은 촌상춘수를 좋아한다. 일본은 항상 섬나라라는 사실을 잊어서는 안된다. 허먼 멜빌과 헤밍웨이의 미국도 마찬가지이다. 다만 미국은 일본보다 더 큰 섬나라이다. 무라카미 하루키라는 이름은 기억하기가 매우 어렵다. 무라카미라는 성이 어렵기 때문이다. 그래서 우리나라에서는 흔히 하루키라고 부른다. 일본 사람을 부를 때 성이 아니라 이름을 부르는 경우는 흔치 않다. 많은 경우 성을 부르고 있다. 하루키는 쉬운 이름이다. 하루키에 해당하는 춘수는 우리나라에서도 많이 있는 이름이다. 춘수는 봄의 나무라는 이름이다. 봄의 나무는 좋은 이름이다. 봄은 밝고 생동감이 있다. 봄은 생명력을 상징한다.

어느 날 재일교포가 하는 말이 주식투자가 보일러실이라는 노골적인 주식사기라는 말을 알고는 일본 사람들이 주식투자한 것을 모두 회수하는 바람에 일본 주식시장이 지금 폭락하고 있다는 것이다. 내가 보일러실을 소개한 것은 그런 뜻이 결코 아니었다. 주식투자할 때 보일러실도 있으니 조심하라는 것이었지 주식투자한 것을 모두 회수하라는 것이 아니었다. 내가 사기전문 변호사라고 하니까 내가 하는 말을 믿기도 하는 모양이다. 보일러실이 주는 교훈은 그런 게 아니다.

중국, 독도보호에 전격 동참하다.

지금쯤 일본으로부터 답변서가 올 때이다. 정해진 기간이 얼마 남지 않았다. 도대체 아직까지 답변서가 제출되지 않는 이유가 무엇일까? 일본에서 검토할 것이 갑자기 많아진 모양이다. 그도 그럴 것이 소장에 기재되어 있는 내용은 사실은 지금까지 한 번도 주장된 적이 없었다. 일본의 속 안을 들여다보면 자신들의 영토에 관한 조항이 없는데 그 이유가 샌프란시스코 평화조약과 관련되어 있다. 일본의 속 안으로 들어가 보면 일본이 하는 말의 허점을 발견할 수 있다.

일본의 답변서가 늦는 것을 보면 일본이 이번 소송을 사활이 걸린 소송으로 생각하는 것 같다. 일본의 답변서 제출관련 소식 대신에 중국이 일본을 상대로 자연보호소송을 제기했다는 소식을 들었다. 그 소송의 번호는 2015년 자연 제2호가 될 것이다. 중국이 발 빠르게 행동하고 있는 것이다. 중국이 예전의 중국이 아니다. 사실 이 책의 내용은 중국이 활용할 수 있는 내용이기도 하다. 평화조약의 일본영토조항은 하나이기 때문이다. 우리나라가 그 조항을 보나 중국이 그 조항을 보나 동일한 조항이다. 그래서 중국이 낸 소장은 독도를 보호하는 효과를 가진다. 중국이 낸 소장은 독도가 낸 소장과 같은 내용일 것이다. 다만 당사자 중 원고만 다를 것이다.

중국이 영토와 관련하여 일본과 분쟁이 있다는 것은 잘 알려져 있다. 중국의 전투기와 일본의 전투기가 태평양상에서 일촉즉발의 상황까지 간 적도 있다고 한다. 양측은 많은 전투기들을 보유하고 있다. 일본은 태평양상에 많은 섬들을 가지고 있다. 일본의 전투기들은 바로 이 섬들에서 발진한다. 일본은 태평양상의 유황도에도 해군의 공군기지가 있다.

그 넓은 바다에 섬들이 있다 보니까 일본의 전투기들이 발진하기가 쉽다. 그래서 이 섬들은 전략적 가치가 매우 높은 섬들이다. 전투기들의 싸움을 공중전이라고 한다. 공중전은 원래 바다에서 많이 이루어진다. 육지 상공에서의 공중전은 공중전의 일부인 것이다.

일본이 답변서를 제출하면 나는 그것을 분석한 후 답변서의 내용을 반박하는 준비서면을 작성하여 제출해야 한다. 소송에서 소장을 제출하고 나면 상대방이 자신들의 주장을 담은 답변서를 제출한다. 그러면 나는 그 답변서를 검토하고 준비서면 또는 변론요지서를 제출하면 된다. 답변서는 답변이 적힌 서류이다.

준비서면이라는 이름은 무엇인가를 준비한다는 의미이다. 준비서면은 재판을 준비하는 서류이다. 재판이 주된 것이고 준비서면은 그것을 준비한다는 의미이다. 준비서면이라는 말이 쉬운 말은 아니다. 준비서면은 준비하는 서류일 뿐이기 때문에 재판할 때 법정에서 준비서면을 진술한다는 말을 해야 한다. 좀 이상하지만 그렇다.

지금 시간이 남을 때 내가 무엇을 하는 것이 좋을까? 사람은 항상 준비해야 한다. 내가 선택할 사항은 2가지이다. 하나는 트릭에 관한 것을 더 연구하는 것이다. 트릭의 세계는 끝이 없다. 하지만 지금까지 이미 많은 것을 밝혔으므로 다음 것을 준비하는 것이 좋을 것이다.

다른 하나는 해안가와 섬 그리고 바다를 연구하는 것이다. 독도는 섬이므로 이번 독도보호에서 승소하기 위하여는 섬과 바다를 연구할 필요가 있다. 나에게 중요한 것은 이번 소송에서 승소하여 독도와 명량이를 즐겁게 해주는 것이다. 항상 사기전문소송만 하는 나에게 자연보호소송을 맡긴 독도와 명량이는 나에게 고마운 고객, 아니 좋은 친구들이다. 독도야 명량아, 고마워.

이제 해안가로, 섬으로, 바다로, 세계로 멀리 나아가자. 저 멀리 태평양과 대서양을 다녀 오자. 독도에서 출발하여 섬과 바다를 돌고 오자. 거기에는 무엇이 있고 누가 살았는지 몹시 궁금하다. 자, 떠~나자. 얼~씨구, 명량이가 신이 났네. 절~씨구, 이 독도도 흥이 난다. 이렇게 바다를 한 바퀴 돌고 와서 다시 해안가에 도착하니 이제 해안가가 무엇인지 절로 보이는구나. 해안가에는 아주 훌륭한 사람들이 살고 있었다. 이 중에는 천재들도 있고 정치가들도 있다. 과연 정말 그럴까? 지금 떠나는 탐험에 동행하지 않으면 후회하게 됩니다. 자, 어서들 타세요. 세계의 여행은 지금부터 시작입니다. 먼저 미국 매사추세츠주를 가보기로 하지요.

세일럼 마녀재판과 빨간색 글씨

법이란 무엇일까? 일본은 지금 법률주의의 우산을 활짝 펴고 있다. 그래서 일본은 소송을 준비하고 있었다. 독도 또한 소송을 제기했다. 이제 소송이 2 개가 되었다. 하지만 2개의 소송은 전혀 다른 소송이다. 그 이유는 다음과 같다. 마녀재판이란 것이 있다. 마녀재판은 무서운 결과를 가져왔다. 마녀재판으로 희생당한 사람은 엄청나다. 미국에서도 마녀재판이 있었다. 이 마녀재판이 바로 세일럼 마녀재판이다.

세일럼 마녀재판은 1692년 미국 매사추세츠주 세일럼 빌리지에서 일어난 마녀재판이다. 이로 인하여 19명이 처형되는 등 25명이 목숨을 잃었다. 세일럼 빌리지에서 3명의 소녀들이 갑자기 발작을 일으키며 헛소리를 질러대는 사건이 벌어졌다. 마을사람들은 소녀들을 심문하였고, 그들은 3명의 여성을 마녀로 지목했다. 이들은 마녀로 단정되어 감옥에 갇혔다.

하지만 이들이 감옥에 갇힌 뒤에도 소녀들의 증세는 낫지 않았으며, 비슷한 증세를 보이는 사람들이 늘어갔다. 그리하여 심문관들이 파견되었고 그 후 추가로 사람들이 마녀로 지목되어 감옥에 갇혔다. 새로 뉴잉글랜드의 총독으로 부임한 윌리엄 핍스는 특별재판부를 구성하여 심리에 착수했다. 재판 결과 사형이 선고되면서 처형이 이어졌다.

점차 마녀재판에 반대하는 여론이 높아졌으며, 재판이 빈약한 증거를 근거로 무고한 사람을 마녀로 몰아가는 잘못을 저지르고 있다고 비판하였다. 그 후 윌리엄 핍스는 재판의 중지를 명령했다. 다시 새로운 재판부가 구성되어 재판이 속개되었고 대부분 무혐의로 풀려났다. 세일럼 마녀재판이 진행된 1692년 5월부터 10월까지 모두 185명이 체포되었고, 59명이 재판에 회부되어 31명이 유죄판결을 받았다. 그 가운데 19명은 교수형을 당했고, 1명은 고문으로 죽었으며, 5명이 감옥에서 죽었다. 마녀재판은 이렇게 무서운 결과를 가져왔다. 앞으로 마녀재판 같은 것이 있어서는 안 된다.

세일럼 마녀재판의 특별재판관 중에는 존 호손이라는 사람이 있었다. 존 호손의 후손 중의 한 명이 나다니엘 호손이다. 나다니엘 호손은 "주홍글씨"라는 작품을 쓴 사람이다. 나다니엘 호손은 세일럼 마녀재판을 "우리 역사에서 기록하기 가장 부끄러운 치욕적인 사건"이라고 규정하고 있다. 세일럼 마녀재판은 재판이라는 형식을 빌린 일종의 광란이라고 할 수 있다. 마녀재판에서는 심문을 통하여 마녀를 지목하는 절차가 진행된다.

"주홍글씨"의 배경이 바로 17세기 뉴잉글랜드 보스턴이다. 보스턴은 미국에서 상징적인 도시이다. 보스턴은 1630년에 설립되었다. 보스턴은 미국 독립혁명의 주요한 사건들이 발생한 장소이기도 하다. 보스턴 차사건은 대표적인 예이다. 영국은 여러 식민지 항구에서 영국군이 주둔하는 것과 이들의 관리비용을 지불하기 위해 식민지 정착민들에게 세금을 징수하는 것을 결정한다. 식민지 정착민들은 "대표 없이 세금 없다"는 구절을 반복해서 주장하기에 이른다.

영국은 미국에서 차에 대한 세금을 유지하고 있었다. 식민지 정착민들은 이에 대하여 항의했다. 보스턴 차사건은 사람들이 인디언 복장으로 분장하고 보스턴 항구에 정박 중인 영국 상선에 침입하여 선적되어 있는 차 상자를 깨뜨리고 차를 바다에 던져 버린 것을 말한다. 이것은 이후 미국의 독립혁명으로 이어질 것이다. 보스턴은 미국에서 중요한 항구의 역할을 해왔다. 호손은 이러한 보스턴을 작품의 배경으로 삼고 있다.

세일럼 마녀재판이 발생한 세일럼은 보스턴 북동쪽에 있다. 세일럼은 세일럼만에 접해 있다. 세일럼은 1626년 취락이 형성되었다. 세일럼은 19세기 중엽까지 해양, 조선의 중심지로 번영했으나 선박의 대형화로 보스턴과 뉴욕에 그 지위를 빼앗겼다. 세일럼은 역사적으로 상당히 유명한 곳이었다.

　세일럼에는 나다니엘 호손의 생가가 있다. 세일럼에는 피바디 박물관도 있다. 세일럼은 매사추세츠주 에섹스 카운티에 있는 도시이다. 피바디도 에섹스 카운티에 있는 도시이다. 피바디는 원래 미국의 기업가인 조지 피바디의 이름이다. 피바디는 기업가이면서 박애주의자로서 여러 활동을 하였다. 그래서 피바디의 이름을 붙인 것들이 여러 개가 있다. 피바디 또한 지금의 에섹스 카운티 피바디에서 태어났다. 피바디는 생존기간이 1795년-1869년이다. 호손의 생존기간은 1804년-1864년이다. 피바디와 호손은 동일한 시대를 산 사람들이다.

　세일럼은 미국의 교육가인 엘리자베스 피바디(1804년-1894년)가 어린 시절을 보낸 곳이다. 이 피바디는 1860년 미국에서 최초의 영어 유치원을 설립한 사람이다. 피바디 유치원은 이것을 두고 하는 말이다. 피바디는 미국 교육제도로서 유치원을 설립하는 것을 도왔다. 피바디는 독일의 교육가인 프리드리히 프뢰벨(1782년-1852년)의 교육방법에 관하여 관심을 가지고 있었다.

　유치원을 킨더가튼이라고 한다. 킨더가튼은 아이들의 정원이라는 의미이다. 유치원, 즉 킨더가튼이라는 말은 1840년 프뢰벨이 만든 말이다. 프뢰벨은 어린이들에게서 지적인 능력을 개발하는 방법과 관련하여 킨더가튼이라는 말을 만들었다. 프뢰벨은 스위스인 페스탈로치(1746-1827)의 학생이다.

　페스탈로치가 내세운 모토는 "머리, 손, 심장에 의한 학습"이다. 심장은 마음, 가슴을 의미한다. 손을 강조한 것이 상당히 특색이 있다. 아이들의 교육은 머리 이외에 손이 필요하고 그리고 마음을 필요로 한다. 피바디는 서점을 운영하기도 하였다. 피바디의 자매 중 한 명은 호손의 부인이 되었다. 호손이 피바디의 집을 찾아갔을 때 피바디가 자신의 자매를 소개해 주었다. 이것이 인연이 되어 둘은 결혼하게 된다.

유길준(1856년-1914년)은 피바디와 호손보다 뒤의 사람이다. 유길준은 1881년 어윤중의 수행원으로 일본으로 가는 신사유람단에 참가하여 일본 유학생이 되었다. 귀국 후 주사에 임명되어 한성순보 발간의 실무 책임을 맡았다. 주사는 지금도 공무원들의 계급 명칭이다. 유길준은 민영익의 수행원으로 미국으로 건너가기도 한다. 그 곳에서 다윈의 진화론을 처음으로 일본에 소개한 피바디 박물관의 관장인 생물학자 에드워드 모스(1838년-1925년)를 만나 지도를 받았다.

모스는 유길준보다 18살이 더 많다. 그런데 유길준이 모스보다 먼저 죽게 된다. 이것이 유길준의 운명이었다. 모스는 껍데기와 달팽이를 찾아 대서양 해안을 탐험하는 것을 좋아했다. 모스는 자연을 사랑한 사람이고 달팽이에 관한 연구로 유명해진 사람이다. 모스는 이미 젊은 시절에 2개의 새로운 종을 발견했다. 모스는 생물학자로서, 동물학자로서, 수집가로서 매우 유명한 사람이다.

유길준은 1884년 가을 거버너 더머 아카데미에서 공부했다. 거버너 더머 아카데미는 1763년에 설립되었다. 설립자는 윌리엄 더머이다. 더머는 매사추세츠주에서 부총독을 한 유명한 사람이다. 그래서 아카데미의 이름이 거버너 더머 아카데미이다. 더머의 형제는 예일 대학교의 주요한 설립 후원자이기도 하다. 거버너 더머 아카데미는 미국에서 가장 오래된 독립 기숙학교이다. 이 학교는 매사추세츠주에 있고 보스턴 위 북쪽에 위치하고 있다.

유길준이 유학생활을 한 곳이 바로 매사추세츠주였던 것이다. 거버너 더머 아카데미는 영어, 수학, 라틴어, 그리스어 그리고 고전들을 가르치는 학교이다. 유길준 또한 라틴어까지 공부한 사람이다. 유길준은 매사추세츠주 세일럼에서 생활하기도 하였다. 이 세일럼이 바로 세일럼 마녀재판이 발생하였던 그 세일럼이다.

유길준은 세일럼 마녀재판을 우리나라에서 가장 먼저 알게 된 사람이다. 뿐만 아니라 마녀재판이란 것도 가장 먼저 알게 된 사람이다. 피바디 박물관도 가장 먼저 본 사람일 것이다. 유길준이 본 것은 피바디 박물관의 전신이다. 유길준이 우리나라에서 라틴어를 가장 먼저 배운 사람은 아닐 것이다. 천주교가 이미 우리나라에서 널리 보급되어 있었기 때문에 천주교 신자들이 라틴어를 더 먼저 배웠을 것이기 때문이다. 하지만 유길준은 라틴어를 체계적으로 배운 최초의 사람이다.

유길준은 세일럼 마녀재판 이야기를 듣고서 어떠한 생각을 하였을까? 유길준은 모스로부터 생물과 바다 그리고 자연에 관한 여러 말들도 들었을 것이다. 모스는 미국 메인주에 있는 포틀랜드에서 태어났다. 포틀랜드는 해안가에 있는 항구지역이다. 유길준은 서울 사람이기 때문에 해안가 출신은 아니다.

나다니엘 호손은 자신이 세일럼 마녀재판의 특별재판관이었던 존 호손과 관계가 있다는 것을 숨기려고 하였다. 존 호손은 마녀재판 당시 유일한 판사였다. 존 호손은 자신의 행동에 관하여 결코 후회하지 않았다고 한다. 존 호손은 심문 당시 다음과 같은 말을 했다고 한다.

혐의자: 나는 마녀가 무엇인지 모릅니다.
존 호손: 당신이 마녀가 아니라는 것을 당신은 어떻게 아는가?
혐의자: 당신이 무슨 말을 하는 것인지 모르겠어요!
존 호손: 당신은 당신이 마녀가 아니라는 것을 어떻게 알 수 있는가?
　　　　　마녀가 무엇인지 아직도 모르는가?

나다니엘 호손(Nathaniel Hawthorne)은 존 호손(John Hathorne)의 호손이란 성에다가 철자 W를 추가하여 Hathorne이란 성을 Hawthorne으로 만들었다. 그래서 나다니엘 호손의 성이 Hawthorne이 되었다. "주홍글씨"는 1850년의 작품이다. "주홍글씨" 또한 A라는 글자가 이야기를 이끌어간다. 나다니엘 호손은 이 작품에서 법률주의와 죄의 문제를 다루고 있다. 이 것은 존 호손이 마녀재판에서 직면한 문제이기도 하다. 나다니엘 호손은 작 품을 통하여 세일럼 마녀재판을 다시 등장시키고 있는 것이다.

그런데 "주홍글씨"는 시대가 1642년으로서 오히려 세일럼 마녀재판이 벌어졌던 1692년보다 50년이 앞서고 있다. 호손은 시간의 흐름을 거스름으 로써 세일럼 마녀재판의 등장을 50년 전에 예고하고 있다. 그는 법률주의와 죄의 문제를 전면에 부각시킴으로써 세일럼 마녀재판을 막아보려고 했던 것 이다. 또는 세일럼 마녀재판을 고발하고 있었던 것이다. 작품의 배경이 된 보스턴은 바로 세일럼 근처에 있다.

호손은 미국의 대통령 프랭클린 피어스(1804년–1869년)의 친구이기도 하다. 이들은 학창시절부터 친구였다. 피어스는 호손과는 태어난 해가 같고 조지 피바디와는 죽은 해가 같다. 호손은 그 당시 미국에서 대단한 인맥을 형성하고 있었다.

법률주의와 죄의 문제는 프랑스의 작가인 빅토르 위고에 의하여 "레 미 제라블"에서 다시 한 번 다루어진다. "레 미제라블"은 1862년에 출판되었다. "레 미제라블"은 "주홍글씨"보다 12년 후에 나왔다. "레 미제라블"이 출판될 때 미국에서는 남북전쟁이 한창 진행되고 있었다. "레 미제라블"에서 장발장 을 잡으려고 하는 경찰 자베르는 법률주의를 굳게 믿고 있는 사람이다.

청교도들에 의해 개척된 17세기 뉴잉글랜드 보스턴은 엄격한 사회였다. 간통죄를 범한 자는 수치심의 상징으로서 옷 위에 A라는 주홍글씨를 낙인 으로 달고 있어야 한다. A는 간통(adultery, 어덜터리)의 첫 글자이다. 이것 이 주홍의 A이다. 간통죄를 범한 자는 주홍의 A를 달고서 3시간 동안 사람 들에게 공개된다. 호손은 알파벳 글자를 가지고 여러 가지 생각을 하는 사람 이다. 호손이라는 성에는 W자를 추가하였었다. 이번에는 A를 가지고 작품 을 전개시킨다. 글자의 색깔은 주홍이다. 주홍은 빨간색을 말한다. 주홍의 A

는 빨간색의 A라는 의미이다. 빨간색의 A는 스칼렛 A이다. 스칼렛이 빨간
색이라는 의미이다.

스칼렛은 그 후 마거릿 미첼(1900년–1949년)이 쓴 "바람과 함께 사라
지다"의 등장인물인 스칼렛 오하라를 거쳐 사람의 이름으로 사용되게 된다.
지금은 스칼렛이라는 이름을 가진 사람들이 많다. 미첼은 호손보다 96년이
나 뒤에 태어난다. 미첼은 스칼렛의 이미지를 빨간색의 A에서 스칼렛 오하
라로 완전히 바꾸어 놓았다. 미첼이 "주홍글씨"의 이미지를 의도적으로 바
꾸어 놓으려고 한 것인지는 아직 명확하지 않다.

미첼이 태어난 해는 1900년으로서 20세기가 시작하는 첫 해이다. 스칼
렛 오하라는 미국에서 20세기를 상징하는 인물이 된다. 하지만 "바람과 함
께 사라지다"는 19세기의 남북전쟁을 배경으로 하고 있다. 스칼렛 오하라는
전쟁 속에서의 삶의 어려움과 고민 그리고 사랑의 아픔을 겪는다. 결국 스칼
렛 오하라는 자기가 사랑했던 사람이 아니라 자기를 사랑하기 때문에 떠난
레트를 찾아나선다.

"주홍글씨"에서 여주인공 헤스터 프린은 아이의 아버지를 대라는 요청
을 거절한다. 이것은 세일럼 마녀재판에서 갑자기 발작을 일으키며 헛소리
를 질러댔던 3명의 소녀들이 누구누구를 마녀로 지목했던 것과는 다른 것이
다. 또한 이것은 자신에게 빨간색의 A를 낙인으로 달게 했던 그 당시의 법
률주의를 거부하는 것이기도 하다. 아이의 아버지인 목사 딤즈데일은 자신
의 부끄러운 행동에 대하여 양심의 가책을 느끼고 자신이 아이의 아버지임
을 밝히고 죽는다.

프린은 한때 자기가 달고 있던 빨간색의 A라는 낙인을 옷에서 벗어버리
기도 하지만 딤즈데일이 죽은 후 떠났던 자신의 오막살이집으로 돌아온 이
후 다시 옷 위에 A라는 주홍글씨를 달고서 산다. 이로써 호손은 자신의 조
상인 존 호손이 한 행동을 용서한다. "주홍글씨"를 통하여 나다니엘 호손은

존 호손이 한 행동을 고발하면서도 마지막에는 용서한다.

동시에 간통을 한 사람에게 빨간색의 A를 낙인으로 달게 했던 그 당시의 법률주의를 간통을 한 당사자인 프린의 입장에서 받아들인다. 이것은 간통을 했기 때문에 그 죄를 씻을 수 없다는 간통을 한 당사자의 양심이 발동한 결과이다. 딤즈데일은 자신이 아이의 아버지임을 밝히고 죽음으로써 자신의 양심이 시키는 대로 행동했고 프린은 다시 옷 위에 A라는 주홍글씨를 달고 살아감으로써 양심이 시키는 대로 행동했다.

"주홍글씨"에서 중요한 것은 양심이지 법률주의가 아니다. "주홍글씨"에서 법률주의가 유지될 수 있었던 것은 프린이 자신의 양심이 시키는 대로 행동했기 때문이다. 프린이 죽자 그녀는 딤즈데일의 무덤 옆에 묻히었다. 그리고 이들 둘은 스칼렛 A가 새겨진 무덤의 돌을 함께 공유하게 되었다.

법률주의와 양심의 상호관계의 문제는 인류를 깊은 생각 속에 빠뜨린다. 법률주의만을 내세운다면 세일럼 마녀재판은 언제든지 다시 등장할 것이다. 이것은 권력자들과 판사들이 항상 머리 속에 담아두어야 하는 진실이다. 법률주의는 또 다시 다음과 같은 질문을 할 것이다. "당신이 마녀가 아니라는 것을 당신은 어떻게 아는가?", "당신은 당신이 마녀가 아니라는 것을 어떻게 알 수 있는가? 그리고 마녀가 무엇인지 아직도 모르는가?"

✠ 횡포한 법률주의

프랑스의 작가인 빅토르 위고는 "주홍글씨"가 나온 후 12년 후에 다시 법률주의와 양심의 상호관계의 문제를 다룬다. "레 미제라블"에서 자베르는 법률주의에 충실한 경찰이다. 하지만 자신의 법률주의가 잘못된 것임을 알게 된다. 이 순간을 위고는 정확하게 포착하고 있다. 그리고 위고는 자베르가 양심에 따르도록 이야기를 이끌어간다. 법률주의와 양심 사이에서 고민하던 자베르는 결국 센느강에 몸을 던지고 만다. 이로써 자베르와 장발장 사이에 놓여 있던 깊은 불신의 벽은 없어지고 양심이 승리한다.

자베르의 행동은 바로 다름 아닌 "주홍글씨"에서의 딤즈데일의 행동이다. 그리고 다시 옷 위에 A라는 주홍글씨를 달고 살아가는 헤스터 프린의 행동이기도 하다. 그런데 "레 미제라블"과 "주홍글씨"는 분명한 차이가 있다. 위고는 "레 미제라블"에서 법률주의를 완전히 파괴하고 만다. 하지만 호손은 "주홍글씨"에서 프린이 다시 옷 위에 A라는 주홍글씨를 달고 살아가게 만듦으로써 법률주의를 완전히 파괴하지 않고 유지시킨다. 그 이유는 호손이 자신의 조상인 존 호손을 배려하기 위한 것이기도 하다. 이것은 나다니엘 호손이 자신의 성을 Hawthorne에서 W를 빼서 다시 호손(Hathorne)으로 되돌리고 싶은 마음의 반영이기도 하다.

그런데 호손이 법률주의를 완전히 파괴하지 않은 더 근본적인 이유는 다른 곳에 있다. 그것은 바로 프린의 간통이 여전히 잘못인 것은 부정할 수 없기 때문이다. 만약 법률주의가 죄 없는 사람을 향하여 횡포를 부린다면 그 법률주의는 완전히 파괴되어야 마땅하다. 만약 법률주의가 죄 있는 사람을 향하여 횡포를 부린다면 그 법률주의는 마지막 순간까지 파괴할 것인지를 고민할 수밖에 없다. 죄가 있는 것은 부정할 수 없기 때문이다.

횡포한 법률주의가 시간이 흐른 후에도 사람들로부터 여전히 동정을 받는 것은 사람들이 횡포한 법률주의가 죄 있는 사람을 향하여 횡포를 부렸다고 생각하기 때문이다. 이러한 경우 사람들은 "주홍글씨"와 같은 결말을 기대한다. 그리고 사람들은 횡포한 법률주의가 죄도 없는 사람을 향하여 횡포를 부렸다고 생각하면 "레 미제라블"과 같은 결말을 기대한다.

조약이란 무엇일까? 조약은 법과 동일한 효력을 가진다. 일본은 지금 조약이라는 법률주의의 우산 그것도 우산 속을 밖에서 볼 수 없게 가린 것을 활짝 펴고 있다. 일본이 펴고 있는 그 우산은 샌프란시스코 평화조약이다.

이 평화조약은 제2차 세계대전을 마무리하는 조약이었다. 일본은 이 조약에 패전국으로서 참여했다.

그런데 일본이 평화조약을 법률주의의 입장에서 해석하고 있다. 이번에 독도가 제기한 소송은 그러한 법률주의, 즉 횡포한 법률주의를 막기 위한 것이다. 그래서 2개의 소송은 전혀 다른 소송이다. 이번에 제기한 소송은 "주홍글씨"의 결말을 지향하지 않고 "레 미제라블"의 결말을 지향하고 있다. 그 이유는 독도는 죄가 없기 때문이다. 독도는 횡포한 법률주의에 단호히 반대한다. 이것이 바로 독도의 의지이자 독도의 정신이다.

그리스의 비극 작가인 소포클레스의 연극 안티고네에는 다음과 같은 대목이 나온다. 안티고네가 바로 주인공이다. 안티고네는 오빠가 장례식도 없이 시 외곽에서 시체를 부패시키는 형을 선고받았다는 것을 알게 되었다. 안티고네는 왕의 명령을 무시하고 자신의 생명을 걸고 오빠를 매장하였다. 왕명에 따르지 않은 이유를 추궁당하자 안티고네는 왕의 법은 그녀가 따르고자 하는 신의 영원한 불문법보다 권위가 없기 때문이라고 말하였다.

프로크루스테스는 아티카의 전설에 나오는 노상강도이다. 그는 지나가는 사람들을 털고는 잡아다가 쇠침대에 눕히고 그 키가 침대보다 크면 다리를 자르고 침대보다 작으면 잡아 늘였다고 한다. 이 침대를 프로크루스테스의 침대라고 한다. 아티카는 그리스 전설에서 전하는 섬이다. 아티카는 아틀란티스를 말한다. 프로크루스테스의 침대가 바로 횡포한 법률주의이다.

로마의 키케로는 법률을 현려라고도 하는데 현려의 능력은 올바로 행하라고 명령하고 악행을 하지 못하게 금하는 것이라고 한다. 이것은 "각자에게 자기 것을 돌려주는" 것이라고 한다. 키케로는 악한 관습에서 나오는 부패는 하도 극성스러워서 자칫 자연에게서 부여된 불꽃을 꺼뜨리기 마련이고 정반대의 악덕들이 일어나고 득세한다고 하였다. 일본은 키케로의 말을 명심하여야 한다. 하지만 일본은 지금도 횡포한 법률주의의 질문을 계속하고 있다. 독도는 이 책의 마지막에 다시 등장한다. 앞으로 이어지는 이야기들은 인간의 선택과 전봉준 장군의 혁명적 창의력 그리고 우리가 사는 이 사회를 개선시키기 위하여 필요한 몇 가지 중요한 생각을 제시하는 것들이다.

일본: 당신이 일본 땅이 아니라는 것을 당신은 어떻게 아는가?

일본: 당신은 당신이 일본 땅이 아니라는 것을 어떻게 알 수 있는가?

일본 땅이 무엇인지 아직도 모르는가?

3

깊어가는
고민과 창의적 선택

유길준의 모습

서광범의 모습

최익현의 모습

조선초 정도전, 조준의 고민과 선택

모든 길을 갈 수는 없으므로 길을 가다가 갈림길이 나타나면 선택할 수밖에 없다. 선택한 그 길이 때로는 자신의 목숨을 요구한다. 고려와 조선의 갈림길 선택에서 정몽주가 먼저 목숨을 잃는다. 정도전 또한 예외는 아니었다. 정도전은 그 후의 갈림길 선택에서 목숨을 잃는다. 고려와 조선의 갈림길 선택은 여러 번 나타났다.

정몽주, 정도전, 하륜 중에서 살아남은 사람은 하륜 뿐이다. 하륜과 비슷한 길을 간 사람이 조준이다. 조준은 이성계를 추대하여 개국공신 1등이 되었다. 세자책봉에 대해 정도전은 이방석을 지지했으나 조준은 이를 반대하고 이방원을 지지했다. 이 길이 조준이 가는 길을 정도전과 다른 길로 만들었다. 조준이 가는 길은 하륜이 가는 길과 같은 길이었다.

정도전(1342년-1398년)은 이색의 문하에서 수학하였다. 정도전은 충청도 단양 출신이다. 정도전의 호는 삼봉인데 삼봉은 단양에 있는 지역이기도 하다. 정도전이 출생한 곳이 삼봉이다. 삼봉은 독도의 옛날 이름이기도 하다. 이것 또한 놀랍지 않은가? 정도전은 일찍부터 유배되었다. 그러다가 이성계(1335년-1408년)를 찾아가게 된다.

위화도회군으로 이성계 일파가 실권을 장악하자 정도전은 군사권을 장악했다. 그 후 탄핵을 받아 유배된다. 정몽주가 죽은 후 유배에서 풀려 나와 이성계를 왕으로 추대했다. 정도전은 요동 수복운동을 추진하기도 하였다. 하지만 정도전은 결국 이방원에 의하여 죽음을 당한다. 죄명은 왕세자 방석에 당부해 종사를 위태롭게 했다는 것이었다. 이것을 제1차 왕자의 난이라고 한다.

하륜(1347년-1416년)은 정도전보다 나이가 5살 적다. 하륜은 최영의 요동공격을 반대하다가 유배되었다. 하륜은 1398년 충청도 도관찰사로서 제1차 왕자의 난 때 이방원을 도왔다. 제1차 왕자의 난 이후 정종이 즉위하자 정사공신 1등이 되었다. 태종이 즉위하자 좌명공신 1등이 되었다. 그 뒤 좌의정을 역임했다. 정도전은 이성계를 왕으로 추대했고 그 후 이방원과 대립했다. 정도전은 이성계를 왕으로 추대함으로써 정몽주와 다른 길을 간다. 하륜은 이방원을 지지함으로써 정도전과 다른 길을 간다. 정몽주, 정도전, 하륜이 갔던 길을 보면 사람의 인생에는 매번 갈림길이 등장한다는 것을 알 수 있다.

조준(1346년-1405년)은 1400년(정종 2년)에 투옥되기도 했으나 이방원에 의해 석방되었다. 조준은 이방원을 왕으로 옹립하고 승진하였다. 조준의 아들은 태종의 둘째딸과 결혼하여 조준과 태종은 사돈이 된다. 조준은 6형제 중 5남으로 태어났는데, 형제가 아무도 과거에 급제하지 못하고 조준이 힘써 공부하여 과거에 급제했다. 그 전인 공민왕 때에는 조준이 책을 끼고 수덕궁 앞을 지나가자 왕이 보고 기특히 여겨 마배행수에 보했다고 한다. 공민왕이 보기에 책을 낀 조준의 모습이 기특했던 모양이다.

수덕궁은 동쪽의 별궁이다. 고려는 수도가 개성이다. 고려에서 가장 큰 궁전은 개성에 있던 만월대이다. 만월대는 궁전 안에 있던 대 또는 궁전 전체를 가리키는 말이다. 고려의 궁전은 만월대이고 조선의 궁전은 경복궁이다. 하륜이나 조준처럼 이성계와 이방원을 모두 도우면 묘정에 배향될 때 누구의 묘정에 배향되어야 하는 문제가 생긴다. 조준은 태조의 묘정에 배향되었다. 하륜은 이방원 태종의 묘정에 봉안되었다. 조준은 이성계보다 먼저 죽었다. 이성계는 1408년에 사망한다. 이 때 세종대왕의 나이는 12살이다.

세종대왕은 이성계의 손자이고 태종의 아들이다. 단종은 세종대왕의 손자이고 세조는 세종대왕의 아들이다. 단종은 어린 나이에 왕이 되어서 자신이 선택할 것도 없이 다른 사람들의 선택에 의하여 삶을 비극적으로 마감하고 만다. 단종이 겪은 비극을 보면 사람의 삶이란 것은 자신이 선택한 결과이기도 하지만 때로는 다른 사람들이 선택한 결과이기도 하다는 것을 알 수 있다.

정몽주(1337년-1392년)는 조선이 건국되는 해에 죽었다. 정몽주의 이름은 처음에는 몽란이었다가 그 다음은 몽룡으로 그리고 다시 몽주가 되었다. 정몽주는 경상북도 영천에서 태어났다. 정몽주는 이성계와 함께 여진토벌에도 참가하였다. 정몽주는 서장관으로 명나라에 다녀오던 중 배가 난파되었으나 살았다. 서장관은 외국에 보내던 사신 중 기록관의 역할을 하는 관직이다. 지금으로 말하면 외교사절 중의 한 명이다.

정몽주는 1380년에는 이성계와 함께 왜구를 토벌했다. 정몽주는 이성계를 왕으로 추대하려는 조준을 제거하려 하였다. 이에 이방원이 정몽주를 제거할 계획을 꾸몄다. 정몽주는 이성계를 문병했다가 귀가하던 도중 개성 선죽교에서 이방원의 문객 조영규 등에게 살해되었다. 정몽주는 이성계보다 2살이 적다.

최영은 원나라의 요청으로 중국에서 장사성의 난군을 토벌하고 귀국하기도 한다. 장사성은 원래 소금 중개인이었다. 그러다가 난을 일으켜 왕을 칭하기도 하였다. 장사성은 결국 패배하고 자살한다. 이 당시 명나라를 세울 주원장도 활동하고 있었다. 장사성은 주원장보다 7살이 많다. 장사성은 강소성(장쑤성)에서 태어났다. 한나라를 세운 유방도 강소성 출신이다.

주원장은 안휘성(안후이성) 출신이다. 안휘성은 강소성 바로 왼쪽에 위치하고 있다. 원나라 이후에 나라를 세운 사람은 강소성 출신이 아니라 이번에는 안휘성 출신이었다. 장사성 뿐만 아니라 삼국지에 나오는 관우도 소금과 관련이 있는 사람이다. 관우는 하동군 해현 사람이다. 하동군은 산서성(산시성)이다. 하동군 해현은 소금 생산지로 유명했던 곳이다. 관우는 소금 거래에 관여하다가 폭리를 취하는 상인을 죽이고 도피한 것으로 알려져 있다.

원나라는 몽고 사람들이 세운 나라이고 명나라는 안휘성 출신인 주원장이 세운 나라이다. 청나라의 전신인 후금을 세운 누루하치는 요녕성(랴오닝성) 무순(푸순) 출신이다. 무순에는 신빈 만족 자치현이 있다. 이곳이 바로 청나라의 발상지이다. 신빈 만족 자치현에는 흥경(싱징)이 있다. 흥경은 후금의 수도였다. 누루하치는 여진족의 추장이었다.

원나라가 망하고 몽고족은 몽고로 돌아갔다. 그런데 청나라가 망하고 여진족은 마땅히 돌아갈 곳이 없었다. 무순 뿐이었다. 이것이 몽고와 여진족의 차이이다. 여진족은 지금 중국의 한 지역에서 살고 있다. 무순은 고구려 사람들이 활동한 지역이기도 하다. 그래서 고구려의 산성이 있기도 하다.

명나라가 건국될 당시는 중국에서 격동의 시대이다. 이러한 격동에 고려도 반응해야 했다. 이러한 반응 속에서 조선이 건국된다. 최영은 중국 홍건적의 침입과 일본 왜구의 침입 때 싸워 공을 세운다. 그리고 여러 난이 발생했을 때 이를 진압하기도 한다. 최영은 신돈의 모함으로 유배되기도 한다. 신돈이 처형되자 다시 복직한다. 최영은 철원부원군에 봉해졌다. 부원군은 왕의 장인이나 공신에게 주던 칭호이다. 1388년 명나라가 철령위를 설치하려고 하자 요동정벌을 계획하고 팔도도통사가 되어 정벌군을 이끌고 출정했다. 조민수는 좌군도통사이고 이성계는 우군도통사이다. 최영, 조민수, 이성계가 요동정벌시 3명의 도통사들이다.

이 때 이성계는 조민수를 설득하여 압록강 가운데의 위화도에서 회군을 단행했다. 이것을 위화도회군이라고 한다. 철령은 함경도와 강원도의 경계에 있는 고개이다. 위는 중국 명나라 때에 있던 군사적 행정기구의 단위이다. 철령위는 철령을 관할하려던 그러한 위를 말한다. 고려는 명나라가 철령을 관할하려고 하자 거꾸로 요동을 정벌하려고 한 것이다. 이 때 고려의 왕은 우왕이다. 요동은 요녕성(랴오닝성)의 남동부 지역이다. 압록강에 있는 위화도를 건너면 요동이 나온다.

우왕은 요동정벌을 위하여 상당한 군사를 동원했다. 하지만 우왕의 요동정벌은 위화도라는 섬에서 막히게 된다. 위화도회군으로 우왕(1365년-1389년)은 폐위를 당하게 된다. 우왕은 결국 살해당했다. 우왕은 25살을 살았다. 우왕 또한 비운의 왕이다. 우왕은 공민왕이 죽자 10살에 왕이 되었다. 어찌 보면 우왕이 우리나라의 역사에서 가장 극적이고 비극적인 왕일지도 모른다. 우왕이 폐위되자 우왕의 아들인 창왕(1380년-1389)이 9살에 왕이 되었다.

하지만 창왕은 왕이 된 다음 해에 폐위되었다. 창왕은 바로 죽게 된다. 고려의 마지막 왕인 공양왕은 우왕과 창왕의 자손이 아니다. 우왕의 꿈을 좌절시킨 위화도는 평안북도 의주군 위화면에 속하는 섬이다. 위화도는 압록강 하류에 있다. 최영은 이성계군이 개성으로 들어오자 이를 맞아 싸우다가 체포되었다. 최영은 유배되었다가 참형되었다. 최영은 정몽주보다 먼저 제거되었다. 최영과 정몽주는 모두 이성계에게 기습을 당한 것이다.

정도전과 같은 길을 간 사람이 없었던 것은 아니다. 남은은 정도전과 완전히 같은 길을 갔다. 그래서 남은(1354년-1398년)이 사망한 해는 정도전이 사망한 해와 같다. 남은은 정도전보다 12살이 적으므로 정도전보다 짧은 삶을 살았다. 남은은 길재보다 1살이 적다. 남은은 요동정벌 때 이성계를 따라 종군했으며 이성계에게 회군할 것을 진언했다. 회군 뒤 이성계의 왕위추대계획에 참여했다. 정몽주가 죽은 후 남은은 정도전, 조준, 조인옥 등 52명과 함께 이성계를 왕위에 추대했다. 이로써 역성혁명이 성공한 것이다. 왕위를 차지하기 위하여 52명의 거물들이 필요했던 모양이다.

남은은 방석을 세자로 책봉하는데 적극 간여했다가 제1차 왕자의 난 때 정도전, 심효생, 동생인 남지와 함께 살해당했다. 남은의 형인 남재의 5대손이 남효온이다. 남효온은 생육신의 한 사람이다. 심효생(1349년-1398년)은 세자 방석의 장인이다. 심효생 또한 이성계를 왕으로 추대하는데 참여했다. 심효생은 제1차 왕자의 난 때 세자 방석파로 지목되어 이방원에 의해 죽음을 당했다. 심효생 또한 정도전이 가는 길을 가다가 길을 잃고 말았다.

조선의 개국공신(나라를 세운 공신)으로서 정변에 휘말려 피살된 인사로는 정도전, 남은, 심효생 등 12명이다. 상당히 많은 개국공신들이 개국 후에 정변으로 죽음을 당했다. 1330년대생인 이성계, 정몽주, 1340년대생인 정도전, 조준, 하륜, 1350년대생인 길재, 남은은 그 시대의 과제인 조선의 건국을 두고 엄청난 고민을 하였고 그 후에는 살아남은 사람들이 또 다시 왕이 될 사람을 두고 엄청난 고민을 하였다. 그 과정에서 일부는 목숨을 잃기도 한다. 1330년대생, 1340년대생, 1350년대생들은 14세기 말과 15세기 초 우리나라 역사의 주인공들이다.

길재(1353년-1419년)는 조준보다 7살이 적다. 이방원(1367년-1422년)보다는 14살이 많다. 길재는 이방원과 한마을에 살면서 서로 오가며 함께 학문을 강론하고 연마했다고 한다. 그런데 길재와 이방원은 나이 차이가 좀 난다. 이방원 태종은 재위기간이 상당히 독특하다. 태종의 재위기간은 1400년-1418년 동안으로서 18년이다. 왕의 재위기간이 100년을 의미하는 00년에 시작하는 경우는 거의 없다. 정조는 반대로 재위기간이 1776년-1800년으로서 00년에 끝난다. 그러자 정조의 아들인 순조가 1800년, 즉 00년에 왕이 되었다. 태종 이후 무려 400년만의 일이다.

길재는 고려가 장차 망할 것을 알고서 늙은 어머니를 모셔야 한다는 핑계로 벼슬을 버리고 고향으로 돌아왔다. 1400년 이방원이 길재를 불러 봉상박사에 임명했으나 길재가 글을 올려 두 왕을 섬기지 않는다는 뜻을 펴니 예를 다해 대접해 보내주었다. 길재는 그 후 후학의 교육에만 힘썼다. 그의 문하에서는 김숙자 등 많은 학자가 배출되었다. 길재의 학통이 김종직 등 사림에게로 이어진다. 길재는 사림과의 연결고리라는 점에서 매우 중요한 사람이다. 길재는 삼은 중에서 마지막까지 생존한 사람이다. 포은 정몽주도 삼은 중의 한 명이다.

황희(1363년-1452년)는 1360년대에 태어난 사람이다. 황희가 선택하여 간 길은 어떠한 길일까? 황희는 고려 때 태어났으나 조선의 건국과는 거리가 있다. 황희는 창왕 때 문과에 급제했고 이성계 때 성균관에서 일하였다. 그 후 황희가 가는 길은 길재와는 다른 것이다. 황희는 관직생활을 잘하였다. 황희는 세조가 일으킨 난도 피해 갔다. 세조가 난을 일으킨 때가 1453년인데 황희는 바로 그 전에 죽었다. 황희는 어찌 보면 시대의 운을 가장 잘 타고 태어난 사람이다. 시대의 운을 타고 태어나려면 황희 정도는 되어야 할 것이다.

김종서(1383년-1453년)는 1380년대에 태어난 사람이다. 김종서는 잘나가다가 세조에 의하여 죽음을 당했다. 황보인 또한 잘 나가다가 세조에 의하여 죽음을 당했다. 황보인은 영의정까지 하였다. 김종서와 황보인은 같은 해에 죽었다. 김종서와 황보인을 보면 황희가 얼마나 시대의 운을 잘 타고났는지를 알 수 있다. 조선의 건국 당시 또는 직후에 젊었던 사람들은 세조가 일으킨 난이라는 복병을 만나서 일부는 목숨을 잃게 되었다. 그 후 다시 1410년대에 태어난 사람들이 세조에 반대하다가 사육신이 되고 만다.

사육신인 성삼문(1418년-1456년)은 1410년대에 태어난 사람이다. 사육신인 박팽년(1417년-1456년) 또한 1410년대에 태어난 사람이다. 성삼문과 박팽년은 1살 차이이고 같은 해에 죽었다. 이들은 젊은 나이에 죽은 사람들이다. 김종서와 황보인이 죽고 불과 3년만에 변을 당하고 말았다. 황희, 김종서와 황보인, 성삼문과 박팽년은 태어난 시기는 다르지만 거의 같은 시기에 죽었다. 이 중에서 황희만 장수하였다. 신숙주(1417년-1475)는 박팽년과 같은 해에 태어났다. 세조를 도운 한명회(1415년-1487년) 또한 1410년대에 태어난 사람이다. 세조(1417년-1468년) 자신이 박팽년과 같은 해에 태어난 사람이다.

1410년대에 태어난 사람은 세조와 한명회를 한 축으로 하고 성삼문과 박팽년을 다른 한 축으로 하여 목숨을 걸고 경쟁하고 있었다. 세조의 형인 문종(1414년-1452년)도 1410년대에 태어난 사람이다. 문종은 2년간 왕을 하다가 일찍 죽고 말았다. 세조에 의하여 죽음을 당한 1410년대에 태어난 사람들과 운명을 같이 한 사람은 1440년대에 태어난 사람들이다. 이 중에서 단종(1441년-1457년)은 1440년대에 태어난 사람으로서 성삼문과 박팽년이 죽은 1년 후에 바로 죽었다. 또한 남이 장군(1441년-1468년)도 1440년대에 태어난 사람으로서 28살에 죽었다.

이성계와 조민수가 위화도회군을 결정한 것은 1388년 음력 5월 22일이다. 세조가 난을 일으킨 것은 1453년 10월 10일이다. 중종반정은 1506년 9월 1일에 발생했다. 인조반정은 1623년 4월 11일(음력 3월 12일)에 발생했다.

정도전은 정몽주와 달리 역성혁명을 추진했다. 역성혁명은 왕조를 다른 성으로 바꾸는 것을 말한다. 우리나라의 경우 왕조의 성은 거의 바뀌지 않았다. 이성계 등이 추진한 역성혁명이 성공함으로써 왕조의 성은 왕씨에서 이씨로 바뀌었다. 우리나라의 역성혁명은 이성계가 추진한 역성혁명이 마지막이었다.

조선왕조가 소멸하면서 군주제는 폐지되었기 때문이다. 조선말이 오면 시대가 역성혁명조차도 허용하지 않는 시대로 바뀌게 된다. 이제 시대는 군주제를 폐지하고 선거에 의하여 관리를 뽑는 공화제를 요구하고 있었다. 이때 우리는 적절하게 대응하지 못했다. 이 틈을 일본이 파고 들어왔다. 일본이 우리나라에서 쿠데타를 시도한 것이었다. 그 후 일본이 패망하고 해방이 되자 우리나라에는 자연스럽게 공화제가 수립되었다.

왕씨는 고려시대에 34왕 475년간 지속되었다. 고려의 마지막 왕인 공양왕은 정몽주가 살해된 후 이성계에 의하여 폐위되었다. 공양왕은 폐위된 후

원주로 추방되고 공양군으로 강등되었다가 살해되었다. 공양왕도 연산군과 광해군처럼 왕에서 군으로 강등되었던 것이다. 공양왕의 이름은 왕요이다. 왕건으로 시작된 고려 왕조는 왕요를 마지막으로 소멸된다. 우왕이 왕이 된 후 1392년 조선이 건국될 때까지 18년 동안은 정치적 혼란의 시대이다. 여기서 최종적인 승리자는 이성계였다. 우리의 역사에서 18년이라는 시간단위가 자주 등장한다.

　18년 정도이면 혼란이 끝나거나 아니면 변화가 없는 사회에서는 새로운 변화가 시작되어야 하기 때문이다. 이것이 시간의 힘이라는 것이다. 어느 사람이든지 시간의 힘 앞에 장사가 없는 것이다. 이성계는 최영과 정몽주를 제거하고 새로운 정권을 창조하였다. 조선왕조는 마지막 왕인 순종에 이르기까지 27왕 518년간 지속되었다. 조선왕조가 왕의 수에 있어서 고려시대보다 더 적지만 왕조의 지속기간은 더 길다. 조선왕조의 왕이 좀 더 오래 재위에 있었기 때문이다.

　세조는 이성계, 태종에 이어 왕위를 갈아치운 사람이다. 그 후에는 중종반정과 인조반정이 있다. 광해군은 인조반정에 의해 왕에서 광해군으로 강등되었다. 그 대신 광해군의 조카인 인조가 왕이 되었다. 인조반정은 세조가 왕이 된 것과 완전히 반대이다. 세조는 조카인 단종을 제거하고 자신이 왕이 되었다. 인조반정은 삼촌인 광해군을 제거하고 조카인 인조를 왕으로 만들었다.

　인조반정은 세조가 일으킨 계유정난의 일종의 역전현상이라고 할 수 있다. 조선에서 왕조의 설립을 포함하여 왕위가 비정상적으로 교체된 것은 5번이다. 조선왕조는 500년 왕조이므로 100년에 1번꼴로 발생하였던 것이다. 고종도 일본에 의하여 왕위를 빼앗기기는 한다. 고종까지 포함하면 모두 6번이다.

　왕씨의 대종은 개성왕씨이다. 개성왕씨의 시조는 태조 왕건이다. 왕건의 집안은 개성 사람이다. 왕건은 왕씨 성을 다른 사람들에게 주기도 하였

222

다. 고려가 소멸한 후 왕씨의 수난이 시작되었다. 이성계는 고려왕조의 후예인 왕씨들을 멸족시키고 왕씨 성을 받아 왕씨가 된 사람은 모두 본성으로 돌아가게 하였다. 왕조의 후예가 아닌 왕씨들은 어머니의 성을 따르도록 했다. 이에 왕씨들이 전씨와 옥씨 등으로 되었다고 한다. 전씨와 옥씨에는 임금 왕 자가 들어 있다. 그런데 왕씨 성 자체가 임금 왕(王)이다. 성과 임금을 의미하는 단어가 같다.

서양에서 카이사르는 황제를 의미한다. 카이사르는 원래 로마 줄리어스 시저 가문의 성이다. 시저의 로마식 발음이 바로 카이사르이다. 카이사르가 황제를 의미한 것은 줄리어스 시저의 이름 때문이다. 카이사르 또한 성과 황제를 의미하는 단어가 같다. 이성계가 조선을 건국한 후 성과 임금을 의미하는 단어를 같게 만들려고 했으면 임금을 왕 대신에 이라고 불렀어야 했다. 이성계는 왕의 성을 바꾸었지만 왕의 호칭을 바꾸지는 못했다. 신라시대에는 김씨가 왕이 되었다. 신라시대에도 임금을 왕 대신에 김이라고 부를 수도 있었을 것이다. 만약 그랬다면 임금을 의미하는 단어는 김에서 왕으로 다시 왕에서 이로 변하여 지금까지 내려왔을 것이다.

정도전은 영의정의 직위에 있었던 사람이다. 우리나라에서 영의정에 있었던 사람들은 누가 있을까? 이최응(1815년-1882년)은 흥선대원군(1820년-1898년) 실각 후 영의정이 되었다. 이최응은 흥선대원군의 형이다. 이최응은 흥선대원군보다 5살이 더 많다. 흥선대원군은 이하응이다. 흥선대원군은 79살을 살았다. 이 당시 흥선대원군 가문은 엄청난 일을 당하고 있었다. 흥선대원군의 아들인 이재선도 죽었고 다시 형인 이최응도 죽게 된다. 이최응은 68살을 살았다.

이최응은 상당히 흥미로운 사람이다. 이최응은 외국과의 통상수교를 거부하는 정책에 반대하여 흥선대원군과 반목했다. 이최응은 통리기무아문 총리대신으로 개화정책을 추진했으나 유림의 반대로 사직했다. 그러다가 임오군란 때 살해되었던 것이다. 고종 때 영의정은 모두 10명이었다. 이 중에서 이름이 잘 알려진 사람은 이최응, 김홍집 정도이다. 고종이 왕이 된 때인 1863년부터 1894년까지 31년 동안 영의정을 지낸 사람이 10명이므로 영의정 한 사람이 약 3년 정도를 재직한 것이 된다. 지금은 어떠한가? 지금은 엄청나게 자주 바꾼다. 서양은 어떠한가? 서양은 조선시대와 비슷하다.

조선에서 영의정을 가장 오래 한 사람은 황희이다. 황희는 18년 동안 영의정으로 있었다. 황희는 조선이 건국될 때 이미 30살이다. 황희는 정도전보다 21살이 적다. 황희는 90살을 살아 장수하였다. 정도전은 57살을 살고 살해되었다. 조선에서 제1대 영의정은 배극렴이고 마지막 영의정은 김홍집(1842년-1896년)이다. 김홍집은 55살을 살고 살해되었다. 김홍집은 정도전보다 2년을 적게 살았다. 정도전은 이방원에 의하여 죽었고 김홍집은 백성들에 의하여 죽었다.

조선의 마지막 내각총리대신은 이완용이다. 조선의 영의정 또는 내각총리대신은 배극렴에서 시작하여 이완용에서 끝났다. 이완용(1858년-1926년)은 69살을 살았다. 한일합방 때 이완용은 53살이었다. 한일합방 때 조선의 마지막 왕인 순종(1874년-1926년)은 37살이었다. 순종의 재위기간(1907년-1910년)은 불과 3년이다. 그런데 묘하게도 순종은 이완용과 같은 해에 죽게 된다. 이완용이 먼저 죽고 순종이 다음에 죽는다. 이완용은 양력 2월 12일 죽고 순종은 양력 4월 25일 죽는다.

더욱 더 묘한 것은 김구 선생도 1870년대에 태어났고 이승만 대통령도 1870년대에 태어났다. 김구 선생은 1876년에 태어났기 때문에 순종보다 2살이 적다. 이승만 대통령은 1875년에 태어났기 때문에 순종보다 1살이 적다. 순종은 열심히 살아보려고 했지만 기회가 없었다. 김구 선생과 이승만 대통령은 열심히 살았다. 하지만 1870년대라는 시대의 불운을 극복하지 못

102 일본의 꼼수 올라서는 **한국**

하였다.

　순종의 동생인 영친왕 이은(1897년-1970년)은 1890년대에 태어났다. 이은은 순종이 즉위한 뒤에 황태자가 되었다. 하지만 1890년대라는 시대의 불운을 극복하지 못하였다. 이은의 아들인 이구(1931년-2005년)는 1930년대에 태어났다. 이구는 왕세자이기도 했다.

　이완용 전의 내각총리대신은 박제순(1858년-1916년)이다. 묘하게도 박제순과 이완용은 같은 해에 태어났다. 박제순은 59살을 살았다. 더욱 더 묘하게도 송병준(1858년-1925년) 또한 이완용, 박제순과 같은 해에 태어났다. 1909년 이재명 의사(1886년-1910년)는 명동 성당에서 이완용을 습격해 중상을 입혔다. 이재명 의사는 그 자리에서 붙잡혀 이듬해인 1910년 사형당했다. 이재명 의사는 한일합방 후에 바로 사형집행당한 것이다. 이 때 나이가 25살이었다. 이재명 의사는 건국훈장이 추서되었다. 이완용, 박제순, 송병준의 공통점은? 같은 해에 태어났다는 것이다. 이들은 비슷한 삶을 살게 된다. 이것이 시간의 힘이라는 것이다. 시간의 힘은 어느 순간 폭발적으로 발휘된다.

1944년 6월 6일 연합국(영국, 캐나다, 미국 등)은 프랑스의 노르망디에서 상륙작전을 개시한다. 이것을 노르망디 상륙작전이라고 한다. 노르망디 상륙작전의 경우 디 데이(D-Day)는 6월 6일이다. 6월 6일은 달의 숫자 6과 날의 숫자 6이 동일하다. 이것을 이어서 표시하면 6-6 이다. 디 데이는 자신을 기준으로 앞뒤의 날을 표시하는 데에도 사용된다. 이 때 마이너스와 플러스를 사용한다. D-4는 디 데이로부터 4일 전을 말한다. D+4는 디 데이로부터 4일 후를 말한다. 그런데 디 데이의 의미는 무엇일까?

디 데이의 디의 의미에 관한 궁금증은 마침내 노르망디 상륙작전을 지휘했던 아이젠하워 대통령에게 질문으로 이어진다. 누군가가 1964년 아이젠하워 대통령에게 디의 의미에 관하여 서면으로 질문했다. 이 때 아이젠하워 대통령은 전혀 다른 대답을 한다. 모든 상륙작전은 출발되는 날(디파티드 데이트)을 가지고 있고 그래서 디 데이라는 간단한 용어를 사용했다는 것이다. 이러한 대답에 의하면 디의 의미는 출발되는 날을 의미한다는 것이다. 이러한 대답 또한 상당한 설득력이 있다. 그 이유는 아이젠하워 대통령이 설명한 대답이기 때문이다.

노르망디 상륙작전의 디 데이 6월 6일(6-6)처럼 숫자가 연속하여 같은 것을 더블 숫자 또는 이중 숫자라고 한다. 6월 6일은 우리나라의 현충일이다. 1월 1일은 설날이다. 설날은 반드시 있을 수밖에 없다. 설날은 누가 그 날을 만들고 하는 것이 아니다. 그런데 다른 날들은 사정이 다르다. 이중 숫자 중에는 단오 음력 5월 5일도 있다. 어린이날은 양력 5월 5일이다. 칠월 칠석 7월 7일도 있다.

쌍십절 10월 10일은 신해혁명을 기념하는 대만의 국경일이다. 신해혁명의 무창봉기가 1911년 10월 10일 일어났다. 10월 10일은 북한의 노동당 창건 기념일이기도 하다. 1945년 9월 8일 미군은 우리나라에 진주한다. 9월 9일에는 미군 사령관 하지와 조선총독 사이에 항복조인식이 이루어졌다. 9월 9일은 북한의 정권수립을 기념하는 날이기도 하다. 그런데 9는 2개 정도에서 그쳐야 한다. 캐나다에서 1850년 토론토의 퀸가 서부 999번지에 최초의 전문 정신병원이 들어섰다. 시간이

홀러 999라는 주소가 정신병원과 동의어처럼 받아들여지게 되었다.

1979년 12월 12일은 우리나라에서 12·12가 발생한 날이다. 1961년 5월 16일은 5·16이 발생했다. 1848년 2월 22일 프랑스에서 2월 혁명이 발생한다. 2월 22일은 2가 2개가 아니라 3개이다. 트리플 2, 즉 삼중 숫자 2이다. 지금까지 본 날짜들은 그 일을 일으켰던 사람들이 정한 것이다. 다시 말하면 일정한 숫자에 맞게 해당하는 날짜를 정한 것이다. 이것은 숫자에 일정한 신비적 요소를 도입한 것이라고 할 수 있다. 북한은 9월 9일과 10월 10일 2차례에 걸쳐 숫자에 신비적 요소를 도입하고 있다. 이것은 동시에 상징성을 나타내는 것이기도 하다. 북한은 신비적 요소와 상징성을 매우 중시한다.

12·12는 왜 이 날을 행동일(디 데이)로 잡았을까? 5월 16일은 앞의 숫자 5와 1을 더하면 6이 나온다. 그래서 6-6과 동일해진다. 혹시 노르망디 상륙작전의 6-6을 생각했을 지도 모른다. 5·16 때에는 제6군단 포병여단, 해병대, 제1공수특전단 등을 동원했다. 5·16 때에 가장 중요한 것은 한강을 도하하는 일이었다. 강이 가장 중요한 요소로 등장한 것이다. 5·16 후 발표한 혁명공약은 6개항이었다. 6-6에 2를 곱하면 어떠한 숫자가 나올까? 그 결과는 12·12이다.

12·12 때는 서울 강서구에 있던 공수여단이 한강을 넘기 위하여 행주대교를 건너야만 했다. 행주대교는 강서구와 경기도 고양시를 연결하는 다리이다. 공수여단은 행주대교를 건너 국방부와 육군본부를 장악했다. 이것이 바로 12·12의 분기점이다. 12·12 때에도 가장 중요한 것은 한강을 도하하는 일이었다. 강이 가장 중요한 요소였던 것이다.

노르망디 상륙작전은 디 데이를 바꾼다고 하여 결과가 달라지지는 않는다. 하지만 상륙작전의 과정이 많이 달라졌을 것이다. 5·16과 12·12는 디 데이가 바뀌었으면 결과도 많이 달라졌을 것이다. 그 당시의 진행경과로 보아 5·16과 12·12 모두 실패했을 것이다. 어떤 행동을 할 때 디 데이는 매우 중요하다. 이러한 중요성을 알기 때문에 디 데이를 정할 때 숫자의 신비적 요소를 중시하게 된다. 그 결과 일정한 숫자에 맞게 해당하는 날짜가 정해진다.

조선말 왕조의 위기와 깊어가는 고민

왕의 후손이 없을 때 왕조가 위기에 처하기도 한다. 이러한 일이 실제로 조선에서 발생했다. 순조의 세자인 효명세자(1809년-1830년)는 대리청정까지 하여 형옥을 삼가고 민정에 힘썼으나 4년만에 죽었다. 대리청정은 주로 왕이 병이 들거나 나이가 들어 정사를 제대로 돌볼 수 없게 되었을 때 세자 등이 왕을 대리하여 정사를 돌보는 것을 말한다. 효명세자는 22살을 살았다. 효명세자는 그야말로 왕의 아들로 태어났지만 아주 짧은 삶을 살고 말았다. 효명세자는 건강에 문제가 있었다. 효명세자는 어려서 수두, 홍역 등을 앓았다. 효명세자는 각혈한 뒤 며칠 만에 승하했다.

효명세자의 아들이 헌종이다. 효명세자는 후에 익종이 되었다. 효명세자의 부인이자 헌종의 어머니가 바로 조대비(1808년-1890년, 신정왕후라고도 한다)이다. 조대비는 83살을 살았다. 조대비는 효명세자와 1살 차이이다. 우리의 역사 속에서 효명세자의 죽음은 어떠한 의미를 가질까? 효명세자의 죽음은 개인적인 차원에 머무르지 않는다.

세자로서 왕이 되지 못한 경우로는 사도세자(1735년-1762년)도 있다. 사도세자 또한 비운의 세자이다. 사도세자는 영조의 둘째 아들로 뒤주 안에 갇혀 굶어 죽었다. 사도세자는 10살 때 혼인했다. 사도세자에 대한 비방상소가 올라오자 영조는 사도세자에게 자결을 명했고 듣지 않자 뒤주 안에 가두어 8일 만에 죽게 하였다. 뒤주는 쌀 등의 곡식을 넣어두는 세간의 일종이다. 뒤주는 공간이 좁아 사람이 그 안에 들어가 있으면 움직일 수 없어 관절 등이 마비된다.

기아사망은 사람이 굶어서 죽는 것을 말한다. 기아사망은 줄여서 기아사라고도 한다. 기아사는 사형집행의 방법으로 사용하기도 하였다. 사형집행을 할 때 별도로 다른 집행방법을 사용하지 않고 음식을 주지 않으면 사형 선고를 받은 사람은 죽게 된다. 기아사는 순간적으로 죽는 것이 아니라 서서히 죽는 것이다. 사람이 물도 마시지 않고 음식을 먹지 않으면 약 7일 정도 산다. 이것과 사도세자가 죽은 날이 거의 같다. 물만이라도 섭취하면 50-60일간은 생존이 가능하다.

효장세자(1719년-1728년)는 영조의 맏아들로서 세자에 책봉되었으나 10살에 죽고 말았다. 효장세자는 사도세자의 형이다. 영조의 경우 2명이나 세자가 죽었다. 조선 초 이성계는 제8왕자인 방석(1382년-1398년)을 세자로 삼았었다. 방석 또한 왕이 되지 못하였다. 그 대신에 태종이 왕이 되었다. 방석은 태종에게 폐출당하고 귀양가는 도중에 죽었다. 순회세자(1551년-1563년)는 명종의 세자였으나 13살의 나이로 죽었다. 소현세자(1612년-1645년)는 인조의 맏아들로서 세자로 봉해졌고 병자호란이 일어나자 세자빈과 함께 인질이 되어 청나라의 수도로 끌려갔다. 그 뒤 귀국한 소현세자는 갑자기 죽었다.

인조는 소현세자가 죽은 뒤 소현세자의 장자를 세손에서 폐위하고 효종(봉림대군)을 세자로 책봉했다. 인조는 적자계승의 원칙을 저버리고 형제계승을 따라 소현세자의 원손이 아니라 소현세자의 동생인 봉림대군을 세자로 책봉하여 왕이 되게 하였다. 소현세자의 장자는 이석철이다. 소현세자의 세 아들은 제주도에 유배되었다. 효종 때 이석철 등 두 아들은 의문의 죽음을 당한다. 인조가 소현세자에 대하여 한 행동은 원인과 과정은 다르지만 영조가 사도세자에 대하여 한 행동과 결과에 있어서 비슷하다. 부모와 자식 사이에 엄청난 갈등이 존재하고 있었다.

소현세자와 사도세자는 세자일 뿐 왕이 되지 못하고 죽음을 당한다. 인조는 소현세자 뿐만 아니라 그 가족들까지도 죽게 만든다. 이에 비하여 영조는 비록 사도세자를 죽이기는 하지만 사도세자의 아들인 정조를 왕으로 만든다. 이것이 인조와 영조의 큰 차이이다. 영조는 죽기 전에 방해를 물리치고 왕세손인 정조의 대리청정을 성사시켰다. 이것은 정조의 즉위를 순조롭게 해 주기 위한 것이었다.

예종은 세조의 둘째 아들이다. 세조의 첫째 아들은 의경세자(1438년-1457년)이다. 의경세자는 성종의 아버지이다. 의경세자는 세자로 책봉되었으나 병이 크게 들어 20살의 나이로 죽었다. 그리고 예종이 왕이 되었다. 그런데 예종은 재위 1년 만에 사망했다. 예종 또한 20살의 나이로 죽었다. 예종에게는 아들로 인성대군과 제안대군이 있었다. 인성대군은 3살이 되어 죽었다. 제안대군은 어린 나이 때문에 예종을 이어 왕위에 오르지 못했다. 그래서 성종이 왕이 되었다. 성종은 예종의 형제가 아니라 조카이므로 성종이 왕이 된 것은 형제계승은 아니다. 성종은 왕인 예종의 형제의 아들로서 왕이 되었다.

제안대군 집에는 종이 있었는데 그 사람이 바로 장녹수이다. 장녹수는 연산군의 사랑을 받았으나 중종반정이 발생한 후 참형을 받는 운명이 되었다. 연산군이 죽은 1506년에 장녹수도 죽었다. 장녹수는 황진이보다 약간 시기가 빠른 사람이다. 장녹수의 출생시기는 알려져 있지 않다. 황진이는 대략적으로 1550년대에 사망하였다. 장녹수와 황진이는 서로 다른 유형의 사람들이다. 장녹수는 권력자의 주변에서 권력과 부를 추구한 사람이다. 장녹수는 평안도 미곡 7,000석을 무역하기도 하였다. 연산군과 장녹수 때는 홍길동이 활동한 시기이기도 하다.

예종의 부인은 한명회의 딸인 장순왕후이다. 장순왕후는 인성대군을 출산하고 사망했다. 그리고 얼마 후에 인성대군 또한 사망하였던 것이다. 한명회의 할아버지는 조선의 개국공신이었다. 할아버지 한상질은 명나라에 가서 조선이라는 국호를 받고 돌아온 사람이다. 한명회는 젊어서 과거에 응시했지만 번번히 낙방하기도 하였다. 한명회는 음보로 경덕궁직을 얻었다.

한명회는 친구인 권람의 주선으로 세조에게 가담하여 세조가 왕이 되는 것을 도왔다. 이후 한명회는 영의정까지 지낸다. 예종 뿐만 아니라 성종도 한명회의 사위이다. 한명회가 노닐던 정자가 바로 압구정이다. 압구정은 한명회의 호이기도 하다. 서울 압구정동은 한명회의 정자 이름에서 유래한 것이다. 덕분에 한명회는 지금도 사람들의 대화 속에서 자주 거론되고 있다. 압구정동이라고.

연산군은 성종의 맏아들이다. 의경세자는 제안대군의 큰아버지이다. 그래서 연산군과 제안대군은 5촌간이다. 제안대군 또한 비운의 사람이다. 제안대군은 첫 부인에 대하여 애틋한 마음을 가진 것으로 알려져 있다. 제안대군은 첫 부인 문제로 어머니와 갈등이 있었다. 제안대군은 어머니가 죽은 후에 홀로 거처하였고 여색을 가까이 하지 않았다고 한다. 제안대군은 음악을 좋아한 사람이다.

경종은 재위기간이 4년 밖에 안된다. 경종 또한 자식이 없었다. 경종은 숙종과 장희빈 사이에서 태어났다. 경종은 자식이 없고 병약하여 이복동생인 영조를 세제로 책봉하였다. 세제는 왕위를 이어받을 왕의 동생을 말한다. 정국의 혼란과 비정한 살육의 정치는 경종의 건강을 더욱 악화시켰다. 경종은 어머니의 죽음 등으로 화병 증세를 보였다고 한다. 경종은 갑자기 죽고 말았다. 그런데 경종의 사망과 관련하여 세간에는 게장을 먹고 독살되었다는 이야기가 나돌았다. 영조도 여기에 휩싸이게 된다. 영조는 왕위를 형제계승한 경우에 해당한다.

연산군의 세자인 이황(1497년-1506년)은 중종반정으로 아버지 연산군이 폐위되면서 같이 폐세자가 되고 죽음을 당하였다. 이 때의 나이는 불과 10살이었다. 광해군의 세자인 이지(1598년-1623년)는 인조반정으로 아버지 광해군이 폐위되면서 같이 폐세자가 되고 죽음을 당하였다. 이황과 이질은 반정이 발생하여 그 희생자가 된 경우이다.

이지는 강화도로 유배되어 오는 배 속에서 시를 읊고 있었다. 그리고는 얼마 후에 죽게 된다. 이 때의 충격으로 폐세자빈도 자결하였다. 아들인 이지가 죽자 아들을 허망하게 먼저 보낸 폐비 유씨도 충격으로 죽었다. 유씨의 친정오빠들은 이미 참형을 당하였다. 하지만 광해군은 나름대로의 삶을 이어나간다.

> "티끌 속의 뒤범벅이 미친 물결 같구나.
> 걱정한들 무엇 하리. 마음 스스로 평안하다.
> 26년은 참으로 한바탕 꿈이라.
> 흰구름 사이로 좋은 모습으로 돌아가리."

광해군은 이괄의 난이 일어나자 유배지 강화도에서 유배지를 태안으로 옮겼다가 다시 강화도로 옮겼다. 1636년 다시 교동도로 옮겼다가 1637년 제주도로 가게 되었다. 이 때가 병자호란 때이다. 병자호란이 발생하자 광해군은 아예 제주도로 보내진 것이다. 광해군은 임진왜란과 병자호란을 모두 경험한 왕이다. 광해군은 제주읍성에서 유배생활을 하다가 사망했다.

광해군 또한 유배가는 배 안에서 시 한 편을 읊고 있다. 배가 이미 도착해 제주라고 알리자 광해군은 깜짝 놀라 크게 슬퍼하며 "내가 어찌 여기 왔느냐. 내가 어찌 이곳까지 왔느냐?"라고 하였다. 광해군은 제주도에서 가시가 쳐진 곳에서 삶을 마감한다. 이 때의 나이가 67살이었다.

효명세자의 죽음은 다른 세자들과는 차이가 있다. 아버지인 순조(1790년-1834년)도 효명세자가 죽은 후 4년 후에 죽게 된다. 순조는 45살을 살았다. 헌종(1827년-1849년)은 23살을 살고 단명했다. 헌종은 효명세자보다 단 1년을 더 살았을 뿐이다. 그런데 헌종이 죽으면서 대가 끊기고 말았다. 그 후 철종(1831년-1863년) 또한 33살을 살고 단명했다. 조대비는 이 모든 비극을 모두 목격한 사람이 되고 말았다. 이러한 비극의 시작은 효명세자의 죽음이다. 만약 효명세자가 조대비만큼 살았다면 우리나라의 역사는 완전히 달라졌을 것이다. 순조와 헌종이 그렇게 일찍 죽지도 않았을 것이고 철종과 고종의 등장도 없었을 것이다.

조선시대에 대원군은 4명이다. 덕흥대원군, 정원대원군, 전계대원군, 홍선대원군이 이들이다. 대원군은 왕이 대를 이을 자손이 없어 방계로서 왕위를 이은 경우 왕의 친아버지에게 주던 직위를 말한다. 덕흥대원군(1530년-1559년)은 상당히 이른 시기의 대원군이다. 덕흥대원군은 30살이라는 짧은 삶을 살았다. 덕흥대원군은 중종의 아들이다. 명종이 후사 없이 죽자 덕흥대원군의 셋째 아들이 명종의 뒤를 이어 즉위하였다. 이 왕이 바로 선조이다. 이 일은 덕흥대원군이 이미 죽은 다음에 일어났다.

정원대원군(1580년-1619년)은 인조의 아버지이다. 정원대원군은 선조의 아들이자 광해군의 동생이다. 정원대원군은 광해군보다 5살이 적다. 정원대원군은 1623년 인조반정으로 인조가 왕이 되자 사후에 대원군으로 추존되었다. 정원대원군은 40살을 살았다. 정원대원군은 이름이 이부이다. 인조의 이름은 이종이다. 조선시대의 왕족들은 이름이 한 글자이다. 일반인들도 이름이 한 글자인 경우가 많이 있었다. 이황, 이이, 조식 등이 그러한 예들이다.

정원대원군은 광해군 당시에 이미 사망한 상태였다. 정원대원군의 부인은 인헌왕후(1578년-1626년)이다. 인헌왕후는 인조가 왕이 된 후에도 얼마간 살아 있었으나 그리 오래 산 것은 아니다. 인헌왕후는 49살까지 살았다. 인조(1595년-1649년) 또한 55살을 살았다. 정원대원군, 인헌왕후, 인조 모두 길지 않은 삶을 살았다. 이들은 모두 건강관리에 문제가 있었을 것이다.

전계대원군은 철종의 아버지이다. 전계대원군과 흥선대원군은 연속되는 대원군이다. 전계대원군은 1779년 아버지 은언군(정조의 아버지인 사도세자의 아들이다. 은언군은 정조의 형제이다)이 홍국영과 함께 역모했다는 무고에 따라 강화부 교동으로 쫓겨나서 아버지와 함께 살았다. 그 후 철종도 강화도에 살게 되었다. 철종은 사도세자의 후손이다. 은언군은 1801년 부인과 며느리가 천주교 신부로부터 영세받은 일로 부인, 며느리와 함께 사사되었다.

전계대원군은 아들 철종이 왕이 되자 대원군에 추봉된 것이다. 철종 바로 앞의 왕인 헌종은 딸만 1명이 있었다. 헌종은 바로 앞의 왕인 순조의 손자이다. 순조 바로 앞의 왕인 정조도 영조의 손자이다. 정조 때부터 왕위의 계승이 위험해지기 시작한다. 철종 또한 딸인 영혜옹주 이외에는 후사가 없었다. 영혜옹주는 박영효와 결혼한다. 그래서 박영효는 철종의 사위가 된다. 하지만 영혜옹주는 결혼한 후 석달이 채 되지 못해 사망하고 말았다. 박영효의 삶도 이렇게 시작한다.

흥선대원군은 고종의 아버지이다. 고종은 원래 인조의 아들인 인평대군의 후손이다. 고종의 할아버지가 남연군인데 사도세자의 아들인 은신군(은신군도 은언군처럼 정조의 형제이다)이 후사가 없어 남연군이 은신군의 양자가 되었다. 결국 고종 또한 사도세자의 후손인 것이다. 조선왕조의 마지막은 영조와 사도세자의 후손이 왕이 된다. 사도세자는 본인은 왕이 되지 못했으나 후손들은 계속하여 왕이 된다. 이런 점에서 사도세자는 우리나라에 있어서 매우 중요한 인물이다.

사도세자의 부인이 혜경궁 홍씨이다. 혜경궁 홍씨는 영조 때 영의정을 지낸 홍봉한의 딸이다. 혜경궁 홍씨는 10살 때 사도세자의 세자빈으로 간택되어 입궁했다. 혜경궁 홍씨는 정조의 어머니이고 정조의 아들이 순조이므로 혜경궁 홍씨는 순조의 할머니이다. 사도세자와 혜경궁 홍씨 사이에는 정조의 형인 의소세손이 있었다. 의소세손은 출생 후 할아버지 영조에 의해 세손으로 책봉되었다. 하지만 의소세손은 3살 때 죽고 말았다. 세손은 왕세자의 맏아들을 말한다.

왕들의 후손이 항상 적은 것만은 아니다. 선조는 왕자만 14명이다. 영창대군은 그 중에서 13번째 왕자이다. 선조는 딸이 11명이다. 이 중에서 영창대군과 어머니가 같은 1명만 공주라고 부르고 나머지 10명은 옹주라고 부른다. 옹주는 정궁이 아니라 후궁에게서 난 딸을 부르는 말이다. 대군은 정궁의 아들에 대하여 부르는 명칭이다. 선조는 25명의 자식을 두었다. 그 중에서 정궁으로부터의 자식은 2명이다. 영창대군이 바로 정궁으로부터의 자식이다. 광해군도 선조의 아들이다.

세종대왕도 많은 자식을 두었다. 세조는 세종대왕의 아들이다. 세종대왕은 22명의 자식을 두었다. 그 중에서 아들은 18명이다. 나머지 4명은 딸이다. 딸 중에서 공주가 2명이고 옹주가 2명이다. 세종대왕은 선조와 달리 정궁인 소헌왕후 심씨에게서 10명의 자식을 두었다. 아들은 8명이다. 아들 중 1명은 문종이다. 나머지 7명은 대군이다. 세종대왕의 아들 중에서 2명이 임금이 되었다. 문종과 세조가 이들이다. 세조는 수양대군이었으나 임금이 되면서 세조가 되어 대군의 수가 6명으로 되었다. 세조는 둘째 아들이고 안평대군은 셋째 아들이다.

태종은 29명의 자식을 두었다. 그 중에서 세종대왕은 셋째 아들이다. 첫째 아들은 양녕대군이다. 태종의 아들은 12명이다. 딸은 17명이다. 성종은 자식이 28명이다. 그 중에서 연산군은 폐비 윤씨의 아들이다. 중종 또한 성종의 아들이다. 중종과 연산군은 형제간이다. 중종은 정현왕후 윤씨의 아들이다. 중종은 진성대군이었다. 정현왕후 윤씨는 연산군의 생모인 왕비 윤씨가 폐출되자 다음해 왕비로 책봉되었다.

세조는 4남 1녀를 두었다. 세조는 부인도 2명이다. 정희왕후 윤씨와 근빈 박씨이다. 세조는 왕으로서는 조졸한 가정을 꾸리고 있다. 예종은 세조의 아들이다. 예종은 세조보다도 더 조졸한 가정을 꾸리고 있다. 예종은 2남 1

녀를 두고 있다. 부인도 세조처럼 2명이다.

　　고려를 건국한 왕건(877년-943년)은 67살을 살았다. 이성계(1335년-1408년)는 74살을 살았다. 태종(1367년-1422년)은 56살을 살았다. 세조(1417년-1468년)는 52살을 살았다. 태종과 세조가 오래 산 것은 아니다. 세종대왕(1397년-1450년)은 54살을 살았다. 정조(1752년-1800년)는 49살을 살았다. 이성계를 빼고는 70살을 넘지 못하고 있다. 이 중에서 정조가 가장 짧은 삶을 살았다. 왕에게는 생존기간 이외에 왕으로서의 재위기간이 있다. 재위기간 또한 왕마다 많은 차이가 있다. 재위기간은 몇 살에 왕이 되는가 하는 것과 왕이 몇 살에 사망하는가에 따라 차이가 있다.

　　세종대왕은 재위기간이 1418년-1450년이다. 32년이다. 또한 선조는 재위기간이 1567년-1608년이다. 41년이다. 인조는 재위기간이 1623년-1649년이다. 26년이다. 숙종은 재위기간이 1674년-1720년이다. 46년이다. 영조는 재위기간이 1724년-1776년이다. 52년이다. 정조는 재위기간이 1776년-1800년이다. 24년이다. 순조는 재위기간이 1800년-1834년이다. 34년이다. 고종은 재위기간이 1863년-1907년이다. 43년이다.

　　선조와 인조 그리고 고종은 재임 중 외국의 침입을 받는다. 고종은 일본에 의하여 강제로 왕위를 빼앗긴다. 순종 또한 일본에 의하여 강제로 왕위를 빼앗긴다. 올해가 광복 70주년이다. 이성계가 살았던 생존기간에 약간 못미치는 기간이다. 해방 후 많은 시간이 흘렀건만 따져 보니 한 사람의 삶의 기간에 못미친다. 조선말 일본에 대항하여 싸운 최대의 저항이 바로 전봉준 장군의 동학혁명이다.

한일합방 때 일본은 인구가 우리나라보다 거의 4배 정도 많았다. 한일합방 때 우리나라는 일본에게 인구에 있어서 밀린 것이다. 1940년에는 3배 정도 차이가 난다. 우리나라와 일본은 인구에 있어서 큰 차이가 난다. 임진왜란 당시에도 이러한 인구 차이가 있었을 것이다. 임진왜란 때의 전쟁과 관련하여 인구 차이가 가지는 의미는 우리가 일본군을 격파해도 본국에서 계속하여 인구가 지원될 수 있다는 것이다. 이것이 임진왜란 때 우리를 괴롭힌 요인이다. 이러한 인구 차이에도 불구하고 임진왜란 때 우리가 승리할 수 있었던 것은 우리의 능력을 말해준다. 1598년 임진왜란은 종료된다. 일본은 그 후 1876년까지 278년 동안 우리나라를 절대로 넘보지 못한다.

그 이유는 무엇일까? 해답은 명확하다. 임진왜란 때의 경험과 기억 때문이다. 이것 때문에 일본은 278년 동안 우리와 평화를 유지했던 것이다. 중국의 명나라는 임진왜란 후 바로 망한다. 일본이 두려웠던 것은 중국이 아니다. 바로 우리나라이었다. 1876년부터 일본은 다시 한 번 우리나라에 대하여 서서히 시도하기 시작한다. 임진왜란 때의 경험과 기억을 간직한 채로 말이다. 하지만 우리는 제대로 대응하지 못했다. 그러다가 합방되고 만다. 1876년 이후 우리는 임진왜란 때의 경험과 기억을 잊고 있었다. 이것이 우리와 일본의 차이이다.

1910년 합방조약의 체결은 우리에게 불가사의한 일이다. 합방조약을 체결한 우리측 사람들은 머리 속에서 무슨 생각을 했을까? 혹시 목에 칼이 들어온 것은 아닐까? 합방조약을 체결하지 않으면 전쟁이 일어난다고 생각한 걸까? 합방조약을 통하여 국가의 발전을 도모한 것일까? 답을 할 수가 없다. 그래서 불가사의한 것이다. 합방조약을 체결한 사람들에 대하여 매국노라고 한다. 그런데 지금까지 이들이 머리 속에서 무슨 생각을 했는지에 관한 연구자료는 없다. 이들이 이 당시 머리 속에서 생각한 것은 일본인이 머리 속에서 생각한 것과 같은 것이다. 그것이 바로 대(大) 자이다. 이들은 그 당시 일본을 대국이라고 생각하고 있었던 것이다.

일본이 자신들을 대국이라고 생각하는 것은 과대망상이다. 과대망상이 바로 대를 추구하는 것이다. 합방조약을 체결한 우리측 사람들 또한 일본을 대국으로, 즉 일본에 대하여 과대망상하고 있었던 것이다. 이것이 의미하는 것은 합방조약을 체결한 우리측 사람들은 일본을 대국으로 생각하여 모든 저항정신과 투쟁의지를 버리고 말았다는 것이다. 일본을 대국으로 생각하는 것은 일본의 논리와 감정에 말려든 것이다. 일본은 항상 자신들을 대국으로 생각하고 있다.

임진왜란 때 일본은 자신들을 대국으로 주장했지만 우리는 그렇게 생각하지 않았다. 그런데 1910년에는 일본이 항상 그랬던 것처럼 자신들을 대국으로 주장하자 합방조약을 체결한 우리측 사람들은 그것을 그냥 받아들이고 말았다. 그래서 우리는 35년 동안 식민지배를 받았던 것이다. 비록 합방조약을 체결한 우리측 사람들은 일본이 항상 그랬던 대국 주장을 받아들였지만 우리민족 모두가 그 주장을 받아들인 것은 아니다. 이것이 바로 독립운동이다. 우리는 독립운동을 그야말로 치열하게 하였다.

임진왜란 때 수많은 지방관들(이들이 바로 군사지휘관이다. 조선시대에는 지방관들에게 군사지휘권이 있었다)과 의병들이 군사를 일으켜 목숨을 바쳤듯이 수많은 사람들이 독립운동을 하면서 목숨을 바쳤다. 이들이 바친 목숨의 기록이 바로 일본의 판사들에 의하여 작성된 사형판결문이다. 독립운동을 하다가 사형집행을 당한 사람들의 목록을 작성하다가 놀란 것은 이렇게 치열하게 독립운동을 한 것이 바로 우리야라는 사실 때문이다. 다른 사람이 목숨을 바친 후 또 다른 사람이 목숨을 바친다. 중단 없는 저항이자 투쟁이다. 이들은 목숨을 아깝다고 생각하지 않는다. 그 소중한 목숨을 말이다.

고려말 왜구의 문제를 보면 고려에서 유명한 사람들이 등장한다. 최영, 정몽주, 이성계 등이 바로 그들이다. 이들은 왜구의 문제를 다루면서 입지가 강화되었다. 최영, 정몽주, 이성계는 결국 고려말 최고의 권력자로서 등장하게 된다. 이 중에서 이성계가 최종적인 승리를 하게 된다. 그리고 이성계는 왕조 자체를 교체하여 버린다. 이러한 과정을 통하여 조선이 건국되었다. 하지만 1910년에는 일본의 트릭에 속아 나라를 잃고 말았다. 이것은 조선이 건국되는 과정과 너무 다른 것이다.

오세창의 책 중에 "근역인수"가 있다. "근역서휘"도 있다. 제목에는 모두 근역이라는 말이 들어가 있다. 그 이유는 무엇일까? 근역은 무궁화가 많은 지역이라는 뜻이다. 이 지역은 바로 우리나라를 이르는 말이다. 근역의 근은 무궁화 근 자이다. 그래서 무궁화를 근화라고도 한다. "근역인수"는 서화가와 학자들의 인장을 모아 엮은 것이다. "근역인수"에는 오세창 자신의 것 225개를 포함하여 총 850명 3,912과의 인장이 실려 있다.

인장을 모아 책으로 만든 것을 인보라고 한다. 인보에는 "완당인보"도 있다. "완당인보"는 김정희의 용인을 모은 것이다. 김정희의 도장은 200여종에 달한다. 오세창 가문과 김정희는 활동분야와 관심에 있어서 비슷한 점이 많다. 오세창과 김정희의 도장의 개수가 엄청나다. 왕도 부러워할 정도이다. 도대체 이 많은 도장을 어디에 사용한 것일까?

도장이 사람에게 가지는 의미는 많이 변화되어 왔다. 도장을 찍는 것을 날인이라고 한다. 지금은 도장이 법적 의미를 가지고 있고 이것이 도장이 가진 의미의 거의 전부이다. 계약을 체결할 때 계약서에 도장을 찍는 것이 바로 법적 의미의 도장이다. 법적 의미의 도장은 법적 행위자의 동일성을 표시하는 수단이다. 법적 의미의 도장은 진정성과 책임관계를 명확하게 하고 행위자로 하여금 일정한 행위를 한다는 자각을 갖게 하려는 것이다. 도장을 찍으라는 것은 이러한 의미이다.

도장 중의 제일은 국새이다. 국새는 국가의 공식적인 문서에 찍는 도장이다. 이것을 통하여 국새는 국가를 대표하는 도장이 된다. 국가마다 고유의 국새를 만들어 사용하고 있다. 국새를 찍는 예로 조약을 들수 있다. 국내에서 사용하는 문서에도 국새를 찍기도 한다. 국새를 보호하고, 관리하는 사람을 국새상서라고 한다. 국새상서는 국가의 중요한 직위로 발전되었다. 국새에는 문장과 글씨가 새겨져 있다. 우리나라의 경우 해방이 되고 정부가 수립되면서 1949년에 국새를 마련했다. 이것을 제1대 국새라고 한다. 지금의 국새는 제5대 국새이다.

　　오세창과 김정희가 많은 도장을 가지고 있었던 것은 도장을 법적으로 사용하려고 한 것은 아니다. 오세창과 김정희는 도장을 예술적으로 바라보았던 것이고 역사적으로 바라보았던 것이다. 또한 오세창과 김정희는 도장에 관한 자신들의 관심과 취미를 개발했던 것이다. 그리고 오세창과 김정희는 도장을 통하여 인간을 이해하려고 하였던 것이다. 도장은 그 주인의 인격을 반영하기도 한다. 법적 의미의 도장 중에서 가장 중요한 것은 무엇일까? 2가지가 있다.

　　하나는 한국은행이 돈을 찍어낼 때 찍는 도장이다. 이것을 한국은행인이라고 한다. 한국은행은 돈에 함부로 도장을 찍을 수 없다. 그러다가 물가가 상승하면 사람들이 힘들어진다. 다른 하나는 외국과의 조약에 찍는 도장이다. 한일합방 당시 권력자들은 도장을 너무 쉽게 찍고 말았다. 이들은 도장의 법적인 의미를 전혀 이해하지 못하고 있었던 것이다. 외국과의 조약에 함부로 도장을 찍어서는 안되는 것이야!

전봉준 장군과 혁명적 창의력

"과거의 몇 가지 잘못을 바로잡기에 지금이 그리 늦은 것은 아니다."

"마지막 지푸라기 하나가 낙타의 등을 휘게 한다.
그 자체로는 큰 영향력이 없는 변화 하나가 낙타의 등을 휘게 하는
마지막 지푸라기가 될 수도 있다."

"우리의 위대한 힘은 숫자에 있지 않고 결합에 있다(토마스 페인)."

"혁명은 노아의 대홍수 속에서 불이야 하고 외치는 것과 마찬가지다."

혁명이란 무엇인가? 혁명은 오고 있다. 그것은 과거의 혁명과 같지 않을 것이다. 그것은 개인과 함께 문화와 함께 일어날 것이고 그것은 혁명의 최후행동으로서 정치적 구조를 바꿀 것이다(찰스 라이히). 혁명은 결코 만들어지는 것이 아니다. 인간은 항상 한 사회의 사회적 상태에 이미 일어나고 있는 혁명에 외부적, 법적 승인과 철저한 수행을 부여하는 것에 불과하다.

리더는 진공공간에 홀로 존재하지 않는다. 카리스마는 보통 사람들과 구분되는 초자연적, 초인간적인 것을 부여받았다고 여겨지는 개인성격의 특이한 자질이다. 카리스마는 그리스어 선물에서 유래했다. 카리스마 리더들은 비전을 가지고 있다. 또한 카리스마 리더들은 자기 자신을 희생해서라도 그 비전을 성취하려고 한다. 카리스마 리더들은 부하가 필요로 하는 것에 민감하여 아주 비범한 행동을 하기도 한다. 카리스마 리더들은 성격이 외향적이고 자신감이 넘치며 목표 중심적이다. 비스마르크는 보불전쟁에서 승리한 이유를 게르만의 윤리적 가치인 성실에서 구했다. "사지에 이르러 장교는

병사를 헌신짝 같이 차버리지 않았고 병사는 장교의 보호 하에 그의 지시와 명령을 성실하게 이행한데 승리의 이유가 있다."

한일합방 이전 백성들은 계속하여 일본을 경계하고 있었지만 정부의 권력자들은 일부를 제외하고는 백성들과 반대로 일본을 같은 편으로 판단하고 있었다. 한일합방을 통하여 그리고 제2차 세계대전에서의 일본의 패망으로 인하여 일본을 같은 편으로 판단하는 것이 위험한 것임이 증명되었다. 1882년 임오군란이 발생하였다. 임오군란이 발생한 이후에 고종은 국민의 감정을 치유하고 국민을 설득시키기 위하여 칙령을 발표했다. 칙령은 왕이 내리는 명령이다. 이 칙령은 상당히 흥미롭다.

"유럽과 미주에서는 신기한 물건들이 많이 발명되었다. 그들은 부강한 국가들이며 그들의 철도와 기선이 온 세계를 누비고 있다……옛날에는 청국이 천하의 으뜸이었으나 지금은 세계 각국이 모두 동등하며 청국도 그들과 우호조약을 맺었다……나는 영국, 미국, 독일과 조약을 맺으려고 하고 있다……외국은 강하고 우리는 약하다. 따라서 우리가 그들의 기술을 배우지 않는다면 무슨 수로 그들과 맞서 싸우겠는가……이제 우리는 서양 여러 나라와 수교를 맺고 외국인의 접근을 금하는 서울 밖의 척화비는 제거되어야만 한다."

고종은 서양의 것들을 배워야 한다고 하고 있다. 고종은 세계의 흐름을 정확하게 읽고 있다. 그런데 어느 순간 서양이 아니고 그 자리를 일본이 차지해야 한다고 하는 사람들이 등장한다. 이들이 바로 친일적 개화파들이다. 이들은 대단한 오해를 하고 있다. 일본은 결코 서양이 아니다. 일본은 서양의 것들을 받아들이기는 했지만 온갖 변형을 한 후에 일부를 받아들인 것에 불과하다. 일본은 동양의 한 나라임에도 불구하고 일본을 서양의 그 많은 나라들을 대신하는 국가로 본 것이 친일적 개화파들의 최대의 오류였던 것이다. 이것은 매우 어리석은 판단이다.

　서양은 수많은 국가들이 상호 교류하면서 만든 하나의 전체적인 체계이다. 이에 비하여 일본은 단지 자신만으로 구성된 좁은 사회이다. 일본은 오로지 일본일 뿐 서양의 어느 국가와도 닮지 않은 국가이다. 일본을 본받는다는 것은 자살행위인 것이다. 친일적 개화파들은 이 자살행위를 계속하여 시도한다. 그리고 마침내 그 자살은 성공한다. 한일합방이 된 것이다.

　과연 우리가 일본을 통하여 얻을 수 있는 것이 무엇일까? 이것은 지금도 마찬가지이다. 일본이 우리의 안보를 제공할 수 있을까? 그렇다고 일본이 우리에게 수준 높은 문화와 지식을 제공할 수 있는가? 일본이 실시하고 있는 제도들이 좋은 것이 있을까?

　전봉준 장군은 일본을 추종하는 것에 대하여 단호히 반대하고 나섰다. 전봉준은 동학의 지도자이다. 그의 별명은 녹두장군이다. 녹두장군행차는 남사당패의 줄타기에서 녹두장군 전봉준의 당당한 걸음걸이를 흉내내는 것을 말한다. 전봉준(1855년-1895년)은 41살까지 살았다. 전봉준은 민비 명성황후(1851년-1895년)와 같은 해에 죽었다. 1894년에는 실패한 갑신정변을 일으킨 김옥균이 죽고 1895년에는 전봉준과 명성황후도 죽는다. 1896년에는 김홍집이 죽는다. 이렇게 우리나라의 별들은 사라지고 있었다.

　서로 죽일 놈이라고 욕들은 했지만 그래도 이들은 우리나라의 별들이었다. 이 별들이 완전히 사라지고 나면 남아 있는 조무래기들이 나라를 통째로 일본에게 넘기고 말 것이다. 이 별들 중에서 단 한 명이라도 자신의 진정한 계획을 그대로 실현할 수 있었다면 조무래기들이 설치는 것을 보지 않아도 될 일이었다. 그러나 이 별들은 태산을 마저 오르지도 못하고 모두 요절하고 만다.

　명성황후는 김옥균과 전봉준을 그렇게 미워했지만 김옥균이 죽은 다음 해에 본인도 죽고 만다. 명성황후는 사실은 김옥균(1851년-1894년)과 같은

나이이다. 명성황후는 김옥균보다 단 1년을 더 살았을 뿐이다. 김옥균은 44
살까지 살고 명성황후는 45살까지 산다. 김홍집(1842년-1896년)은 그래도
명성황후, 김옥균, 전봉준보다 조금 더 산다. 그래 봤자 김홍집 또한 55살까
지이다. 고종(1852년-1919년)도 명성황후, 김옥균과 비슷한 나이이다. 고
종은 이들보다 1살이 적다.

명성황후와 김옥균을 보면 같은 나이에 2명의 영웅이 존재할 수 없다는
것은 맞는 말이다. 그런데 불행은 이것으로 그치지 않는다. 명성황후와 김옥
균 어느 누구도 자신의 진정한 계획을 그대로 실현하지 못했다. 이것이 우리
가 불행을 겪게 된 이유이다. 전봉준, 김옥균, 명성황후, 김홍집은 각각 41
살, 44살, 45살, 55살까지 산다. 이 별들이 사라지고 나면 우리는 새로운 별
들이 나오기를 기다리는 수밖에 없다.

김구 선생은 1894년에 19살이다. 1894년에 이승만 대통령은 20살이
다. 김구 선생과 이승만 대통령 또한 자신들의 진정한 계획을 그대로 실현할
수 없었다. 오랜 고생 끝에 나라의 독립을 달성했지만 김구 선생은 죽음을
당한다. 이승만 대통령은 조선말을 거치면서 6 · 25전쟁까지 경험하게 된다.

전봉준이 죽은 해에 홍계훈(출생시기 미상-1895년)도 죽는다. 홍계훈
은 전봉준과 인연이 깊은 사람이다. 홍계훈은 명성황후가 죽을 때에 같이 죽
었다. 전봉준은 1895년 4월에 죽기 때문에 명성황후보다 먼저 죽는다. 홍계
훈은 임오군란이 발생했을 때 명성황후를 궁궐에서 탈출시킨 공으로 중용되
었다. 1894년 동학혁명이 발생하자 홍계훈은 군사 800명을 이끌고 출전했
다. 홍계훈은 을미사변 때 훈련대장으로 광화문을 수비하다가 전사하였다.

홍계훈은 "양호초토등록"이라는 책을 남겼다. 이 책은 홍계훈이 양호초
토사에 임명되어 병력을 이끌고 전주로 출동하고 전주성을 수복한 뒤 귀경
한 것을 기록하고 있다. 이 당시 장흥 전투에서 동학농민군을 수백명 사살했
다는 기록도 나와 있다.

전봉준은 호가 해몽이다. 해몽은 바다의 꿈이라는 의미이다. 녹두는 전봉준의 몸이 작았기 때문에 부른 호칭이다. 바다의 꿈과 녹두는 정반대의 이미지를 주고 있다. 전봉준의 출생지는 고부군이다. 고부군은 지금의 정읍시에 속해 있는 지역이다. 1894년 고부군의 군수는 조병갑이었다. 조병갑은 동학혁명의 최초 원인을 제공한 사람이기도 하다. 조병갑은 함경도에서 흉년이 들자 양곡의 일본수출을 막기 위하여 방곡령을 내린 조병식과 사촌지간이다. 조병식은 조병세와 형제간이다.

조병세는 1905년 을사조약이 체결되자 을사 5적의 처형을 주장하고 궁궐에 연좌하여 을사조약의 무효를 주장하다가 각국 공사 및 동포에게 보내는 유서를 남기고 음독 자결했다. 조병식과 조병세의 아버지는 조유순이다. 조병갑은 영의정을 지낸 조두순의 조카이다. 조두순은 고종 때 최초의 영의정이다. 조병갑의 아버지는 조규순이다. 이들은 모두 양주 조씨이다.

방곡령은 한일통상장정을 근거로 원산항을 통하여 콩의 해외로의 반출을 금지하는 명령이다. 지금으로 따지면 곡물의 수출금지조치이다. 영국에는 곡물법이라는 것이 있다. 이 곡물법은 곡물의 수입을 규제한다. 내용은 다소 차이가 있지만 방곡령 또한 일종의 곡물법이다. 조병식은 일본상인들로부터 곡물을 압수하는 등 방곡령을 밀고 나갔다. 그 후 조병식은 교체된다. 방곡령은 해제되고 이후에도 부분적으로 시행되다가 1894년에 전면 해제되었다. 이 해는 동학혁명이 발생한 해이기도 하다.

전봉준의 아버지는 고부군 향교의 장의를 지냈다. 장의는 성균관이나 향교에 머물러 공부하던 유생의 임원 가운데 으뜸자리를 말한다. 전봉준은 안정된 생업이 없이 약을 팔아서 생계를 유지했다. 전봉준은 농사일을 하였고 동네 어린이들에게 글을 가르쳐 주는 훈장 일도 하였다. 1890년 동학에 입교하고 고부지방의 동학접주로 임명되었다. 접주는 동학의 포교소인 접의 책임자를 말한다. 그런데 1893년 아버지가 모진 매를 맞은 끝에 거의 죽음

직전에 이르러 내쫓겼다. 그는 관아에서 나온 뒤 한 달 만에 세상을 뜬다.

1893년 농민들은 사정이 어려워지자 동학접주 전봉준을 장두(소장의 머리라는 의미이다. 여러 사람이 서명한 소장의 첫머리에 이름을 적는 사람을 말한다)로 삼아 관아에 가서 조병갑에게 진정했으나 받아들여지지 않는다. 이에 전봉준은 동지들과 사발통문을 작성하고 거사할 것을 맹약한다. 사발통문은 호소문이나 격문 따위를 쓸 때에 누가 주모자인가를 알지 못하도록 서명에 참여한 사람들의 이름을 사발 모양으로 둥글게 삥 돌려 적은 통문을 말한다. 전봉준은 1894년 1,000여명의 동학농민군을 이끌고 봉기하였다.

정부는 박원명을 고부 군수로 임명하여 사태를 조사하고 수습하도록 하였다. 수습은 지연되고 있었다. 1894년 3월 하순 인근 각지의 동학접주에게 통문을 보내 보국안민을 위하여 봉기할 것을 호소하였다. 전봉준은 동도대장으로 추대되고 손화중, 김개남은 총관령이 되었다. 다음은 전봉준의 창의문의 내용이다.

> "팔로가 마음을 합하고 수많은 백성이 뜻을 모아 이제 의로운 깃발을 들어 보국안민으로서 사생의 맹세를 하노니."

동학농민군은 황토현에서 관군과 싸워 승리한다. 황토현은 정읍시에 있는 고개이다. 현은 고개라는 의미이다. 서울 논현동 또한 턱이 높은 고개로 주위에 논이 있어 붙여진 지명이다. 탄현이라는 지명도 여러 개가 있다. 황토현은 황토고개라는 의미이고 논현은 논고개라는 의미이다. 정부는 홍계훈을 양호초토사로 임명하여 토벌하기로 결정하고 현지로 출동하게 하였다. 동학농민군은 전주성을 점령했다. 홍계훈은 전봉준이 제시한 개혁안을 받아들여 전주화약을 성립시킨다. 동학농민군은 전주성을 점령한지 10여 일만에 전주성에서 자진하여 철수했고 홍계훈은 전주성에 입성했다.

그러나 청일전쟁이 일어나자 9월 중순을 전후하여 동학농민군은 항일

구국의 기치 아래 다시 봉기했다. 전봉준 휘하의 남접농민군과 손병희 휘하의 북접농민군이 합세하여 논산에 집결했다. 충청감사 박제순은 이를 정부에 보고하고 정부는 관군을 출동시킨다. 일본군도 이어서 행동을 개시했다. 동학농민군이 일본군과 관군의 공격을 받아 처음으로 접전을 벌이게 된 것은 충청남도 천안의 목천 세성산의 전투였다. 이 때 동학농민군은 일본군의 기습을 받아 김복명이 붙잡혀 죽고 사상자 수백 명을 내고 패배하였다.

동학혁명 당시 농민군의 목표는 공주를 점령하고 서울을 제압하는 것이었다. 손화중 부대는 남부 바다로부터의 일본군의 상륙에 대비하여 나주에 주둔했다. 김개남 부대는 전주에 주둔하여 후방을 경비했다. 전봉준 장군은 자신이 이끌고 있는 4,000여명의 부대를 중심으로 각지의 농민들을 포함하여 약 1만명으로 남쪽에서 공주를 공격했다. 일본군은 공주의 방어를 강화하고 있었다.

일본군의 중심은 후비 제19대대 1,000명의 병력이었다. 여기에 박제순이 지휘하는 정부군 3,500명, 지방병 6,000명이 있었다. 동학혁명의 진압에 주요한 역할을 한 것은 일본군이었다. 일본군은 후비 제19대대 이외에 후비 제18대대 그리고 후비 제6연대를 동원하였다. 일본이 일으킨 청일전쟁은 우리나라에게는 동학혁명을 무산시키는 것 이외의 다른 것이 아니었다.

일본군과 관군은 공주로 진격하여 진을 쳤다. 논산에서 공주로 진격하던 전봉준의 동학농민군은 공주를 포위했다. 동학농민군은 공격을 가했으나 도리어 일본군의 반격을 받아 양군 사이에는 혈전이 벌어지고 동학농민군은 많은 사상자를 내었다. 김개남의 동학농민군 5,000명이 북상해 옴으로써 합세하게 되자 기세를 돌이키게 되어 다시 공주를 향하여 진격했다. 동학농민군이 공격하자 관군은 쫓겨 우금치에 있는 일본군 진영으로 후퇴했다. 동학농민군이 다시 우금치로 육박하자 이곳을 둘러싸고 치열한 공방전이 벌어지게 되었다.

　동학농민군은 우금치의 공방전에서 운명을 건 일대혈전을 벌였다. 그러나 6, 7일간에 걸친 격전을 치르는 공방전 끝에 동학농민군은 많은 사상자를 내면서 일본군에게 참패하고 후퇴하고 말았다. 김개남의 동학농민군은 북상하다가 청주에서 일본군과 관군의 공격을 받아 다시 전주로 후퇴했다. 손병희의 동학농민군은 순창에서 본거지인 충청도로 북상했는데 여기에서 일본군과 관군의 습격을 받고 충주에 이르러 해산되었다.

　전봉준은 부하의 밀고로 12월 관군에게 잡혀 서울로 압송되었다. 전봉준은 일본공사관에 구금되었다. 전봉준이 체포되고 약 1년에 걸친 혁명은 끝나고 말았다. 전봉준은 김덕명, 성두환, 최영남, 손화중과 함께 교수형에 처해졌다. 김개남(1853년-1895년)은 매부의 집에 숨어 있다가 12월 체포되어 전주로 압송되고 1895년 전주장대에서 참수당했다. 이 때 김개남의 나이는 43살이다. 김개남은 명성황후보다 2살이 적다.

　손화중(1861년-1895년)은 이들보다 나이가 적은 사람이다. 손화중은 숨어 있었으나 1895년 1월 다른 사람의 고발로 체포되었다. 전주감영으로 압송되었다가 서울로 이송되었다. 손화중은 명성황후보다 나이가 10살이나 적다. 손화중은 35살까지 살았다. 1895년 이렇게 하여 우리나라에서는 명성황후, 전봉준, 김개남, 손화중 모두가 죽고 만다.

　동학의 제2대 교조 최시형(1827년-1898년)은 동학혁명 때 전봉준에 호응하여 병력을 일으켰다. 최시형은 동학 북접 각지의 접주들에게 총궐기를 명하여 약 10만명의 병력을 인솔하고 논산에서 남접군과 합세했다. 관군과 일본군의 혼성군과의 공주싸움에서 패배하고 또 장수 등에서 연패한 후 피신했다. 최시형은 동학군이 진압되자 피신생활을 하면서 포교에 진력을 다하였다. 1897년 손병희에게 도통을 전수했다. 1898년 최시형은 체포되었다. 이후 서울로 압송되어 교수형을 당하였다. 사형집행 후 가매장된 시신을 이종훈 등이 몰래 수습하여 매장했다고 전해진다. 최시형은 흥선대원군과 같은 해에 죽었다.

손병희(1861년-1922년)에게는 나중에 건국훈장 대한민국장이 추서되었다. 아동문학의 보급과 아동운동의 선구자인 소파 방정환(1899년-1931년)은 손병희의 딸과 결혼한 사람이다. 방정환은 짧은 삶을 살았다. 손병희는 1906년 동학을 천도교로 개칭했다. 손병희는 3·1운동을 주도하고 경찰에 체포되어 3년형을 선고받았다. 서대문 형무소에서 복역하다가 병보석으로 출감했지만 사망하고 만다. 손병희는 한일합방이 되고 12년만에 사망했다. 한용운(1879년-1944년)은 해방 1년 전에 사망하고 만다. 한용운은 해방을 끝내 보지 못하였다. 하지만 한용운은 해방의 꿈을 가지고 살았다. 한용운에게도 나중에 건국훈장 대한민국장이 추서되었다.

교수형은 갑오개혁 때 참형 대신 도입된 것이다. 참형은 목을 베어 죽이는 처벌을 말한다. 전봉준에 대한 재판은 매우 신속하게 진행되었다. 전봉준은 처음 고부민란의 단계에서는 봉기한 농민 중 동학교도는 적었고 지방관의 가렴주구에 대한 항거로 봉기가 불가피했다고 답변했다. 심문의 대부분이 전봉준과 대원군과의 관계에 집중되고 있다. 그러나 전봉준은 대원군과는 아무런 관계가 없음을 분명히 하고 있다. 다음은 재판기록의 일부이다.

"그런즉 일본 사람들과 서울에 머물고 있는 각국 사람을 모두 몰아내려 하였는가?"
"그렇지 않다. 각국 사람들은 통상할 뿐인데 일본은 군대를 이끌고 서울에 머물고 있어 국토를 침략하는 것으로 의심했다."

다음은 우금치에서 일본군과의 혈전이 있은 후 전봉준이 발표한 호소문이다.

"매양 의병이 일어난 곳의 병정과 군교가 의리를 생각지 아니하고 나와

접전함에 비록 승패는 없으나 인명이 피차에 상하니 어찌 불쌍치 아니
하리요. 기실은 조선끼리 상전하자 하는 바 아니거늘 역시 골육상전하
니 어찌 애달프지 아니하리요……일변 생각건대 조선 사람끼리라도 도
는 다르나 척왜와 척화는 기의가 일반이다. 두어자 글로 의혹을 풀어
알게 하노니 각기 돌려보고 충군 우국지심이 있거든 곧 이리로 들어오
면 상우하여 같이 척왜 척화하여 조선으로 왜국이 되지 아니하게 하고
동심협력하여 대사를 이루게 하옵세라."

청일전쟁은 어떻게 진행되었을까? 청일전쟁은 1984년 7월 25일 일본
해군이 풍도 앞바다에서 청국함대를 기습적으로 공격함으로써 시작되었다.
풍도는 경기도 안산시 대부동에 속하는 섬이다. 7월 29일 일본군은 아산에
상륙했던 청국군을 격파해 버렸다. 그 후 일본은 8월 1일에야 비로소 중국
에 정식으로 선전포고를 했다. 중국도 이에 응해 대일 선전포고를 하였다.

일본은 9월 15-17일 평양에 집결한 청국군 1만 4000명을 격파했다. 9
월 17일 일본 해군은 황해전투에서 청국함대를 격침시켰다. 10월 하순 조선
에 진주했던 일본의 제1군은 압록강을 건너 남만주로 진격하고, 제2군은 요
동반도에 상륙하여 11월 하순 여순, 대련을 점령했다. 일본은 1895년 2월
산동반도에 있던 청국의 북양 함대기지를 공격했다. 이로써 청나라의 해군
은 아주 오랫동안 재기 불능상태가 되고 말았다.

청일전쟁 이후 중국의 해군은 두각을 나타내지 못한다. 그러다가 최근
에 와서 경제성장을 하면서 다시 해군과 공군을 재정비하고 있다. 청일전쟁
때 무너진 해군은 1937년 중일전쟁에도 큰 영향을 준다. 일본군은 중국의
상해에 상륙한다. 일본의 상륙은 중국해군의 저항을 받지는 않았다. 하지만
중국육군의 거센 저항을 받는다. 일본의 상륙저지에 대하여 중국해군은 도
움을 주지 못한 것이다. 중국육군은 1930년대 초 독일 군사고문의 도움으로

독일식 장비를 갖추고 훈련받았다.

　장개석의 직속군대는 일본군의 지원병력이 도착할 때까지 일본군 상륙부대를 상해에 묶어 놓고 격렬하게 저항했다. 일본군은 3개월 동안의 전투 끝에 지원부대가 증강되면서 상해를 점령할 수 있었다. 그 후 일본군은 남경을 공격하게 된다. 상해사변에서 중국군의 피해는 약 10만-20만명 정도이고 일본군의 피해는 약 7만명 정도이다.

　1937년-1938년 사이 일본군은 중국의 여러 도시들에 대해 무자비한 폭격을 가했고, 중국의 주요 해안가 도시들을 점령하고자 하였다. 해안가 도시들의 점령은 상륙작전을 통하여 실시된다. 일본군은 4만여명 이상의 병력을 영국령 홍콩으로부터 약 32km 북쪽에 상륙시킴으로써 광동지역을 쉽게 점령했다. 1938년 말까지 일본군은 중국의 해안 주요도시들을 거의 장악했다. 일본군은 중국의 해안지대를 거의 점령한 점을 이용하여 중국의 보급로를 봉쇄시키는 작전을 실시했다. 일본군의 이러한 작전들은 모두 중국해군이 기능하지 못했기 때문에 가능한 작전들이다.

　일본을 상대할 때에는 항상 바다를 염두에 두어야 한다. 이것은 임진왜란, 일본 군함 운양호의 침입, 청일전쟁, 러일전쟁, 중일전쟁, 태평양전쟁 모두 마찬가지이다. 이들 전쟁들은 일본이 치른 전쟁들이다. 이들 전쟁 중에서 우리가 가장 먼저 일본을 상대했고 그 때는 우리의 승리로 전쟁이 마감되었다. 태평양전쟁에서는 미국이 일본을 상대했고 이 때 비로소 일본을 항복시켰다. 일본이 임진왜란 이후 우리에게 조용히 있었던 것이나 일본이 태평양전쟁 이후 미국에게 조용히 있는 것은 동일한 현상이다.

　청일전쟁 당시 일본은 우리나라에서 주로 남부지방에서는 동학농민군과 전투를 하고 북부지방에서는 중국과 전투를 하였다. 이 때 우리의 관군은 동학농민군을 공격하고 있었던 것이다. 전봉준이 발표한 호소문은 바로 이것을 지적한 것이었다. 왜 관군이 동학농민군을 공격하는가? 청일전쟁 당시 일본정부의 총리는 바로 이등박문이었다.

우리의 정부가 동학농민군을 공격할 때 정부의 책임자인 명성황후와 김홍집은 조금 있다가 자신들에게 전개될 비극을 전혀 생각할 수 없었다. 다음은 전봉준에 대한 판결문이다. 제목이 전봉준 판결선언서라고 되어 있다. 직업이 농업으로 기재되어 있고 평민이라고 기재되어 있다.

"전봉준에 대하여 형사피고사건을 심문하여 본즉 피고는 동학당이라 칭하고……고부군수 조병갑이가 처음 도임하여 자못 학정을 행하매 해지방민등이 질고를 견디지 못하고……기후 피고는 일본군대가 대궐로 들어갔다는 말을 듣고 필시 일본인이 아국을 병합코자 하는 것인 줄 알고 일본병을 물리치고 기거류민을 국외로 구축할 마음으로 다시 기병을 도모하여……동모 35인과 의논하고 각기 변복하여 가만히 경성으로 들어가 정탐코자 하여 피고는 상인 변모를 하고 단신으로 상경, 태인을 지나 전라도 순창을 지날 때 민병에게 잡힌 것이다. 우에 기록한 사실은 피고와 기 동모자 손화중, 최경선 등이 자복한 공초 압수한 증거문적이 분명할지라. 기 소위는 대전회통 형전 중의 군복기마작변관문자불대시참이라 하는 율을 조한 것이니라. 우의 이유로써 피고 전봉준을 사형에 처하노라."

이 판결을 한 재판소는 법무아문권설재판소이다. 서명자 중에는 법무아문 대신 서광범, 협판 이재정, 참의 장박이 포함되어 있다. 그런데 서광범 (1859년–1897년) 또한 2년 후에 미국에서 죽었다. 이 때 서광범의 나이는 39살이다. 서광범은 전봉준이나 김개남보다도 더 짧은 삶을 살았다.

서광범은 개화당의 일원으로 갑신정변을 일으켰다. 갑신정변이 삼일천하로 끝나자 일본으로 망명했다. 그리고 1885년 미국으로 건너갔다. 1892년 미국 시민권을 획득하고 미국 연방정부에서 번역관으로 일하기도 한다. 홍영식(1855년–1884년) 또한 갑신정변을 일으켰다. 홍영식은 갑신정변이 삼일천하로 끝나면서 바로 죽음을 당한다. 전봉준 장군은 마지막 말을 남기고 있다. "나라 생각하는 진심을 누가 알랴?"

서광범이 죽음으로써 갑신정변 세력은 거의 죽고 없게 된다. 그런데 그 이전에 이미 명성황후도 죽고 없다. 그리고 동학혁명 세력도 죽고 없다. 1850년대는 영웅호걸들이 태어난 시대이다. 우리의 역사상 이와 같이 영웅호걸들이 많았

전봉준 장군의 모습

던 때는 없었다. 이들이 갑신정변을 일으켰고 동학혁명을 추진했으며 명성황후는 이들을 막기 위하여 고군분투했다. 많은 영웅호걸들이 태어났건만 우리는 그 기회를 하나도 살리지 못했다. 영웅호걸들이 너무 많았던 탓일까? 이 영웅호걸들은 누구는 암살당하고 누구는 사형당하고 누구는 일본인의 손에 죽고 누구는 살해당하고 누구는 병으로 죽었다.

영웅호걸은 각자 자기가 부여받은 역할을 가지고 이 세상에 태어난다. 그 역할이 완전하게 끝날 때까지 이들을 죽여서는 안된다. 우리의 조선은 그 사실을 알지 못했다. 이제 오로지 남은 사람은 고종 하나 뿐이다. 앞으로 벌어질 일을 고종 혼자서 감당한다는 것은 너무나 벅찰 뿐이다. 1850년대의 마지막 영웅호걸 서광범이 죽고 정확히 8년 후에 을사조약이 체결된다. 그리고 2년 후에 우리는 군대를 잃게 된다. 앞으로 3년이 지나면 우리는 나라를 일

본에게 빼앗기게 된다. 이것은 남아 있는 영웅호걸이 없기 때문이기도 하다.

영웅호걸은 다시 1870년대에 태어난다. 1850년대의 영웅호걸이 태어난지 25년만이다. 1875년에 이승만 대통령이 태어나고 1876년 김구 선생이 태어난다. 또한 1879년에는 안중근 의사가 태어난다. 그런데 이번에는 그 수가 너무나 적었다. 더군다나 안중근 의사는 너무나 일찍 삶을 마감한다. 남아 있는 자는 이승만 대통령과 김구 선생 뿐이다.

그런데 역사가 또 반복되었으니 이 일을 어찌하란 말이냐! 영웅호걸은 자신의 사명을 가지고 이 땅에 태어난다는 사실을 또 잊고 말았다. 이번에는 김구 선생이 자신의 사명을 마치지 못하고 삶을 마감한다. 남아 있는 사람은 이승만 대통령 뿐이다. 하지만 역사가 증명하고 있듯이 이승만 대통령 혼자 힘으로는 이 큰 나라를 꾸려갈 수 없는 것이다. 필자가 말하는 영웅호걸은 여기서 마감한다.

중국은 고위관료들 중 일부에 관하여 사형집행까지 하고 있다. 이유는 고위관료들이 부패와 뇌물에 관련되어 있기 때문이다. 과거 4인방에 대한 재판에서는 4명 중 2명에게 사형이 선고되었다. 4인방중 강청과 장춘교에게는 사형을 선고했고 왕홍문에게는 무기징역을, 요문원에게는 징역 20년을 선고했다. 강청과 장춘교는 2년간 집행을 보류하다가 무기징역으로 감형했다.

그 후 조자양은 공산당 총서기였으나 1989년 천안문 사건이 발생하면서 실각했다. 조자양은 실각한 후 17년간 가택연금 상태에 있었다. 조자양이 그 당시 당지도부와 의견을 달리하기는 했지만 조자양이 당지도부에 대하여 공격을 한 것은 아니다. 조자양은 재기하지 못하고 사망하게 된다. 당지도부가 조자양에 대하여 택한 것은 활동을 정지시키는 것이었다. 이것을 통하여 조자양이 외부와 연결되는 것을 차단했다.

중국은 인재들을 억압은 하지만 죽이는 경우는 거의 없다. 이러한 경향은 특히 최근에 더 두드러진다. 이 인재들이 언젠가 중국이 위기에 처할 때 지혜를 제공할 수도 있기 때문이다. 등소평도 탄압은 심하게 받았지만 죽음을 당하지는 않았다. 그 결과 중국은 등소평을 활용할 수 있었던 것이다.

권력자들이 지금 당장 자신들의 기준에 어긋난다고 하여 훌륭한 인재를 죽이는 것은 권력자들 자신이 한계에 부딪혔을 때 국가를 구할 인재를 없애버리는 어리석음을 추가적으로 범하는 것이다. 권력자들 자신이 한계에 부딪히는 상황은 지금 당장은 아니지만 시간이 지나면서 항상 오기 마련이다. 이런 점에서 우리나라나 북한은 중국을 참고할 필요가 있다.

최근에 진행된 보희래(보시라이) 사건에서 중국은 보시라이에게 무기징역을 선고했다. 보시라이는 중국의 혁명원로인 보일파(보이보)의 아들이다. 보시라이 사건은 여러 가지가 섞여 있기 때문에 그 사건의 본질을 파악하는 것이 쉽지 않다. 보시라이는 혁명원로의 아들이기 때문에 배경이 든든한 사람이다. 이러한 배경은 습근평(시진핑) 국가주석의 경우에도 마찬가지이다. 시진핑의 아버지는 습중훈(시중쉰)이다. 시진핑은 국가주석이 되었지만 보시라이는 무기징역을 선고받은 사람이 되었다. 보시라이는 사건이 발생할 때 중경시(충칭시) 당서기였다. 보시라이는 그 이전에 요녕성 성장을 하였고 상무부 부장도 하였다.

보시라이는 1993년부터 7차례에 걸쳐 한국을 방문했다. 우리나라를 상당히 많이 방문했다. 시진핑은 최근의 방문까지 치면 5차례에 걸쳐 한국을 방문했다. 시진핑과 보시라이의 관계는 동지인지 경쟁자인지 정확히 알려진 것이 없다. 시진핑과 보시라이의 관계는 시간이 지나면서 변하는 속성을 가지고 있다. 원래 보시라이 사건의 처리는 시진핑이 시작한 것이 아니다. 시진핑이 국가주석이 되기 전에 이미 사건이 발생했기 때문이다.

이에 비하여 북한은 최근 장성택을 사형집행했다. 이것이 의미하는 것은 북한은 고위관료에 대하여 사형집행할 가능성을 항상 가지고 있다는 것이다. 장성택 뿐만 아니라 북한은 화폐개혁에 실패하였다는 이유로 책임자였던 박남기 계획재정부장에 대하여 사형집행을 실시했다.

사형선고와 사형집행을 모면한 사람 중에서 대표적인 사람은 미국의 로버트 리 장군이다. 리 장군은 남북전쟁 당시 북부 버지니아의 남부 군대를 지휘했다. 리 장군은 남북전쟁 이전에도 미국과 멕시코 전쟁에서 활동한 사람이다. 남북전쟁에서 남부는 결국 지고 말았다. 리 장군은 항복했다. 리 장군은 북부에 대한 지속적인 반란을 제의받지만 거절한다. 그리고 북부와 남부 사이의 화해를 요구한다.

리 장군이 남부 군대를 지휘했지만 전쟁이 끝난 후 리 장군이 사형선고와 사형집행의 보복을 당한 것은 아니다. 전쟁이 끝난 후 리 장군은 체포되지도 않았고 처벌받지도 않았다. 다만 투표권을 상실하였을 뿐이다. 리 장군은 재건계획을 지지하였다. 리 장군은 북부와 남부 사이의 화해의 상징이 되었다. 리 장군은 그 당시 워싱턴대학의 총장이 되었다. 리 장군은 죽을 때까지 워싱턴대학에서 근무했다. 리 장군은 죽은 후에 북부에서도 명성이 높아졌다.

리 장군 뿐만 아니라 남부의 대통령이었던 제퍼슨 데이비스도 처벌되지 않았다. 데이비스는 전쟁이 끝난 후 체포되어 반역죄로 기소되었다. 하지만 재판을 받지는 않았고 2년 후에 석방되었다. 그 후 시간이 지난 후에 데이비스는 북부와 남부의 화해를 촉구했다. 리 장군과 데이비스의 화해노력은 북부와 남부의 통합을 위하여 중요한 것이었다.

그 동안 우리는 정치적인 이유로 자신과 의견을 달리하거나 경쟁자가 된 사람들을 사형선고하고 사형집행까지 하였으며 심지어 암살까지 했었다. 그리고 그 중심에 국가기관이 있었다. 법원도 이러한 국가기관에 포함되어 있다. 법원도 이러한 행동에 적극적으로 참여했다. 이러는 과정에서 인재들이 하나씩 둘씩 사라져 갔다. 우리가 서양문화와 문물에 개방한 이후 많은 인재들이 나타났지만 그들 모두가 뜻을 이루지 못하고 사라져 갔다. 이것은 우리에게 엄청난 손실을 가져왔다. 이러한 손실로 인하여 국가발전은 더 지체되었던 것이다. 앞으로 이러한 잘못을 되풀이해서는 안된다.

단두대에서 처형된 유명한 사람이 있다. 프랑스 대혁명의 소용돌이 속에서 프랑스의 과학자 라부아지에(1743년-1794년)는 공장 노동자를 위한 제조업방식 개선을 추구하는 급진 개혁가의 길을 걸으며 파리의 가로등과 물 공급을 개선하는 일에도 앞장서는 혁신가로 활동했다. 그러나 라부아지에는 결국 단두대의 이슬로 사라지게 되었다.

라부아지에는 프랑스의 귀족이고 18세기 화학혁명의 중심에 있는 화학자이다. 라부아지에는 근대화학의 아버지이기도 하다. 라부아지에는 사회적으로도 많은 활동을 하였다. 프랑스 대혁명이 최고조에 달하고 있을 때 라부아지에는 장 폴 마라(1743년-1793년)에 의하여 불순물을 섞은 담배를 팔았다는 죄목과 더불어 다른 범죄들로 기소되었다. 라부아지에는 마라가 죽은 지 1년 후에 단두대에서 처형되었다. 이것이 담배와 라부아지에의 인연이다. 라부아지에가 담배 때문에 처형되었다는 것은 놀라운 일이다.

라부아지에가 담배 때문에 처형되었다고? 라부아지에에 대한 사형집행은 소크라테스에 대한 사형집행만큼이나 악명이 높다. 그런데 라부아지에와 마라는 같은 해에 태어난 사람들이다. 혁명재판소 법정에 서게 된 라부아지에를 위하여 그간의 과학업적을 고려해 달라는 탄원이 있었지만 당시 판사인 코피나르는 "공화국은 과학자를 필요로 하지 않는다. 판결은 집행되어야 한다"라는 말을 남기고 곧 사형을 집행했다. 이에 당시 수학자 라그랑주는 다음과 같은 유명한 말을 남기면서 위대한 화학자이자 혁명가인 라부아지에의 죽음을 애석해 했다.

"머리를 베는 것은 한 순간이지만 그 두뇌를 길러 내는 데는 100년이 더 걸릴 것이다."

대통령선거: 시간의 힘과 국민의 선택

> "거의 매년 신규 성공기업이 나타나면 과연 그 성공의 배경이 무엇인지
> 를 밝혀보려고 하지만 실제로 성공의 진실이 없는 경우도 자주 일어난
> 다. 이유가 있다면 그 기업이 적절한 시기에 적절한 장소에 있었기 때
> 문이라는 사실 뿐이다."

대통령들은 언제 태어났을까? 이제 엄청난 놀라움을 느낄 것이다. 해방 이
후 신익희(1894년-1956년)와 조병옥(1894년-1960년)은 대통령이 되기 위
하여 노력했다. 신익희가 먼저 순서이고 조병옥은 그 다음이다. 이들은 묘하
게도 나이가 같다. 그것도 갑오개혁이 실시되던 해이다. 신익희와 조병옥은
모두 1890년대에 태어난 사람들이다. 하지만 신익희와 조병옥은 모두 도중
에 죽고 만다. 윤보선 대통령(1897년-1990년)도 1890년대에 태어난 사람
이다. 장면 총리(1899년-1966년)도 1890년대에 태어난 사람이다.

　참으로 묘한 것은 1890년대에 태어난 사람들은 모두 불운을 맞이한다.
윤보선 대통령과 장면 총리는 각각 대통령과 총리에서 중도하차하고 만다.
꿈과 이상을 실현하기가 이렇게 어려운 모양이다. 이들에게 이러한 공통점
이 있을지 상상이나 할 수 있을까? 뿐만 아니라 이기붕(1896년-1960년)도
1890년대에 태어난 사람이다. 놀라울 뿐이다. 1890년대의 불운을 최남선
(1890년-1957년)도 벗어나지 못한다. 이것은 이광수(1892년-1950년)도
마찬가지이다.

　그 이후 1900년대는 건너뛰게 된다. 여기서 윤봉길 의사(1908년-1932
년)는 예외이다. 윤봉길 의사는 1900년대 초에 태어났다. 그러다가 1910년
대를 맞이하게 된다. 박정희 대통령(1917년-1979년)은 1910년대에 태어난

사람이다. 최규하 대통령(1919년-2006년)도 1910년대에 태어난 사람이다. 이 시대에 삼성의 이병철 회장(1910년-1987년)도 태어난다. 뿐만 아니라 현대의 정주영 회장(1915년-2001년)도 태어난다.

1920년대에 들어가면 먼저 김대중 대통령(1924년-2009년)이 태어난다. 다음으로 김영삼 대통령(1927년-생존)이 태어난다. 김종필씨(1926년-생존) 또한 1920년대에 태어난 사람이다. 김재규씨(1926년-1980년)도 1920년대에 태어난 사람이다. 박정희 대통령과 김재규씨는 나이 차이가 9살 차이이다.

1930년대에 들어가면 전두환 대통령(1931년-생존)이 태어난다. 다음으로 노태우 대통령(1932년-생존)이 태어난다. 1940년대에 들어가면 이명박 대통령(1941년-생존)이 태어난다. 그리고 노무현 대통령(1946년-2009년)이 태어난다. 1950년대에 들어가면 박근혜 대통령(1952년-생존)이 태어난다.

과연 다음 대통령은 1950년대에 태어난 사람일까, 아니면 1960년대에 태어난 사람일까? 필자가 생각하기에는 1950년대에 태어난 사람일 가능성이 크다. 10년을 기준으로 하여 2명의 사람이 대통령이 되는 것이 지금까지의 흐름이었다. 1910년대, 1920년대, 1930년대, 1940년대 모두 2명의 대통령을 배출했다. 심지어 1900년대 이전인 1890년대에도 윤보선 대통령과 장면 총리(이 당시는 의원내각제이었다) 합계 2명이 배출되었다. 1920년대에 태어난 김종필씨는 끝내 대통령이 되지 못하였다.

만약 1960년대에 태어난 사람이 대통령이 된다면 이 사람은 시대를 앞당기는 것이므로 그 다음 대통령 또한 1960년대에 태어난 사람일 것이다. 그리고 그 다음 대통령도 1960년대에 태어난 사람일 것이다. 이렇게 되면 1960년대에 태어난 사람의 전성시대가 되는 것이다. 하지만 다음 대통령은 1950년대에 태어난 사람일 것이다. 태어난 시대가 사람을 결정하는 것은 아닐까? 지금까지의 흐름은 그렇다고 할 수밖에 없다. 지금까지 북한의 사람들에 관하여는 언급하지 않았다. 북한의 사람들은 독자들이 한 번 찾아보기 바란다. 그러면 태어난 시대가 사람을 결정한다는 믿기 싫은 사실이 얼마나 놀라운 것인가를 직접 확인하게 될 것이다.

만약 1940년대에 태어난 사람이 대통령이 된다면 이명박 대통령과 노무현 대통령에 이어 3명이 대통령이 되는 것이다. 이것이 가능할까? 놀라운 사실이 아직 더 남아 있다. 대통령이 되려면 시대와 장소가 중요하다. 김영삼 대통령, 김대중 대통령, 이명박 대통령은 섬이나 해안가에서 태어나고 자랐다. 윤보선 대통령도 사실은 해안가 출신이다. 윤보선 대통령은 아산에서 태어났다. 아산에는 북서쪽으로 아산만이 위치하고 있다. 아산만이 내륙 깊숙이 들어와 있고 아산만으로 유입하는 삽교천과 안성천의 하구에 삽교호와 아산호가 있다.

지금 박근혜 대통령 다음 대통령으로 거론되는 사람들 중에 해안가 출신이 몇 명이나 있을까? 3명이 있다. 김무성씨(1951년-), 문재인씨(1953년-), 정몽준씨(1951년-)가 바로 이들이다. 그런데 이들은 모두 1950년대에 태어난 사람들이다. 김무성씨는 부산 서구 출신이다. 서구는 부산 중에서도 해안가에 연결되어 있다. 문재인씨는 거제에서 태어났다. 거제는 아예 섬이다. 정몽준씨는 부산 동구 출신이다. 동구는 부산 중에서도 해안가에 연결되어 있다.

놀라운 것은 김문수씨(1951년-)도 1950년대에 태어난 사람이다. 또한 박원순씨(1956년-)도 1950년대에 태어난 사람이다. 김문수씨와 박원순씨는 해안가 출신이 아니다. 우리나라에서 해안이 내륙에 비하여 그렇게 많은 것이 아님에도 불구하고 해안 출신이 앞으로 약진하고 있다. 특히 정치권에서는 그렇다. 과거에도 그렇고 현재에도 그렇다. 이것은 중국과 일본 그리고 미국도 마찬가지이다.

김문수씨와 박원순씨는 해안가 출신을 상대로 하여 힘들게 경쟁해야 하는 상황이 왔다. 김문수씨와 박원순씨 뿐만 아니라 다음에는 1960년대에 태어난 사람들도 해안가 출신과 힘들게 경쟁하여야 하는 상황이다. 해안가 출신이 또 기다리고 있기 때문이다. 김무성씨, 문재인씨, 정몽준씨, 김문수씨와 박원순씨 중에서 대통령이 나온다면 1950년대에 태어난 사람으로서 대통령이 되는 것은 2번째이다.

이것이 의미하는 것은 대통령이 된 사람 이외의 다른 사람들은 이제 기회가 거의 없다는 것이다. 1950년대에 태어난 사람으로서 대통령이 되는 것은 이미 꽉 차기 때문이다. 역사에 더 이상의 빈자리는 없다. 김무성씨, 문재인씨, 정몽준씨, 김문수씨와 박원순씨 중에서 누가 정당의 대통령 후보자가 되든지 간에 대통령선거에서는 해안가 출신을 상대로 만나게 되어 있다.

대통령선거에서 만나는 사람이 모두 해안가 출신일 수도 있다. 그러면 다음 대통령은 해안가 출신이 되는 것이다. 어떠한 상황이 오든지 해안가 출신이 대통령이 될 가능성은 높다. 해안가 출신이 아닌 사람으로서 대통령이 된다는 것은 매우 힘들다. 지금까지 우리나라의 역사가 그래 왔다. 이것은 참으로 놀라운 일이다.

반기문씨는 김문수씨와 박원순씨처럼 해안가 출신이 아니다. 홍준표씨(1954년-)도 해안가 출신이 아니다. 홍준표씨는 1950년대에 태어난 사람이다. 홍준표씨와 박원순씨는 모두 경상남도 창녕군에서 태어났다. 홍준표씨는 남지읍에서 태어났고 박원순씨는 장마면에서 태어났다. 남지읍과 장마면은 바로 옆에 붙어 있다. 또 한 번 놀라운 것은 이들 모두 지금 지방자치단체장이라는 사실이다. 홍준표씨는 경상남도 지사이고 박원순씨는 서울시장이다. 김두관씨(1959년-)는 해안가 출신이면서 1950년대에 태어난 사람이다.

김두관씨가 태어난 곳은 남해로서 남해는 섬 자체이다. 남해는 남해도와 창선도 2개의 섬을 중심으로 이루어져 있다. 1973년 660m의 남해대교가 개통되면서 육지와 연결되었고, 1980년에는 창선대교가 놓이면서 남해도와 창선도가 연결되었다. 1950년대에 태어난 사람은 정치권에서 활짝 꽃 피고 있다.

1960년대에 태어난 사람으로서 지금 이름이 난 사람으로는 안철수씨 (1962년-), 송영길씨(1963년-), 나경원씨(1963년-), 원희룡씨(1964년-), 안희정씨(1965년-), 남경필씨(1965년-), 조국씨(1965년-) 등이다. 이들은 해안가와 섬에서 태어난 사람들과 그러하지 않은 사람들이 섞여 있다. 이들 중에서 송영길씨와 원희룡씨가 해안가와 섬에서 태어난 사람들이다. 송영길 씨는 전라남도 고흥군에서 태어났는데 고흥군은 남해안 고흥반도와 175개 의 섬으로 이루어져 있다.

원희룡씨는 제주도라는 섬 자체에서 태어났다. 조국씨는 부산 중구에서 학교를 다녔다. 중구는 부산 남부에 있는 구이다. 중구는 남쪽이 바다에 임 하고 있어 부산항의 중추기능을 담당하고 있다. 1960년대에 태어난 사람들 은 지금 나이가 50대임에도 불구하고 1950년대에 태어난 사람과 달리 아직 잘 드러나지 않고 있다. 그 이유는 1950년대에 태어난 사람들이 더 도약하 였기 때문이다.

1960년대에 태어난 사람들은 아마 역사상 가장 드러나지 않은 사람들 일 것이다. 그래서 1960년대에 태어난 사람들은 정치적으로 위기에 처할 수 도 있다. 이것이 국가적 위기로 이어질 수도 있다. 시간이 늦은 감은 있으나 1960년대에 태어난 사람들은 여러 사람들이 앞으로 더 전면으로 등장해야 만 한다. 1960년대에 태어난 사람들은 1980년대에 대학교를 다닌 사람들이 다. 이들은 어려운 시대에 대학교를 다녔다.

그런데 어찌된 영문인지 1960년대에 태어난 사람들은 다양성에서 매우 부족하다. 1960년대에 태어난 사람들은 위에서 본 바와 같이 특정한 곳에 치 우쳐 있다. 이것이 앞으로 우리나라에 어떠한 영향을 줄 것이다. 그 동안 우 리나라에서 형성된 규칙은 1960년대에 태어난 사람들에게도 2명의 대통령을 기대하고 있다. 1960년대에 태어난 사람들은 앞으로 더 분발해야 한다.

이회창씨(1935년-)는 1930년대에 태어난 사람이다. 그런데 이회창씨가 대통령이 되고자 했을 때에는 이미 1930년대에 태어난 사람으로서 대통령이 된 사람이 2명이나 있었다. 이회창씨가 대통령이 되는 것은 어려운 상황이었다. 1930년대에 태어난 사람으로서 대통령이 되는 것은 이미 꽉 차 있었기 때문이다. 손학규씨(1947년-)는 1940년대에 태어난 사람이다. 지난번 선거에서 손학규씨가 대통령이 되고자 했을 때에도 이미 1940년대에 태어난 사람으로서 대통령이 된 사람이 2명이나 있었다. 이명박 대통령과 노무현 대통령이 바로 이들이다. 손학규씨도 대통령이 되는 것은 어려운 상황이었다.

동일한 10년대에서 3명이 대통령이 되기가 힘든 이유는 무엇일까? 그리고 이것이 지금까지 규칙으로 자리잡은 이유는 무엇일까? 그것은 시간의 힘 때문이다. 시간의 힘이 사람의 힘보다 더 세기 때문이다. 대통령이 되고자 했을 때 출생한 것을 기준으로 10년이라는 시간이 지나면 시대가 바뀐다. 사람의 생각도 바뀌고 문명도 바뀐다. 10년이라는 시간이 지나면 10년 전은 더 이상 시대에 맞지 않는 것이다.

만약 동일한 10년대에서 태어난 3번째 사람이 대통령이 되고자 했을 때는 그 시대에 태어난 사람은 이미 더 이상 시대에 맞지 않는 것이다. 이러한 사정이 규칙을 만드는 것이다. 인간은 시간 앞에서 시간을 거스를 수 없는 것이다. 이미 10년이라는 시간이 지나면 자신의 시대는 지나간 것이다. 그래서 시간의 힘이 사람의 힘보다 더 센 것이다.

반기문씨(1944년-)는 1940년대에 태어난 사람이다. 만약 반기문씨가 대통령이 된다면 그 동안 우리나라에서 형성된 규칙이 깨지는 순간이다. 그러면 반기문씨 다음 대통령은 다시 1950년대에 태어난 사람이 될 것이다. 1950년대를 건너뛰고 1960년대로 직행하기는 매우 힘들 것이다. 만약

1960년대로 직행한다면 그 동안 우리나라에서 형성된 규칙이 또 한 번 더 깨지는 순간이다. 이것은 매우 힘든 일이다. 그 동안 우리나라에서 형성된 규칙은 이미 본 것과 같이 매우 강한 규칙이기 때문에 단 한 번이라도 깨기가 쉽지 않다.

안철수씨는 1960년대에 태어난 사람이다. 안철수씨가 지금까지 한 일은 그 동안 우리나라에서 형성된 규칙을 깨려고 한 것이었다. 이것은 본인이 의도한 것은 아니었다. 왜냐하면 그 동안 우리나라에서 형성된 규칙은 전혀 알려져 있지 않았기 때문이다. 안철수씨가 그 동안 우리나라에서 형성된 규칙을 깨려고 하였지만 지금까지 보면 알 수 있듯이 이 규칙은 매우 강한 규칙이어서 깨기가 쉽지 않다. 안철수씨든지 반기문씨든지 그 동안 우리나라에서 형성된 규칙이 하나의 장애물로 작용하고 있는 것이다. 이것은 김종필씨, 이회창씨, 손학규씨 모두에게도 마찬가지였다.

이인제씨(1948년-)는 1940년대에 태어난 사람이다. 흥미로운 것은 이인제씨가 처음 이회창씨와 상대할 때 이인제씨는 그 동안 우리나라에서 형성된 규칙에 따라 행동한 것이었다는 사실이다. 이 규칙은 노무현 대통령에 의하여 결국 지켜졌다. 이인제씨와 노무현 대통령은 모두 1940년대에 태어난 사람이다. 이인제씨가 다시 대통령이 되고자 한 것 또한 그 동안 우리나라에서 형성된 규칙에 따라 행동한 것이었다. 아직 1940년대에 태어난 사람으로서 대통령이 된 사람은 노무현 대통령 1명이었기 때문이다.

그런데 정동영씨(1953년-)가 등장하여 그 동안 우리나라에서 형성된 규칙을 깨뜨리려고 하였다. 정동영씨는 1950년대에 태어난 사람이다. 정동영씨는 결국 이명박 대통령이 그 동안 우리나라에서 형성된 규칙에 따라 행동함으로써 꿈을 이룰 수 없었다. 이명박 대통령은 이인제씨처럼 1940년대에 태어난 사람이다.

그 동안 우리나라에서 형성된 규칙이 엄청난 위력을 발휘하는 것은 정주영씨(1915년-2001년)에게도 여지 없이 적용되었다. 정주영씨는 1910년 대에 태어난 사람이다. 정주영씨가 대통령이 되고자 했을 때에는 이미 1910 년대에 태어난 사람으로서 대통령이 된 사람이 2명이나 있었다. 정주영씨가 대통령이 되는 것은 어려운 상황이었다. 1910년대에 태어난 사람으로서 대통령이 되는 것은 이미 꽉 차 있었기 때문이다. 박정희 대통령과 최규하 대통령이 1910년대에 태어난 사람들이다.

정동영씨든지 정주영씨든지 그 동안 우리나라에서 형성된 규칙이 하나의 장애물로 작용하고 있었던 것이다. 그 동안 우리나라에서 형성된 규칙이 하나의 장애물로 작용한 최초의 경우는 김종필씨이다. 그 동안 우리나라에서 형성된 규칙대로 행동하였으나 이 규칙을 깨뜨리려고 한 사람에 의하여 꿈이 좌절된 최초의 사람은 이인제씨이다. 그리고 그 이후에는 아직 이러한 사람이 없다.

만약 김무성씨, 문재인씨, 정몽준씨, 김문수씨와 박원순씨 모두 다음 대통령선거에서 떨어진다면 이들 또한 이인제씨처럼 이 규칙을 깨뜨리려고 한 사람에 의하여 꿈이 좌절된 사람들이 되고 만다. 만약 반기문씨가 대통령이 된다면 김무성씨, 문재인씨, 정몽준씨, 김문수씨와 박원순씨 모두 한 번의 기회가 더 남아 있게 된다. 만약 1960년대에 태어난 사람이 대통령이 된다면 김무성씨, 문재인씨, 정몽준씨, 김문수씨와 박원순씨 모두 이제 기회는 거의 없게 된다.

1960년대에 태어난 사람이 대통령이 되는 것보다는 반기문씨가 대통령이 되는 것이 더 쉬운 일이다. 이러한 경우 그 동안 우리나라에서 형성된 규칙이 한 번 깨지는 것이지만 반기문씨 다음 대통령선거 때에는 다시 이 규칙으로 돌아가게 된다. 국민들은 과연 누구를 선택할 것인가? 이러한 선택에는 시간의 힘이 작용한다. 다음 대통령선거에서는 국민들이 시간의 힘보다 더 셀까?

그러면 미국의 경우는 어떠할까? 시어도어 루스벨트 대통령은 1901년-1909년 동안 대통령을 하였다. 루스벨트는 20세기에 들어와서 대통령이 되었다. 20세기 동안 그리고 21세기 들어와서 지금까지 미국의 대통령을 한 사람들이 태어난 시기는 다음과 같다.

루스벨트 대통령(1858년-1919년)은 1850년대에 태어난 사람이다. 태프트 대통령(1857년-1930년)은 1850년대에 태어난 사람이다. 우드로 윌슨 대통령(1856년-1924년)은 1850년대에 태어난 사람이다. 1850년대에 태어난 사람은 3명이 대통령이 되었다. 하딩 대통령(1865년-1923년)은 1860년대에 태어난 사람이다. 1860년대에 태어난 사람은 1명이 대통령이 되었다. 이것은 1850년대에 태어난 사람 1명이 추가적으로 대통령이 되었기 때문이다.

쿨리지 대통령(1872년-1933년)은 1870년대에 태어난 사람이다. 후버 대통령(1874년-1964년)은 1870년대에 태어난 사람이다. 프랭클린 루스벨트 대통령(1882년-1945년)은 1880년대에 태어난 사람이다. 또한 트루먼 대통령(1884년-1972년)은 1880년대에 태어난 사람이다. 아이젠하워 대통령(1890년-1969년)은 1890년대에 태어난 사람이다. 1890년대에 태어난 사람은 1명이 대통령이 되었다. 존슨 대통령(1908년-1973년)은 1900년대 초에 태어난 사람이다. 1900년대 초에 태어난 사람도 1명이 대통령이 되었다. 이것은 1910년대에 태어난 사람 2명이 추가적으로 대통령이 되었기 때문이다.

케네디 대통령(1917년-1963년)은 1910년대에 태어난 사람이다. 닉슨 대통령(1913년-1994년)은 1910년대에 태어난 사람이다. 포드 대통령(1913년-2006년)은 1910년대에 태어난 사람이다. 레이건 대통령(1911년-2004년)은 1910년대에 태어난 사람이다. 1910년대에 태어난 사람은 4명이 대통령이 되었다. 1910년대에 태어난 사람은 10년을 기준으로 했을 때 가장 많은 사람이 대통령이 되었다.

카터 대통령(1924년-)은 1920년대에 태어난 사람이다. 또한 아버지 부시 대통령(1924년-)은 1920년대에 태어난 사람이다. 그런데 1930년대에 태어난 사람은 대통령이 되지 못하였다. 이것은 20세기에 처음 있는 일이다. 이것은 1910년대에 태어난 사람들이 너무 많이 대통령이 되었기 때문이다. 1920년대에 태어난 사람은 1910년대에 태어난 사람들의 영향을 피하기는 하였으나 결국 1930년대에 태어난 사람이 영향을 피하지 못하였던 것이다.

아들 부시 대통령(1946년-)은 1940년대에 태어난 사람이다. 빌 클린턴 대통령(1946년-)은 1940년대에 태어난 사람이다. 오바마 대통령(1961년-)은 1960년대에 태어난 사람이다. 이제 미국에서 다음 대통령은 누가 될까? 1960년대에 태어난 사람과 1950년대에 태어난 사람이 다음 대통령이 될 것이다. 1950년대에 태어난 사람은 아직 대통령이 되지 못하였다. 1960년대에 태어난 사람도 아직 대통령이 1명 뿐이다. 1950년대에 태어난 사람이 아직 대통령이 되지 못한 것은 오바마 대통령이 너무 일찍 대통령이 되었기 때문이다.

대통령선거에서 아들 부시 대통령과 상대가 되었던 앨 고어 부통령(1948년-)은 1940년대에 태어난 사람이다. 둘 다 모두 1940년대에 태어난 사람이다. 아들 부시 대통령과 상대가 되었던 존 케리 국무장관(1943년-)도 1940년대에 태어난 사람이다. 선거에서 오바마 대통령과 상대가 되었던 존 매케인 상원의원(1936년-)은 1930년대에 태어난 사람이다. 하지만 존 매케인은 결국 1930년대에 태어난 사람으로서의 한계를 극복하지 못하였다.

대통령선거에서 오바마 대통령과 상대가 되었던 롬니 주지사(1947년-)는 1940년대에 태어난 사람이다. 그런데 롬니 주지사 이전에 이미 1940년대에 태어난 사람으로서 대통령이 된 사람은 2명이 있었다. 아들 부시 대통령과 클린턴 대통령이 바로 그들이다. 롬니 주지사는 10년에 2명 대통령이라는 벽을 넘지 못하였다.

그러면 힐러리 클린턴(1947년-)은 어떨까? 힐러리 클린턴 또한 1940년대에 태어난 사람이다. 만약 힐러리 클린턴이 다음 대통령이 된다면 여러 가지 규칙이 깨지게 된다. 1940년대에 태어난 사람이 3명이나 대통령이 되게 된다. 또한 1950년대에 태어난 사람은 거의 대통령이 되지 못할 것이다. 그리고 1960년대에 태어난 사람도 1명의 대통령으로 만족해야 할지도 모른다.

20세기 들어와서 지금까지 이러한 일은 발생한 적이 없다. 과연 힐러리 클린턴은 혁명을 일으킬 수 있을까? 그리고 롬니 주지사가 혁명을 일으킬 수 있을까? 그런데 지금 이들은 다음 대통령선거에서 유력한 주자들이라고 하고 있다.

칼리 피오리나(1954년-)는 1950년대에 태어난 사람이다. 피오리나는 여성 기업인으로서 컴퓨터 회사인 휴렛팩커드(HP)의 CEO였다. 만약 피오리나가 대통령이 된다면 1950년대에 태어난 사람으로서 처음으로 대통령이 되는 것이다. 페일린(1964년-)은 여성 정치인이다. 페일린은 2008년 대통령선거에서 존 매케인 대통령 후보의 부통령 러닝메이트로 나왔었다. 페일린은 1960년대에 태어난 사람이다. 만약 페일린이 대통령이 된다면 1960년대에 태어난 사람으로서 2번째로 대통령이 되는 것이다.

랜드 폴(1963년-)은 1960년대에 태어난 사람이다. 랜드 폴은 지금 많이 거론되고 있는 사람이다. 랜드 폴은 상원의원이다. 랜드 폴의 아버지 또한 정치가였다. 랜드 폴은 의사이기도 하다. 테드 크루즈(1970년-)는 캐나다에서 태어난 미국의 정치인이다. 크루즈는 상원의원으로 활동하고 있다. 크루즈는 지금 많이 거론되고 있는 사람이다. 크루즈는 1970년대에 태어난 사람이다. 만약 크루즈가 대통령이 된다면 1950년대와 1960년대에 태어난 사람을 모두 제치고 대통령이 되는 것이다. 그러면 1960년대에 태어난 오바마 대통령에서 바로 1970년대에 태어난 사람으로 직행하게 된다.

그런데 여기 엄청난 복병이 있다. 아버지 부시의 또 다른 아들 젭 부시 (1953년-)가 지금 대통령선거를 준비하고 있다. 젭 부시는 1950년대에 태어난 사람이다. 1950년대에 태어난 사람은 아직 대통령이 되지 못하고 있는 상황이다. 젭 부시가 대통령이 된다면 아버지, 아들 2명이 대통령이 된다. 이것은 글쎄 좀 무리가 아닐까?

하지만 젭 부시는 아직 대통령을 배출하지 못한 1950년대에 태어난 사람이라는 시대적 사명을 가지고 있다. 지금 젭 부시는 1950년대라는 가리워진 베일을 쓰고 있는 상황이다. 그래서 복병이라는 것이다. 젭 부시가 이 베일을 어떻게 벗을 것인가 하는 것이 앞으로 그의 과제이다. 더군다나 젭 부시는 강력한 가문과 능력을 가지고 있다.

칼리 피오리나도 있지 않은가? 피오리나가 1950년대에 태어난 사람이라는 시대적 사명을 완성하기 위하여는 젭 부시의 강력한 가문과 능력을 능가하는 바람을 일으켜야 한다. 이것이 불가능한 것은 아니다. 이것은 피오리나보다는 오히려 젭 부시에게 달려 있다. 피오리나 대통령, 젭 부시 부통령 안이 바로 그것이다. 피오리나가 젭 부시를 끌어들인다면 엄청나게 강력한 폭풍이 일어날 것이다. 문제는 젭 부시는 혼자서도 강력하다는 것이다.

하지만 젭 부시는 글쎄 좀 무리가 아닐까? 라는 미국 사람들의 균형감각을 뛰어넘어야 하는 과제를 안고 있다. 이 균형감각과 미국 사람들이 가지고 있는 1950년대에 태어난 사람이라는 시대적 사명에서 나오는 균형감각 중에서 어느 것이 더 우세할까? 대통령직의 분배냐 시대적 사명이냐 이것이 문제로다. 시대적 사명에 있어서는 지금 주일대사를 하고 있는 케네디 대통령의 딸인 캐롤라인 케네디(1957년-)도 뒤지지 않는다. 케네디가 바로 1950년대에 태어난 사람이다.

그럼 태어난 곳은? 캐롤라인 케네디는 뉴욕시의 맨해튼섬에서 태어났다. 케네디는 섬에서 태어난 사람이다. 젭 부시는 텍사스주 미들랜드에서 태어나고 휴스턴에서 자랐다. 미들랜드는 해안가에 위치하고 있지 않지만 휴스턴은 해안가에서 약간 떨어져 있다. 피오리나는 텍사스주 오스틴에서 태어났다. 오스틴은 해안가에 위치하고 있지 않다. 페일린은 아이다호주 샌드포인트에서 태어났다. 샌드포인트는 해안가에 위치하고 있지 않다.

미트 롬니는 미시간주 디트로이트에서 태어났다. 디트로이트는 웨인 카운티에 속해 있다. 웨인 카운티는 헨리 포드가 태어난 곳이기도 하다. 웨인 카운티는 자동차산업의 중심지이기도 하다. 롬니와 헨리 포드가 태어난 곳은 웨인 카운티 안에서 약간 차이가 있다. 디트로이트에도 강과 호수가 있다. 롬니는 물가 지역에서 태어난 사람이다. 롬니 주지사는 아쉽게도 대통령 선거에 나오는 것을 최근에 포기했다고 한다.

힐러리 클린턴은 큰 호수가에 위치하고 있는 시카고에서 태어났다. 케네디, 힐러리 클린턴, 롬니, 젭 부시가 물가와 관련이 있다. 물가 지역에서도 케네디가 더 물가와 가깝다. 케네디, 힐러리 클린턴, 젭 부시는 모두 대통령을 이미 배출한 가문 사람들이다. 만약 케네디나 힐러리 클린턴이 대통령선거에 나온다면 젭 부시에 대하여 느끼는 글쎄 좀 무리가 아닐까? 라는 미국 사람들의 균형감각은 무디어 질 것이다. 왜냐하면 이들 모두 대통령을 이미 배출한 가문 사람들이기 때문이다. 미국의 다음 대통령은 과연 누가 될까?

지금까지 우리나라와 미국은 시간이라는 규칙 앞에서 거의 비슷한 모습을 보여주었다. 이것 또한 매우 놀라운 일이다. 시간은 자연에서 발생하는 물리학적인 현상이다. 시간이라는 관점에서 우리나라와 미국은 닮아 있었던 것이다. 시간이 지나면 사람은 죽는다. 시간은 우리의 인생을 지배하고 있다. 시간이라는 현상이 정치의 핵심에 깊숙이 자리잡고 있다. 시간은 다른 어느 것보다도 더 크게 사람의 삶과 경제와 정치 그리고 사회와 문화를 좌우한다. 이 사실을 아는 것이 지혜로움이다.

시간이 우리나라의 정치에서는 1950년대에 태어난 활발한 정치가들을 만들어냈다. 시간이 미국의 정치에서는 1950년대에 태어난 정치가들을 하염 없이 압박하고 있다. 그리고 미국의 정치에서는 이미 1930년대에 태어난 정치가들을 하염 없이 압박하였었다. 시간이 앞으로 우리나라의 정치에서 1960년대에 태어난 사람들을 하염 없이 압박할지도 모른다.

그러면 러시아의 경우는 어떠할까? 레닌(1870년-1924년)은 1870년대에 태어난 사람이다. 스탈린(1879년-1953년)도 1870년대에 태어난 사람이다. 흐루시초프(1894년-1971년)는 1890년대에 태어난 사람이다. 브레즈네프(1906년-1982년)는 1900년대 초에 태어난 사람이다. 스탈린이 장기집권을 하다 보니까 1890년대에 태어난 사람 1명, 1900년대 초에 태어난 사람 1명이 최고책임자가 되었다. 안드로포프(1914년-1984년)는 1910년대에 태어난 사람이다. 체르넨코(1911년-1985년)도 1910년대에 태어난 사람이다. 1910년대에 태어난 사람 2명이 구소련에서 최고책임자가 되었다.

고르바초프(1931년-)는 1930년대에 태어난 사람이다. 또한 보리스 옐친(1931년-2007년)도 1930년대에 태어난 사람이다. 1930년대에 태어난 사람 2명이 구소련과 러시아에서 최고책임자가 되었다. 옐친과 고르바초프는 흥미롭게도 같은 해에 태어났다. 푸틴 대통령(1952년-)은 1950년대에 태어난 사람이다. 러시아에서는 출생년도를 기준으로 할 때 1910년대부터 20년 간격으로 2명이 최고책임자가 되었다.

메드베데프 전 대통령(1965년-)은 1960년대에 태어난 사람이다. 푸틴과 메드베데프를 합하면 1950년대에 태어난 사람과 1960년대에 태어난 사람 합계 2명이 대통령이 되었다. 푸틴 다음에는 다시 메드베데프가 대통령이 되고 그 다음 대통령은 1970년대에 태어난 사람 2명이 될 것이다. 메드베데프는 1960년대에 태어난 사람이면서도 20년 간격으로 최고책임자가 되는 러시아의 규칙을 무사히 통과할 수 있었다. 이것이 푸틴과 메드베데프의 의기투합이다.

그러면 중국의 경우는 어떠할까? 모택동(1893년-1976년)은 1890년대에 태어난 사람이다. 주은래(1898년-1976년)도 1890년대에 태어난 사람이다. 모택동과 주은래는 같은 해에 죽었다. 등소평(1904년-1997년)은 1900년대 초에 태어난 사람이다. 호요방(1915년-1989년)은 1910년대에 태어난 사람이다. 또한 조자양(1919년-2005년)도 1910년대에 태어난 사람이다. 화국봉(1921년-2008년)은 1920년대에 태어난 사람이다. 강택민(장쩌민, 1926년-)도 1920년대에 태어난 사람이다. 또한 주용기(주룽지, 1928년-)도 1920년대에 태어난 사람이다. 이붕(리펑, 1928년-)도 1920년대에 태어난 사람이다. 1920년대에 태어난 사람들이 상당히 많다.

호금도(후진타오, 1942년-)는 1940년대에 태어난 사람이다. 호금도는 국가주석이자 중국 공산당 총서기를 지냈다. 온가보(원자바오, 1942년-)도 1940년대에 태어난 사람이다. 호금도와 온가보는 같은 해에 태어났다. 온가보는 국무원 총리를 지냈다.

습근평(시진핑, 1953년-)은 1950년대에 태어난 사람이다. 습근평은 현재 국가주석이자 중국 공산당 총서기이다. 이극강(리커창, 1955년-)도 1950년대에 태어난 사람이다. 이극강은 현재 국무원 총리이다. 중국의 경우 1930년대에 태어난 사람은 최고책임자가 되지 못하였다. 중국은 강택민 때부터 안정을 찾기 시작하여 10년을 기준으로 2명이 최고책임자가 되고 있다. 중국은 현재 1950년대에 태어난 사람 2명이 국가주석이자 중국 공산당 총서기와 국무원 총리를 하고 있다. 다음에는 누가 최고책임자가 될까?

호덕평(후더핑, 1942년-)은 호요방의 아들이다. 그런데 호덕평은 1940년대에 태어난 사람이다. 1940년대에 태어난 사람은 이미 2명이 배출되었다. 뿐만 아니라 호덕평은 습근평보다 먼저 태어난 사람이다. 유운산(류윈산, 1947년-)도 1940년대에 태어난 사람이다. 유운산은 공산당 중앙위원회 서기이다.

유원(류위안, 1951년-)은 1950년대에 태어난 사람이다. 유원은 군대 총후근부 정치위원이다. 유원은 중국에서 유명한 사람이었던 유소기의 아들이다. 율전서(리잔수, 1950년-)는 1950년대에 태어난 사람이다. 율전서는 공산당중앙 판공청의 주임이다. 중국에서 주임은 책임자를 말한다. 판공청은 이전에는 비서청이라고 불렀다. 유원과 율전서는 모두 습근평보다 나이가 많다.

호춘화(후춘화, 1963년-)는 1960년대에 태어난 사람이다. 호춘화는 광동성 공산당 성위원회 서기이다. 성위원회 서기는 성의 최고책임자이다. 호춘화는 지금 많이 거론되고 있는 사람이다. 그런데 놀랍게도 보희래(보시라이, 1949년-)는 1940년대에 태어난 사람이다. 보희래는 유력한 주자로 떠올랐으나 1940년대에 태어난 사람 2명이 이미 최고책임자를 지낸 이후였다. 보희래는 지금 교도소에 수감되어 있다.

더 놀라운 사실은 주영강(저우융캉, 1942년-)도 1940년대에 태어난 사람이다. 주영강은 공산당중앙 정법위원회 서기였다. 주영강 또한 지금 교도소에 수감되어 있다. 또한 서재후(쉬차이허우, 1943년-)도 1940년대에 태어난 사람이다. 서재후는 군인이다. 서재후는 공산당중앙 군사위원회의 부주석이었다. 서재후 또한 수사를 받았다. 놀라운 사실은 이것으로 그치지 않는다. 영계획(링지화, 1956년-)은 1950년대에 태어난 사람이다. 영계획은 이전에 공산당중앙 판공청의 주임이었다. 영계획도 지금 조사받고 있다. 1950년대에 태어난 사람도 이미 자리가 꽉 차 있는 것이다. 보희래, 주영강, 서재후, 영계획은 지금 비슷한 상황에 놓여 있다.

진양우(천량위, 1946년-)는 1940년대에 태어난 사람이다. 진양우와 보희래는 모두 1940년대에 태어난 사람이면서 지금 교도소에 수감되어 있다. 진양우는 상해시 공산당 시위원회 서기를 지낸 사람이다. 하지만 보희래보다 먼저 교도소에 수감되고 말았다. 진양우를 체포한 것은 호금도였다. 진양우는 보희래보다 이미 한참 전에 처리 여부가 문제가 되었었다. 보희래는 진양우에 이어서 제2단계 처리대상이라고 할 수 있다. 진양우와 보희래의 처리는 시간적 간격이 있기 때문에 외관상으로는 둘을 연결시키기가 쉽지 않다. 그럼에도 불구하고 둘은 연결고리를 가지고 있다.

지금 중국에서는 1940년대에 태어난 사람들과 1950년대에 태어난 사람들은 조심해야 한다. 그 이유는 명확한 것이다. 1940년대와 1950년대에 태어난 사람들 대신에 1960년대에 태어난 사람으로 권력의 흐름이 이어지고 있기 때문이다. 이 흐름을 잡아가고 있는 것은 습근평이다. 습근평 자신은 1950년대에 태어난 사람이기 때문에 그 다음은 1960년대에 태어난 사람이어야 하는 것이다. 묘하게도 보희래를 체포한 것은 1940년대에 태어난 사람들인 호금도와 온가보였다.

호금도와 온가보는 습근평에게 흐름이 흘러가도록 방향을 잡았던 것이다. 이것은 호금도와 온가보가 의도적으로 한 것이든지 아니든지 별로 문제가 안된다. 시간의 힘은 때로는 본인들이 의도하지 않더라도 작용하기 때문이다. 습근평도 마찬가지이다. 중국 사람들은 지금 습근평의 조치를 지지하고 있다. 이러한 지지 또한 시간의 힘과 관련되어 있다.

그러면 일본의 경우는 어떠할까? 일본 또한 1950년대에 태어난 사람들이 부상하고 있다. 일본의 아베 총리(1954년-)는 1950년대에 태어난 사람이다. 노다 총리(1957년-)도 1950년대에 태어난 사람이다. 1950년대에 태어난 사람 2명이 총리이다. 간 나오토 총리(1946년-)는 1940년대에 태어난 사람이다. 하토야마 총리(1947년-)는 1940년대에 태어난 사람이다. 아소 다로 총리(1940년-)도 1940년대에 태어난 사람이다. 고이즈미 총리(1942년-)는 1940년대에 태어난 사람이다. 1940년대에 태어난 사람 4명이 수상을 지냈다.

총리를 하지는 않았지만 실력자였던 오자와 이치로(1942년-)는 1940년대에 태어난 사람이다. 앞으로 1950년대에 태어난 사람들과 1940년대에 태어난 사람들이 각축을 벌일 것이다. 일본은 의원내각제이어서 총리의 임기가 그리 길지 않다. 그래서 여러 사람들이 총리가 될 수 있다. 스가 요시히데(1948년-)는 내각 관방장관이다. 스가는 1940년대에 태어난 사람이다. 스가는 앞으로 여러 기회를 가질 것이다.

일본의 경우 내각이 행정을 담당한다. 내각의 최고책임자는 내각총리대신이다. 내각에는 여러 성이 있다. 성은 행정각부에 해당한다. 성의 책임자를 대신이라고 한다. 내각에는 내각관방도 있다. 내각관방의 책임자를 관방장관이라고 한다. 관방은 비서국, 사무국이라는 의미이다. 내각관방은 내각의 비서국, 사무국이라는 의미이다. 내각관방은 내각총리를 보좌하고 지원한다. 내각관방은 내각의 서무를 담당하고, 내각의 중요정책을 기획하며, 정책을 조정한다. 또한 내각관방은 정보를 수집하고 조사한다.

일본의 경우 현재 왕이 있기 때문에 궁내청을 설치하여 궁내청이 황실에 관한 사무를 맡아 본다. 궁내청에는 장관을 두고 있는데, 이를 궁내청장관이라고 한다. 궁내청은 내각부에 설치되어 있다. 궁내청에는 시종직이라는 직위가 있다. 시종직이 국새를 보관한다. 시종직의 장을 시종장이라고 한다.

이시하라 노부테루(1957년-)는 자민당 소속 중의원 의원이다. 이시하라는 동경도 지사를 하였던 이시하라 신타로의 아들이다. 이시하라 노부테루는 1950년대에 태어난 사람이다. 이시하라는 아베 총리보다 3살이 적다. 이시하라는 노다 총리와 같은 해에 태어났다.

오카다 가쓰야(1953년-)는 민주당 소속 중의원 의원이다. 오카다는 1950년대에 태어난 사람이다. 오카다는 아베 총리보다 1살이 많다. 오카다 가문은 원래 기업가 가문이다. 오카다의 형은 이온 그룹을 경영하고 있다. 이온 그룹은 일본에서 1번째 또는 2번째로 큰 소매업체이다. 규모가 엄청나다. 이온 그룹은 다양한 상품들을 판매한다. 오카다 가문은 오래 전부터 기업을 경영하고 있다.

오카다 가문은 1758년에 사업을 시작했다. 그 후 오카다야라는 포목점을 경영했다. 이온 그룹은 이전에는 주스코라는 이름을 가지고 있었다. 주스코는 자스코라고도 한다. 주스코는 오카다 가쓰야의 아버지인 오카다 다쿠야(1925년-)가 다른 기업과 합하여 만들었다. 이후 주스코는 빠르게 성장했다. 주스코가 이온 그룹으로 바뀐 후에도 주스코라는 브랜드는 계속하여 사용하고 있다.

하시모토 도루(1969년-)는 오사카의 시장이자 오사카 유신회의 대표이다. 하시모토는 1960년대에 태어난 사람이다. 하시모토는 유신당의 대표이기도 하다. 유신당은 일본의 의회에서 상당한 수의 의원을 보유하고 있다. 오부치 유코(1973년-)는 자민당 소속 중의원 의원이다. 오부치는 1970년대에 태어난 사람이다. 오부치 유코는 오부치 총리의 딸이다.

고이즈미 신지로(1981년-)는 자민당 소속 중의원 의원이다. 고이즈미는 1980년대에 태어난 사람이다. 고이즈미 신지로는 고이즈미 총리의 아들이다. 고이즈미 신지로는 1980년대에 태어났기 때문에 아직은 총리가 될 때가 아니다. 1960년대에 태어난 사람도 아직 때가 아니기 때문이다.

이시하라 노부테루는 1950년대에 태어난 사람으로서 지금 좋은 때를 만나고 있다. 오부치 유코는 1970년대에 태어난 사람으로서 자신의 순서를 조금은 기다려야 할 것이다. 고이즈미 신지로는 오부치보다 더 기다려야 할 것이다. 오부치 유코의 아버지인 오부치 총리는 재임 중에 뇌경색으로 갑자기 쓰려져 혼수상태에 빠졌고 그 후 사망했다. 오부치 유코는 앞으로 총리가 될 수도 있을 것이다.

하토야마 총리의 어머니는 기업가 가문의 딸이다. 하토야마 총리의 외할아버지는 이시바시 쇼지로(1889년-1976년)이다. 이시바시는 브리지스톤

을 설립한 사람이다. 이시바시는 1880년대에 태어난 사람이다. 브리지스톤
은 거대한 타이어 제조업체이다. 이시바시는 일본 자동차산업에서 중요한
사람이었다.

하토야마 총리의 할아버지는 하토야마 이치로(1883년-1959년)이다.
하토야마 이치로는 총리를 한 사람이다. 하토야마 유키오 총리의 아버지는
외무장관을 한 사람이다. 하토야마 유키오 총리의 동생은 자민당 소속 의원
인 하토야마 구니오(1948년-)이다. 하토야마 구니오는 1940년대에 태어난
사람이다. 하토야마 총리 가문은 할아버지와 손자가 모두 총리를 하였다.

아베 총리의 동생인 기시 노부오(1959년-)도 1950년대에 태어난 사람
이다. 기시도 자민당 소속의 의원이다. 기시도 계속하여 의원을 하고 있다.
기시 노부오는 성을 기시로 바꾸었다. 아베 총리의 아버지는 아베 신타로 전
외상이다. 아베 총리의 할아버지도 중의원 의원을 하였다. 아베 총리의 할아
버지는 일본진보당 소속이었다. 아베 총리의 외할아버지인 기시 노부스케는
1957년-1960년 동안 총리를 지냈다. 기시 노부스케의 아버지는 공무원을
하기도 하였다. 그러다가 술을 만드는 주조업을 시작했다. 기시 노부스케의
동생은 사토 에이사쿠이다.

사토 또한 총리를 지냈다. 사토는 1964년-1972년 동안 총리를 지냈다.
사토는 비핵 3원칙을 제창하여 1974년 노벨평화상을 받기까지 하였다. 어
떤 사람은 일본 총리를 지낸 사람의 가문은 양조업이 많다고 하면서 기시 노
부스케와 사토 에이사쿠를 동시에 예를 들고 있는데 둘은 형제간이니까 둘
다 양조업 가문일 수밖에 없다. 일본 사람들의 성은 변할 수 있다는 것을 염
두에 두어야 한다.

아베 총리의 가문인 기시 노부스케와 사토 에이사쿠가 총리를 지낸 기
간을 합하면 11년이다. 여기에 아베 총리가 총리로 지낸 기간을 합하면 15
년이다. 1949년부터 2014년까지를 합하면 65년이다. 이 중에서 15년이라

면 일본에서는 기록적인 것이다. 사토 에이사쿠의 아들은 사토 신지이다. 사토 신지 또한 자민당 소속 의원이다. 아베 신타로는 처음에 마이니치 신문에 근무하였었다. 아베 총리는 처음에 제강소에 근무하였었다.

아베 총리의 부인인 아베 아키에는 어떠한 사람일까? 아베 아키에는 모리나과 제과(삼영제과) 가문 사람이다. 모리나과 제과는 모리나과 유업(삼영유업)과 형제회사이다. 모리나과 제과는 모리나가 타이치로(1865년-1937년)에 의하여 1899년 설립되었다. 모리나가 타이치로는 아베 아키에의 증조할아버지이다. 모리나과 제과는 우리나라와도 관계가 깊다. 모리나과 제과는 우리나라의 기업과도 기술제휴를 하였다. 모리나가 유업도 우리나라의 기업과 기술제휴를 하였다.

모리나과 제과는 놀랍게도 발렌타인 데이에는 여자가 남자에게 초콜릿을 주어야 한다고 광고한 회사이다. 이 때가 1960년이다. 이것은 발렌타인 데이와 초콜릿문화에 엄청난 영향을 주었다. 2009년에는 남자가 여자에게 주는 초콜릿을 만들었다. 모리나과 제과는 일본의 근대적인 캔디회사이다. 또한 모리나과 제과는 일본에서 1918년 초콜릿을 생산한 회사이다.

모리나가 타이치로는 일본에서 매우 높은 평가를 받고 있는 기업가 중의 한 명이다. 또한 모리나가 타이치로는 재벌의 범주에 해당하지도 않는다. 아베 아키에는 우리나라를 매우 잘 알고 있는 사람이다. 아베 총리의 가문은 모리나과 제과와 연결됨으로써 점점 확대되어 가고 있다. 아베 총리 또한 다른 사람보다 우리나라를 더 잘 알고 있을 것이다.

대통령들의 출생지: 해안가 사람들

이제 우리나라 대통령들의 출생지를 한 번 보기로 하자. 경상남도 거제시는 김영삼 대통령의 출생지이다. 김영삼 대통령의 생가는 거제시 장목면 외포리에 있다. 장목면에는 부속도서로 이수도를 비롯한 1개의 유인도와 7개의 무인도가 있다. 장목면은 해안선을 따라 나타나는 좁다란 해안평야를 제외하고는 대부분이 해발고도 300m 이내의 구릉성 산지와 소규모의 산간분지이다. 주산업은 수산업이고 취락은 주로 해안의 작은 포구에 발달했다. 김영삼 대통령은 해안가 출신인 셈이다. 그런데 김대중 대통령은 아예 섬 출신이다. 김대중 대통령의 생가는 전라남도 신안군 하의면 후광리에 있다. 생가는 남쪽 끝마을 후광리 바닷가에 자리잡고 있다. 하의면은 섬이다.

이명박 대통령은 포항에서 학교를 다녔다. 포항은 경상북도 동해안에 있다. 포항시의 동쪽은 동해에 접하고 있다. 중앙을 가로지르는 형산강은 영일평야를 이루고, 북쪽의 곡강천은 신광분지, 흥해분지를 형성한 뒤 동해로 유입된다. 영일만 북쪽 해안은 급경사의 구릉이 산재한다. 장기반도에는 해안선을 따라 해안단구가 발달해 있다. 이명박 대통령도 해안 출신인 셈이다. 윤보선 대통령은 충청남도 아산에서 태어났다. 아산은 아산만에 접하고 있다. 아산도 해안가에 위치하고 있다. 윤보선 대통령의 생가는 아산군 둔포면으로서 면의 일부가 아산호에 접하고 있다. 우리나라에서 바닷가 해안 출신이라는 것의 의미는 무엇일까?

놀라운 것은 조선 왕조를 건립한 이성계 또한 해안가 출신이다. 이성계는 함경남도 남부 영흥에서 출생하였다. 영흥군은 동쪽이 동해와 접하고 있다. 영흥군은 충적지인 영흥평야를 가지고 있다. 영흥군의 해안선은 106km이다. 영흥군의 옛 이름은 화령이다. 화령은 1393년(태조 2년)에 영흥으로 바뀌게 되었다. 조선의 국호를 정할 때 조선과 화령이 대상으로 있었다. 그 중에서 조선이 선택된 것이다. 영흥군은 1977년 금야군으로 개칭되었다. 함경북도 금야군의 지도를 보면 영흥군이 바다와 접하고 있음을 확인할 수 있다.

신라시대의 수도인 경주 또한 해안가에 위치하고 있다. 경주는 북동쪽으로 포항시와 접하고 있다. 포항을 기준으로 하면 그 아래에 경주가 있다. 그리고 경주 아래에 울산이 있다. 울산 아래에 부산이 있다. 경주는 동부의 해안지역과 내륙지역으로 나누어진다. 신라를 건국한 세력은 해안가 출신인 셈이다. 고려시대의 왕건이 태어난 곳인 황해도 개성도 일부가 해안가와 연결되어 있다. 개성은 지금 북한 황해북도 맨 아래 지역 중에서 해안가에 연결되어 있는 지역이다.

김구 선생과 이승만 대통령은 모두 황해도 출신이다. 김구 선생은 황해도 해주 출신이다. 안중근 의사도 해주 출신이다. 해주는 황해도 남해안 중앙에 있는 도시이다. 해주는 남쪽으로 해주만에 면하고 있다. 유역에 발달한 해안평야가 동서 방향의 해안을 따라 전개되어 있다. 해주만은 중앙에 용당반도가 돌출하여 대안의 진포반도와 사이에 좁은 용당목을 형성한다. 해주항은 용당반도의 첨단부에 있는 부동항이다.

기후는 바다에 가까운 데다 산을 등지고 있어 겨울철의 북서 계절풍을 막아 주므로 기온은 대체로 온난하다. 다음의 지도를 보면 해주 옆에 벽성이 보인다. 벽성군은 황해도 중남부

김구 선생과 안중근 의사의 출생지

의 해안에 위치한 군이다. 남부 중앙부에는 해주시가 있다. 군청 소재지는 해주시에 있다. 서해에 접하는 해안선을 중심으로 평야가 발달되어 있다. 해안선은 완만한 경사로 되어 융기해안을 형성하고 있다. 김구 선생의 출생지를 황해도 해주 백운방이라고 한다.

바닷가 출신으로 현대그룹을 세운 정주영씨도 있다. 정주영씨는 고향이 강원도 통천군 송전리이다. 정주영씨는 1940년 서울에서 가장 큰 경성 서비스공장에서 일하다가 자동차 수리공장을 인수하게

정주영의 출생지

된다. 강원도 통천군은 북쪽과 동쪽이 동해에 접해 있다. 동부저지는 동해안에 전개되는 평야인데, 북부의 흡곡평야와 남부의 통천평야로 크게 나뉜다. 해안선은 비교적 단조롭다. 해안에는 천아포, 강동포, 광포 등의 석호가 발달하였다. 근해는 난류인 동한해류와 한류인 북한해류가 스쳐 흘러 연안은 그 영향을 받는다.

♣ 나폴레옹과 섬

나폴레옹처럼 섬과 밀접한 관련을 가진 정치가는 없을 것이다. 나폴레옹은 섬에서 태어나 결국 섬에서 죽었다. 비록 황제가 되었었지만 말이다. 코르시

카섬은 지중해 북부 사르디니아 북쪽에 있는 프랑스의 섬이다. 코르시카섬의 면적은 8,681평방킬로미터이다. 코르시카섬은 페니키아, 카르타고, 로마의 식민지였다. 14세기부터는 제노바가 지배하였다. 1768년에는 제노바가 프랑스에 매각하였으나 반란은 계속하여 일어났다. 코르시카섬은 나폴레옹이 태어난 곳이다.

나폴레옹은 10살 때 프랑스 본토의 육군 유년학교에 들어갔다. 나폴레옹은 사관학교에 들어가 포병사관이 된다. 프랑스 혁명이 발발하자 나폴레옹은 코르시카로 돌아가 독립운동에 참가했다. 그러나 독립운동의 지휘자와 대립하다가 가족과 함께 섬에서 추방당하고 말았다. 그 후 다시 포병사관으로 돌아갔다. 나폴레옹은 스물네 살의 젊은 나이에 육군소장이 되었다. 그 후 나폴레옹은 로베스피에르파라는 이유로 투옥되었다.

엘바섬은 이탈리아 서해안에 있는 섬이다. 엘바섬은 이탈리아에 속하여 있다. 엘바섬은 면적이 224평방킬로미터이다. 엘바섬은 나폴레옹의 유배지로서 특히 유명하다. 나폴레옹은 엘바섬으로 유배되었다가 1815년 섬을 탈출하여 다시 파리로 돌아와 황제에 즉위하여 백일천하를 실현하지만 워털루전투에서 패배하고 세인트 헬레나섬에 유배되었다. 그리고 거기서 죽게 된다. 세인트헬레나섬은 남대서양에 있는 섬이다. 면적은 122평방킬로미터이다. 세인트헬레나섬은 영국에 속하여 있다. 세인트헬레나섬은 1673년 영국 동인도회사의 소유가 되었다. 나폴레옹은 영국땅에서 유배생활을 하였던 것이다.

나폴레옹은 1815년 영국 군함에 호송되어 1821년 사망하기까지 섬의 동쪽 해안에서 유배생활을 보냈다. 나폴레옹은 학교 다닐 때 역사책을 좋아했고 수학을 잘 했다. 나폴레옹의 이름은 나폴레옹 보나파르트이다. 보나파르트는 성이다. 그래서 나폴레옹의 가문은 보나파르트 가문이다. 보나파르트(Bonaparte)는 봉(Bon)과 아파르트(aparte)가 합하여 된 말이다. 봉은 좋은이라는 의미이다. 아파르트는 소리, 독백이라는 의미이다. 보나파르트는 좋은 소리라는 의미이다. 좋은 소리?

♣ 페테르부르크와 푸틴

푸틴 대통령은 페테르부르크 출신이다. 페테르부르크는 유럽의 주요한 문화적 중심지이다. 또한 페테르부르크는 발틱해에서 중요한 러시아의 항구이다. 페테르부르크는 발틱해의 핀란드만 안쪽에 위치하고 있다. 페테르부르크는 러시아 제2의 도시이다. 그래서 페테르부르크가 항구라는 사실이 잘 부각되지 않는다. 하지만 페테르부르크는 러시아가 발틱해로 나오는데 있어서 통로가 되는 중요한 항구도시이다.

푸틴의 아버지는 1930년대 초기에 잠수함함대에서 근무하였다. 푸틴의 할아버지는 요리사였다. 할아버지는 레닌의 음식을 요리하기도 했고 스탈린의 음식을 요리하기도 했다. 푸틴의 조상은 푸티아닌 가문과 연결되어 있다는 주장도 있다. 푸티아닌 가문은 유럽의 왕가들과도 연결되어 있는 러시아의 역사에 있어서 가장 오래된 가문 중의 하나이다.

푸틴은 대학교에서 국제법을 공부했다. 그의 논문은 국제법에 관한 것이다. 푸틴은 대학교에서 아나톨리 소브차크를 만난다. 소브차크는 후에 푸틴의 인생에 있어서 중요한 역할을 하는 사람이다. 소브차크는 그 당시 조교수였으며 푸틴에게 기업법을 강의하였다. 푸틴은 사람을 잘 만난 것이다. 푸틴은 정보기관에서의 근무 이전에 이미 국제관계에 관하여 상당한 관심을 가지고 있었고 공부를 하였다. 이것은 그의 출생지인 페테르부르크와 관련이 있다. 페테르부르크는 러시아와 유럽을 연결하는 통로이다. 푸틴의 아버지가 잠수함함대에서 근무하였다는 것도 푸틴에게 여러 영향을 주었을 것이다.

고르바초프는 캅카스산맥 북쪽의 스타브로폴 지방에서 태어났다. 옐친은 우랄산맥 부근 부트카촌에서 태어났다. 푸틴의 출생지는 러시아의 다른 지도자들과 많은 차이를 보인다. 메드베데프는 이미 대통령을 하였지만 푸틴의 후계자로 여겨지고 있다. 메드베데프 또한 페테르부르크에서 태어났다. 메드베데프의 아버지는 공학교수이다. 메드베데프도 법학을 공부했다. 메드베데프의 대학 선생님도 소브차크이다. 푸틴과 메드베데프는 모두 소브차크와 연결되어 있다. 소브차크가 이렇게 대단한 사람이다.

푸틴이 기업법을 공부하였다는 것도 흥미로운 대목이다. 구소련이 붕괴한 후 러시아에는 신흥재벌들이 엄청나게 등장하고 있었다. 푸틴은 대통령이 되고 나서 이들을 상대하게 된다. 1990년에 소브차크는 페테르부르크의 시장이 된다. 이 때 푸틴은 소브차크의 국제문제 보좌관이 된다. 1991년에 푸틴은 국제관계위원회의 책임자가 된다. 여기서 한 일은 외국인투자와 기업벤처를 촉진하는 일이었다.

메드베데프는 푸틴 밑에서 법률 전문가로 일하면서 인연을 맺게 된다. 푸틴과 메드베데프 이전에 구소련을 포함하여 러시아에서는 모스크바나 페테르부르크 출신이 1인자가 된 적이 없다. 푸틴과 메드베데프를 통하여 러시아에서는 페테르부르크 출신이 1인자가 되었을 뿐만 아니라 바닷가 해안 출신이 1인자가 되었다. 그리고 그 기간은 상당히 장기간 동안 지속되고 있다.

구소련은 러시아가 중심이 된 국가이다. 그런데 구소련에서 권력을 장악한 사람들을 보면 놀라운 사실을 발견하게 된다. 레닌은 1870년 볼가 강변의 심비르스크에서 태어났다. 심비르스크는 바다의 해안가는 아니지만 물가에 있다. 레닌도 물가에서 태어난 사람이다. 레닌의 부인도 심비르스크에서 태어났다. 심비르스크는 1648년에 건설되었다. 심비르스크는 유목부족으로부터 러시아의 동부전선을 보호하기 위하여 만든 요새이다. 유목부족 중에 대표적인 것은 코사크족이다.

코사크족은 1,400년경 이후에 남부 러시아, 코카서스 산맥, 시베리아에서 형성된 다양한 인종적, 언어적 집단들의 자율적 공동체이다. 다양한 집단들은 슬라브족, 타타르족을 포함한다. 코사크족은 18세기와 19세기에 러시아에 완전히 통합되었다. 코사크족은 기병대를 형성하기도 한다. 이것이 코사크 기병대이다. 코사크 기병대는 말을 탄 코사크족의 단체라는 의미이다. 코카서스 산맥은 흑해와 카스피해 사이에 있는 산맥을 말한다. 가장 높은 정상은 5,633m이다. 코카서스 지역은 코카서스 산맥에 의하여 2개로 분리되어 있다. 하나는 유럽쪽 코카서스 지역이고 다른 하나는 아시아쪽 코카서스 지역이다.

1668년 심비르스크는 2만명 정도의 코사크족에 의한 한 달 동안의 포위에 저항하였다. 심비르스크는 레닌 뿐만 아니라 케렌스키가 태어난 곳이기도 한다. 러시아혁명 당시 케렌스키가 만든 정부를 무너뜨린 사람이 바로 레닌이다. 케렌스키와 레닌은 심비르스크를 통하여 이렇게 연결되고 있다. 심비르스크는 작은 지역이다.

하지만 이곳 출신들인 케렌스키와 레닌은 결국 러시아의 운명을 바꿀 판이다. 케렌스키와 레닌은 같은 동네에서 태어나서 서로 싸운 것이다. 이것이 심비르스크가 가지는 숨겨진 역사적 의미이다. 레닌의 형은 1887년 황제 알렉산드르 3세의 암살계획에 참여했다가 처형당했다.

스탈린은 러시아 출신이 아니고 그루지야 출신이다. 지금 그루지야는 러시아와 별도의 국가이다. 스탈린은 러시아 출신이 아니면서 구소련의 최고권력자가 되었던 것이다. 이 때부터 구소련은 러시아 출신이 힘을 발휘하지 못한다. 이것은 놀라운 현상이다. 스탈린 뿐만이 아니라 트로츠키는 남우크라이나의 오데사 근교에서 태어났다. 트로츠키와 스탈린은 구소련의 권력을 놓고 한판 대결을 벌인다. 승자는 스탈린이고 트로츠키는 그 후 해외에서 암살당한다. 그루지야는 작은 지역이다. 하지만 스탈린은 다른 사람들을 압도한다.

1920년 폴란드의 군대는 우크라이나로 진격하면서 소비에트 러시아를 공격하였다. 이 때 트로츠키는 폴란드군에 대하여 반격을 가하였다. 모두들 러시아가 이길 것으로 전망하였다. 그런데 러시아는 일부 장군이 명령을 어기는 바람에 폴란드군으로부터 반격을 당하고 말았다. 명령을 어기는 행동에는 스탈린이 관련되어 있었다.

이에 트로츠키는 스탈린의 실책을 공개적으로 공격했다. 스탈린은 이일로 트로츠키에게 나쁜 감정을 가지게 된다. 트로츠키는 오스트리아에 머문 적이 있다. 트로츠키는 비인에 있는 카페의 단골이었다. 그래서 다음과 같은 말이 나올 정도였다. "누가 혁명을 한다고요? 설마 첸트랄 카페에 죽치고 있는 그 트로츠키는 아니겠지요?" 그러나 바로 그 트로츠키였다.

스탈린이 죽은 후에 권력을 잡은 흐루시초프는 1894년 칼리노프카에서 태어났다. 칼리노프카는 러시아와 우크라이나 사이의 경계에 가까운 지역이다. 칼리노프카는 우크라이나 국경에서 약 11km 떨어져 있다. 흐루시초프가 학교를 다닌 기간은 모두 4년이다. 흐루시초프는 학교를 거의 다니지 못한 사람이다. 흐루시초프는 우크라이나 동부의 돈바스 지역에서 여러 일자리를 찾아 일했다. 흐루시초프 후에 권력을 잡은 브레즈네프는 러시아가 아니라 우크라이나에서 태어났다. 브레즈네프는 몇몇 문서들에서 우크라이나인으로 특정되기도 한다. 브레즈네프는 학교를 졸업한 후 우크라이나 동부에서 금속기술자를 하였다.

브레즈네프가 죽은 후에 권력을 잡은 안드로포프는 1914년 러시아 제국에서 태어났다. 그런데 그의 아버지는 돈 코사크족 가문이었다. 돈 코사크족은 돈 강의 중부를 따라 정착한 코사크족을 말한다. 돈 코사크족은 풍부한 군사적 전통을 가지고 있다. 이들은 주요한 전쟁에 참여하여 왔다. 안드로포프가 죽은 후에 권력을 잡은 체르넨코는 1911년 러시아 제국에서 태어났다. 체르넨코의 아버지는 우크라이나 계통이다. 이 정도면 놀랍지 않은가? 우크라이나가 어떠한 곳인지? 우크라이나는 지금 러시아와 분쟁에 휩싸여 있는 곳이기도 하다. 하지만 우크라이나 사람들 자체는 한 마디로 개인적 능력이 어마어마한 사람들이다.

우크라이나는 신비의 나라이다. 사실 우리는 우크라이나의 일들에 관하여 많은 이야기들을 듣고 있다. 다만 그것이 우크라이나와 관련된 것인지 의식하지 못할 뿐이다. 우크라이나의 인구는 2014년을 기준으로 했을 때 약 4,400만명 정도이다. 원자력 발전소사고가 발생하였던 체르노빌은 바로 우크라이나 북부의 도시이다. 우크라이나의 수도는 키에프이다.

제2차 세계대전 때 얄타협정을 체결한 곳인 얄타는 우크라이나 남부 크림반도에 위치하고 있다. 얄타협정에 의하여 소련이 일본을 공격하게 된다. 우크라이나는 해안가를 가지고 있다. 우크라이나가 접하고 있는 바다가 바로 흑해이다. 흑해는 육지로 둘러싸여 있는 커다란 내해이다. 우크라이나의 타라스 셰프첸코는 유명한 시인이자 화가이다.

쉬어가는 코너

코틀린섬은 핀란드만 근처에 위치한 러시아의 섬이다. 코틀린섬은 발트해에 있다. 코틀린섬에는 요새화된 크론슈타트 지역이 있다. 크론슈타트는 러시아 발틱함대의 기지로서 기능하는 핀란드만의 해군기지이다. 코틀린섬은 페테르부르크로 가는 입구로서 기능한다. 그래서 코틀린섬은 여러 군사적인 전투의 장소이기도 하다. 크론슈타트는 페테르 대제에 의하여 설립되었다. 코틀린섬에는 톨바켄 등대도 설치되어 있다.

러시아혁명 후인 1921년 코틀린섬에서 반란이 일어났다. 이것을 크론슈타트 반란이라고 한다. 크론슈타트 반란이라는 이름은 이 반란이 크론슈타트에서 기원하기 때문에 붙여진 이름이다. 이 사건으로 11,000명 이상의 사상자가 발생하였다. 크론슈타트 반란은 볼셰비키에 대항하여 일어난 반란이다. 이 반란은 성공하지 못하였다. 이 반란에는 선원, 군인과 민간인들이 참여했다. 그래서 크론슈타트 수병의 반란이라고 한다.

볼셰비키는 반란을 진압하기 위하여 약 6만명 가량의 군대를 동원하였다. 볼셰비키가 동원한 군대는 많은 사상자를 내며 크론슈타트로 들어갔다. 크론슈타트는 항복하고 말았다. 크론슈타트 반란을 일으킨 사람들은 1,200명에서 2,168명 가량이 사형집행을 당하였다. 그 외에 전투 중 사망한 사람들도 있다. 볼셰비키가 동원한 군대는 527명 이상이 사망했다. 러시아어 볼쇼이는 큰이라는 의미이다. 볼쇼이 극장은 큰 극장이라는 의미이다. 볼쇼이 발레단의 볼쇼이도 큰이라는 의미이다. 볼쇼이 발레단은 큰, 위대한 발레단이라는 의미이다. 볼쇼이보다 더 큰 것이 볼셰비크이다. 볼셰비크는 더 큰이라는 의미이다. 볼셰비크는 볼쇼이의 비교급이다. 볼셰비크의 복수형은 볼셰비키이다.

멘셰비키는 멘셰비크의 복수형이다. 멘셰비크는 더 적은, 더 작은이라는 의미이다. 멘셰비크를 흔히 소수파라고 번역하고 있지만 소수파를 의미하는 러시아어는 사실은 따로 있다. 하지만 멘셰비크를 소수파라고 해도 무리는 없다. 멘셰비크에 대비되는 것은 볼셰비크이다. 멘셰비키와 볼셰비키는 러시아 혁명사에 나오는 말들이기도 하다. 이 중에서 멘셰비키는 1918년 공산당이 형성되었을 때 공산당에 흡수되었다. 멘셰비키와 볼셰비키는 일반의 단어의 의미를 벗어나 각각 하나의 파 또는 세력을 의미하게 된다. 이것은 멘셰비키와 볼셰비키가 고유명사로 사용되는 것을 의미한다.

트로츠키는 러시아에서 적군을 조직하였다. 트로츠키는 약 5,000명 정도의 군대로 페테르부르크를 장악하였다. 또한 러시아의 겨울궁전을 포위하였다. 이것이 러시아혁명이다. "실제 혁명은 세상의 그 어떠한 천둥소리보다 더 섬뜩한 정적 속에서 일어났다." 겨울궁전은 페테르부르크에 있는 러시아의 황제가 살았던 곳이다. 현재는 세계적으로 유명한 에르미타슈 미술관으로 알려져 있다. 수병들은 트로츠키에 의하여 겨울궁전을 뚫을 때에도 동원되었다. 그런데 트로츠키가 크론슈타트 때에는 진압의 책임자가 되었다. 트로츠키가 수병들을 진압하였던 것이다.

트로츠키는 1929년에 소련에서 국외로 추방되어 터키, 프랑스, 노르웨이를 거쳐 1936년에는 멕시코로 이주하였다. 1940년에 자객에 의해 멕시코에서 암살되었다. 이 자객은 스탈린이 보낸 것으로 알려져 있다. 트로츠키는 해외로 간 이후 이 은신처에서 저 은신처로 떠돌아다니며 추종자들을 모았다. 트로츠키는 멕시코에서 유명한 예술가들과 어울리기도 했다. 트로츠키는 여러 암살시도에 시달렸다. 1937년에는 암살자들의 손에 아들을 잃기도 한다. 트로츠키의 비서는 실비 아헬로프라는 여자이다.

실비 아헬로프의 애인이 된 메르카데르는 트로츠키를 암살하기 위하여 잠입한 사람이다. 메르카데르는 트로츠키에게 접근하여 결국 트로츠키를 암살하였다. 메르카데르는 트로츠키에게 접근하기 위하여 트로츠키의 지지자로 위장했다. 트로츠키의 암살은 스탈린에 의한 것으로 알려져 있다. 트로츠키는 레닌이 죽은 후 스탈린과 적이 되어 있었다. 그리고 스탈린과의 싸움에서 패배하였다. 스탈린은 트로츠키가 해외로 간 것으로 만족하지 않았다. 그래서 메르카데르를 보냈던 것이다.

♣ 체 게바라와 리오넬 메시는 같은 고향

체 게바라는 어디에서 태어났을까? 체 게바라도 물가에서 태어났다. 다만 그 물가는 바닷가가 아니라 강가였다. 체 게바라는 아르헨티나 로사리오에서 출생하였다. 어머니는 문학과 사상에 대한 열정이 매우 높았던 사람으로 집안에 많은 책을 가지고 있었다. 체 게바라는 이런 성향의 어머니로부터 많은 영향을 받았다.

로사리오는 파라나강의 서쪽 강가에 위치하고 있다. 로사리오의 인구는 2010년 기준으로 약 120만명이다. 배들은 파라나강을 통하여 로사리오에 도달한다. 이것은 10m 정도의 항구를 존재할 수 있게 만든다. 로사리오 항구는 여러 상품들을 수출한다. 2004년에는 로사리오-빅토리아 다리가 열렸다. 이것은 로사리오와 빅토리아를 연결하는 다리이다.

　체 게바라의 체(Che)는 이봐!, 야!, 어이! 라는 의미이다. 이봐! 게바라?
체 게바라는 부에노스 아이레스에서 의학을 공부하였다. 체 게바라는 의과
대학을 졸업한 뒤 과테말라 혁명에 참가하였다. 1954년 멕시코로 망명하여
쿠바인 피델 카스트로를 만났다. 체 게바라는 카스트로의 군대에 합류하여
게릴라전을 펼친다. 카스트로가 정권을 잡자 쿠바의 국립은행총재, 공업장
관을 하기도 한다. 그 후 콩고로 가서 내전에 참전하고 있는 루뭄바 부대의
조직을 도왔다. 1966년 볼리비아로 잠입해 게릴라 부대를 조직한다. 1967
년 정부군에 체포되어 총살당한다. 체 게바라는 볼리비아에서 매복에 걸렸
다. 이 때 체 게바라는 총구를 겨누는 병사를 향하여 소리쳤다.

　**"쏘지 마라. 나는 체 게바라다. 죽이는 것보다는 살려두는 것이 더 가치
　가 있을 것이다."**

　로사리오에는 유명한 사람들이 여러 명이 있다. 체 게바라 이외에 축구
선수인 리오넬 메시가 바로 로사리오 출신이다. 체 게바라와 메시는 전혀 관
계가 없는 것처럼 보이지만 이렇게 연결되어 있다. 메시는 체 게바라를 고향
대선배로 두고 있었다. 메시는 5살 때 아버지가 가르치는 지방클럽에서 축구
를 시작하였다.

　메시는 성장호르몬 결핍증을 앓았다. 이 병원비용을 지불한 것이 바르셀
로나 축구구단이다. 메시는 그 대가로 바르셀로나 구단의 청소년 아카데미에
등록하였다. 메시 또한 물가에서 태어난 사람이다. 축구선수 마라도나는 부
에노스 아이레스 교외에서 태어났다. 부에노스 아이레스 또한 아르헨티나의
항구이다. 길이 8km에 걸친 항만지구에는 5개의 부두가 있다.

　부에노스 아이레스는 우리와 어떠한 관계에 있을까? 지구의 반지름은
6,400km 정도이다. 달의 반지름은 1,600km 정도이다. 지구의 반지름은 달

의 반지름의 4배이다. 땅 속으로 6,400km 정도 들어가면 지구 핵의 내부가
나온다. 이것을 내부핵이라고 한다. 내부핵을 통과하여 다시 6,400km 정도
가면 지구의 대척점이 나온다. 서울의 대척점은 부에노스 아이레스 부근이
다. 서울과 부에노스 아이레스는 땅 속을 기준으로 할 때 12,800km 정도 떨
어져 있다. 여기에서 태어난 마라도나가 내부핵을 통과하여 6,400km 정도
올라오면 서울이다. 이 때 마라도나가 할 말이 있다. 오, 서울! 그리 멀지 않
구만!

프란츠 파농(1925년-1961년)은 서인도제도 프랑스령 마르티니크섬 출
신이다. 마르티니크에서 프랑스 해군에 지원하였고 북아프리카 일대에서 복
무하였다. 파농은 제2차 세계대전이 끝나고 전쟁영웅으로 진급과 훈장을 수
여받았다. 프랑스 리옹대학교에서 의학, 정신분석학 등을 공부하였다. 의학
박사 논문을 발표하고 정신과 의사가 되었다. 그리고 알제리 북부 정신병원
의 주임의사로 부임한다. 파농은 점차 프랑스령 알제리의 식민지 현실을 알
게 되었다.

그는 알제리 해방을 위한 무장투쟁 조직인 알제리 민족해방전선을 지지
하였고 정신장애가 있는 전투요원들을 받아들여 치료하였다. 1955년 알제
리혁명에 참가하였고 알제리 독립운동을 위해 헌신하게 되었다. 그 후 프랑
스정부에 의해 알제리에서 추방되었다. 파농은 튀니스로 거처를 옮겨 알제
리 독립을 위해 보다 급진적인 활동을 전개했다. 또한 튀니스 정신병원에서
근무하였다. 콩고의 초대 수상인 루뭄바에 협력하여 고문을 지냈다. 그런데
백혈병 판정을 받고 말았다. 미국에서 치료를 받다 백혈병과 폐렴으로 사망
했다. 그의 유해는 알제리로 옮겨져 묻혔다. 체 게바라와 프란츠 파농이 활
동한 지역의 공통점은 콩고이다.

♣ 중국 사상가들의 출생지 : 산동성

중국에서 산동성(산둥성) 출신으로는 공자, 맹자, 묵자, 손자가 있다. 산동성에는 사상가들이 많이 배출되었다. 위대한 사상가들이 해안가가 있는 산동성에 몰려 있다는 것은 놀라운 사실이다. 산동성은 바다와 접하고 있다. 공자는 산동성 사람이기 때문에 산동성에 있는 공자묘는 유교의 총본산이다. 손자병법을 쓴 손자는 생존시기가 정확하지 않다. 대략 기원전 6세기에서 5세기경으로 알려져 있다. 손자는 생존시기가 공자(기원전 551년–479년)와 세기를 같이 한다. 묵자(기원전 479년–381년)는 공자가 죽은 해에 태어났다.

그런데 오자병법의 오자(기원전 440년–381년)는 묵자가 죽은 해에 죽었다. 묵자와 오자의 사망연도는 같다. 오자는 위나라에서 태어났다. 위나라는 지금의 하남성(허난성)에 있었다. 하남성은 해안가는 아니다. 오자는 오기가 쓴 책이름이지만 오기 자신을 지칭하기도 한다. 오기는 손자보다 약 90년에서 100년 뒤의 사람이다. 오기는 공자의 제자인 증자 밑에서 공부한 적이 있다. 이렇게 하면 공자와 손자 그리고 오기가 태어난 시대가 잘 정리된다. 이들은 오래 전의 사람들이라 생존시기와 출생장소가 명확하지 않다고 하여 다른 의견이 제시되기도 한다.

송나라 때의 주희는 복건성(푸젠성) 사람이다. 사상가인 주희가 복건성 사람이라는 것이 의외이다. 복건성 또한 해안가에 위치하고 있다. 복건성이 접하고 있는 바다는 대만해협이다. 삼국지에 나오는 제갈량은 낭야군 양도현 사람이다. 낭야군 양도현은 산동성이다. 따라서 제갈량은 산동성 출신이다. 제갈량의 자는 공명이다. 제갈량 또한 산동성 출신으로서 사상가의 면모를 보여주고 있다. 한나라를 세운 유방은 강소성(장쑤성) 풍현 출신이다. 풍현은 강소성 서주(쉬저우)에 있는 현이다. 강소성은 해안을 두고 있는 성이다.

유방은 농부의 아들로 태어났다. 유방은 농부의 아들로서 중국을 통일한 것이다. 유방은 하급관리인 사수정장이 되었으며, 공사에 부역하는 인부의 호송책임을 맡았다. 호송 도중에 도망자가 속출하여 임무수행이 어려워지자 나머지 인부를 해산시키고 자신도 도망하여 산중에 은거했다.

그런데 유방과 싸운 항우도 강소성 출신이다. 유방과 항우는 같은 성 출신으로서 싸운 것이다. 이 당시는 초나라이다. 유방과 항우 모두 초나라 출신이다. 중국과 같은 큰 나라에서 같은 지역 출신이 황제 자리를 놓고 싸운다는 것도 놀랍기만 하다.

유방을 도운 사람 중에 한신이 있다. 한신은 강소성 회음 출신이다. 유방과 한신은 같은 성에서 태어난 사람들이다. 회음은 지금은 회안이다. 회안은 해안가에서 떨어져 있다.

유방을 도운 소하도 강소성 사람이다. 소하는 패현 사람이다. 소하는 한신, 장량과 더불어 삼걸의 한 사람이다. 소하는 원래 진나라의 하급관리로 있었다. 일찍이 유방이 무위무관일 때부터 유방을 알게 된다. 소하는 뒤에 한신 등의 반란을 평정하고 최고의 상국에 제수되었다. 재상 시절 진나라의 법률을 취사선택하여 구장률을 편찬하였다. 소하, 한신, 장량은 각각 독특한 성격을 가진 사람들이다. 그래서 이들의 운명은 서로 다르다. 한신이 가장 먼저 화를 입게 된다. 소하는 병으로 죽는다. 장량은 속세를 벗어나 여생을 보냈다.

명나라를 세운 주원장도 농부의 아들로 태어났다. 주원장은 17살에 고아가 되어 절에 들어가 탁발승이 되어 여러 곳을 전전하였다. 홍건적 부장의 부하가 되면서 두각을 나타내었고 부장의 양녀와 결혼하여 그의 사위가 되었다. 군대를 모아 세력을 키워나갔으며 남경(난징)을 점령했다. 주원장은 안휘성(안후이성) 출신이다. 유방과 주원장의 공통점은 둘 다 농부의 아들이라는 것이다. 중국처럼 인구가 많은 나라에서 농부의 아들이 황제가 될 수 있다는 것이 놀랍기만 하다.

주원장은 황제가 된 후 지난날 자신을 도와 나라를 세운 공신들에 대하

여 마음을 놓지 못하
고 항상 경계하였다.
주원장의 부인은 마
황후이다. 마황후는
탁월한 재능을 가진
여자이다. 마황후는
주원장을 도와 명나
라를 세우는데 일정
한 역할을 하였다. 다

중국의 강소성, 산동성, 절강성, 안휘성

음의 그림은 강소성(장쑤성), 산동성(산둥성), 절강성(저장성), 안휘성(안후
이성)의 위치를 표시한 것이다.

중국 정치지도자들은 어디에서 태어났을까? 현재 중국의 국가주석인 습
근평(시진핑)은 섬서성(산시성) 출신이다. 섬서성 이외에 산서성도 우리글로
산시성으로 적는다. 그래서 혼동이 많이 생긴다. 습근평과 같이 일하는 왕기
산(왕치산)은 산서성 출신이다. 왕기산은 공산당중앙 기율검사위원회 서기
이다. 기율검사위원회는 징계 또는 감찰을 담당하는 기구이다. 국무원 총리
인 이극강(리커창)은 안휘성 출신이다. 이전에 국가주석이었던 호금도(후진
타오)는 안휘성 출신이다.

강택민은 강소성 양주(양저우) 출신이다. 강택민은 상해(상하이)에서 학
교를 다녔다. 상해는 해안 도시이다. 상해시는 강소성과 붙어 있다. 양주는
해안가에 있지는 않다. 국무원 총리를 지낸 온가보(원자바오)는 천진(톈진)
출신이다. 천진은 중국의 대표적인 항구도시이다. 주은래는 강소성 회안(화
이안) 출신이다. 회안은 회하강 유역에 위치하는 도시이다. 회안은 중국의
조운에 있어서 매우 중요한 지리적 위치를 점하고 있었다. 회안은 강소성 양
주 바로 위에 있다. 주은래와 강택민은 같은 성 출신이다.

장개석은 절강성(저장성) 영파(닝보) 봉화현에서 태어났다. 절강성 또한 해안을 두고 있는 성이다. 영파는 해안가에 위치하고 있다. 강소성, 절강성, 상해시는 모두 붙어 있다. 강소성 위에는 산동성(산동성)이 있다. 이들 3개 성과 상해시는 모두 해안가이다. 호남성(후난성) 출신으로는 중국공산당의 모택동과 유소기가 있다. 모택동과 유소기는 정권을 수립한 이후 대립하게 되는데 이들은 같은 성 출신이었다. 이것도 참으로 묘한 것이다. 이전에 국무원 총리이었던 주용기도 호남성 출신이다. 중국공산당의 등소평은 사천성(쓰촨성) 출신이다. 또한 중국공산당의 주덕도 사천성 출신이다.

♣ 일본 권력자들의 출생지: 해안가

일본의 경우 해안가에서 태어난 사람은 누가 있을까? 임진왜란을 일으킨 풍신수길(토요토미 히데요시)은 애지현(아이치현) 명고옥시(나고야시) 출신이다. 애지현은 혼슈에 속해 있다. 애지현은 해안가에 위치하고 있다. 나고야시도 일부 해안가에 접하고 있다. 직전신장(오다 노부나가)도 애지현에서 태어났다. 직전신장의 경우 애지현 중 어느 지역에서 태어났는지에 관하여는 의견이 다르다. 애지현 애서시(아이사이시)라는 의견도 있고 나고야시라는 의견도 있다.

덕천막부를 세운 덕천가강(도쿠가와 이에야스)도 애지현 출신이다. 덕천가강은 강기시(오카자키시)에서 태어났다. 강기시는 지금은 하나의 도시이다. 강기시 자체는 해안가에서 약간 떨어져 있다. 이들이 모두 같은 지역 출신이라는 것이 놀라울 뿐이다. 풍신수길은 1536년생이다. 직전신장은 1534년생이다. 덕천가강은 1543년생이다. 풍신수길, 직전신장 그리고 덕천가강은 1530년대생이거나 1540년대생이다.

덕천가강은 풍신수길 아래에서 5대로의 한 사람이었다. 풍신수길이 사망하면서 기회가 덕천가강에게로 오게 된다. 덕천가강은 반대파들과의 전투를 통하여 반대파들을 처형하고 반대파에 가담한 대명들을 제거했으며 그 결과 일본 전국에 대한 지배권을 수립한다. 과거에 일본에는 대명(다이묘)이란 것이 있었다. 대명은 글자 그대로 해석하면 큰 이름이라는 의미이다. 대명은 19세기 말까지 각 지방의 영토를 다스리고 권력을 행사했던 유력자를 말한다. 대명은 자신의 성에서 가신들을 거느리고 봉건 영주의 삶을 살았다. 대명의 숫자는 어느 정도였을까? 1869년 약 274명 정도가 있었다. 이들이 각 지방에서 일본을 지배한 사람들의 수이다.

1603년 덕천가강은 대장군이 되었고, 강호막부를 열었다. 강호의 일본어 발음이 에도이다. 그래서 강호막부를 에도막부라고도 한다. 에도는 동경의 이전 이름이다. 덕천가강은 손녀를 풍신수길의 아들과 결혼시킨다. 덕천가강은 오사카에 있던 풍신수길의 아들과 대립하다가 1615년 오사카성을 공격하였고 풍신수길의 아들은 자결하였다. 이로써 풍신수길의 가문은 멸망했다.

풍신수길의 가문에 일이 생긴 것은 자신이 죽은 후이다. 사람은 죽은 후를 미리 내다볼 수도 없고 죽은 후의 일에 책임을 질 수도 없다. 덕천가강은 풍신수길의 가문에는 원수가 된 셈이다. 덕천가강 자신은 이듬해인 1616년 병으로 바로 죽게 된다. 이것 또한 덕천가강의 기구한 운명이기도 하다. 풍신수길의 아들과 결혼한 덕천가강의 손녀는 천희(센히메)이다. 천희는 덕천가강 아들의 장녀이다. 천희는 좋은 가문, 그것도 장군의 가문에서 태어났으나 비운의 여인이 되고 만다.

직전신장은 1582년 죽는다. 그 동안 직전신장은 많은 전투를 거치면서 강자가 되어 있었다. 1582년 직전신장은 같은 편인 풍신수길을 지원하기 위하여 출병하게 되는데 절에서 숙박하게 되었다. 직전신장은 이 때 습격을 받자 절에 불을 질러 자살한다. 직전신장의 장남 또한 교토에서 반란군에게 잡혀 처형되었다. 이로써 직전신장의 시대는 마감한다. 이 때 풍신수길이 정권을 장악하게 된다. 이것이 같은 지방 출신인 직전신장, 풍신수길, 덕천가강의 이야기이다.

덕천가강은 어린 시절 가문들간의 복잡한 사정으로 인하여 다른 가문으로 인질로 가는 생활을 하였다. 이러한 과정에서 직전신장과 관계를 맺게 된다. 덕천가강과 직전신장은 복잡한 인연의 주인공들이다. 그리고 이 인연은 질긴 인연이기도 하다. 덕천가강의 아들은 직전신장의 딸과 결혼하기도 한다. 덕천가강의 성은 원래 송평(히로) 씨이다. 덕천가강은 이름도 바꾸고 성도 바꾼 사람이다. 덕천가강이 성을 바꿈으로써 새로이 덕천가문이 탄생하게 된다.

나고야시는 애지현의 현청소재지이다. 덕천가강은 나고야에 성을 쌓아 나고야성을 만들었다. 덕천가강의 아들은 나고야성의 성주가 되었다. 나고야시는 국제무역항이다. 일본의 중요한 항구로는 요코하마, 나고야, 고베 등이 있다. 고베는 신호현(효고현)의 현청소재지이기도 하다. 신호현 오른쪽 아래에는 대판(오사카)이 있다.

신호현과 대판은 모두 대판만에 접하고 있다. 대판에서 오른쪽으로 일정한 거리를 가면 이세만이 나온다. 이세만에 접하고 있는 것이 바로 애지현이다. 애지현에서 오른쪽 위로 일정한 거리를 가면 동경만이 나온다. 동경만에 접하고 있는 것이 동경이다. 대판만, 이세만, 동경만은 모두 일본의 중요한 바다들이다. 만이 바로 바다이다.

동경만에서 배를 타고 태평양으로 나오다 보면 이두제도(이즈제도)가 나온다. 이두제도는 일본에서 가장 중요한 섬들이다. 일본은 이두제도를 통하여 동경만에서 출발하여 태평양으로 밀고 내려갈 수 있다. 이두제도는 필리핀해까지 내려간다. 이두제도는 면적이 301km²이다. 인구는 2005년에 약 2만 6,000명이다. 이두제도에 많은 사람들이 사는 것은 아니다. 하지만 이두제도의 전략적 가치는 엄청나다. 이두제도에는 9개의 주요한 섬들이 있다. 이두제도에서 가장 큰 섬은 이두대도(이즈오시마)이다. 이두대도는 동경만에서 나올 때 처음 있는 큰 섬이다.

그 다음 섬은 이도(토시마)이다. 이도는 동백꽃으로 유명하다. 이도는 동백나무에서 많은 동백기름을 생산하고 있다. 그 다음 섬은 신도(니지마)이다. 신도는 죄인들의 유배지로도 쓰였다. 신도에서는 항화석이 나온다. 항화석은 건축재료와 유리재료로 이용된다. 신도는 관광지이기도 하다. 이두제도에는 팔장도(하치조지마)도 있다. 팔장도에는 논이 있다. 이두제도에는 항공편도 마련되어 있다. 이두제도는 국립공원으로 조성되고 있다. 이두제도는 놀랍게도 동경에 소속되어 있다. 일본은 수도에서 이두제도를 관할하고 있다. 이두제도는 태평양을 향하여 쭉 아래로 줄을 지어 내려가 있다. 그림을 보면 동경만은 안으로 움푹 들어가 있다. 그림에는 부사산(후지산)도 나타나 있다. 후지산의 높이는 3,776.24m이다. 후지산은 상당히 높은 산이다.

덕천가강 이후 한참 지나 일본을 개항시킨 사람은 섬에서 태어난 사람이다. 매슈 캘브레이스 페리는 미국 해군으로서 함대를 이끌고 일본으로 갔다. 흔히 페리 제독으로 알려져 있다. 페리가 간 곳은 동경만이었다. 페리 가문은 해군으로 유명하다. 페리 가문에서 나온 해군은 상당히 많다. 페리는 로드 아일랜드의 뉴포트에서 태어났다. 로드

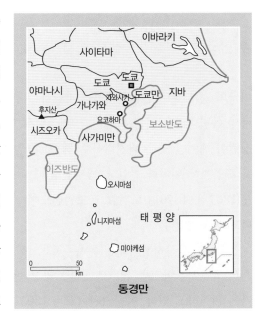

동경만

아일랜드는 미국의 한 주이다. 로드 아일랜드는 로드 섬이라는 의미이지만 이름에도 불구하고 로드 아일랜드의 대부분 지역은 미국의 본토에 있다. 뉴 포트는 로드 아일랜드의 섬에 있는 바닷가 도시이다. 뉴포트에는 해군의 중 요한 시설들이 있다.

페리의 아버지 또한 해군이다. 아버지도 뉴포트에서 태어났다. 페리는 증기선이 출현했을 때 해군의 근대화에 대한 지도적인 옹호자가 되었다. 페 리의 형인 올리버 해저드 페리도 매우 유명한 사람이다. 그는 소년 시절에 해군에서의 미래의 경력을 기대하면서 바다를 항해하곤 하였다. 그는 1812 년 미국이 영국에 대항하여 전쟁할 때 이리호의 전투에서 영웅적인 역할을 하였다. 그래서 그는 이리호의 영웅이라는 호칭을 얻게 되었다. 이리호는 미 국 동부에 있는 5대 호수의 하나이다. 그는 무려 9번의 이리호 전투를 승리 로 이끌 수 있도록 도왔다.

♣ 미국 대통령들의 출생지: 해안가와 섬

미국의 경우 해안가에서 태어난 사람들은 누가 있을까? 워싱턴 대통령은 미 국의 독립혁명을 이끈 사람이다. 워싱턴은 해안가에서 태어난 사람이다. 워 싱턴이 태어난 곳은 버지니아주 웨스트모얼랜드이다. 웨스트모얼랜드는 바 로 해안가에 위치하고 있다. 남북전쟁 때 남군의 지휘관이었던 로버트 리 장 군(1807년-1870년)도 웨스트모얼랜드에서 태어났다. 리 장군은 육군사관 학교를 졸업했다.

미국의 육군사관학교는 뉴욕주 웨스트 포인트에 위치하고 있다. 그래서 흔히 육군사관학교를 웨스트 포인트라고 한다. 웨스트 포인트는 허드슨 강 가에 위치하고 있다. 육군사관학교는 1802년 토마스 제퍼슨에 의하여 설립되었다. 미국의 해군사관학교는 매릴랜드주 애나폴리스에 위치하고 있다. 애나폴리스는 바다와 접하고 있다. 해군사관학교는 1845년에 설립되었다.

그런데 먼로 대통령도 바로 웨스트모얼랜드에서 태어났다. 먼로 대통령은 먼로 독트린을 선언한 사람이기도 하다. 먼로 독트린은 북미 북부의 서해안에서의 러시아의 권리주장에 대한 방어수단으로 나온 것이기도 하다. 물론 먼로 독트린은 더 넓은 목적을 가지고 있다. 제임스 먼로 또한 해안가에서 태어난 사람의 감각을 유감 없이 보여주고 있다. 웨스트모얼랜드는 작은 지역이지만 여러 거물들을 배출하고 있다. 이것은 놀라운 일이다.

제퍼슨 대통령도 버지니아주에서 태어났다. 제퍼슨은 해안가에서 태어나지는 않았다. 매디슨 대통령 또한 버지니아주에서 태어났다. 매디슨은 포트 콘웨이에서 태어났다. 포트 콘웨이는 강가이면서 해안가이기도 하다. 버지니아주 아래 부분에는 노포크가 있다. 노포크에서는 미국이 아니라 아프리카 라이베리아의 초대 대통령이 나왔다. 그가 바로 조제프 젠킨스 로버츠(1809년-1876년)이다.

로버츠는 제7대 대통령도 하였다. 로버츠는 노포크에서 태어나서 라이베리아로 갔다. 로버츠는 라이베리아에서 사업을 하다가 정치를 하게 되었다. 라이베리아는 1847년에 독립하였다. 이 때 로버츠는 대통령으로 선출되었다. 라이베리아는 아프리카에서 상당히 일찍 독립했다.

노포크라는 해안가는 인재 배출에 있어서 놀라운 힘을 발휘하고 있다. 유명한 권투선수인 퍼넬 휘태커가 바로 여기에서 태어났다. 휘태커는 올림픽과 프로권투에서 챔피언을 여러 번 하였다. 조지 워싱턴의 부관을 하기도 하고 재무장관을 하였으며 경제전문가이기도 하였던 알렉산더 해밀턴은 아예 섬에서 태어났다. 해밀턴이 태어난 곳은 네비스라는 섬이다.

네비스섬은 카리브해에 있는 작은 섬이다. 네비스섬에서 얼마간 떨어진 곳에 푸에르토리코가 있다. 네비스섬은 영국 사람들에게 상당히 의미가 있는 섬이다. 트라팔거 해전의 호레이쇼 넬슨 제독은 젊은 시절에 네비스섬에서 근무하였다. 넬슨은 네비스섬에서 여자를 만나 결혼했다.

존 아담스 대통령은 매사추세츠주 노포크에서 태어났다. 노포크라는 이름이 여러 개 있다. 노포크는 해안가에 있다. 존 아담스가 태어난 곳 자체는 만에 접하고 있다. 존 아담스의 아들도 대통령이 되었다. 그가 바로 존 퀸시 아담스이다. 아들도 같은 지역에서 태어났다. 이 지역은 퀸시라는 이름을 따서 이름 자체가 퀸시가 되었다. 만도 퀸시만이라고 이름을 지었다.

매사추세츠주 노포크는 또 다른 대통령을 배출하고 있다. 케네디 대통령은 노포크의 브루클린에서 태어났다. 브루클린은 해안가에 위치하고 있다. 브루클린은 노포크의 위쪽에 있고 퀸시는 아래쪽에 있다. 노포크는 대통령 배출기계라고 할 수 있다. 케네디도 해안가에서 태어난 사람이었던 것이다.

케네디의 대통령 재임 시절에 쿠바 미사일 위기가 발생하였다. 이 위기는 미국과 소련 사이에 핵전쟁을 발생시킬 수도 상황이었다. 그 당시 소련은 미국의 리더들에 관하여 잘 이해하지 못하고 있었다. 케네디가 해안가에서 태어난 사실을 말이다. 케네디는 섬과 해안가에 관하여 매우 민감한 감정을 가지고 있었을 것이다. 쿠바가 바로 미국 아래에 위치하고 있는 섬나라이다. 이러한 쿠바에 소련이 미사일을 배치한다는 것은 바로 케네디의 바다에 관한 감정을 무한정 자극하는 것이었다.

소련은 해안가에서 태어난 사람의 감정을 전혀 이해하지 못하고 있었던 것이다. 결국 케네디는 강경한 대응을 하게 되고 소련은 미국과 타협하게 된다. 그 당시 소련의 최고책임자이었던 흐루시초프는 육지에서 태어난 사람이었다. 물론 케네디가 강경책만을 고수한 것은 아니다. 케네디도 흐루시초프의 주장을 일정 부분 수용하기는 하였다.

케네디의 아버지는 보스턴에서 태어났다. 보스턴 또한 항구도시이다. 케네디의 동생은 당시 법무장관이었다. 동생은 브루클린에서 태어났다. 동생 또한 해안가에서 태어난 사람이다. 동생 또한 쿠바 미사일 위기에서 일정한 역할을 한 것으로 알려지고 있다. 흐루시초프는 케네디와 동생의 감정을 모두 자극하였던 것이다. 케네디는 해군에 복무하기도 한 사람이다. 케네디의 또 다른 동생은 보스턴에서 태어났다. 케네디의 딸인 캐롤라인 케네디는 뉴욕시의 맨해튼에서 태어났다. 케네디 가문은 가장 미국적인 가문이다. 왜냐하면 섬과 해안가에서 태어나기 때문이다. 캐롤라인은 미국 대통령의 자격을 가지고 있는 사람이다.

여기 더 놀라운 사실이 있다. 지금 미국 대통령인 오바마 대통령은 어디에서 태어났을까? 섬 중의 섬인 바로 하와이에서 태어났다. 오바마 대통령이 어떻게 대통령이 되었을까? 미국 대통령의 자격을 강력하게 가지고 있는 사람이기 때문이다. 닉슨 대통령은 캘리포니아주 오렌지 카운티에서 태어났다. 오렌지 카운티는 해안가에 위치하고 있다. 닉슨이 태어난 곳은 요바 린다이다. 요바 린다는 해안가에서 약간 떨어져 있다.

포드 대통령은 네브래스카주 오마하에서 태어났다. 포드는 해안가에서 태어난 사람은 아니다. 그런데 오마하는 워런 버핏이 태어난 곳이기도 하다. 버핏은 미국의 유명한 투자가이다. 그리고 거대한 부자이다. 버핏의 아버지도 원래 사업을 한 사람이었다. 그리고 국회의원을 하기도 한 정치가였다. 버핏의 할아버지는 잡화점 사업을 하였다.

그런데 또 놀라운 사실이 있다. 아버지 부시 대통령은 어디에서 태어났을까? 바로 매사추세츠주 노포크이다. 또 해안가인 노포크이다. 부시가 태어난 곳은 밀턴이다. 밀턴은 퀸시 바로 왼쪽 옆에 있는 지역이다. 밀턴의 위 일부가 해안가에 위치하고 있다. 밀턴은 리처드 풀러(1895년–1983년)라는 유명한 미국의 건축가가 태어난 곳이기도 하다. 풀러는 거대한 돔으로 도시 자체를 덮어씌워 내부에 인공환경을 정비하는 미래도시의 모습을 제시한 사람이다.

버지니아주와 메사추세츠주를 포함하여 노포크라는 이름을 가진 해안 가에서 나온 대통령만 해도 이렇게 많다. 그러면 아들 부시 대통령은 어디에서 태어났을까? 아들 부시 또한 해안가에서 태어났다. 부시가 태어난 곳은 코네티컷주 뉴 헤이븐이다. 뉴 헤이븐은 해안가에 위치하고 있다. 부시 가문 또한 해안가 사람들이다. 아버지 부시 또한 해군에서 복무했다. 아버지 부시의 또 다른 아들 젭 부시는 텍사스주 미들랜드에서 태어나 휴스턴에서 자랐다. 젭 부시의 아들은 휴스턴에서 태어났다. 부시 가문은 성공한 은행가와 사업가 그리고 정치가 가문이다. 아들 부시의 할아버지는 은행가이자 상원의원이었다.

부시 가문은 한국 사람과 오랫동안 친분을 유지하고 있다. 풍산그룹의 류찬우(1923년-1999년)가 바로 그 사람이다. 류찬우는 아버지 부시(1924년-)를 알고 있었다. 두 사람은 나이가 1살 차이이다. 류찬우는 사망했지만 인연이 계속되고 있다. 류찬우는 서애 류성룡의 후손으로 알려져 있다. 놀라운 것은 부시 가문 사람들이 안동을 방문하고 있다는 것이다.

아버지 부시는 안동을 방문한 적이 있다. 아들 부시 대통령도 안동을 방문한 적이 있다. 최근에는 젭 부시도 안동에 있는 고등학교를 방문하여 강연까지 하였다. 류찬우 가문의 비법은 무엇일까? 그런데 놀라운 사실이 하나 더 있다. 부시라는 이름이 한국인 성인 부씨와 같다는 것이다. 부씨? 그런데 부씨 성을 가진 사람이 옛날에 무역을 하면서 외국에 간 적이 있다는 의견이 있다.

부시 가문과 클린턴 가문은 서로 경쟁하였지만 사이가 나쁘지 않다고 한다. 그 이유 또한 놀라운 아니 흥미로운 일이다. 아버지 부시 대통령과 클린턴 대통령이 퇴임 후에 동시에 한 비행기를 탄 적이 있었다. 좋은 자리는 1개 뿐이다. 이 때 클린턴이 자리를 아버지 부시에게 권했다고 한다. 이 일이 있은 후 아버지 부시는 빌 클린턴에 관하여 좋은 말을 하고 있다고 한다.

"빌은 좋은 사람이야!" 아버지 부시는 틀림 없이 류찬우에 관하여 다음과 같
은 말을 하였을 것이다. "류는 좋은 사람이야!"

그런데 지금 부시 가문(젭 부시)과 클린턴 가문이 다시 대통령선거에서
경쟁할 지도 모른다. 대통령선거가 끝나고 형인 아들 조지 부시 대통령과 빌
클린턴이 다시 동시에 한 비행기를 타게 되었다. 좋은 자리는 1개 뿐이다.
이번에는 아들 조지 부시가 자리를 빌 클린턴에게 권했다. 이 일이 있은 후
빌 클린턴은 아들 조지 부시에 관하여 좋은 말을 하게 되었다. "음, 조지. 좋
은 사람이야!" 이것이 바로 양보의 창의력이다. 류찬우 가문의 비법은 바로
여기에 있을 것이다.

힐러리 클린턴이 태어난 시카고에는 시카고강이 있다. 시카고강은 큰
호수인 미시간호로 흘러들어 간다. 시카고강의 길이는 251km이다. 미시간
호는 5개의 호수인 5대호의 하나인데 그 중에서도 미시간호는 가장 미국적
인 호수이다. 클린턴의 아버지는 섬유산업에서 사업을 하였다. 클린턴은 상
원의원을 하기도 하였다. 클린턴은 대통령선거 후보경선에서 지금의 오바마
대통령에게 진 경험을 가지고 있다. 그 후 국무장관이라는 경험도 쌓았다.
힐러리 클린턴은 과연 대통령이 될 수 있을까?

기업가의 탄생: 시간의 결정력

"모든 사람은 그가 가진 그릇의 크기와 형태에 따라 물을 퍼올릴 수 있다."

괴테는 말하고 있다.

"인류의 진보는 매순간 가장 높이 발전한 개인들에 의하여 담지된다. 강력하고 의연하며 숭고하고 승리를 거두는 인간들이야말로 인류를 모든 단계에서 다음 단계로 이끄는 선구자이다."

기업가는 어느 시대에 태어난 것이 좋을까? 삼성그룹의 창업자인 이병철씨(1910년-1987년)는 1910년대에 태어난 사람이다. 현대그룹의 창업자인 정주영씨(1915년-2001년)는 1910년대에 태어난 사람이다. 이병철씨와 정주영씨는 5살 차이가 난다. 이전에 쌍용그룹을 창업한 김성곤씨(1913년-1975년)도 1910년대에 태어난 사람이다. 동양그룹과 오리온그룹의 창업자인 이양구씨(1916년-1989년)도 1910년대에 태어난 사람이다. 또한 대성그룹의 창업자인 김수근씨(1916년-2001년)도 1910년대에 태어난 사람이다. 그리고 교보생명그룹의 창업자인 신용호씨(1917년-2003년)는 1910년대에 태어난 사람이다.

한진그룹의 창업자인 조중훈씨(1920년-2002년)는 1920년대에 태어난 사람이다. 한라그룹의 정인영씨(1920년-2006년)는 1920년대에 태어난 사람이다. 정인영씨는 정주영씨의 동생이다. 대상그룹의 창업자인 임대홍씨(1920년-)는 1920년대에 태어난 사람이다. 대상그룹은 이전에는 이름이 미원그룹이었다. 미원그룹은 조미료 미원을 판매하였다. 국제그룹의 창업자인

양정모씨(1921년-2009년)는 1920년대에 태어난 사람이다. 한화그룹의 창업자인 김종희씨(1922년-1981년)는 1920년대에 태어난 사람이다. 롯데그룹의 창업자인 신격호씨(1922년-)는 1920년대에 태어난 사람이다.

태평양그룹의 서성환씨(1923년-2003년)는 1920년대에 태어났다. 서성환씨는 국내 화장품 산업에서 태평양화학을 이끌어 왔다. 서성환씨는 1945년 화장품 제조회사인 태평양화학공업을 창립했다. 1970년대부터는 차사업을 시작하였다. SK그룹의 창업자인 최종건씨(1926년-1973년)는 1920년대에 태어난 사람이다. SK그룹의 창업자인 최종현씨(1929년-1998년)도 1920년대에 태어난 사람이다. 최종현씨는 최종건씨의 동생이다.

현대그룹의 정세영씨(1928년-2005년)는 1920년대에 태어난 사람이다. 정세영씨는 현대그룹 정주영씨의 동생이다. 포항제철을 이끈 박태준씨(1927년-2011년)도 1920년대에 태어난 사람이다. 이전의 대우그룹의 창업자인 김우중씨(1936년-)는 1930년대에 태어난 사람이다.

우리나라의 경우 기업가들은 1910년대와 1920년대에 태어난 사람들이다. 특히 1910년대에 태어난 사람들이 엄청난 강세를 보이고 있다. 이들이 바로 삼성그룹과 현대그룹을 창업한 사람들이다. 1920년대와 1930년대에 태어난 사람은 기업을 창업하였지만 그 후 기업이 사라지기도 하였다. 우리나라에서는 1920년대와 1930년대의 출생이 1910년대의 출생보다 못한 것이다.

두산그룹의 창업자인 박승직씨(1864년-1950년)는 1860년대에 태어난 사람이다. 두산그룹은 1896년 서울의 배오개시장(지금의 종로4가)에 포목상 박승직상점을 개설하면서 시작하였다. 박승직씨는 조선말 관직에도 진출하여 1900년 성진감리서의 주사가 되었으며 그 후 정3품 중추원의관을 지냈다. 박승직씨는 1905년 한국 최초의 경영인 단체인 한성상업회의소가 설립되자 1906년 상임의원이 되기도 하였다. 그래서 두산그룹은 다른 기업들과는 다르다.

방응모씨(1890년 또는 1883년-미상)는 1933년 조선일보를 인수한 사람이다. 방응모씨의 출생연도는 2가지 의견이 있어 다소 혼동스럽다. 조선일보는 1920년에 처음 시작하였다. 이것을 방응모씨가 인수한 것이다. 이전에는 조선중앙일보라는 것이 있었다. 조선중앙일보는 이전에 있었던 중앙일보의 이름을 1933년 바꾼 것이다. 그런데 조선중앙일보는 1937년 폐간되었다. 이것으로 조선중앙일보는 없어졌다. 정치가이기도 하였던 김성수씨(1891년-1955년)는 1919년 경성방직을 설립한 사람이다. 그리고 1920년에는 동아일보를 창간하기도 하였다. 김성수씨는 1951년 2대 부통령에 취임하기도 하였다.

금호그룹의 창업자인 박인천씨(1901년-1984년)는 20세기 초기에 태어난 사람이다. 박인천씨도 다른 기업인들보다 일찍 태어났다. 효성그룹의 조홍제씨(1906년-1984년)도 20세기 초기에 태어난 사람이다. LG그룹을 창업한 구인회씨(1907년-1969년)도 20세기 초기에 태어난 사람이다. LG그룹의 구자경씨(1925년-)는 구인회씨의 아들이다. 구자경씨는 아들임에도 불구하고 1920년대에 태어난 사람이다. 구인회씨가 다른 기업인들보다 더 일찍 태어난 사람이기 때문이다.

CJ그룹의 이맹희씨(1931년-)는 1930년대에 태어난 사람이다. 이맹희씨는 삼성그룹 이병철씨의 아들이다. 태영그룹의 창업자인 윤세영씨(1933년-)는 1930년대에 태어난 사람이다. 태영그룹은 SBS방송과 관련되어 있다. 또한 효성그룹의 조석래씨(1935년-)도 1930년대에 태어난 사람이다. 조석래씨는 효성그룹 조홍제씨의 아들이다. 현대자동차그룹의 정몽구씨(1938년-)도 1930년대에 태어난 사람이다. 정몽구씨는 현대그룹 정주영씨의 아들이다.

부영그룹의 창업자인 이중근씨(1941년-)는 1940년대에 태어난 사람이다. 삼성그룹의 이건희씨(1942년-)는 1940년대에 태어난 사람이다. 이건희씨는 삼성그룹 이병철씨의 아들이다. 신세계그룹의 이명희씨(1943년-)도 1940년대에 태어난 사람이다. 이명희씨는 삼성그룹 이병철씨의 딸이다. LG그룹의 구본무씨(1945년-)는 1940년대에 태어난 사람이다. 구본무씨는 LG그룹 구인회씨의 손자이다. GS그룹의 허창수씨(1948년-)도 1940년대에 태어난 사람이다. 허창수씨는 LG그룹 창업자 중의 한 명인 허만정씨의 손자이다. 허만정씨는 진주에서 일신재단의 설립에도 참여하였다. 일신재단은 1925년 진주일신 여자고등학교를 설립하기도 한다.

현대그룹의 정몽헌씨(1948년-2003년)도 1940년대에 태어난 사람이다. 정몽헌씨는 현대그룹 정주영씨의 아들이다. 한진그룹의 조양호씨(1949년-)도 1940년대에 태어난 사람이다. 조양호씨는 한진그룹 조중훈씨의 아들이다. 대상그룹의 임창욱씨(1949년-)는 1940년대에 태어난 사람이다. 임창욱씨는 대상그룹 임대홍씨의 아들이다. 우리나라의 주요한 그룹 총수는 현재 정몽구씨를 제외하면 1940년대에 태어난 사람들이다.

중앙일보의 홍석현씨(1949년-)도 1940년대에 태어난 사람이다. 홍석현씨는 홍진기씨(1917년-1986년)의 아들이다. 그런데 놀랍게도 홍진기씨는 이병철씨와 정주영씨처럼 1910년대에 태어난 사람이다. 삼성그룹의 홍라희씨(1945년-)도 1940년대에 태어난 사람이다. 홍라희씨도 홍진기씨의 딸이다. 조선일보의 방상훈씨(1948년-)도 1940년대에 태어난 사람이다. 교원그룹의 창업자인 장평순씨(1951년-)는 1950년대에 태어난 사람이다. 교원그룹은 교육사업으로 시작했고 구몬학습으로 유명해졌다.

한화그룹의 김승연씨(1952년-)는 1950년대에 태어난 사람이다. 김승연씨는 한화그룹 김종희씨의 아들이다. 교보생명그룹의 신창재씨(1953년-)는 1950년대에 태어난 사람이다. 신창재씨는 교보생명그룹 신용호씨의 아들이다. 빙그레의 김호연씨(1955년-)는 1950년대에 태어난 사람이다. 김호연씨도 한화그룹 김종희씨의 아들이다. 김호연씨는 김구 선생과 인연을 맺어 김구 선생의 손녀사위가 되었다.

지금 현대그룹을 맡고 있는 현정은씨(1955년-)는 1950년대에 태어난 사람이다. 현정은씨는 정몽헌씨의 부인이다. 현대중공업의 정몽준씨(1951 년-)도 1950년대에 태어난 사람이다. 정몽준씨는 현대그룹 정주영씨의 아들이다. 롯데그룹의 신동빈씨(1955년-)는 1950년대에 태어난 사람이다. 신동빈씨는 롯데그룹 신격호씨의 아들이다. 성주그룹의 김성주씨(1956년-)도 1950년대에 태어난 사람이다. 김성주씨는 대성그룹 김수근씨의 딸이다. 오리온 그룹의 이화경씨(1956년-)는 1950년대에 태어난 사람이다. 이화경씨는 동양그룹과 오리온그룹 이양구씨의 딸이다.

현재 우리나라의 주요한 그룹 총수가 1940년대에 태어난 사람인 것은 창업자들이 1900년대 초와 1910년대에 태어난 사람들이기 때문이다. 1940 년대는 창업자들이 태어나고 한 세대가 지난 후이다. 1940년대는 우리나라에서 부자가 태어난 해가 되었다. 그러면 현재 우리나라의 주요한 그룹 총수 다음 세대는 언제 태어난 사람들일까? 수치상으로 보면 1970년대에 태어난 사람들이어야 한다. 하지만 정답은 1970년대와 1960년대에 태어난 사람들이다. 시기가 조금 앞당겨졌다. 1950년대에 태어난 사람은 조금 외로운 사람들이다. 미래에셋의 박현주씨(1958-)는 1950년대에 태어난 사람이다. 1930년대에 태어난 사람도 조금 외로운 사람들이다.

SK그룹의 최태원씨(1960-)는 1960년대에 태어난 사람이다. 최태원씨는 SK그룹 최종현씨의 아들이다. 최종현씨에서 바로 최태원씨로 이어졌음에도 최태원씨는 1960년대에 태어났다. 이것이 참으로 묘한 것이다. 1960 년대도 1940년대처럼 우리나라에서 부자가 태어난 해이다. CJ그룹의 이재현씨(1960년-)는 1960년대에 태어난 사람이다. 이재현씨는 CJ그룹 이맹희씨의 아들이다. 현대산업개발의 정몽규씨(1962년-)도 1960년대에 태어난 사람이다. 정몽규씨는 현대그룹 정세영씨의 아들이다.

태평양그룹의 서경배씨(1963년-)도 1960년대에 태어난 사람이다. 서경배씨는 태평양그룹 서성환씨의 아들이다. 태평양그룹은 아모레 퍼시픽그룹이라고도 한다. 퍼시픽이 태평양이라는 의미이다. 삼성그룹의 이재용씨(1968년-)도 1960년대에 태어난 사람이다. 이재용씨는 삼성그룹 이건희씨의 아들이다. 그런데 다음카카오의 김범수씨(1966년-)도 1960년대에 태어난 사람이다. 다음카카오가 바로 모바일 메시지 서비스인 카카오톡을 제공하는 기업이다. 네이버의 이해진씨(1967년-)도 1960년대에 태어난 사람이다.

또한 엔씨소프트의 김택진씨(1967년-)도 1960년대에 태어난 사람이다. 넥슨그룹의 김정주씨(1968년-)도 1960년대에 태어난 사람이다. 안철수연구소의 안철수씨(1962년-)도 1960년대에 태어난 사람이다. 1960년대는 뜻하지 않게 김범수씨, 이해진씨, 김택진씨, 김정주씨, 안철수씨를 탄생시켰다. 이들이 태어난 해가 1960년대라는 우리나라에서 부자가 태어난 해라는 것이 참으로 묘하다. 미래에셋의 박현주씨는 1950년대에 태어난 사람으로서 아주 드문 경우이다. 김범수씨, 이해진씨, 김택진씨, 김정주씨, 안철수씨는 컴퓨터의 기능확대와 더불어 탄생했다. 박현주씨는 주식시장의 확대와 더불어 탄생했다.

신세계그룹의 정용진씨(1968년-)는 1960년대에 태어난 사람이다. 정용진씨는 신세계그룹 이명희씨의 아들이다. 효성그룹의 조현준씨(1968년-)는 1960년대에 태어난 사람이다. 조현준씨는 효성그룹 조석래씨의 아들이다. 현대자동차그룹의 정의선씨(1970년-)는 1970년대에 태어난 사람이다. 정의선씨는 현대자동차그룹 정몽구씨의 아들이다. 삼성그룹의 이부진씨(1970년-)도 1970년대에 태어난 사람이다. 이부진씨는 삼성그룹 이건희씨의 딸이다.

한진그룹의 조원태씨(1975년-)는 1970년대에 태어난 사람이다. 조원태씨는 한진그룹 조양호씨의 아들이다. 대상그룹의 임세령씨(1977년-)는

1970년대에 태어난 사람이다. 임세령씨는 대상그룹 임창욱씨의 딸이다. LG 그룹의 구광모씨(1978년-)도 1970년대에 태어난 사람이다. 구광모씨는 LG 그룹 구자경씨의 손자이다. 한화그룹의 김동관씨(1983년-)는 1980년대에 태어난 사람이다. 김동관씨는 한화그룹 김승연씨의 아들이다.

우리나라의 주요한 그룹 총수는 1970년대와 1960년대에 태어난 사람들 이후에는 1990년대와 2000년대에 태어난 사람들이다. 이들 중에서 주로 2000년대에 태어난 사람들이 우리나라의 주요한 그룹 총수가 될 것이다. 그리고 2000년대에 태어난 사람들 또는 2010년대에 태어날 사람들 중에서 김범수씨, 이해진씨, 김택진씨, 김정주씨, 안철수씨와 같은 사람이 또 다시 나올 것이다.

2000년대에 태어난 사람들은 김범수씨, 이해진씨, 김택진씨, 김정주씨, 안철수씨와 같은 사람이 태어난 해인 1960년대로부터 40년만에 태어난 사람들이다. 2010년대에 태어날 사람들은 1960년대로부터 50년만에 태어날 사람들이다. 김범수씨, 이해진씨, 김택진씨, 김정주씨, 안철수씨와 같은 사람이 바로 1910년대로부터 50년만에 태어난 사람들이다.

이제 미국의 경우를 살펴 보자. 전구와 축음기를 발명한 미국의 토마스 에디슨(1847년-1931년)은 1840년대에 태어난 사람이다. 자동차 회사인 포드사를 설립한 헨리 포드(1863년-1947년)는 1860년대에 태어난 사람이다. 이들은 모두 왕이라는 호칭을 부여받았다. 에디슨은 발명의 왕이고 포드는 자동차의 왕이다. 철강왕인 앤드루 카네기(1835년-1919년)는 1830년대에 태어난 사람이다. 앤드루 카네기가 토마스 에디슨과 헨리 포드보다 더 일찍 태어난 사람이다.

석유왕인 록펠러(1839년-1937년)는 앤드루 카네기처럼 1830년대에 태어난 사람이다. 록펠러가 앤드루 카네기보다 4살이 더 적다. 록펠러는 99살을 살았다. 지금까지 등장한 사람들 중에서 가장 오랫동안 산 사람은 록펠러이다. 앤드루 카네기와 록펠러는 박애주의자라는 호칭도 가지고 있다. 사회에 엄청나게 기부를 하였기 때문이다.

헨리 포드 가문의 재산도 포드재단으로 되었다. 포드재단은 인간의 복지를 진전시키는 것을 임무로 하고 있다. 미국의 금융가인 J. P. 모건(1837년-1913년)은 앤드루 카네기와 록펠러처럼 1830년대에 태어난 사람이다. 미국에서 1830년대에 태어난 사람들은 기업을 설립하여 대성공을 거두었고 미국의 경제발전에 크게 기여했다.

그러면 중국의 경우는 어떠할까? 이가성(리카싱, 1928년-)은 홍콩의 기업가이다. 리카싱은 1920년대에 태어난 사람이다. 리카싱은 중국 광동성 조주에서 태어났다. 조주는 광동성 동부의 해안가에 위치하고 있다. 리카싱은 글자 그대로 아시아에서 가장 큰 부자이다. 2014년을 기준으로 하였을 때 리카싱의 순재산은 294억 달러이다. 이것은 1달러당 환율 1,000원을 기준으로 하면 약 30조원이다. 이조기(리자오지, 1928년-)는 홍콩의 기업가이다. 이조기도 1920년대에 태어난 사람이다. 이조기와 리카싱은 같은 해에 태어났다. 리카싱과 이조기는 모두 성이 이씨이다. 또한 이조기도 중국 광동성 불산(포산)에서 태어났다.

중국은 광동성에서 태어난 사람들이 돈을 잘 번다. 그러면 일본은? 일본은 오사카에서 태어난 사람들이 돈을 잘 번다. 이조기는 부동산에 관한 전문가이다. 이조기는 홍콩에서 2번째로 큰 부자이다. 2014년을 기준으로 하였을 때 이조기의 재산은 222억 달러이다. 이조기는 이조기 재단을 설립하여 자선사업을 하기도 한다. 그래서 이조기를 박애주의자라고도 한다.

뇌군(레이쥔, 1969년-)은 중국의 기업가이다. 뇌군은 전자회사인 샤오미 테크의 창업자이다. 뇌군은 1960년대에 태어난 사람이다. 샤오미 테크는 스마트폰인 샤오미 폰을 만드는 기업이다. 샤오미 폰은 현재 엄청난 성장을 하고 있다. 샤오미 폰은 2011년 중국에서 처음 시판되었다. 샤오미(小米, 소미)는 작은 쌀, 즉 좁쌀이라는 의미이다. 샤오미를 잘 기억하려면 샤오미저우(소미죽, 좁쌀죽)를 기억하면 된다. 대미죽(다미저우)은 쌀죽을 말한다. 대소를 중국어로 다미, 샤오미라고 한다.

　뇌군은 원래 소프트웨어 전문가였다. 이 때의 기업이 킹소프트이다. 이것이 스마트폰으로까지 확대된 것이다. 킹소프트는 왕소프트라는 의미이다. 왕소프트는 작다는 의미의 샤오미와 완전히 대조적인 이미지를 가지고 있다. 그러면 샤오미 폰의 반대는 무얼까? 다미 폰이다. 뇌군의 재산은 88억 달러 정도이다.

　알리바바 그룹은 중국 전자상거래 업체이다. 알리바바 그룹의 창업자는 마운(마윈, 1964년-)이다. 마운은 글자 그대로 해석하면 말의 구름이라는 의미이다. 마운은 1960년대에 출생한 사람이다. 마운은 절강성 항주(항저우) 사람이다. 절강성은 해안가에 위치하고 있다. 항주는 절강성의 수도이고 절강성에서 가장 큰 도시이다. 항주는 항주만에 위치하고 있다. 중국의 기업가들도 해안가 출신이 많다. 마운은 컴퓨터와 인터넷 덕분에 거대한 기업을 설립할 수 있었다. 이것은 우리나라에서도 1960년대에 출생한 사람이 컴퓨터와 인터넷 덕분에 기업을 설립한 것과 같다.

　알리바바는 열려라 참깨의 그 알리바바이다. 마운은 열려라 참깨라는 이미지 때문에 알리바바라는 이름을 선택하였다고 한다. "알리바바와 40인의 도둑"에 나오는 알리바바는 성실하고 정직한 사람이다. 알리바바는 우연히 산중에서 40인의 도둑이 보물을 감추어 놓은 동굴을 발견한다. 이로 인하여 알리바바는 도둑들의 보복을 받게 되는데 이 때 현명한 시녀 마르자나의 기지와 용기가 알리바바를 구하게 된다.

　알리바바 그룹은 마운이 1999년 중국 제조업체와 국외의 구매자들을 위한 기업 대 기업(B2B) 사이트인 알리바바 닷컴을 개설하면서 설립되었

다. 알리바바 그룹은 2000년 일본 소프트뱅크의 투자를 유치하면서 본격적
으로 성장했다. 알리바바 그룹은 중국 전자상거래 시장에서 엄청난 시장점
유율을 차지하고 있다. 2013년 매출액은 79억 5,000만 달러이고, 순이익은
35억 6,000만 달러에 이른다. 2014년 7월 기준 소프트뱅크가 34.4%, 야후
가 22.6%의 주식을 보유하고 있다. 마운은 8.9%의 주식을 보유하고 있다.

바이두는 중국의 인터넷 검색엔진이다. 바이두는 한자로 백도라고 한
다. 바이두는 2000년 이언굉(리옌훙, 보통 로빈 리라고 부른다. 1968년-)에
의하여 설립되었다. 바이두는 최근에 설립된 기업이다. 이언굉은 1960년대
에 태어난 사람이다. 이언굉은 마운보다 4살이 적다. 2013년을 기준으로 하
였을 때 이언굉의 재산은 122억 달러이다. 이언굉은 마운에 이어 중국에서
2번째 부자이다. 마운은 흔히 잭 마라고 부른다. 중국의 경우 1960년대 뿐
만 아니라 1970년대에 태어난 사람도 인터넷기업에 참여하고 있다. 마화등
(마후아등, 1971년-)이 그 주인공이다.

마화등은 흔히 포니 마라고 부른다. 마화등과 마운은 성이 같다. 마화등
은 텐센트라는 기업을 설립하였다. 텐센트는 한자로 등신(발음은 등순이다)이
라고 부른다. 텐센트가 등신의 중국어 발음은 아니다. 텐센트는 여러 가지 사
업을 하고 있는데 그 중의 하나가 인터넷이다. 텐센트는 소셜 네트워크 서비
스, 웹 포털, 전자상거래, 온라인 게임 등을 제공하고 있다. 2014년을 기준으
로 했을 때 마화등의 재산은 131억 달러이다. 2014년을 기준으로 했을 때 이
언굉의 재산은 159억 달러이다. 2014년을 기준으로 했을 때 마운의 재산은
234억 달러이다. 마운은 시간이 흐르면서 리카싱의 재산을 따라잡고 있다.

추광계는 소매업체인 삼마(썬마)를 경영하고 있다. 썬마는 의류 소매업
체이다. 썬마는 흔히 세미르라고도 한다. 세미르는 삼마의 중국어 발음은 아
니다. 썬마는 1997년에 문을 열었다. 썬마는 중국에서 가장 큰 의류 소매업
체 중의 하나이다. 추광계는 2015년을 기준으로 했을 때 64살이다. 2014년

192 일본의 꼼수 올라서는 한국

を 기준으로 했을 때 추광게 가문의 재산은 36억 달러이다.

손정의는 어떠한 사람일까? 손정의는 소프트뱅크를 설립한 사람이다. 손정의(1957년-)는 1950년대에 출생한 사람이다. 손정의는 일본 좌하현(사가현)에서 태어났다. 좌하현은 규슈의 북서부에 위치하고 있다. 좌하현은 해안가에 위치하고 있다. 손정의는 해안가에서 약간 들어간 곳에서 태어났다. 손정의는 재일교포이기도 하다. 손정의는 판자촌지역에서 태어났다.

손정의는 발명가이기도 하다. 일본어를 입력하면 영어로 번역해 주는 번역장치를 개발하기도 하였다. 소프트뱅크는 소프트웨어 유통회사이자 IT 투자회사이기도 하다. 손정의는 매우 유능한 투자자이기도 하다. 알리바바 그룹에 투자한 것을 보아도 알 수 있다. 손정의는 야후에도 투자했다. 야후 또한 알리바바 그룹에 투자하고 있다. 지금 소프트뱅크, 야후, 알리바바 그룹이 서로 연결되어 있다.

중국 사람들은 다른 나라들에서도 엄청나게 활발한 경제활동을 하고 있다. 이들은 태국, 말레이시아, 싱가포르, 필리핀, 인도네시아에서 지배적인 위치를 차지하고 있다. 이들 중에서 많은 사람들이 다름 아닌 광동성에서 태어난 사람들이거나 외국으로 가기 이전에 조상들이 광동성에서 살던 사람들이다. 중국은 해안가를 잘 활용하는 것 뿐만 아니라 바다를 건너 외국으로 진출하는 대탐험을 시도했다. 그리고 그 대탐험은 대성공을 거두었다. 중국은 해안가와 바다를 잘 이해하고 활용하는 능력을 가지고 있다. 그리고 그 능력을 잘 발휘하여 왔다.

그런데 중국이 가지고 있는 결정적인 흠이 있다. 중국은 해안가와 바다를 군사적으로 활용하는데 있어서 미숙함을 번번히 보여주고 있다. 청일전쟁에서의 패배와 중일전쟁에서 벌어진 해안가에서의 패배는 이것을 잘 말해준다. 일본은 중국의 해안가 대부분에서 성공적으로 상륙했다. 중국은 이것을 저지하지 못했다. 이것은 앞으로 중국이 보완해야 하는 중요한 사항이다.

4

혁신과 새로운 힘

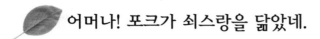

어머나! 포크가 쇠스랑을 닮았네.

식사는 아이들에게 어떠한 의미를 가질까? 포크는 쇠스랑과도 닮았다. 쇠스랑은 두엄, 풀 따위를 쳐내거나 나를 때 쓰는 갈퀴 모양의 농사용 기구이다. 쇠로 서너 개의 발을 만들고 자루를 박으면 쇠스랑이 만들어진다. 갈퀴는 검불이나 곡식 따위를 긁어모으는 데 쓰는 농기구이다. 철사의 끝을 구부리고 그 철사들을 부채 모양으로 엮으면 갈퀴가 만들어진다. 쇠스랑과 갈퀴의 관계는 대략적으로 다음과 같다. 갈퀴는 쇠스랑의 끝을 구부려 놓은 것이다. 그러면 갈퀴를 펴면 쇠스랑이 될까? 그렇지는 않다. 갈퀴는 재질이 쇠스랑보다 약하다. 그래서 갈퀴를 펴도 쇠스랑의 역할을 하지 못한다.

포크를 잘 보면 모양이 쇠스랑이다. 그래서 쇠스랑은 피치포크라고도 한다. 피치포크는 던지는 포크라는 의미이다. 포크는 음식을 입으로 가져오는 것이고 쇠스랑은 두엄, 풀 따위를 던지거나 쳐내는 것이다. 아이가 식사할 때 포크로 음식을 던지거나 나르는 흉내를 내고 있다면 그 아이는 머리 속으로 쇠스랑으로 일하던 낮에 본 어떤 아저씨를 생각하고 있을 것이다. 이 때 아이는 포크를 쇠스랑처럼 다루고 있는 것이다. 아이에게는 음식을 먹는 것과 일하는 것이 다르지 않다. 쇠스랑으로 일하는 것처럼 음식을 먹는 아이에게 필요한 것은 쇠스랑질을 잘 하도록 알려 주는 것이다. 음식이 쇠스랑 사이로 빠지지 않도록 말이다.

숟가락은 삽과도 닮았다. 삽은 땅을 파고 흙이나 모래 따위를 퍼담는 기구이다. 숟가락은 음식을 퍼서 이동시키는 기구이고 삽은 음식 대신에 흙이나 모래를 퍼서 이동시키는 기구이다. 숟가락과 삽은 기능 뿐만 아니라 모양도 비슷하다. 기능이 비슷하기 때문에 모양, 즉 형태도 비슷해질 수밖에 없다. 이것을 보면 기능이 사물의 형태를 결정하는 측면이 있다. 퍼서 이동시키는 대상이 액체라면 숟가락의 홈을 더 깊숙이 파야 한다. 우리가 사용하는 숟가락의 모양은 매우 다양하다. 그러한 모양 중에서 홈 부분이 비교적 평평한 것이 밥을 먹는 숟가락으로 이용된다.

숟가락의 모양이 비교적 평평하다는 것은 숟가락이 액체용이라기보다는 고체용임을 의미한다. 숟가락의 홈을 더 깊숙이 파면 액체를 나르는 데에는 편리하지만 입 안에서 숟가락을 다시 뒤집어 주어야 하는 불편함이 생긴다. 숟가락의 홈 부분이 평평하다면 다시 뒤집을 필요는 줄어든다. 이러한 내용들이 숟가락과 삽의 모양을 결정한다.

포크와 쇠스랑 그리고 숟가락과 삽은 사람의 손을 대신하는 기구들이다. 이러한 기구들이 발명되기 전에는 손이 직접 모두의 기능을 담당하였다. 포크와 쇠스랑이 차이를 보이는 것은 크기이다. 포크는 입 안으로 들어갈 정도의 크기여야 하기 때문에 작다. 이에 비하여 쇠스랑은 입과 관련이 없기 때문에 크기가 크다. 숟가락과 삽의 관계도 사정이 동일하다. 하지만 크기의 차이에도 불구하고 포크와 쇠스랑 그리고 숟가락과 삽은 본질적으로 동일한 것들이다. 이러한 기구들은 모두 사람의 고도의 정신작용의 결과물들이다. 음식은 문명의 특징을 이룬다. 음식 뿐만 아니라 식사기구들을 잘 살펴 보면 사람이 만들어 놓은 문명의 특징을 알 수 있다.

포크와 쇠스랑 그리고 숟가락과 삽은 모두 사물의 운송수단들이다. 다만 자동차처럼 먼 거리를 이동하지 않고 사람의 몸 근처에서 이동할 뿐이다. 그리고 보면 사람의 손도 대표적인 운송수단이다. 손은 사물을 운송하고 다리는 사람 자체를 이동시킨다. 사람의 입과 귀는 통신수단이다. 사람은 몸에 운송수단과 통신수단을 모두 가지고 있다.

숟가락은 포크와 달리 끝이 갈라져 있지 않고 모아져 있고 홈이 패여 있다. 음식을 담기 위해서이다. 국자도 마찬가지이다. 국자의 홈은 크기가 더 크다. 홈은 물체에 오목하게 패인 것을 말한다. 젓가락은 끝이 갈라져 있는 포크를 완전히 분리시킨 것이다. 그래서 2개로 되어 있다. 분리된 채로는 음식을 집을 수 없기 때문에 식사할 때에는 2개를 다시 모아주어야 한다. 포크는 완전히 도구화된 것이지만 젓가락은 손에게 일정한 역할을 부여하고 있기 때문에 덜 도구화된 것이다. 이것을 보면 포크는 도구집약적인 것이고 젓가락은 노동집약적인 것이다. 서양 사람들이 젓가락 잡는 것을 어려워하는 이유는 사회 자체가 노동집약적인 일에서 벗어나고 있기 때문이다.

테이블 매너는 사람에게 어떠한 의미를 가질까? 테이블 매너는 음식을 먹을 때의 식사방법을 말한다. 테이블 매너를 배우기는 배워야 하는데 이것을 배우는 것이 쉬운 일은 아니다. 어떤 것은 까다롭기까지 하다. 사람들은 테이블 매너를 에티켓의 일종으로 보기도 한다. 외국에 가보면 테이블 매너가 우리와 다르다. 그 이유는 과연 무엇일까? 그 열쇠는 음식 자체가 가지고 있다. 먼저 음식을 간단히 살펴보자. 그러면 테이블 매너를 쉽게 알 수 있다.

샐러드는 녹색채소에 다른 채소를 섞어 놓은 것을 말한다. 샐러드에 사용하는 녹색채소 중에서 대표적인 것은 상추이다. 상추 뿐만 아니라 꽃상추와 치커리도 샐러드용 채소로 사용된다. 샐러드에는 파스타, 고기, 과일, 달걀, 채소 등의 작은 조각들을 섞어 넣기도 한다. 또한 샐러드에는 드레싱을 섞어 넣기도 한다.

샐러드에 섞는 것을 보면 밀가루인 파스타, 육류인 고기와 달걀, 식물인 과일과 채소 등이다. 이것이 의미하는 것은 샐러드는 식물성 음식과 동물성 음식을 섞어서 만든다는 것이다. 이렇게 하는 이유는 영양분을 골고루 섭취하기 위한 것이다. 이것은 건강을 위하여 매우 중요하다. 샐러드는 이러한 원리에 따라서 만든 것이다.

샐러드에서 중요한 것은 녹색식물이다. 물론 샐러드에는 다양한 재료들을 혼합할 수 있다. 샐러드에 사용하는 드레싱을 샐러드 드레싱이라고 한다.

샐러드 드레싱은 주로 마요네즈이다. 드레싱이라고 하면 보통 샐러드에 사용하는 것을 말하기도 한다. 드레싱은 양념을 넣은 액체의 혼합물을 말한다. 드레싱의 외형적 특성은 음식 위를 덮는 것이다. 사람이 옷을 입는 것도 드레싱이라고 한다. 옷도 사람의 피부를 덮는 기능을 한다. 상처난 곳을 덮는 데 사용하는 물질도 드레싱이라고 한다. 드레싱은 위 또는 겉을 덮는 것!

음식 드레싱의 기능적 특성은 음식의 맛을 좋게 하고 영양분을 골고루 공급하는 것이다. 드레싱은 그 자체가 양념이기도 하다. 양념을 소스라고도 한다. 그래서 드레싱을 소스라고도 한다. 다만 소스는 드레싱보다 더 넓은 개념이다. 마요네즈는 샐러드용 소스의 하나이다. 마요네즈의 주요한 목적이 샐러드에 사용하기 위한 것이다. 마요네즈는 달걀노른자, 샐러드유, 식초, 소금, 설탕 따위를 섞어 만든다. 이상에서 본 내용들이 샐러드, 드레싱, 양념, 마요네즈의 관계이다.

샐러드는 일종의 반찬이다. 우리는 밥을 주식으로 하고 채소와 고기 등을 반찬으로 먹는다. 그래서 밥은 식탁 중에서 몸(정확히 말하면 입이다)과 손에 가장 가까운 부분에 위치하고 있다. 바로 내 앞에 밥이 자리를 잡는다. 그리고 채소와 고기가 밥을 중심으로 밖으로 배치되어 있다. 서양 사람들은 스테이크 같은 고기가 식탁 중에서 몸과 손에 가장 가까운 부분에 위치하고 있다. 서양 사람들에게는 고기가 우리의 밥에 해당하는 것이다. 고기를 메인 디시라고 한다. 메인 디시는 주요한 요리 또는 주요한 접시라는 의미이다. 샐러드는 고기 밖으로 배치된다. 샐러드는 고기를 먹을 때 반찬으로 먹는 것이다.

서양 사람들은 스테이크 같은 고기를 먹으면서 샐러드를 통하여 식물성 음식을 보충한다. 우리는 밥이 주식이기 때문에 밥을 먹으면서 고기를 통하여 동물성 음식을 보충한다. 우리와 서양 사람들은 식물성 음식을 주식으로 삼는지 아니면 동물성 음식을 주식으로 삼는지 여부에 있어서 차이가 있다. 물론 서양 사람들도 빵을 통하여 식물성 음식을 먹는다. 서양 사람들은 빵을 먹을 때 식사의 앞 부분에서 먹는다. 그러면서 중간 중간 빵을 먹기도 한다. 고기를 먹을 때 빵은 고기에게 메인 디시의 자리를 넘겨주어야 한다.

　이러한 원리에 입각하여 서양 사람들은 테이블 매너를 만들었다. 식탁에서의 매너는 알고 보면 메인 디시에 따라 자연스럽게 형성되는 것이다. 그래서 식탁에서의 매너를 이해하려면 주식으로 사용하는 음식이 무엇인지를 알면 된다. 서양 사람들은 식사하는 방법을 메인 디시인 고기를 중심으로 형성하였다.

　우리는 주식이 밥이기 때문에 식사하는 방법을 밥을 중심으로 형성하였다. 요즘 식사할 때 고기만 먹고 밥을 제대로 먹지 않는 사람들이 늘고 있다. 고기가 점차 주식의 자리를 차지하고 있는 것이다. 그러면 테이블 매너도 변할 수밖에 없다. 식사할 때 보면 어느새 고기가 내 앞에 있고 밥은 식탁에 없거나 식탁의 바깥 부분에 외로이 놓여 있다.

　그런데 동물성 음식을 주식으로 할 것 같으면 식물성 음식을 보완해 주어야 한다. 그래야 영양분을 골고루 섭취할 수 있다. 서양 사람들이 동물성 음식을 주식으로 하면서 식물성 음식을 보완하는 방법은 여러 가지가 있다. 그 중의 하나가 식사를 시작할 때 빵을 먹는 것이다. 그리고 또 하나는 샐러드를 먹는 것이다. 그리고 다른 또 하나는 감자 등을 먹는 것이다. 식당에서 고기를 먹으려고 할 때 감자가 하나 딸랑 나오는 이유가 바로 여기에 있다.

　샐러드는 썰어서 나온다. 이와 달리 우리의 쌈밥은 상추와 같은 식물들을 물에 씻은 후 여러 종류의 쌈들을 모아서 통째로 나온다. 때로는 이것들이 한 바구니일 수 있다. 우리는 이 쌈들을 입 안에서 잘게 나누어야 한다. 이에 비하여 샐러드는 이미 여러 조각으로 나누어져 있다. 재미 있는 것은 고기는 반대라는 것이다. 서양 사람들은 고기를 먹을 때 식탁에 덩어리 통째로 나온다. 이것을 먹는 사람들이 칼로 하나하나 잘라 먹어야 한다. 그래서 서양 사람들은 식사시간에 칼이 필요하다. 고기가 덩어리 통째로 나올 때 이것을 자르려면 칼 뿐만 아니라 포크도 필요하다.

서양 사람들도 식탁에 고기를 차리기 전에 요리하는 사람이 미리 쉽게 고기를 자를 수는 있다. 하지만 서양 사람들은 이렇게 하지 않고 고기를 먹는 사람이 먹을 때 잘라 먹도록 한다. 시간이 부족하여 아무리 바빠도 고기를 미리 잘라서 식탁에 내놓지 않는다. 그래서 시간이 매우 촉박할 때에는 고기를 먹지 못하는 경우도 생긴다. 사실 이런 경우에는 고기를 미리 잘라서 식탁에 내놓으면 먹는 사람이 쉽게 시간을 들이지 않고 고기를 먹을 수 있다.

우리는 쌈은 통째로 먹지만 고기는 미리 잘라서 요리를 만든다. 그래서 고기를 먹는 사람이 먹을 때 고기를 스스로 자를 필요가 없다. 고기를 조각으로 자르는 것은 요리의 방법이지 식사의 방법이 아니다. 이에 비하여 서양 사람들은 고기를 조각으로 자르는 것이 식사의 방법이지 요리의 방법이 아니다. 이 결과 우리와 서양 사람들은 식사의 방법이 다르다.

서양 사람들은 고기를 잘라 식사하면서 일종의 요리 기분을 느끼는 것 같다. 하지만 그것이 요리일 수는 없다. 왜냐하면 고기의 맛이 이미 정해져 있기 때문이다. 고기가 식탁에 나오는 순간 고기의 맛은 이미 고정된 것이다. 요리라고 하기 위하여는 음식의 맛을 어느 정도는 변화시킬 수 있어야 한다. 고기를 먹는 사람이 스스로 고기를 잘라 먹는 것은 일종의 셀프 서비스이다. 자신이 서비스를 직접 제공하여야 하기 때문이다.

세계적으로 약 30만종의 식물이 식용가능한 것으로 추정된다. 이것들 중에서 약 2,500종 정도가 사람에 의하여 꾸준히 식용으로 사용되어 왔다. 또한 150종 정도가 최근까지 상업적으로 사용되어 왔다. 약 30만년 전에 살았던 네안데르탈인들의 출토품을 보면 이들이 호두, 개암, 잣, 장미 열매, 중국 팽나무 열매 등을 모았다는 것을 알 수 있다. 이러한 것들 중의 일부는 네안데르탈인들의 식사였다. 이들은 동굴에 살았다. 이러한 사실들을 통하여 네안데르탈인들의 음식과 주거생활을 알 수 있다.

식품이 기업가에게 주는 의미는 무엇일까? 식품에 관심을 가지고 잘 연구하면 거대한 부자가 될 수 있다. 독일의 큰 부자 가문은 헤르츠 가문이다. 헤르츠 가문은 치보를 경영하고 있다. 치보는 이름을 막싱베스트로 바꾸었다. 치보는 독일의 커피 소매 체인점이다. 그래서 흔히 치보커피라고도 한다. 치보는 다른 상품들도 판매한다. 치보는 독일에서 가장 큰 체인점 중의 하나이다. 헤르츠 가문은 바이어스도르프 회사에서 가장 큰 주주이기도 하다. 바이어스도르프 회사는 니베아 브랜드를 가지고 있는 회사이다. 치보는 1949년 막스 헤르츠(1905년-1965년)에 의하여 설립되었다. 치보는 커피빈이라는 의미이다.

막스 헤르츠는 함부르크에서 태어난 상인이자 기업가였다. 헤르츠는 5명의 자식을 낳았다. 귄터, 요아힘, 미하엘, 볼프강, 다니엘라가 바로 자식들이다. 이들은 모두 독일에서 큰 부자들이다. 2014년을 기준으로 했을 때 귄터 헤르츠 가족의 재산은 39억 달러, 미하엘 헤르츠는 38억 달러, 볼프강 헤르츠는 38억 달러, 다니엘라 헤르츠는 31억 달러이다. 잉에부르크 헤르츠는 막스 헤르츠의 부인이다. 잉에부르크 헤르츠의 재산은 20억 달러이다. 요아힘 헤르츠는 이미 사망하였다. 사망 후 요아힘 헤르츠의 재산은 요아힘 헤르츠 재단이 되었다. 이 재단은 독일의 함부르크에 있다.

립턴은 차 브랜드이다. 립턴은 실론차를 널리 보급한 기업이기도 하다. 립턴을 설립한 사람은 영국의 토마스 립턴(1848년-1931년)이다. 립턴이라는 브랜드는 설립자의 이름을 따른 것이다. 토마스 립턴은 요트에 상당한 관심을 가진 사람이기도 하다. 립턴은 1890년 스리랑카를 방문하게 된다. 스리랑카는 실론차의 본고장이다. 스리랑카의 이전 이름이 실론이다.

립턴은 실론차를 구입하여 유럽과 미국에 보급하였다. 립턴은 차를 통하여 거대한 기업을 만들었다. 지금 립턴이라는 브랜드는 유니레버가 운영하고 있다. 유니레버는 소비자 제품에서 미국 프록터 앤 갬블(P&G)과 스위스의 네슬레 다음 가는 3번째로 큰 기업이다. 프록터 앤 갬블은 1837년에 설립되었다. 네슬레는 1866년 설립된 식품업체이다.

맥주업체는 오랜 역사를 가지고 있을 뿐만 아니라 기업가에게 거대한 부를 가져다 주기도 한다. 샤를린 드 카르발류 하이네켄(1954년-)은 네덜란드의 부자이다. 2014년을 기준으로 했을 때 하이네켄의 재산은 115억 달러이다. 하이네켄은 네덜란드에서 1번째 부자이다. 하이네켄은 2위와 차이가 많이 난다. 하이네켄은 큰 부자이지만 네덜란드에는 큰 부자가 많지 않다. 10억 달러, 즉 1조원 이상 되는 사람이 약 10명 안팎이다.

하이네켄은 이름에서 알 수 있듯이 하이네켄 맥주를 설립한 하이네켄 가문 사람이다. 하이네켄 맥주라는 이름도 설립자의 이름을 따른 것이다. 샤를린 드 카르발류 하이네켄의 어머니는 미국 사람인데 버번 위스키를 만드는 켄터키주에 있는 가문의 사람이다. 버번 위스키가 바로 미국의 켄터키주에서 만들어진다. 하이네켄은 맥주 가문과 위스키 가문이 결혼한 경우이다. 하이네켄은 미켈 드 카르발류와 결혼한다. 카르발류는 동계올림픽 썰매 선수이다. 그런데 카르발류는 영화에도 단역으로 출현한 적이 있다. 이 영화가 아라비아의 로렌스이다. 하이네켄과 카르발류는 스키 휴일에서 만났다고 한다.

하이네켄 맥주를 설립한 사람은 게라르트 아드리안 하이네켄(1841년-1893년)이다. 하이네켄은 1864년에 사업을 시작했다. 하이네켄은 맥주의 품질을 관리하기 위하여 루이 파스퇴르의 학생인 엘리온 박사를 영입했다. 엘리온 박사는 품질이 좋은 이스트를 분리하였다. 이스트는 효모를 말한다. 이 이스트를 하이네켄 A 이스트라고 한다. 하이네켄 맥주는 맥주의 품질관리를 통하여 성장을 계속하게 된다. 하이네켄은 엄청나게 큰 맥주업체가 되었다. 맥주업체는 독일 이외의 회사들이 규모가 크다.

지금 식품에 많은 관심과 흥미를 가지고 있는 아이가 있다. 이것은 어른들이 보기에 만족스럽지 않을 수도 있다. 일단 한번 이 아이가 가는 길을 바꾸어 보기로 시도한다. 하지만 이 아이가 가는 길을 바꾸지 않을 수도 있다. 그러면 이 아이는 자기가 가고 싶은 길을 가는 수밖에 없다. 그래야 이 아이는 직성이 풀린다. 더 중요한 것은 이 아이는 이 길을 가야 성공할 수 있다.

이제 이 아이가 해야 할 일은 무엇일까? 맛에 관하여 주의를 집중하여야 한다. 하지만 그것만으로는 성공할 수 없다. 음식에서 가장 중요한 것은 무엇일까? 맛은 그 중의 하나이다. 음식에서 중요한 또 한 가지는 음식의 형태이다. 이 아이는 앞으로 형태에 관하여 많은 연구를 하여야 한다. 이것은 이 아이 뿐만 아니라 음식에 관한 사업을 하려고 하는 사람들에게도 적용된다. 폼은 사람이 취하는 동작이나 몸의 형태를 말한다. 폼을 잡는다는 말도 있다. 폼(form)이 바로 형태인 것이다.

만약 식품회사의 매출이 떨어지고 있다면 그 원인이 식품의 형태일 수도 있다. 식품의 용기나 겉포장에 아무리 신경을 써도 매출이 올라가지 않으면 식품의 형태를 다소 바꾸어 주어야 한다. 용기나 포장에 대한 디자인이 아니라 식품 자체에 대한 디자인을 식품디자인 또는 음식디자인이라고 할 수 있다. 식당의 요리사들은 자신이 만든 음식의 모양에 많은 신경을 쓴다. 요리사들은 사람의 식성을 미각적으로만 보지 않는다. 미각 이외에 음식의 아름다움에 관한 감각도 함께 고려한다. 음식의 형태에 더 많은 관심을 가지다 보면 훌륭한 화가들이 많이 나올 것이다. 정물화는 미술의 거대한 장르이다.

사람들은 매장에서 식품을 고를 때 식품의 형태에 많은 관심을 가지고 있다. 이것은 사람들이 식품에서 일종의 미적 감각을 발휘하기 때문이다. 미적 감각의 핵심은 형태와 색깔이다. 사람은 누구나 미적 감각, 즉 아름다움에 관한 감각을 가지고 있다. 다만 이러저러한 이유로 인하여 그 타고난 미적 감각을 더 개발하지 않았기 때문에 현재는 다소 둔감해져 있을 뿐이다.

묘하게도 음식이 발달한 국가에서는 화가들이 많이 배출되고 있다. 이탈리아, 프랑스, 스페인을 생각해 보기를 바란다. 이탈리아와 프랑스는 세계 최고의 패션을 선보이고 있다. 이것이 음식의 형태, 화가, 패션의 3중주이다. 쇼핑을 간 사람이 집에 늦게 들어온다고 해서 무작정 나무랄 일이 아니다. 이 사람은 쇼핑을 하면서 아름다움에 관한 감각을 경험하고 있었을지도 모른다. 식품이야 먹으면 없어지고 마는 것이지만 그 식품을 먹기 전에는 식품의 모양이 중요하다. 그것이 사람의 마음이다.

만약 식품을 그림으로 그린다면 식품의 형태에 엄청난 주의를 기울일 것이다. 이 그림이 바로 정물화이다. 정물화는 과일, 꽃, 꽃병 등 물체들을 대상으로 하여 그린 그림을 말한다. 음식을 만드는 사람들은 음식을 만들 때 화가가 정물화를 그릴 때 떠오르는 마음을 가지고 음식을 만들어야 한다. 그래야 음식으로 성공할 수 있다. 우리나라가 식품산업을 세계적인 산업으로 육성하려면 식품의 형태에 관하여 많은 관심과 흥미를 가져야 한다.

지금 만드는 식품이 잘 팔리지 않는다면 산에 올라가서 그림을 잠깐 그려보시기를. 그림을 그리다 보면 식품의 형태에 관하여 많은 생각이 떠오를 것이다. 이탈리아, 프랑스, 스페인의 식품회사들은 그렇게 하여 성공하였다. 이들이 식품의 최강자들이다. 음식을 만들 때 맛으로 승부하려고 하면 성공이 반 정도에 머문다. 나머지 반은 음식의 형태가 만드는 것이다. 필자는 권하고 싶다. 식품산업을 세계적인 산업으로 육성하려면 학생들이 그림을 잘 그릴 수 있도록 해주어야 한다.

마리 앙투안 카렘(1784년-1833년)은 프랑스의 유명한 요리사이다. 피에스 몽테는 높이 쌓아 올려서 만든 과자를 말한다. 카렘은 피에스 몽테를 개발한 사람이다. 피에스 몽테는 슈 반죽을 사용하여 만든다. 슈는 꽃양배추라는 의미이다. 슈크림은 꽃양배추 크림이라는 의미이다. 슈크림은 슈를 닮은 껍질에 크림을 채워넣은 과자 또는 케이크를 말한다. 슈크림을 보면 모양이 양배추처럼 생긴 것을 알 수 있다.

카렘은 상당히 이른 시기의 사람이다. 카렘은 처음에 부엌의 소년으로 일하였다. 그 후 카렘은 파리에서 피에스 몽테로 명성을 얻었다. 카렘은 때때로 과자를 높게 만들었다. 카렘은 이러한 아이디어를 건축의 역사책에서 가져왔다. 카렘의 과자는 사원, 피라미드, 고대의 유적들을 따르기도 하였다. 이를 위하여 카렘은 건축의 역사책들을 공부했다. 카렘은 말하고 있다.

> "건축의 중요한 한 분야로서 과자가 존재한다. 건축과 과자를 분리해서 생각할 수 없다."

건축이? 그렇다. 과자를 만들려면 일단 설계도를 머리 속에 그려야 한다. 카렘은 나폴레옹, 탈레랑을 위하여 과자를 만들기도 하였다. 탈레랑은 이름 있는 프랑스의 정치가이자 외교관이다. 탈레랑과 카렘은 단짝이라고 할 수 있다. 외교관이? 나폴레옹은 음식에 무관심한 것으로 유명하다. 하지만 나폴레옹은 사회적 관계, 특히 외교와 사교에서 음식이 차지하는 중요성을 이해하고 있었다. 이러한 이해를 실천에 옮긴 사람이 탈레랑이었고 탈레랑은 카렘의 도움을 받았던 것이다.

지금 외교가 잘 풀리지 않는다면 상대방 외교관들의 식성을 연구하는 것이 정답일 것이다. 음식이 끌어당기는 것을 당해낼 사람은 그리 많지 않다. 외교관들은 상대방 국가의 음식에 관심이 많다. 상대방 국가에 파견되었을 때 특별하게 취미생활 할 것이 많지 않기 때문이다. 음식을 통한 외교를 무엇이라고 하면 좋을까? 음식외교?

여기서 러시아 푸틴의 할아버지가 레닌과 스탈린의 음식을 요리하기도 했다는 사실을 기억하기 바란다. 푸틴 앞에서 스탈린에 대하여 나쁜 평가를 하면 푸틴은 싫어한다. 푸틴은 종종 스탈린에 관하여 좋은 말을 하기도 한다. 그 이유가 무엇일까? 할아버지 때문이다. 푸틴 앞에서는 음식에 관하여 엉뚱한 말을 하여야 한다. 음식은 건축이고 형태라고 말이다.

그러면 푸틴의 귀가 깜짝 놀라 움직이려고 할 것이다. 그 순간 우리의 조상님들에 대한 제사상 이야기를 말해야 한다. 제사상은 음식을 형태적, 공간적으로 잘 배열하여 차린 밥상이다. 그 다음날 눈이 약간 부은 푸틴과의 외교협상은 따논 당상이다. 우리의 요구를 거부하려고 해도 어제 들은 음식 이야기 때문에 마음이 편치 않을 것이다.

푸틴의 눈이 부은 이유는 어제 우리가 가르쳐 준 제사상 차리는 방법 때문이다. 피시 이스트 미트 웨스트? 피시 이스트 미트 웨스트(어동육서, 생선은 동쪽에 육류는 서쪽으로 가게 하는 것을 말한다)가 쉬운 것은 아니다. 동쪽이 오른쪽이야 왼쪽이야? 푸틴이 어젯밤에 외교협상 서류를 보다가 어동육서가 문득 떠올라 서류 보는 것을 멈추고 어동육서를 밤새도록 설계도로 그려 보았을 것이 틀림 없다. 그렇지 않다면 눈이 부었을 까닭이 특별히 없다. 푸틴처럼 힘 있고 건강한 사람이 말이다. 푸틴을 잘 이해하려면 푸틴이 가진 힘에만 주의를 집중하지 말고 그 내면도 들여다 보아야 한다.

얼마 있으면 우리나라 대표들이 푸틴을 만나러 갈 것이다. 제2차 세계대전 종전 70주년 기념일에 초청을 받았다. 우리에게는 광복 70주년이다. 제2차 세계대전 당시의 소련 최고책임자는 스탈린이었다. 종전 70주년 기념일은 러시아에게는 큰 의미가 있는 날이다. 나라가 망할뻔 하다가 승리한 것이기 때문이다. 그리고 소련이 강대국으로 된 원동력이었기 때문이다. 제2차 세계대전 당시 소련의 희생자는 엄청났다.

푸틴은 국제법 전문가이다. 법을 말해서 푸틴을 설득하거나 이길 사람은 이 세상에 없다고 보면 된다. 러시아는 우리에게 중요한 나라이다. 러시아는 UN 안전보장이사회의 상임이사국이다. 상임이사국은 사안에 대하여 거부권을 가지고 있다. 거부권을 행사하면 사안은 부결된다.

"외교는 창의력이다."

"그리고 우리의 통일도 창의력이다."

웨딩케이크에는 건축의 미학이 들어가 있다. 웨딩케이크도 높은 첨탑 모양을 하고 있다. 약 1만년 전의 벽화에는 벌이 등장하고 있다. 옛날 사람들도 벌에 관심이 많았다. 웨딩케이크가 벌꿀로 시작하였다는 견해도 있다. 벌꿀로 허니케이크가 만들어졌고 이것이 발전하여 웨딩케이크가 되었다는 것이다. 허니가 바로 벌꿀이라는 의미이다.

그런데 재미 있는 것은 사랑하는 사람을 허니라고 말한다는 사실이다. 벌꿀로 만든 웨딩케이크를 먹었기 때문에? 또는 벌꿀로 만든 웨딩케이크를 신랑과 신부가 함께 자르기 때문에? 웨딩케이크의 장식에는 장미가 사용되었다. 장미의 꽃말은 사랑이다. 장식에 장미를 사용한 것은 결혼하는 사람들의 사랑을 축복한다는 의미이다.

피에스 몽테와 웨딩케이크를 보면 음식에 있어서 모양은 매우 중요한 요소라는 것을 알 수 있다. 빵 중에 크루아상이라는 빵도 있다. 크루아상은 초승달이라는 의미이다. 크루아상의 모양을 보고 있으면 초승달 모양이다. 크루아상이라는 이름의 유래에 관하여는 여러 의견이 있다. 이러한 의견 중에는 중동에 있는 비옥한 초승달 지대에서 이름이 유래한 것이라는 의견도 있다. 프랑스는 크루아상 빵으로 유명하다. 이것을 파리 크루아상이라고 한다. 그런데 크루아상 빵은 다른 지역에서 도입된 것이라고 한다. 크루아상을 크라상이라고도 한다.

바게트는 막대기라는 의미이다. 바게트라는 빵도 있다. 바게트는 어떠한 빵일까? 바게트는 막대기 모양으로 빚어 길고 딱딱하며 바삭바삭한 빵을 말한다. 속은 구멍이 많이 나 있기도 하고 쫄깃한 맛이 난다. 바게트는 한 마디로 막대기빵이라는 의미이다. 그런데 바게트에는 젓가락이라는 의미도 들어 있다. 우리가 사용하는 젓가락이 바로 바게트이다. 바게트는 막대기빵이면서 동시에 젓가락빵인 것이다. 바게트 또한 빵의 모양에 착안한 이름이다.

"음식은 형태이다."

허창성(1921년-2003년)은 삼립식품을 설립한 사람이다. 허창성은 황해도 옹진에서 태어났다. 옹진은 해안가에 위치하고 있다. 허창성은 해안가에서 태어난 사람이다. 허창성은 음악을 좋아한 사람이기도 하다. 허창성은 재봉틀 수리점을 열기도 하였다. 재봉틀 또한 큰 소리를 쏟아낸다. 그 후 옹진에서 제과점 상미당을 열었다. 상미당은 무슨 의미일까? 상미당은 아름다움을 감상한다는 의미이다.

식품에 맛이 아니라 아름다움이라는 말을 사용한 것은 상당히 독특한 것이면서 창의적인 것이다. 허창성이 음악을 좋아했던 것에서 알 수 있는 것처럼 그는 아름다움에 관하여 상당히 관심이 많았다. 식품에서 형태적 요소는 매우 중요하므로 식품에 아름다움이라는 말을 사용한 것은 브랜드로서 좋은 것이다. 삼립이라는 말도 사실은 형태적 요소를 강조하는 말이다. 삼립은 3가지가 서로 서 있다는 의미이다. 3이라는 숫자는 3가지가 서로 균형을 맞춘다는 의미도 가지고 있다.

허창성은 샤니도 설립했다. 샤니라는 말도 발음이 상미와 비슷하다. 샤니는 스와니 사업을 하기도 하였다. 스와니는 백조를 닮은 것이라는 의미이다. 허창성이 지은 이름은 물과도 관련되어 있다. 또한 시옷(ㅅ)을 떠나지 않고 있다. 삼립식품과 샤니는 SPC 그룹을 형성하고 있다. SPC의 S는 삼립과 샤니를 동시에 상징한다. P는 파리를 상징한다. SPC 그룹의 브랜드에는 파리 크라상과 파리 바게트도 있기 때문이다. C는 기업이라는 의미이다. SPC는 삼립 파리 또는 샤니 파리라는 의미이다. 샤니는 아들인 허영인(1949년-)이 경영하여 왔다. 지금 허영인은 SPC 그룹을 경영하고 있다.

허영인은 프랑스에서 훈장을 받기도 하였다. 프랑스는 음식으로 유명한 나라이다. 크라상과 바게트라는 빵들은 우리나라에서도 보급이 많이 되었

다. 빵은 밀로 만들기 때문에 밀을 식물성 주식으로 사용하는 서양에서 많이
발전되었다. 허창성은 자신의 적성을 음악의 아름다움에서 찾다가 음식의
형태적 요소에서 능력을 마음껏 발휘했다. 음식과 미학은 원래 밀접한 관계
에 있다. 허창성은 자신이 가던 길의 방향을 크게도 아니고 약간 돌려서 성
공한 사람이다. 지금 가는 길이 잘 풀리지 않아 가야할 길 때문에 고민하고
있다면 이것도 하나의 방법이다.

"지금까지 왔던 길을 조금만 돌려라."
"돌릴 방향은 왼쪽이든 오른쪽이든 많다. 360도가 다 돌릴 방향이다.
　단 조금만."

우리나라의 제과업체에는 롯데, 오리온, 크라운제과 등이 있다. 크라운
제과는 1947년 영일당제과로 사업을 시작했다. 크라운제과는 해태제과식품
을 인수하기도 하였다. 크라운제과의 주요 사업은 각종 과자류의 제조와 판
매이다. 오리온은 1956년 동양제과공업이라는 이름을 사용했다. 1962년에
는 오리온제과공업으로 이름을 바꾸었다. 1974년에는 초코파이를 생산했
다. 1986년에는 다시 이름을 동양제과로 바꾸었다.

오리온은 2002년 동양그룹으로부터 분리되어 나왔다. 2003년 오리온
으로 다시 이름을 바꾸었다. 오리온은 원래 동양그룹에 속했다. 그래서 오리
온의 이름은 동양과 오리온 사이를 계속하여 오고가고 있다. 오리온의 주요
사업은 비스킷, 파이, 껌, 초콜릿 등 과자류의 생산과 판매이다. 오리온은 오
리온그룹을 형성하고 있다. 오리온그룹에는 스포츠토토도 포함되어 있다.

맥주의 경우 크라운맥주와 동양맥주가 경합하여 왔다. 그런데 제과의
경우에도 크라운제과와 동양제과가 경합하여 왔다. 이것은 상당히 묘한 것
이다. 맥주업체와 제과업체는 서로 관련되어 있지 않다. 그럼에도 불구하고
브랜드가 서로 일치하고 있다. 이러한 상황이 계속되다가 동양제과가 오리

온으로 이름을 바꾸면서 상황은 종료하였다. 그런데 앞으로 모를 일이다. 오리온이 다시 동양제과로 이름을 바꾸면 말이다. 그러면 다시 크라운제과와 동양제과가 경합하게 된다. 이러한 상황이 다시 올 것인지는 시간만이 알 일이다.

신격호(1922년-)는 일본에서 롯데라는 제과업체를 설립하였다. 신격호는 울산에서 태어났다. 울산은 해안가에 위치하고 있다. 신격호가 태어난 곳은 해안가에서 약간 떨어져 있다. 1945년 신격호는 동경에서 특수화학연구소를 설립하면서 사업을 시작했다. 신격호 자신이 대학에서 화공학과를 졸업했다. 음식은 원래 화학, 화학물질과 밀접한 관련이 있다. 음식 자체가 물질이기 때문이다. 신격호는 사업을 시작할 당시 자신의 학교 전공을 충분히 살린 것이다. 신격호는 1948년에 롯데를 설립하게 된다. 1966년에는 우리나라에서 롯데제과를 설립하게 된다.

일본에 있는 롯데는 일본의 제과업체 중에서 상당히 큰 회사이다. 일본의 제과업체에는 메이지제과(명치제과), 모리나가제과(삼영제과), 에자키 글리코(강기 글리코), 부르봉 등이 있다. 부르봉은 영어에서는 버번이라고 발음하는데 버번을 사용하는 브랜드에는 버번 위스키가 있다. 그런데 일본에서는 제과회사가 부르봉이라는 브랜드를 사용하고 있다. 부르봉이라는 이름이 상당히 매력을 주는 모양이다. 모리나가제과(삼영제과)는 일본의 아베 총리 부인의 가문이다.

"필요는 발명의 어머니이다."

이 말은 플라톤이 한 말이다. 플라톤의 책에 달랑 한 줄 나온다. 필요는 사람의 행동을 자극하고 촉진시킨다. 왜냐하면 지금 그것이 필요하기 때문이다. 관심과 흥미를 가지고 연구하다 보면 어떤 필요성을 느낄 때가 찾아온다. 이 때 기업가는 자신의 창의력을 폭발시켜야 한다.

덴마크에는 장난감으로 성공한 사람이 있다. 키옐드 키르크 크리스티얀센(1947년-)은 레고의 경영자이다. 레고는 건설 장난감 기업이다. 2014년을 기준으로 했을 때 크리스티얀센의 재산은 100억 달러이다. 1달러를 1,000원으로 환산하면 10조원이다. 크리스티얀센은 덴마크에서 1번째 부자이다. 크리스티얀센이 레고를 설립한 것은 아니다. 레고는 1932년 크리스티얀센의 할아버지인 올레 키르크 크리스티얀센(1891년-1958년)에 의하여 설립되었다. 할아버지는 목수였고 나무 장난감을 만들면서 일을 시작했다.

할아버지는 아이들에게 나무로 만든 오리 장난감을 만들어 주었다. 그런데 아이들이 이것을 좋아하는 것을 알고서 오리 장난감을 생산하기로 결정했다. 그 후 플라스틱을 재료로 사용하기 시작했다. 레고는 "잘 놀아라"라는 의미이다. 레고는 라틴어로 조립하다라는 의미도 가지고 있다. 할아버지는 자신의 적성과 능력을 십분 발휘하였다. 장난감이야말로 창의력의 보고이다. 할아버지에게 오리는 성공의 원동력이었다.

오리도 새에 속한다. 오리는 덕(duck)이라고 한다. 백조와 기러기 그리고 거위는 덕이 아니다. 도널드 덕이라는 캐릭터가 있다. 도널드 덕에서 도널드는 이름이고 덕은 성이다. 덕이라는 성을 보면 알 수 있듯이 도널드 덕은 오리이다. 도널드 덕은 디즈니 만화영화에 등장하는 주인공이다. 도널드 덕은 오리를 사람처럼 의인화한 캐릭터이다. 도널드 덕은 특유의 꽥꽥거리는 목소리가 특징이다. 도널드 덕을 통하여 오리가 사람과 매우 친숙해졌다. 데이지 덕은 도널드 덕의 여자친구이다. 디즈니 또한 오리가 성공의 원동력이었다.

디즈니를 설립한 사람은 바로 미국의 월트 디즈니(1901년-1966년)이다. 월트 디즈니는 자신의 형인 로이 디즈니(1893년-1971년)와 함께 월트 디즈니라는 회사를 설립하였다. 회사의 이름은 월트 디즈니라는 설립자의 이름을 따른 것이다. 월트 디즈니라는 회사의 전신은 1923년에 설립되었다.

월트 디즈니가 태어난 곳은 큰 호수가에 위치하고 있는 시카고이다. 월트 디즈니는 호수가에서 태어난 사람이다. 오리가 바로 물에 산다.

오리는 담수와 바닷물 모두에서 산다. 모가지가 길어서 슬픈 짐승은 사슴이다. 사슴은 시인이 보기에 슬픈 짐승으로 보일 수도 있다. 그런데 모가지가 긴 짐승은 사슴만이 아니다. 모가지가 길기로 유명한 것은 바로 기린이다. 모가지가 긴 짐승에는 거위, 기러기, 백조도 포함된다. 그리고 오리도 포함된다. 오리의 목은 거위, 기러기, 백조보다 길지는 않다. 민물에 사는 오리는 보통 낮에는 안전한 호수나 해안, 연못 등지의 물위에 떠서 쉬다가 해가 진 뒤에 내륙의 물가나 논밭 등지에 날아가 먹이를 찾는다. 오리의 새끼는 온몸이 솜털로 덮여 있고 알을 깨고 나오자마자 어미를 따라 행동하며 헤엄도 친다.

안데르센(1805년–1875년)은 동화작가이다. 안데르센이 쓴 작품 중에 "미운 오리새끼"가 있다. 하지만 오리새끼는 원래 어미를 따라 행동하며 예쁜 행동을 한다. 그래서 미운 오리새끼의 어미가 보기에 미운 오리새끼가 밉게 보였는지도 모른다. 묘하게도 안데르센은 레고를 설립한 크리스티얀센처럼 덴마크에서 태어났다. 둘 다 모두 오리가 성공의 원동력이다.

안데르센이 태어난 곳은 오덴세이다. 오덴세는 푸넨섬에 위치하고 있다. 안데르센은 섬에서 태어난 사람이다. 덴마크 자체가 반도와 여러 섬들로 이루어져 있다. 덴마크는 유명한 섬나라이다. 덴마크의 수도인 코펜하겐도 섬에 위치하고 있다. 덴마크 아래에는 독일의 해안가가 있다. 안데르센이 쓴 작품 중에는 "인어공주"도 있다. "인어공주"가 바로 바다 이야기이다. 인어공주는 바다 위를 구경하기 위하여 물 밖으로 나온다. 크리스티얀센이 만든 오리 장난감과 안데르센이 쓴 작품들은 처음부터 성공의 원동력을 가지고 있었다.

"미운 오리새끼"는 유난히 큰 알에서 태어난 새끼 오리이다. 그런데 새끼 오리의 정체는 바로 백조이다. 안데르센은 오리와 백조에 관하여 많은 연구를 하였다. 오리과에 소속된 동물에는 오리, 백조, 거위, 기러기가 포함되어 있다. 백조는 고니라고도 한다. 그런데 백조 중에는 검은색의 백조가 있다. 검은색의 백조를 블랙 스완이라고 한다.

블랙 스완을 두고 이런 저런 말들이 많다. 블랙 스완은 원래부터 있었던 백조이다. 블랙 스완을 보고 가장 큰 타격을 받은 것은 아마도 차이코프스키의 백조의 호수일 것이다. 검은색의 백조는 호주에 산다. 검은색의 백조 뿐만 검은 목의 백조도 있다. 이것은 백조의 목이 검은색이다. 검은 목의 백조는 남아메리카에 산다. 백조를 고니라고도 하므로 검은색의 백조는 검은 고니라고도 한다.

백조는 대개 일생 동안 암수가 결혼을 한다. 하지만 때때로 이혼하기도 한다. 특히 둥지의 실패가 일어난 후에 그렇다. 다른 배우자가 죽거나 살해되면 나머지 배우자는 다른 백조를 찾는다. 백조의 남녀관계는 사람과 비슷한 면이 있다. 그것도 지금이 아니라 옛날의 남녀관계 말이다. 지금의 남녀관계는 백조의 남녀관계보다 바람직하지 못한 것일 수도 있다. 백조의 남녀관계는 사람에게 있어서 벤치마킹의 대상이 된다.

새 중에 원앙새라는 것이 있다. 원앙새는 단지 원앙이라고도 한다. 원앙은 금실이 좋은 부부를 말하기도 한다. 원앙새는 오리 중의 하나이다. 원앙새부부는 오리부부라는 의미이다. 금실이 좋은 부부를 잉꼬부부라고도 한다. 잉꼬는 앵무새를 말한다. 잉코부부는 앵무새부부이다. 앵무새는 혀가 육질이어서 소리나 사람 말을 잘 흉내낸다. 부부 사이에 서로 흉내를 내다 보면 앵무새부부가 된다. 부부 사이 뿐만 아니라 부모와 자식 사이에도 서로 흉내를 내다 보면 앵무새부모자식이 된다. 가정이 잘 되려면 서로 흉내를 잘 내야 한다. 흉내를 내다 보면 목소리가 한 목소리가 된다. 그래서 가정이 화목해지고 평화스러워진다.

"성공은 바로 우리 옆에 두고 아직 찾지 못하는 열쇠와 같은 것이다. 먼 곳에서 열쇠를 찾기는 힘든 일이다. 내가 잘하는 것을 더 열심히 할 때 열쇠를 찾을 수 있다."

하이 힐과 창업의 열쇠

오리과의 새들은 물표면에 잘 적응되어 있다. 오리과의 새들은 거미집 같은 발을 가지고 있다. 이것은 수영을 잘 치기 위한 것이다. 이러한 발을 오리발이라고 한다. 수영장에 가면 오리발이 있다. 이것 또한 수영을 잘 치기 위한 것이다. 사람이 오리발을 신으면 물 속에서도 빨리 갈 수 있다. 오리발은 발일까 아니면 신발일까? 오리발은 물 속의 신발이라고 할 수 있다. 신발은 원래부터 있는 것이 아니라 발에 신는 발을 말한다. 오리발을 포함하면 신발은 땅에서 신는 신발과 물에서 신는 신발이 있게 된다.

다음의 그림은 무엇일까? 이 그림은 카누의 그림이다. 카누는 통나무를 파서 만든 배이다. 그런데 카누의 모양이 사람이 신는 신발과 비슷하다. 신발은 일종의 배였던 것이다. 신발과 배는 모양 뿐만 아니라 기능도 비슷하다. 양자 모두 운송수단이다. 신발은 사람에게 가장 중요한 운송기관이다. 다만 신발이 사람을 나르는 것이 아니라 사람이 신발을 날라야 한다. 신발의 입장에서 보면 사람이 신발의 운송기관이 된다. 신발은 사람을 통하여 자신을 이동시킨다.

신발에 물이 스며들면 안된다. 이것도 배와 같다. 신발과 배 모두 물이 스며들면 자신들의 기능을 수행할 수 없다. 그래서 신발과 배 모두 방수처리가 가장 중요하다. 신발을 잘 만들다 보면 배도 잘 만들게 될 것이다. 신발산업이

카누의 모습

발달하다 보면 조선산업도 발달하게 된다. 이것이 우리나라 산업발달의 경로이다. 신발산업 → 조선산업. 신발산업 → 자동차산업.

카누는 나무껍질로 만들기도 한다. 카약도 카누의 일종이다. 카약은 에스키모들이 사용하는 카누이다. 카약은 물이 새지 않는 동물의 피부(피부는 가죽이라고도 한다)로 만든 작은 배이다. 나무로 만든 틀에 짐승가죽을 둘러싼다. 카약이라는 말 자체가 피부로 만든 작은 배라는 의미이다. 카약은 가죽배인 것이다. 신발도 가죽신이 있다. 고무로 만든 신은 고무신이다. 배도 고무로 만든 고무보트가 있다. 나무, 가죽, 고무는 모두 신발의 재료이면서 배의 재료이기도 한다.

하이 힐은 굽이 높은 신발을 말한다. 하이 힐은 여러 가지 용도로 사용된다. 힐(heel)에는 여러 가지 의미가 들어 있다. 사람의 발목 아래의 뒷부분, 즉 발뒤꿈치를 힐이라고 한다. 그래서 하이 힐은 글자 그대로 해석하면 높은 발뒤꿈치가 된다. 실제로 사람의 발뒤꿈치의 높이를 측정할 수도 있을 것이다. 측정결과 그 높이가 높다면 그 사람은 하이 힐이 된다.

하이 힐은 뒤꿈치와 발가락 부분의 상호관계에 의하여 형태가 결정된다. 뒤꿈치와 발가락 부분의 높이가 하이 힐을 결정한다. 뒤꿈치와 발가락 부분의 높이의 차이는 하이 힐의 2가지 요소에 영향을 준다. 하나는 뒤꿈치가 서 있는 각도이다. 그림에서는 뒤꿈치가 서 있는 각도가 약 20도 정도이다. 그래서 시계방향으로 70도 가량 돌리면 바닥 부분이 수평으로 된다.

다른 하나는 뒤꿈치의 받침대의 높이이다. 뒤꿈치의 받침대의 높이는 뒤꿈치가 서 있는 각도의 영향을 받는다. 양자는 반비례관계이다. 뒤꿈치의 받침대의 높이가 높을수록 뒤꿈치가 서 있는 각도는 작아진다. 뒤꿈치의 받침대의 높이가 낮을수록 뒤꿈치가 서 있는 각도는 커진다. 하이 힐은 수학적 사고의 산물이기도 하다. 소울은 신발의 발바닥 부분을 의미할 뿐만 아니라 사람의 발바닥을 의미하기도 한다. 발바닥은 발뒤꿈치를 제외한 부분이다.

신발의 발바닥 부분을 밑창이라고
도 한다. 소울은 한 마디로 신발밑
창이다.

하이 힐

패션 디자이너들은 뒤꿈치의
받침대의 높이를 정하든지 아니면
뒤꿈치가 서 있는 각도를 정하게
된다. 대개 뒤꿈치의 받침대의 높
이를 정한다. 그런데 이렇게 하면 오류가 발생하기 쉽다. 왜냐하면 발바닥
부분의 길이도 뒤꿈치의 받침대의 높이에 영향을 주기 때문이다. 발바닥 부
분의 길이가 길면 뒤꿈치의 받침대의 높이가 높아질 수밖에 없다. 그래서 필
요한 것이 뒤꿈치의 받침대의 높이를 먼저 정할 것이 아니라 뒤꿈치가 서 있
는 각도를 먼저 정하는 일이다.

그런 다음 발바닥 부분의 길이가 작은 것부터 큰 것 순으로 길이를 정하
면 뒤꿈치의 받침대의 높이가 작은 것부터 큰 것 순으로 산출된다. 그림을
보면 뒤꿈치와 발바닥 부분 그리고 뒤꿈치의 받침대를 선분으로 연결하면
직각삼각형이 된다. 이것이 의미하는 것은 하이 힐을 제조하는 것은 삼각함
수의 영역이라는 것이다. 사인, 코사인, 탄젠트가 바로 삼각함수이다.

"예술은 측정이다."

뒤꿈치와 발가락 부분의 상호관계와 관련하여 양자를 모두 높이면, 즉 발
가락 부분도 같이 높이면 이제는 하이 힐이 아니라 플랫폼 슈즈가 된다. 플랫
폼은 글자 그대로 해석하면 평평한 형태라는 의미이다. 플랫은 구획된 작은
땅이라는 의미이다. 그런데 플랫폼은 단지 평평한 것만으로는 부족하다. 플랫
폼은 주변 지역의 수준보다 올라가 있으면서 평평한 형태를 말한다. 플랫폼
을 한 마디로 말하면 올라간 바닥이라는 의미이다. 강연자가 연단에서 강연

할 때 그 연단을 플랫폼이라고 한다. 기차역의 플랫폼 또한 철로에서 올라가 있다. 하이 힐 플랫폼 슈즈는 일단 플랫폼시킨 후 하이 힐을 만든 것이다.

신발의 경우 최초의 높은 굽은 15세기에 패튼이라는 신발에 사용되었다. 패튼은 나막신처럼 생기고 나무로 된 두꺼운 신발창이 붙은 신발이다. 패튼은 남성용 신발이다. 쇼핀은 최초의 굽 높은 여성용 신발이다. 음악가 쇼팽(1810년-1849년)은 폴란드에서 태어났다. 쇼팽이 이 세상에서 산 기간은 불과 40살이다. 쇼팽은 피아노의 세계를 만든 사람이다. 쇼팽은 결핵을 앓고 있었다. 쇼팽(Chopin)이라는 이름은 쇼핀(chopin)이라는 최초의 굽 높은 여성용 신발과 단어가 같다. 쇼핀을 프랑스어로 읽으면 쇼팽이 된다. 프랑스어 쇼팽은 횡재, 돈 많은 애인이라는 의미도 들어 있다.

16세기 이탈리아의 베니스에서는 신발굽의 높이가 15-60cm에 이르렀다. 16세기 남성용 부츠와 여성용 신발굽은 높이가 낮아졌다. 18세기 남성용 신발은 단순하고 앞과 뒷굽은 사각형이었다. 여성용 신발도 사각형이었다. 19세기에 부츠가 인기를 끌었다. 부츠는 군대의 지휘관이나 군대의 이름을 따서 지어졌다. 제퍼슨, 웰링턴, 나폴레옹, 코삭 등이 그것이다.

모카신은 신발창과 갑피를 한 장의 가죽으로 하여 뒤축이 없게 만든 구두를 말한다. 모카신은 사슴 따위의 부드러운 가죽으로 만든다. 모카신은 아메리카 인디언들의 신발이다. 신발은 넓은 것에서 좁은 것으로, 납작한 굽에서 높은 굽으로, 신발 끝이 사각형인 것에서 뾰족한 것으로 발전하여 왔다.

신발로 성공할 수 있을까? 덴마크에서는 신발이 대성공을 가져왔다. 한니 투스비 카프챠는 신발 제조업체인 에코를 경영하고 있다. 2014년을 기준으로 했을 때 카프챠의 재산은 25억 달러이다. 카프챠는 2015년에 58살이다. 에코는 1963년 칼 투스비에 의하여 설립되었다. 에코는 신발만으로 시작하여 지금은 가죽도 생산하고 있다. 에코는 가죽으로 된 디자인 백도 생산하고 있다. 에코는 1982년 처음으로 소매점 문을 열었다.

에코는 디자인을 매우 중시한다. 에코의 디자인은 형태가 기능을 따르는 것에 중점을 두고 있다. 에코는 이것을 독특한 디자인 언어라고 말하고 있다. 카프챠는 칼 투스비의 딸이다. 칼 투스비는 이른 나이부터 구두제조공으로 일했다. 칼 투스비는 자신의 사업을 하기 위하여 코펜하겐에서 서부 해안가로 이사했다. 이곳에서 칼 투스비는 작은 집을 얻는다. 이 때 카프챠의 나이는 5살이었다. 이 이야기는 전설 같은 이야기가 되었다. 에코는 지금 세계적인 기업이 되어 있다.

딱정벌레가 수분시키는 꽃들은 열을 발생시키기도 한다. 이것은 사람의 체열이 향수를 휘발시키는 것과 비슷하게 꽃의 향기를 퍼뜨리는데 도움을 준다. 꽃이 발생시키는 열은 딱정벌레에게 따뜻함을 제공하기도 한다. 이것은 사람이 마음이 따뜻한 사람을 찾는 것과 비슷하다. 따뜻한 마음은 상대방을 이끄는 가장 중요한 요소이다.

어떤 나무의 꽃은 9도 정도의 열을 낸다. 이 열로 향기를 확산시켜 딱정벌레를 끌어들인다. 이 나무는 목련 계통이다. 목련꽃의 색깔이 바로 흰색이다. 목련꽃을 좋아하는 사람은 딱정벌레를 좋아할지도 모른다. 목련꽃을 보다 보면 딱정벌레를 볼 수 있기 때문이다. 또는 목련꽃을 좋아하는 사람은 딱정벌레와 같은 성품을 가지고 있을지도 모른다. 자연에는 고유한 법칙이 있다. 이 법칙을 잘 연구하면 성공할 수 있다.

어떤 사람들은 색깔로 성공하기도 한다. 외젠 슈엘러(1881년-1957년)는 프랑스의 화학자이다. 그리고 화장품과 아름다움의 회사인 로레알의 설립자이다. 슈엘러는 근대적인 광고의 개발자이기도 하다. 슈엘러는 색깔을 연구한 사람이다. 색깔은 빛에 관련되어 있기 때문에 슈엘러는 물리학자라고 해도 된다. 슈엘러는 1907년 머리털 색깔 공식을 개발했다. 그는 이 염색제를 오레알이라고 불렀다. 로레알이라는 이름은 오레알에서 온 것이다. 오레알을 개발한 것이 로레알 그룹의 시작이다. 로레알은 1909년 설립되었다. 슈엘러 자신도 자신이 한 일이 그렇게 크게 될 줄은 몰랐다.

슈엘러는 연구와 혁신을 부르짖었다. 로레알 그룹은 랑콤, 바디 샵, 키엘즈 등을 보유하고 있다. 지금 프랑스에서 가장 부자는 누구일까? 릴리안 베탕쿠르이다. 베탕쿠르는 바로 슈엘러의 딸이다. 베탕쿠르의 결혼 전 이름은 릴리안 슈엘러이다. 베탕쿠르의 어머니는 베탕쿠르가 5살 때 죽었다. 2014년을 기준으로 했을 때 베탕쿠르 가문의 재산은 358억 달러이다. 색깔에 관한 연구를 소중하게 생각하여야 한다. 발명가와 기업가는 자연에 존재하는 색깔에다가 창의력을 가미하면 된다.

피에르 웨르테이메르(1888년–1965년)는 프랑스의 기업가이다. 웨르테이메르의 아버지 또한 기업가이다. 웨르테이메르의 아버지는 1917년 부르주아라는 기업을 인수하였다. 부르주아는 화장품과 향수를 만드는 기업이다. 1920년 부르주아는 프랑스에서 가장 크고 성공적인 화장품과 향수 기업이 되었다. 알랭 웨르테이메르와 제라르 웨르테이메르는 피에르 웨르테이메르의 손자들이다. 2014년을 기준으로 했을 때 알랭 웨르테이메르의 재산은 91억 달러이다. 제라르 웨르테이메르의 재산 또한 91억 달러이다. 둘을 합하면 재산이 182억 달러이다.

웨르테이메르 가문은 화장품과 향수에 관한 연구로 거대한 부를 모았다. 웨르테이메르 가문은 현재 샤넬을 보유하고 있다. 샤넬은 코코 샤넬(1883년–1971년)의 이름에서 따온 것이다. 피에르 웨르테이메르는 코코 샤넬의 초기 사업파트너였다. 코코 샤넬은 가브리엘 샤넬이라고도 한다. 코코 샤넬과 웨르테이메르 그리고 슈엘러는 모두 1880년대에 태어난 사람들이다. 코코 샤넬이 슈엘러보다 3살이 적다. 웨르테이메르가 가장 나이가 적다. 그런데 놀라운 것은 프랑스에서는 음식도 발전되어 있다는 것이다.

베눌로 밸리는 이탈리아 안경의 메카이다. 이것은 실리콘 밸리와 같은 용법이다. 이탈리아는 세계 안경생산량의 4분의 1을 차지한다. 또한 최고급 안경의 시장점유율이 엄청나다. 안경생산의 대가는 룩소티카이다. 룩소티카는 이탈리아의 안경회사이다. 룩소티카는 세계의 주요한 안경 브랜드의 80% 이상을 통제하고 있다. 룩소티카의 가장 잘 알려진 브랜드는 라이방(레이 반이라고도 한다), 페르솔 오클리이다.

라이방은 우리에게도 잘 알려진 말이다. 선글래스를 흔히 라이방이라고 한다. 라이방은 사실은 룩소티카의 유명한 브랜드 이름이었던 것이다. 룩소티카는 브랜드에 있어서 라이선스 사업을 수행하고 있다. 룩소티카는 델 베키오에 의하여 베눌로 밸리 북부에서 시작했다. 룩소티카는 밀라노에 본부를 두고 있다. 델 베키오는 밀라노에서 견습생활을 시작했다. 그 후 델 베키오는 베눌로 밸리로 이사를 갔다. 여기서 룩소티카를 설립했다. 델 베키오는 1967년 룩소티카 브랜드로 안경의 프레임을 팔기 시작했다.

태국에서 1번째 부자는 사국민(셰궈민)으로서 중국계통의 사람이다. 사국민은 타닌 치야와논이라고도 한다. 사국민의 가문을 흔히 타닌 가문이라고 한다. 2014년을 기준으로 했을 때 타닌 가문의 재산은 129억 달러이다. 타닌 가문은 챠룬 폭판 그룹을 경영하고 있다. 챠룬 폭판 그룹은 챠룬 폭판을 줄여서 CP 그룹이라고 한다. CP 그룹은 식품, 농업을 전문으로 하는 그룹이다. CP 그룹이 하는 식품업체가 CP 푸드이다. CP 그룹은 그 외에도 유통과 물류도 다루고 있다. 또한 CP 그룹은 놀랍게도 일본의 이토추에도 투자하여 이토추에서 2번째로 큰 주주이다. 사국민의 아버지는 1920년대에 씨앗과 농업에 사용하는 화학물질을 판매하기 위하여 태국의 방콕으로 왔다.

태국에서 2번째 부자는 소욱명(쑤쉬밍, 1944년-)으로서 중국계통의 사람이다. 소욱명은 챠룬 시리와타나팍디라고도 한다. 2014년을 기준으로 했을 때 소욱명의 재산은 119억 달러이다. 소욱명은 프레이저 & 니브(F&N)를 경영하고 있다. 프레이저 & 니브는 싱가포르에 있는 식품, 음료수, 양조를 사업으로 하는 기업이다. 소욱명은 방콕의 유명한 테크몰인 판팁 플라자를 보유하고 있다. 판팁 플라자는 컴퓨터 소프트웨어 및 컴퓨터 하드웨어 등을 판매한다.

소욱명의 아버지가 중국에서 방콕으로 왔고 소욱명은 일하기 위하여 9살 때 학교를 떠나야만 했다. 소욱명은 태국의 위스키를 생산하는 증류소와 거래하면서 사업을 시작했다. 소욱명은 덴마크의 칼스버그 맥주와 협조하여 맥주업에도 참여하였다. 소욱명은 챠룬 그룹도 경영하고 있다. 챠룬 그룹은 태국 베버리지와 관련되어 있다.

대만의 경우에도 음식산업에 종사하는 사람들이 부를 형성하였다. 이것도 상당히 독특한 점이다. 채연명(차이옌밍, 1957년-)은 대만의 기업가이다. 채연명은 1950년대에 태어난 사람이다. 채연명은 왕왕 그룹을 경영하고 있다. 왕왕 그룹은 대만의 식품회사이다. 왕왕 그룹은 특히 쌀 케이크로 유명하다. 왕왕 그룹은 식품과 음료수 등 여러 가지 상품을 만들고 있다. 왕왕 그룹은 원래 아버지가 시작한 것이다. 채연명은 왕왕 차이나라는 회사도 경영하고 있다. 2014년을 기준으로 했을 때 채연명의 재산은 90억 달러이다.

위응주(웨이잉저우, 1954년-)도 대만의 기업가이다. 위응주는 1950년대에 태어난 사람이다. 위응주가 채연명보다 3살이 더 많다. 위응주도 식품회사를 경영하고 있다. 위응주의 아버지도 사업을 하였다. 위응주는 강사부(캉시푸)라는 회사를 설립하였다. 위응주는 정신 국제그룹(딩신 국제그룹)을 설립하기도 하였다. 2014년을 기준으로 했을 때 위응주의 재산은 19억 달러이다. 위응주는 자신의 형제들과 같이 사업을 하였다. 위응주의 형제에는 위응교(웨이잉자오), 위응충(웨이잉충), 위응행(웨이잉헝)이 있다. 2014년을 기준으로 했을 때 위응교, 위응충, 위응행의 재산은 각각 19억 달러이다. 위응주의 형제들을 위씨 4형제라고 한다.

이탈리아의 사정은 어떠할까? 페레로는 이탈리아의 초콜릿과 제과 기업이다. 페레로는 1946년 피에트로 페레로(1898년-1949년)에 의하여 설립되었다. 페레로는 1890년대에 태어난 사람이다. 페레로 기업은 헤이즐넛 크림으로 된 누텔라를 발명하였다. 페레로 기업은 페레로 로셰라는 상품도 만들고 있다. 피에트로 페레로의 아들이 미켈레 페레로(1925년-)이다. 페레로 가문은 이탈리아에서 가장 큰 부자이다. 2014년을 기준으로 했을 때 페레로 가문의 재산은 241억 달러이다. 1달러를 1,000원으로 환산하면 241억 달러는 24조 1,000억원이 된다. 초콜릿과 제과로 이렇게 거대한 부를 모았다는 것이 놀라울 따름이다.

페르페티 반 멜은 이탈리아의 껌과 제과 기업이다. 페르페티 가문은 추잉껌을 만들어서 성공하였다. 암브로지오 페르페티는 동생과 함께 1946년 기업을 설립하였다. 페르페티 반 멜은 멘토스, 추파 춥스 등의 브랜드를 가지고 있다. 암브로지오 페르페티의 아들들이 아우구스토 페르페티와 지오르지오 페르페티이다. 2014년을 기준으로 했을 때 2명의 재산은 65억 달러이다.

이제 옷 차례이다. 패션 디자이너인 조르지오 아르마니(1934년-)는 1975년 아르마니라는 회사를 설립하였다. 조르지오 아르마니는 이탈리아에서 가장 성공적인 디자이너이다. 아르마니는 델 베키오처럼 1930년대에 태어난 사람이다. 2014년을 기준으로 했을 때 아르마니는 재산이 83억 달러이다. 아르마니는 패션 디자이너로서 엄청난 재산을 모았다. 또 한 명의 패션 디자이너가 등장한다.

마리오 프라다(1952년 사망)는 1913년 프라다를 설립했다. 프라다는 신발, 핸드백, 가죽제품을 생산하여 판매한다. 미우치아 프라다(1949년-)는 마리오 프라다의 손자이다. 미우치아 프라다는 1940년대에 태어난 사람이다. 2014년을 기준으로 했을 때 미우치아 프라다는 재산이 78억 달러이다. 미우치아 프라다 또한 패션 디자이너이다.

경제를 잘 운영한다는 것은 어려운 일이다. 그런데 어찌 보면 그리 어려

운 일도 아니다. 문제는 방향을 잘 잡고 있는지 여부이다. 스마트폰, 반도체
는 경제의 중요한 부문이다. 그러나 이것이 전부는 아니다. 바로 얼마 전까
지 스마트폰을 만드는 핀란드의 노키아를 입에 바르도록 칭찬하지 않았는
가? 그 때 만든 말이 강소국이란 말이었다. 핀란드를 본받아야 한다고 하면
서 말이다. 지금 노키아는 사업을 축소했다. 지금도 그 때 만든 말인 강소국
이라는 말은 여전히 사용되고 있지만 말이다.

노키아는 자신들의 사업을 축소할 수밖에 없다는 것을 미리 잘 알고 있
었다. 그래서 스스로 사업을 축소한 것이다. 그 이유는 스마트폰, 반도체가
가지고 있는 시장의 성격과 규모 때문이다. 시장의 성격과 규모를 무시하고
스마트폰, 반도체만 노래를 부르다간 큰 코 다친다. 이것이 바로 방향을 잘
잡지 못하는 것이다.

반도체의 경우 시장규모는 어느 정도일까? 제조기준으로 했을 때 반도
체시장의 규모는 2010년에 3,040억달러이다. 2012년을 기준으로 했을 때
미국의 인텔이 차지한 것은 475억달러이다. 삼성전자는 304억달러이다. 미
국의 퀄컴은 129억달러이다. 미국의 텍사스 인스트루먼트는 120억달러이
다. 일본의 도시바는 109억달러이다. 일본의 르네사스 전자는 94억달러이
다. 우리나라의 하이닉스는 84억달러이다. 프랑스와 이탈리아의 ST 마이크
로전자는 84억달러이다. 미국의 브로드컴은 78억달러이다. 미국의 마이크
론 테크놀러지는 69억달러이다.

미국은 여러 기업들을 가지고 있다. 반도체시장은 의류시장보다 규모가
작다. 의류시장은 2002년을 기준으로 했을 때에도 의류제조업만 해도 수출
시장이 4,000억달러이다. 1달러를 1,000원으로 환산하면 이것은 약 400조
원이다. 이것은 제조된 상품에 있어서 세계무역의 8%를 차지한다. 지금 건
강관리 부문은 2조달러를 넘는다. 이것은 2,000조원이다.

스마트폰은 발전한 지가 얼마 되지도 않았는데 벌써 어려움에 직면하고

있다. 우리는 이전에 의류산업이 상당히 발전하였었다. 그런데 과학과 예술로 무장한 서양의 패션 디자이너들에게 밀리어 지금은 의류산업이 빛을 보지 못하고 있다. 스마트폰, 반도체에 올인한다고 하여 경제가 잘 돌아가는 것도 아니고 올인이 성공하는 것도 아니다. 사람에게 기본적인 상품들을 생산하고 판매하는 산업에서 하나씩 하나씩 물러서고 나면 마땅히 남는 산업과 기업이 없게 된다. 경제의 방향을 잘 잡으려면 사람에게 기본적인 상품들을 생산하고 판매하는 산업들도 챙기면서 기초를 잘 닦아야 한다.

지금 우리에게 이것이 가장 부족한 부분이다. 이 부족한 부분이 보완되지 않는다면 경제를 운영하는데 많은 어려움에 직면할지도 모른다. 또 한 가지 중요한 것은 스마트폰, 반도체, 자동차, 조선, 철강 산업은 개인이나 중소기업이 하려고 해도 할 수 없는 업종들이다. 너무나 많은 자본을 필요로 하기 때문이다. 이들 업종들이 아무리 번창하여도 그것은 여전히 개인이나 중소기업이 아닌 거대한 기업들이 차지하게 되어 있다.

이것이 의미하는 것은 이 업종들 위주로 경제를 운영하면 개인이나 중소기업은 경제에 참여할 수 없다는 것이다. 그러면 개인이나 중소기업은 아무리 노력해도 부를 모을 수 없다. 개인이나 중소기업은 부자가 될 수 없게 된다. 사회에 부자가 아예 없다면 몰라도 부자가 있는 이상 부자가 아닌 다른 사람들에게도 부자가 될 수 있는 기회가 각자에게 주어져야 한다. 한 사회에서 부자들이 모이는 풀이 고정되어 있으면 풀에 들어가지 못하는 사람들은 부자가 아니라 부 자체를 싫어하게 될 것이다. 이것은 부자를 싫어하는 것보다 더 무서운 것이다. 부 자체를 추구하지 않는 경제는 완전히 그 자리에 정체하게 된다.

음식, 옷, 신발, 장난감, 안경, 화장품, 향수, 소매업, 소비재와 같은 기본적인 상품들을 생산하고 판매하는 데에는 거대한 업종과 달리 그래도 자본이 덜 필요하다. 이러한 이점 때문에 개인이나 중소기업이 이들 업종에 참여할 수 있는 것이다. 거대한 업종 위주로 경제를 운영하면 그것들에 부가 너무 집중한다. 이것은 경제의 형평성과 안정성을 심하게 훼손할 것이다. 기본적인 상품들을 생산하고 판매하는 개인이나 중소기업들은 경제의 싹이다. 이들이 자라면 앞으로 꽃을 활짝 피울 것이다. 싹이 없이 꽃을 피울 수는 없다.

"창의력은 곧 발명이자 기업이다."

컴퓨터와 인터넷은 의사소통과 통신에 혁명을 가져왔지만 사실은 물건의 매매에도 혁명을 가져왔다. 알리바바의 마운, 이베이의 오미디아르는 모두 자신들의 창의력을 발휘하여 물건매매의 혁명을 달성한 사람들이다. 혁명은 멀리 있는 것이 아니라 늘 우리 옆에 있다. 멀리서만 답을 찾으려고 하면 안된다. 답은 저 멀리에 있을 수도 있고 바로 우리 옆에 있기도 하다.

컴퓨터와 인터넷과 관련된 기업가들을 나누어 보면 컴퓨터 자체를 개발한 기업가, 컴퓨터 소프트웨어를 개발한 기업가, 인터넷 검색엔진과 포털을 개발한 기업가, 인터넷을 사용한 전자상거래를 개발한 기업가로 나눌 수 있다. 이들 기업가들의 특징은 무엇일까? 이들 기업가들은 주로 컴퓨터와 인터넷과 관련된 발명가에서 시작하였다. 이들 기업가들은 발명에서 창의력을 발휘하여 거대한 기업가로 발전했다.

이들 기업가들은 나이가 점점 어려지고 있다. 또한 이들 기업가들은 학생시절에 발명을 시작하고 있다. 여기서 알 수 있는 것은 발명을 일찍부터 시작하는 것이 좋고 기업가가 되기 이전에 발명가가 되어야 한다는 것이다. 이것이 발명과 기업가의 관계이다. 이것은 컴퓨터와 인터넷과 관련하여 특히 그렇다.

창의력과 발명은 어떠한 관계에 있을까? 창의력의 가장 중요한 요소는 아이디에이션이다. 발명하기 위하여는 이 아이디에이션이 필요하다. 아이디에이션은 관련 없어 보이는 현상들간의 연결고리를 찾을 줄 아는 능력을 말한다. 발명하기 위하여는 독특하고 유용한 아이디어를 만들 수 있는 능력인 창의성이 필요하다. 이러한 아이디어는 이전에 했던 것과 다를 뿐만 아니라 주어진 문제를 해결하는데 적합하다. 창의성은 문제를 전체적으로 평가하여 이해하게 하고 다른 사람들이 볼 수 없는 문제를 볼 수 있게 한다.

발명의 대가는 어느 정도일까? 유럽에 비누가 퍼진 것은 11세기경으로 주로 프랑스의 마르세유에서 제조되었다. 비누가 우리나라에서 본격적으로 이용된 것은 조선말 개항 이후부터이다. 이 비누는 때가 잘 빠지고 사용이 간편할 뿐 아니라 향기가 좋고 장기간 보관할 수 있어서 각광을 받았다. 청일전쟁 직후에는 비누 1개의 값이 1원이었다. 당시 쌀 한 말은 80전이었다. 1원은 1전의 100배이다. 따라서 1원은 100전이다. 이것이 좋은 비누를 발명한 대가이다.

비누는 값이 비싸서 부유층 사람들이 사용할 수 있었다. 세탁용으로는 일본을 통해 도입된 양잿물이 사용되었다. 양잿물은 부식성이 커서 섬유가 많이 상하며 위험하다. 제2차 세계대전 후에는 석유화학계의 합성세제가 쓰이기 시작했다. 합성세제는 자연계의 미생물에 의해 분해되지 않는다. 그래서 환경오염을 발생시킨다. 미생물에 의해 분해될 수 있는 것은 연성세제이다.

수퍼마켓 체인인 웨그만스는 1930년대 뉴욕주 로체스터에서 존 웨그만과 월터 웨그만 형제가 창업한 식료품점에서 시작했다. 이 가게의 신선한 야채에 대한 관심은 이 가게를 다른 식료품점과 구분하게 만들었다. 이러한 전통은 좋은 음식에 대하여 관심을 가진 종업원들을 고용함으로써 유지되었다.

기업가가 되려면 리더십도 구비하여야 한다. 버진 그룹의 리차드 브랜슨은 개인적인 자질과 성격특성으로 훌륭한 리더가 되었다. 브랜슨은 영국

사업가들 중에서 가장 두드러지는 리더이다. 버진 그룹은 관광, 엔터테인먼트, 라이프 스타일 분야의 상품과 서비스를 세계적으로 만드는데 기여했다. 리더십에는 일정한 특성이 있다. 이러한 특성의 수는 연구에 따라 다르다. 리더십 특성은 많게는 80개까지나 된다. 경영학의 권위자인 피터 드러커는 다음과 같은 말을 하였다.

> "대부분의 미국인은 그들의 장점이 무엇인지 잘 모른다. 이에 대하여 물어보면 의아한 표정으로 쳐다보거나 주관적 지식에 기반하여 대답을 하는데 그나마도 잘못된 대답을 한다."

사람이 가진 장점을 발견하게끔 해주고 이를 가장 잘 활용할 수 있도록 해주는 조직이 좋은 조직이다. 대부분의 사람은 유용한 창의적 잠재력을 가지고 있다. 그러나 그 잠재력을 발휘하려면 심리적으로 틀에 박힌 생각에서 벗어나서 다양한 방식으로 문제에 대하여 생각하는 방법을 배워야 한다. 창의적으로 생각하는 기술은 친숙한 것을 다른 시각으로 바라볼 수 있는 능력뿐만 아니라 창의성과 관련된 개인의 특성과 유추할 수 있는 능력을 포함한다. 어떤 사람들은 새로운 방식으로 문제를 볼 수 있기 때문에 창의적인 기술을 개발한다. 이 사람들은 이상한 것을 친숙하게 그리고 친숙한 것을 이상하게 만들 수 있다. 창의력은 의지에서 발생할 수도 있다.

> "결과가 일어난 후에 분명한 것들은 그 사실 이전에는 그다지 분명하지 않다."

> "당신은 타인들로부터 영감을 얻을 수 있다. 그러나 그곳에 아무도 없을 때에는 어떻게 하는가? 당신 스스로 얻어야 한다."

그러면 내일은 파이를 먹을 수 있는 거니?

경제는 항상 부와 소득의 분배를 어떻게 하여야 하는가 하는 문제에 직면하고 있다. 이것이 바로 분배의 문제이다. 분배의 문제는 흔히 파이를 가지고 말하기도 한다. 잠시 하던 일을 멈추고 곰곰이 생각할 시간이다.

"파이를 어떻게 분배하여야 하는가?"
"누가 내 파이를 가져간 거지?"
"오늘은 파이가 다 떨어졌어요."
"그러면 내일은 파이를 먹을 수 있는 거니?"

배분적 정의는 사회의 부 또는 재산은 탁자 위에서 분할되기를 기다리는 파이와 같은 것이라고 가정하고 있다. 하지만 현실은 파이가 분할되기를 기다리는 것이 아니라 파이를 먹어야 할 많은 사람들이 손을 대기도 전에 이미 분할되어 있다는 것이다. 이 파이를 미리 분할한 사람이 누군인지는 알 수 없다. 탁자에 다가가 서로의 얼굴을 보면서 앉기도 전에 누군가가 미리 파이를 분할하여 놓았기 때문이다. 결국 파이를 먹어야 할 많은 사람들이 허공에다가 손을 내밀며 다음과 같이 말한다. "누가 내 파이를 가져간 거지?"

다음의 그림은 파이를 가져간 사람들의 파이 크기이다. 그림에는 국가의 이름이 나와 있지만 이들 이름은 국가의 이름이 아니라 사람들의 이름이다. 파이를 가져간 사람들의 이름은 각각 호주, 기타, 캐나다, 영국, 미국이다. 파이를 가져간 사람들의 파이 크기는 서로 다르다. 어떤 사람의 파이는 크고 다른 사람의 파이는 작다. 배분적 정의를 주장하는 사람들은 사람들의 파이 크기가 서로 다른 것은 문제라고 한다.

그런데 배분적 정의를 주장하는 사람들이 보기에 더 심각한 것은 따로

있다. 배분적 정의를 주장하
는 사람들은 파이를 먹어야
할 많은 사람들이 파이를 가
지고 있지 않다고 주장한다.
파이를 먹어야 할 많은 사람
들은 탁자에 와서 파이의 크
기에 관계 없이 자신들의 손
으로 잡을 수 있는 파이가 남
아 있지 않다는 것을 알고는
이내 탁자에서 발길을 돌려

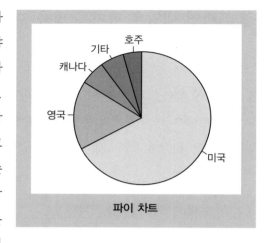

파이 차트

야 한다. 이들에게 분배의 정의는 주문해도 나오지 않는 메뉴판에 적혀 있는
파이일 뿐이다. 주인이 하는 말이 오늘은 파이가 다 떨어졌다는 것이다. 그
러면 내일은 파이를 먹을 수 있을까? 누군가가 미리 파이를 분할하여 놓았
다는 것은 어떠한 의미를 가지는 것일까? 그렇다고 재산을 이미 소유한 사
람으로부터 재산을 빼앗는 것은 불법이다.

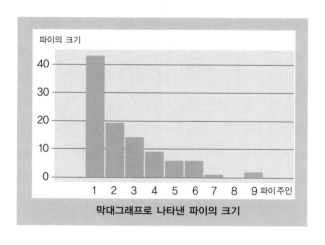

막대그래프로 나타낸 파이의 크기

다음은 배분적 정의와 관련된 것들이다.

"모든 인간은 평등하다."

"사람은 모두 평등하게 태어났다(미국 독립선언서)."

"사람은 모두 평등하게 태어났다. 태어날 때에만. 그 후는 아니다."

"작업량은 사람의 능력에 따르고, 혜택은 사람이 필요에 따라 분배되어
야 한다."

배분적 정의의 표어들이 가지고 있는 공통점은 무엇일까? 바로 평등이
다. 그런데 평등을 바라보는 시각들이 다양하다. "모든 인간은 평등하다"는
표어는 매우 광범위한 표어이다. 이것은 하나의 이상을 표현하고 있다. 현실
은 그렇지 않기 때문이다. "사람은 모두 평등하게 태어났다"는 표어는 태어
났다는 표현 때문에 "사람은 모두 평등하게 태어났다. 태어날 때에만. 그 후
는 아니다"라는 표어에 의하여 발목을 잡히고 말았다. 이 발목은 강한 냉소
를 보내고 있다. 태어난 것만 평등하면 어디에 쓸 것이냐고 말이다. 이 냉소
보다 한참을 더 나아간 것이 다음의 표어이다.

"작업량은 사람의 능력에 따르고, 혜택은 사람이 필요에 따라 분배되어
야 한다"는 것은 분배에 있어서 사회주의의 원칙이다. 이것은 작업은 능력
에 따라 분배되어야 하고 작업을 통하여 생산된 혜택은 인간의 행복과 복지
를 증진시키는데 골고루 사용하여야 한다는 것이다. 이것은 사회주의의 이
상이자 한편으로는 선전이기도 하다.

사람들은 때로는 이것의 달콤함에 시선을 머물기도 한다. 어떤 사람들
은 시선을 한 동안 멈추고 있다. 사회의 소득과 부의 분배가 제대로 되지 않
아 불공평하면 바로 그 곳에 사회주의가 뿌리를 내린다. 우리는 소득과 부의

분배를 항상 염두에 두어야 한다. 그래야 사회가 건전해진다. 그래프에 나와 있는 파이의 크기를 보면 어떤 것은 매우 크고 어떤 것은 작거나 아예 없다. 파이크기의 차이를 생생하게 보여주는 것은 막대그래프이다. 파이의 크기가 비슷해야지 사회주의에 주는 시선이 사라질 것이다.

"만일 내가 제시하는 온건한 치유책을 받아들이지 않는다면 조만간 내 것보다 더 받아들일 수 없는 치유책을 받아들여야 하는 일에 부닥칠 것이다."

"장기에 우리는 모두 죽는다. 만일 경제학자들이 격랑이 몰아치고 있는 시기에 이 태풍이 지나가면 바다가 다시 잠잠해질 것이라고밖에 말해줄 수 없다면 경제학자들의 임무는 너무도 쉽고 너무도 무용한 것이다."

네덜란드에는 큰 부자가 많지 않다. 2014년을 기준으로 했을 때 10억 달러, 즉 1조원 이상 되는 사람이 약 10명 안팎이다. 우리나라는 무려 26명 이 1조원 이상이다. 일본의 경우 23명이다. 우리나라가 일본보다 더 많다. 이것은 어떻게 된 일일까? 멕시코의 경우 1조원 이상 되는 사람이 약 14명 정도이다. 사우디 아라비아의 경우 1조원 이상 되는 사람이 약 10명 안팎이다. 사우디 아라비아에서 1번째 부자는 알왈리드 알사우드이다. 알왈리드 알사우드는 다름 아닌 왕족이다.

사우디 아라비아는 산유국이기 때문에 부자가 많을 것으로 생각되지만 실제는 그렇지 않다. 사우디 아라비아의 석유회사인 사우디 아람코는 개인 소유가 아니라 국가 소유이다. 2012년을 기준으로 했을 때 사우디 아람코의 매출액은 3,560억 달러이다. 1달러를 1,000원으로 환산하면 356조원이다. 태국의 경우에는 1조원 이상 되는 사람이 약 10명 정도이다. 우리나라와 일본의 인구와 경제규모를 고려할 때 일본에 큰 부자가 우리보다 적다는 것은 상당히 놀라운 일이다.

우리나라의 GDP는 어느 정도일까? 1인당 GDP가 2만 달러라면 우리나라 전체 GDP는 1조 달러가 된다. 인구를 대략 5천만명으로 잡으면 말이다. 1인당 GDP가 3만 달러라면 전체 GDP는 1조 5,000억 달러가 된다. 우리나라의 전체 GDP는 2013년을 기준으로 했을 때 1조 3,000억 달러 정도이다. 인구 1,000만명당 GDP가 얼마인가 하는 것은 좋은 경제지표이다. 우리나라의 경우 인구 1,000만명당 GDP는 약 2,500억 달러이다. 이것이 의미하는 것은 1인당 GDP가 약 2만 5,000달러 정도라는 것이다.

1인당 GDP가 약 2만 5,000달러이면 1달러를 1,000원으로 환산하였을 때 1년에 1인당 2,500만원을 번다는 의미이다. 1가구에 3인이 있다면 1년에 7,500만원을 번다는 의미이다. 1가구에 4인이 있다면 1년에 1억원을 번다는 의미이다. 1인당 GDP가 5만 달러이면 1년에 1인당 5,000만원을 번다는 의미이다. 1가구에 3인이 있다면 1년에 1억 5,000만원을 번다는 의미이다. 1가구에 4인이 있다면 1년에 2억원을 번다는 의미이다.

1인당 GDP가 약 2만 5,000달러 정도이고 1가구에 3인이 있을 경우 1년에 7,500만원을 벌게 되는데 그렇지 못한 가구들이 많다면 이것이 의미하는 것은 무엇일까? 이것은 소득의 분배가 불공평하다는 것을 의미한다. 1가구에 3인이 있고 1년에 7,500만원을 벌지 못하는 가구들이 매우 많다면 이것은 소득의 분배가 매우 불공평하다는 것을 의미한다.

지금 우리나라의 상황은 어떠할까? 잠시 하던 일을 멈추고 곰곰이 생각할 시간이다. 더군다나 GDP에는 가지고 있는 재산, 즉 땅, 건물, 주식, 달러 등의 가격이 상승한 것은 포함되지 않는다. GDP는 그 해에 생산된 것만을 포함하기 때문이다. 또한 상속과 증여도 포함되지 않는다. 사회의 소득과 부의 분배가 제대로 되지 않아 불공평하면 많은 사람들이 잘 살아보겠다는 꿈을 실현할 수 없다. 사람에게 꿈이 없다면 앞으로 이 세상을 어떻게 살아가란 말인가? 이것이 우리가 잠시 하던 일을 멈추고 더 곰곰이 생각해야 하는 이유이다.

> "나는 공부를 많이 하지 않았다. 가진 것도 없다.
> 그렇다고 더 나은 삶을 살고픈 꿈마저 없는 것은 아니다."

하사와 선생님들의 작은 봉급

정부는 믿어야 하는 존재일 때도 있고 때로는 믿을 수 없는 대상이기도 하다. 다음의 자료를 보면 이러한 사실을 알 수 있다. 우리나라의 판사 1호봉은 매월 봉급액이 2,642,800원이다. 10호봉은 매월 봉급액이 5,181,100원이다. 17호봉부터는 매월 봉급액이 6,934,500원이다. 봉급액의 상승률이 가파르다. 그런데 이것으로 끝나는 것일까? 수당은? 수당들 중에서 정근수당 하나만을 보겠다. 판사에게는 예산의 범위에서 근무연수에 따라 매년 1월과 7월에 지급구분에 따라 정근수당을 지급한다. 정근수당은 근무연수가 10년 이상이면 매월 봉급액의 50% 해당금액이다. 2회의 정근수당의 합은 100%, 즉 1회의 매월 봉급액이다.

　판사 10호봉의 경우 연간 봉급액은 매월 봉급액 5,181,100원×12개월 = 62,173,200원이다. 연간 봉급액과 정근수당만을 합한 금액은 62,173,200원 + 5,181,100원 = 67,354,300원이다. 17호봉의 경우 연간 봉급액은 매월 봉급액 6,934,500원×12개월 = 83,214,000원이다. 연간 봉급액과 정근수당만을 합한 금액은 83,214,000원+6,934,500원 = 90,148,500원이다. 이제 1억원을 넘을 날이 10년 남았을까 아니면 5년 남았을까? 다른 수당들은 아직 포함시키지 않았다. 더 이상 수당들을 따지지 않겠다. 올해는 어떨까? 점점 피로해진다.

　지방공무원들의 경우 국가공무원들의 봉급액과 같다. 그래서 국가공무원들의 봉급액을 보면 된다. 지방공무원들 중에 지방소방공무원들이 있다. 지방소방공무원들은 국가소방공무원들과 같다. 지방공무원들 중 많은 수가 소방공무원이거나 교육감 소속의 공무원들이다. 호봉별 매월 봉급액을 보면서 느끼는 것이 참으로 많다. 모든 느낌은 뒤로 하고 간단하게 살펴 보자. 군인 중에서 하사 1호봉, 소위 1호봉, 중사 1호봉의 봉급액이 너무 적다. 하사 1호봉의 봉급액이 970,700원인데? 판사들과 하사들의 하는 일이 정말로 차이가 날까? 차이가 난다고 생각하지 않는다. 차이가 있다면 오히려 하사들의 일이 더 힘든 일일 것이다. 독자들은 이것에 대하여 어떻게 생각하는가?

유치원, 초등학교, 중학교, 고등학교의 교원 1호봉은 시작은 어떨지 몰라도 봉급액의 상승률이 너무 적다. 그 이유는 교원들의 경우 호봉만이 존재하기 때문이다. 다른 공무원들의 경우 호봉과 등급이 모두 존재한다. 등급의 차이는 자연적으로 봉급의 차이를 가져온다. 그래서 등급의 상승은 봉급의 상승도 아울러 가져온다. 그런데 교원들의 경우 이러한 등급이 없다 보니까 봉급상승의 기회까지 아울러 봉쇄당하고 있는 것이다. 판사들의 경우에도 봉급에 관한 한 등급이 없다. 하지만 판사들의 경우 호봉에 따른 봉급의 상승률을 가파르게 해 놓았다. 교원들의 경우 등급도 없고 호봉에 따른 봉급의 상승률도 작다 보니까 시간이 지나면서 봉급이 상대적으로 작아지는 것이다.

하사들과 교원들의 경우 그 수가 많다 보니까 봉급액을 상승시키는 생각은 엄두도 못내고 있다. 예산 때문에 말이다. 이 점은 이해는 간다. 이것이 국방부와 교육부, 기획재정부, 지방자치단체 그리고 국회의 고민일 것이다. 그래서 이들은 희생을 당하고 있는 것이다. 하사들, 소위들, 중사들과 교원들은 이러한 희생을 지금까지 감수하고 있는 것이다. 지금도 말없이 말이다. 이들에게만 희생을 감당하라고 해서는 안된다. 희생이 필요하다면 모든 사람들이 희생을 똑같이 나누어 가져야 한다. 왜 이들만이 희생을 당해야 할까? 이들의 희생이 언제까지 계속될까? 10년 남았을까 아니면 5년 남았을까? 우리나라의 하사들, 소위들, 중사들과 교원들의 마음은 이렇게 상처받고 있는 것이다.

필자는 애초에 아무런 생각도 없이 그저 여러 분야의 봉급액을 파악하려고 했을 뿐이다. 그것이 담당하는 과목의 내용이었기 때문이다. 그런데 그 내용을 알고 보니까 놀라움을 금할 수 없다. 하사 1호봉의 봉급액이 자그만치 970,700원이라니? 1,000,000원이 되지 않았다. 29,300원이 모자란다. 29,300원을 뭐하러 채우지 않았을까? 뿐만 아니라 하사들, 소위들, 중사들과 교원들의 희생 그리고 병사들의 희생으로 우리나라의 예산이 그럭저럭 꾸려나가고 있다는 사실을 알게 되었다. 봉급액의 책정은 수학적 공식이 존재한다. 이러한 공식은 어디에도 나오지 않는다. 이 공식은 예산관계자들만 안다.

수치를 이것저것 대입하다 보면 공식의 윤곽이 나온다. 이러한 방식으로 다른 분야의 비밀의 공식들도 알게 되었다. 이제 이 공식을 조금은 바꾸어야 한다. 수학적 공식도 정도가 지나치면 안된다. 국방과 공공의 안녕 그리고 편안함을 위하여 종사하는 사람들의 봉급이 다소 많은 것에 대하여 반대하지 않는다. 국방과 공공의 안녕 그리고 편안함은 매우 중요한 것이기 때문이다. 군인과 경찰 그리고 소방공무원들이 바로 그러한 사람들이다.

그런데 거꾸로 하사들, 소위들, 중사들의 봉급액이 매우 적다. 그리고 국방과 공공의 안녕 그리고 편안함을 위하여 종사하는 사람들이 아닌데 거꾸로 봉급액이 매우 많다. 한국사회는 이렇게 거꾸로 흘러가고 있었던 것이다. 그리고 앞으로 몇 년을 더 거꾸로 흘러갈지 알 수 없는 일이다. 지금까지 이렇게 흘러온 것을 보면 말이다. 거꾸로 가는 세상이 싫다.

유명한 프로운동선수들의 소득이 높은 이유는 무엇일까? 흔히 그들의 생산력이 높기 때문이라고 설명된다. 그런데 그들의 생산력은 제조업에 종사하는 근로자들의 생산력과 다르다. 제조업에 종사하는 근로자들의 생산력은 상품과 제품의 질이 같다면 기계와 장비를 사용하여 얼마나 더 많은 양의 상품과 제품을 만들었는가에 의하여 결정된다. 프로운동선수들의 생산력은 관중, 집에서 TV를 시청하는 사람들, 라디오를 듣는 사람들, 신문을 보는 사람들, 인터넷을 하는 사람들을 얼마나 많이 즐겁게 해 주었는가에 의하여 결정된다. 프로운동선수들은 자신들의 생산력을 높이기 위하여 경기할 때 소속팀의 승리를 이끌어야 하고, 자신들의 기술과 재량을 끊임 없이 연마하여야 한다. 이들의 부지런한 근로가 높은 소득을 가져다 준 것이다. 이것이 쉬운 일은 아니다.

운동선수들이 항상 즐거운 서비스를 제공하는 것은 아니다. 때로는 아쉬움과 심지어 슬픔을 안겨주기도 한다. 운동경기에서 자신이 응원하는 팀이 졌을 경우 사람들은 아쉬움과 심지어 슬픔을 느낀다. 이러한 아쉬움과 슬픔은 경기의 패배에 따른 아쉬움과 슬픔이다. 운동경기는 경기의 승패가 있기 때문에 패배한 팀이 있기 마련이다. 운동경기의 패배로 인한 아쉬움과 슬픔은 다른 원인으로 인한 아쉬움과 슬픔보다 빨리 사라진다. 그리고 다시 그러한 감정을 되살리지 않는다. 이것을 보면 운동경기의 패배로 인한 아쉬움과 슬픔은 다른 원인으로 인한 아쉬움, 슬픔과 다른 종류의 것인지도 모른다.

대통령은 힘이 있는 일자리이다. 동시에 힘이 드는 일자리이기도 하다. 대통령은 많은 사람들을 주변에 거느리고 있으며, 권력과 권한이 막강하다. 그래서 대통령은 힘이 있는 일자리이다. 대통령으로서 일하려면 알아야 할 것도 많고, 보아야 할 서류들도 많이 있으며, 찾아보아야 할 책들도 많이 있고, 만나야 할 사람들도 많이 있으며, 중요한 의사결정도 많이 하여야 한다. 그래서 힘이 드는 일자리이다. 대통령은 소득도 높다. 대통령의 소득이 높은 이유를 생산력으로 설명할 수 있을까? 생산력의 뒷받침이 없다면 봉급을 깎아야 할까? 현직 대통령은 봉급을 깎는 것에 동의하지 않을 것이다. 그러면 앞으로 대통령으로 나올 사람들은 봉급을 깎는 것에 동의할까? 공약으로 말이다.

대통령의 생산력은 어디에서 나올까? 대통령의 생산력을 결정하는 요소들 중의 하나가 국민들을 즐겁게 해 주는 것이다. 국민들을 슬프게 한다면 생산력이 떨어지는 대통령이다. 생산력에 의하여 봉급이 결정된다는 생산력이론에 의하면 봉급을 깎아야 한다. 생산력이론에 의하면 국민들을 아주 즐

겁게 해 주는 대통령에게는 봉급을 더 주어야 한다. 봉급을 더 주어야 한다
는 것에 동의한다.

국민들은 각각 다양한 입맛을 가지고 있기 때문에 국민들을 즐겁게 해
주는 것은 하늘의 별따기이다. 이에 비하여 국민들을 슬프게 하는 것은 떨어
진 별을 줍는 것처럼 아주 쉬운 일이다. 별줍기. 왜냐하면 일부의 국민들만
슬퍼해도 국민들은 슬픈 것이다. 즐거움과 슬픔은 비대칭적이다. 국민들을
즐겁게 해 주려면 대통령은 일을 잘 해야 한다.

근로와 임금에 관한 글을 쓰다가 뜻하지 않게 대통령에 관한 글을 쓰게
되었다. 근로 중에서 대통령이 하는 일이 가장 위험하다고 생각되었기 때문
이다. 그러면 현역병과 하사, 중사는 어떠한가? 그리고 판사는 어떠한가? 군
인은 공무를 수행하다가 사망하기도 한다. 군복무 중 질병에 걸리거나 부상
을 당하기도 한다. 2011년을 기준으로 했을 때 군인이 공무상 재해로 순직
하여 유족연금을 결정한 것이 36명이나 된다. 2012년에는 47명이나 된다.

공무원들의 임금구조를 보면 그 사회의 현주소를 알 수 있다. 그 동안
연구한 결과에 의하면 이것처럼 사회의 진면목을 보여 주는 것은 없다. 경제
학 또는 경영학에서 제시하는 한계생산력 이론과 위험이론은 우리나라에서
설 땅이 없다. 많은 공무원들과 유치원, 초등학교, 중학교, 고등학교 선생님
들은 빠듯한 봉급으로 여러 사람들을 부양하며 살고 있다. 그런 반면에 일부
의 공무원들은 자신들이 받는 봉급을 삶의 경쟁에서 승리한 전리품으로 생
각하고 있다. 그러면 국민들은 패배자인가? 대통령도 봉급이 많다. 하지만
대통령은 그럴 수 있다고 생각한다. 외국을 생각해서라도 말이다. 봉급이 적
은 대통령은 외국에 자랑거리가 아니다.

보다 호소력 있는 이론은 대통령은 단 1명이기 때문에 높은 봉급을 주
어도 국고에 큰 부담이 안된다는 것이다. 만약 기획재정부의 예산담당자라
면 대통령의 봉급을 가지고 예산 짤 걱정을 하지 않을 것이다. 이들의 고민

은 그 수가 많은 현역병, 하사, 중사, 소위, 중위 그리고 교원들이다. 또한 그 수가 많은 경찰과 소방공무원들이다. 소방공무원들은 대부분이 지방공무원이므로 지방자치단체의 장도 고민이 있을 것이다. 이들은 수가 많기 때문에 오히려 적은 임금을 받고 있는 것이다. 우리나라에서 공무원의 봉급에 관한 설명력 있는 이론은 한계생산력 이론과 위험이론이 아니다. 이러한 것들은 별 설명력이 없다.

우리나라에서 낮은 봉급을 받는 공무원들에 대한 가장 설명력이 큰 이론은 바로 숫자의 이론이다. 숫자가 많으면 많을수록 낮은 봉급을 받게 된다. 그 이유는 단 한 가지이다. 예산에 부담이 간다는 것이다. 그런데 이 이론 또한 치명적인 결함을 가지고 있다. 일부 몇 가지 경우에 설명력이 떨어진다. 일부 경우에서는 숫자가 많음에도 불구하고 봉급이 대단히 많다. 이것은 봉급에 관한 숫자의 이론으로는 어떠한 설명도 할 수 없다. 숫자의 이론은 아래를 향해서만 설명이 가능하다. 숫자가 많음에도 불구하고 봉급이 대단히 많은 공무원들에 대하여 가장 설명력이 큰 이론은 전리품 이론이다. 이 이론 이외에는 어떠한 이론도 현재 우리나라의 비정상적인 상황을 설명할 수 없다.

사적인 부문에서의 임금을 말하는 것이 아니다. 공적인 부문에서의 임금은 사적인 부문에서의 임금과 성격이 다르다. 사적인 부문에서의 임금은 임금이 높은 것이 나쁜 것이 아니다. 사적인 부문에서의 임금의 상승은 노동분배율의 상승을 발생시킨다. 그리고 기업의 성과를 분배하는 성격도 가지고 있다. 또한 사적인 부문에서의 임금상승은 자본이라는 생산요소와의 관계를 전제로 하고 있다.

그런데 높은 봉급을 받고 있는 일부 공무원들의 경우 이러한 성격을 가지고 있지 않다. 그 높은 봉급은 오로지 전리품일 뿐이다. 근로자들이 봉급을 많이 받는 것은 좋은 일이다. 그러나 놓치지 말아야 할 것이 있다. 고위공무원들은 다른 존재들이다. 이들은 나라와 국민의 일을 처리하는 사람들이다. 그런데 자신의 일을 우선적으로 생각하면 되겠는가?

　높은 봉급을 받고 있는 일부 공무원들 덕분에 공무원이 연봉의 왕이 되었다. 그래서 공무원들의 봉급구조는 이중적인 구조가 되고 말았다. 하나는 박봉을 받고 있는 공무원들의 봉급구조이고 다른 하나는 사기업에서 존재하는 것으로 알고 있었던 연봉의 왕을 가벼이 제치는 일부 공무원들의 봉급구조이다. 이러한 후진적인 봉급구조는 도대체 어디서 생긴 것일까? 몹시 궁금해진다.

　우리나라의 대통령은 연봉액이 196,404,000원이다. 올해는 어떨까? 미국 대통령은 얼마나 받을까? 미국 대통령은 봉급이 많다. 대통령은 연간 40만달러의 봉급, 연간 5만달러의 비용계정(비용계정은 경비계정이라고 번역할 수도 있다. 계정은 보수를 지급받는 계정 또는 항목을 의미한다), 10만달러의 여행계정, 1만 9천달러의 여가 또는 오락용 지급 모두를 합하여 합계 569,000달러를 받는다. 비용계정과 여행계정은 용도가 정해져 있다. 미국 대통령은 왜 이렇게 많은 봉급을 받을까? 이유는 간단하다. 하나는 미국 대통령 또한 단 1명이기 때문이다. 정부의 예산에 큰 부담이 되지 않는다. 다른 하나는 외국의 경우를 고려하기 때문이다.

　그런데 미국 대통령의 봉급액에 대하여 그리 놀랄 일은 아니다. 미국 정부가 예산을 쓰는 것을 보면 놀랄 일이 많다. 대통령의 봉급액만 많은 것이 아니다. 미국 메릴랜드주의 경우 2013년 예산을 기준으로 했을 때 맹인학교의 학생 1인당 비용을 거주는 167,287달러로, 낮시간은 106,821달러로 계산하고 있으니까 말이다. 미국의 경우라고 하여 무한한 예산을 보유하고 있는 것은 아니다. 예산에 관한 한 미국이나 우리나라가 사정이 서로 다르지 않다. 모두 세금을 통하여 재원을 마련하고 있다. 하지만 미국과 우리나라는 예산의 사용용도가 너무나 다르다.

　프랑스의 정치학자인 모리스 뒤베르제는 모든 가치체계나 모든 개별판단의 배후에는 일반적으로 2가지의 기본적인 태도가 있다고 한다. 하나의 태도는 정치를 투쟁이고 전투로 해석하여 권력을 장악한 자는 권력에 의하여 사회에서 그들의 지배를 보장하고 이익을 얻어내는 것으로 보는 태도이다.

다른 하나의 태도는 정치를 질서와 정의를 이행하려고 하는 노력으로 해석하여 권력은 사적인 이익의 압력에 대항하여 일반의 이익과 공중선을 보장하는 것으로 보는 태도이다. 정치를 투쟁이고 전투로 해석하면 정치는 다수자에 대한 소수자의 특권유지에 봉사하는 수단이 된다. 정치를 질서와 정의를 이행하려고 하는 노력으로 해석하면 정치는 공동사회 내의 모든 시민을 통합하고 정의의 공동체를 실현하는 수단이 된다.

호봉별 매월 봉급액표는 동그라미 그리려다 무심코 그린 얼굴이다. 더 이상 이 얼굴을 보기 싫다. 국방부와 교육부, 기획재정부 사람들, 지방자치단체의 사람들, 국회의원들은 이 얼굴을 그리면서 하사들, 소위들, 중사들과 교원들 그리고 병사들의 얼굴을 떠올리고 주먹 만한 눈물을 흘렸을 것이다. 하지만 그들도 별 수가 없는 것이다. 권한은 있지만 예산이 없다. 이들의 권한은 허수아비였던 것이다. 무심코 그린 얼굴이 너무나 강렬하여 당분간 독자들의 눈을 괴롭힐 것이다. 이 얼굴을 외면하지 말고 좋은 생각을 마음 속에 정리해 두기 바란다. 고연히 그림을 그린 것 같다. 동그라미 그리─려다 무심─코 그─린 얼굴……

> "부를 향한 경쟁에서 그는 모든 경쟁자를 누르기 위하여 모든 신경과 근육을 긴장시켜 가능한 한 힘차게 질주해야 한다. 그러나 만약 그가 그들 중 어떤 사람을 밀거나 넘어뜨린다면 구경꾼의 관대함은 거기서 끝난다. 그것은 공정한 경기에서 받아들일 수 없는 반칙이기 때문이다(아담 스미스)."

여보게, 인턴! 나는 환자 레지던트일세.

찔레꽃은 장미 속에 소속되어 있다. 찔레꽃은 높이가 2미터 정도이고 가시가 있다. 장미에도 가시가 있다. 그런데 이 장미는 가끔 가다가 일을 내고 만다. 그것도 자신을 사랑하는 사람에게 말이다. 릴케는 출생지가 체코이다. 릴케는 조각가 로댕의 비서를 지내기도 한다. 이 때 로댕과 한 집에 살았다고 한다. 릴케는 러시아의 여인 루 안드레아스 살로메와 함께 러시아를 여행한 적도 있는데 살로메는 릴케에게 영향을 준 사람이기도 하다.

릴케는 1926년 장미꽃을 꺾다가 가시에 찔렸다. 그리고 이것이 화근이 되어 패혈증으로 고생하다가 그 해 12월에 생을 마친다. 릴케는 이미 그 전에 백혈병 초기 증세가 나타나 있었다. 그래서 릴케의 사망원인을 두고 장미 가시에 찔려서 죽었다, 아니다 백혈병으로 죽었다 하는 논쟁이 있다.

게르하르트 도마크(1895년-1964년)는 독일의 생화학자이다. 도마크는 살균작용이 있는 염료를 연구하여 연쇄구균 감염에 대하여 붉은색 프론토실이 유효하다는 것을 발견하였다. 그는 바이엘 회사에 근무하기도 하였다. 프론토실은 최초의 설파제이다. 설파제는 화농성 질환과 세균성 질환의 치료에 사용하는 약이다. 도마크의 첫 번째 인체실험은 1933년 갑자기 패혈증에 걸린 딸을 상대로 이루어졌다. 딸은 질병에서 회복되었다. 도마크는 1939년 노벨 생리의학상 수상자로 발표되었으나 과도하게 대외적 찬양을 받은 혐의로 게슈타포(비밀경찰)에게 체포되기도 하였다. 그는 1947년에 가서야 노벨상 메달을 받았다. 그런데 이 때에는 이미 상금을 받을 수 없었다.

패혈증으로 인한 사망의 위험은 매우 높다. 사망의 위험은 30%에서 80%에까지 이른다. 80%에 이르는 것은 패혈증 쇼크가 왔을 때이다. 미국의 경우 패혈증의 발생은 1년에 약 100만건 정도이다. 유럽의 경우도 비슷한 상황이다. 어마어마한 수치이다. 패혈증은 역사적으로 히포크라테스의 시대에도 기록되어 있다. 패혈증으로 인한 사망의 심각성 때문에 "패혈증에서 살아남기 캠페인"도 벌어지고 있다.

패혈증 생존캠페인은 패혈증으로 인한 사망을 감소시키기 위한 세계적인 조직이다. 패혈증 생존캠페인은 2009년에 패혈증으로 인한 사망을 25% 줄이기 위한 노력을 시도했다. 패혈증은 이상하게도 점점 증가하고 있다. 의학이 발전한다고 질병이 항상 줄어드는 것은 아니다. 오히려 새로운 질병이 생기거나 기존의 질병이 증가하기도 한다. 패혈증이 점점 증가하는 이유는 면역을 억제시키는 약물들이 많이 사용되고 있기 때문이다.

의학과 병원의 발전은 노벨상 뿐만 아니라 많은 생명을 살릴 수도 있다. 지금 이것을 미룰 이유가 없다. 의학과 병원이 발전하기 위하여 새로운 변화가 필요하다. 중환자실은 가장 위독한 환자들이 치료받는 곳이기 때문에 치료가 조금만 지연되어도 생명을 위협받게 된다. 패혈성 쇼크와 패혈증의 경우 한 시간 이내에 항생제를 투여해야 한다.

홍콩에는 둔문 병원이 있다. 둔문구(툰먼구)는 홍콩의 18개구 중의 하나이다. 둔문 병원의 경우 이전에는 중환자실 진찰에서 실제 항생제 투여까지 6시간 25분이 걸렸다. 이러한 문제를 해결하기 위하여 "항생제 최적화 프로그램"을 도입했다. 이것은 변화관리 프로그램에 해당하는 것이다. 이전에는 중환자실 환자에게 항생제를 투여하기까지 8단계의 작업흐름이 존재했다. 가치 없는 몇몇 단계가 시간을 잡아먹어서 작업흐름은 부정적인 결과를 가져왔다. 그래서 4단계로만 구성된 새로운 작업흐름을 고안했다.

또한 항생제를 포함한 소생상자를 환자 옆에 비치하여 중환자실 담당 의사가 바로 임상진단을 할 수 있게 하였다. 이것을 통하여 항생제를 즉시 투여할 수 있게 하였다. 하지만 이에 대한 회의와 저항이 발생했다. 어떤 사람들은 작업흐름의 이러한 변화가 필요한지에 대하여 의문을 제기했다. 중환자실 의사와 간호사들은 늘어난 책임을 꺼려했다. 그럼에도 불구하고 "항생제 최적화 프로그램"은 실시되었다. 모든 이들이 프로그램을 철저히 따를 것이 요구되었다. 그 후 새로운 변화관리와 작업흐름이 항생제 투여시간을 31분으로 단축했다. 이제 병원의 다양한 사람들은 이 프로그램을 지지하고 있다.

"혁신 아니면 죽음이다."

병원은 항생제로 뒤덮여 있다. 이것이 의미하는 것은 병원에 있는 세균들은 항생제에 대하여 대항할 수 있는 내성을 가지고 있다는 것이다. 따라서 병원에는 가공할 만한 세균감염의 위험이 도사리고 있다. 치료받는 병원에서 세균에 감염되는 것을 원내감염이라고 한다. 병원에서는 내성균들이 광범위하게 번식하고 있다. 이반 일리치는 의료기관이 건강에 심각한 위협으로 등장하고 있다는 것을 지적하고 있다. 이반 일리치는 오스트리아의 철학자이다. 그는 교육과 의학 그리고 근로 등에 관하여 여러 의견을 제시했다. 역사상 기대를 충족시키지 못한 의사에 대하여 처벌이 있어 왔다. 기원전 1,700년경의 함무라비 법전에는 양손을 절단하도록 하였다. 마케도니아의 알렉산더 대왕은 십자가형을 권했다고 한다.

패혈증은 시간 싸움이다. 일찍 조치를 취하면 살고 조치가 늦으면 이제 의학적 딜레마 상황으로 치닫는다. 패혈증이 진행되면 저혈압이 발생한다. 이 상황에서 저혈압을 저지하지 못하면 사람은 죽는다. 그런데 저혈압에 대한 조치와 패혈증에 대한 조치는 서로 상충관계에 있다. 이것이 의미하는 것은 패혈증에 대한 조치를 취하면 저혈압이 더 지속된다는 것이다.

그렇다고 패혈증에 대한 조치를 취하지 않으면 패혈증 자체 때문에 죽는다. 이것이 바로 의학적 딜레마 상황이다. 패혈증은 의학적 딜레마 상황이 오기 이전에 조치하여야 한다. 그래서 패혈증은 시간 싸움이라는 것이다. 의학적 딜레마 상황이 일단 발생하면 그 때부터는 곡예가 시작된다. 이 곡예가 실패하면 패혈증으로 인한 사망이 발생하게 된다.

몸이 아파 병원에 가면 여러 어려움에 처하게 된다. 그 중의 하나가 병원에서 하는 말들을 잘 알아들을 수 없다는 것이다. 병원에서 하는 말 중에 레지던트라는 말이 있다. 레지던트라는 말은 의사, 약사에게만 사용하는 용어가 아니다. 레지던트라는 용어는 환자에게도 사용된다. 레지던트라는 용어가 환자에게 적용될 때에는 건강관리시설에 오랫동안 있는 환자를 의미한다. 오랫동안 있다 보니까 레지던트가 된 것이다. 레지던트에는 거주자라는 의미가 들어 있다.

레지던트는 환자에게 적용되어 사용되기도 하고 의사에게 적용되어 사용되기도 한다. 용어 사용에 있어서 환자와 의사 사이에 차이가 있는 것은 아니다. 이러한 사정을 소개하는 이유는 환자와 의사 사이에는 원래 벽이 없었다. 그런데 언제부터인지 우리 사회에 환자와 의사 사이에 벽이 생기기 시작했다. 앞으로 이 벽은 허물어져야 하는 벽이다. 의사가 입원실에 들어오고 있다. 환자와 의사 사이에 다음과 같은 대화가 오고 간다. 의사가 먼저 환자에게 말한다.

"안녕하세요, 레지던트. 오늘은 몸이 좀 어때요?"

"오서 오세요, 인턴. 덕분에 몸이 많이 좋아졌어요."

"그래요? 좋은 일이네요. 앞으로 몸관리를 잘 해야 해요. 건강하게 오래 사는 것이 좋은 겁니다. 저도 좋은 일이 생겼어요."

"어떤 일인데요?"

"저도 오늘부터 레지던트가 되었어요. 우리는 이제부터 모두 레지던트

예요!"

"축하해요!"

현재 우리나라에서 환자는 어떠한 지위에 있을까? 환자와 보호자는 자신의 지위가 어떠한 것이고 병원이 어떻게 운영되는지 잘 알지 못하는 가운데 병원에서 치료받고 입원하게 된다. 그래서 많은 시행착오를 겪게 된다. 이러한 시행착오를 방지하고 환자를 건강하게 회복시키기 위하여 필요한 것이 무엇일까? 벽을 허물어야 하는데…

5

섬,
바다와
해안가 사람들

"지금 나는 바다의 소리를 듣고 있다. 밤의 만조가 오르고 서재 창 아래로는 거센 물결이 바위에 부딪쳐 소용돌이 친다 …… 해안의 풍부한 삶을 생각하면서 우리는 우리의 힘이 미치지 않는 여러 세상의 진실에 관한 대화가 쉽지 않음을 느낀다. 어두운 바다에서 미세한 빛을 발산하는 수많은 규조류가 보내온 신호는 어떤 메시지를 담고 있는가?

밀려오는 파도에서 자신들 존재의 필연성을 찾고 있는 모든 작은 생물들, 제집으로 삼은 바위들을 하얗게 덮고 있는 무수한 조개들이 표현하고 있는 진리란 무엇인가?

바다의 끈인 투명한 한 줄기의 원형질과 같은 매우 작은 생물체의 존재이유, 해안의 바위와 해초 사이의 무수한 생물체들이 요구하는 존재의 이유, 우리로서는 이유를 알 수 없는 그 존재의 의미는 무엇인가? 그 의미는 우리에게 자주 나타나거나 영원히 사라질 수도 있고 이에 대한 끊임 없는 추구 속에서 우리는 삶 자체라는 궁극적인 신비에 다가간다(레이첼 카슨의 바닷가에서)."

해안가와 섬은 우리에게 어떠한 의미를 가지고 있을까? 해안가와 섬은 많은 영웅들과 인재들을 배출하는 곳이다. 그것도 아주 놀라울 정도로 말이다. 여기에 그 놀라움을 소개하기로 한다. 이제 해안가와 섬에서 태어난 사람들을 소개하니 그 놀라움을 느껴보시기를. 또한 여러 섬들도 동시에 소개하기로 한다. 인류의 역사를 잘 알고 싶으면 먼저 해안가와 섬을 돌아봐야 할 것이다. 또한 우리나라를 잘 알고 싶으면 해안가와 섬을 다녀봐야 할 것이다. 해안가와 섬은 동시에 우리에게 훌륭한 자연을 선사하기도 한다.

이중섭, 김환기의 마음은 언제나 바다

화가들에게서도 놀라운 사실들이 발견된다. 화가인 이중섭(1916년-1956년)은 해안가에서 태어났다. 이중섭은 평안남도 평원군에서 태어났다. 평원군은 서해안에 위치하고 있다. 이중섭은 짧은 삶을 살았다. 이중섭은 6·25전쟁 때 월남하게 된다. 이중섭은 여기저기 다니면서 그림을 그리게 되는데 그 중에는 부산, 통영, 제주도가 포함되어 있다. 이들은 모두 해안가이거나 섬이다. 이중섭은 소를 그린 것으로 유명하다. 이중섭의 그림에는 해안가와 물고기 그리고 게에 관한 그림들이 있다. "서귀포의 환상", "환상적인 바다 풍경", "물고기와 노는 두 어린이", "물고기와 노는 세 어린이", "파란 게와 어린이", "두 아이와 물고기와 게", "닭과 게", "개구리와 어린이" 등이 그러한 그림들이다.

이중섭이 해안가와 섬에 거주하거나 해안가와 물고기에 관한 그림을 남긴 것은 이유가 있는 것이었다. 이중섭에게 섬은 이상향으로 다가왔을 것이다. 이중섭을 이해하려면 그가 바다에 관하여 가지고 있는 마음을 이해하여야 한다. 이중섭에게 바다와 물고기는 삶 그 자체였다. 제주도 서귀포시에는 이중섭 미술관이 있다. 섬, 바다와 물고기와 관련된 이중섭의 이상향과 삶을 기리기 위한 미술관이다. 이중섭이 섬에 살았지만 출생지는 다소 불명확한 모양이다. 이중섭 미술관에는 출생지가 미상으로 되어 있다.

우리나라의 대표적인 화가인 김환기(1913-1974년)는 아예 섬에서 태어났다. 김환기가 이중섭보다 3살이 더 많다. 김환기가 태어난 곳은 전라남도 신안이다. 신안은 여러 섬들로 이루어져 있다. 김환기는 6·25전쟁 때 해군 종군화가로 활동하기도 한다. 김환기는 갑작스런 뇌출혈로 뉴욕의 한 병원에 입원했다가 일어나지 못했다. 그가 죽은 곳도 뉴욕이라는 섬이었다. 김환기가 사용한 색채 중에는 푸른색이 포함되어 있다. 이 푸른색은 바다의 색이기도 하고 하늘의 색이기도 하다.

　김환기가 그린 그림 중에는 "섬", "뱃놀이" 등이 있다. 이 그림들은 섬과 바다에 관한 것들이다. 김환기는 그림을 그릴 때 점과 원을 많이 사용하였다. 그 결과 나온 그림들이 항아리, 달을 소재로 한 그림들이다. "항아리", "항아리와 여인들"이 바로 이러한 그림들이다. 그런데 항아리가 바로 물을 담는데 사용하는 것이다. 김환기가 그린 항아리 그림은 바다와 관련이 있을 것이다. 김환기는 새에 관한 그림도 그리고 있는데 이 새 또한 바다와 관련이 있다. 바다에는 매우 많은 새들이 있다. 그리고 바다에는 많은 소리들이 있다.

　놀랍게도 김환기는 소리를 그림으로 그리려고 하고 있다. 이것이 바로 "봄의 소리"이다. 소리를 그린다는 것은 불가능한 일이다. 소리는 보이지 않기 때문이다. 김환기는 소리를 두툼한 직선으로 표현하고 있다. 이 직선에 빨간색, 파란색, 녹색 등의 색채를 가미하고 있다. 빨간색과 파란색의 이미지는 매우 강렬하다. 김환기가 그리려고 했던 것은 바다의 소리였을 것이다. 그가 태어난 곳이 바로 섬이기 때문이다. 섬은 바람소리와 파도소리 그리고 새소리로 온통 뒤덮여 있다. 배에서 나는 소리도 멀리서 계속하여 들려온다.

　김환기는 항상 밀려오는 파도소리를 두 눈을 꼭 감고 듣고 있었던 것이다. 사실 봄이 어떠한 소리를 가지고 있는 것은 아니다. 봄은 시간의 변화에 따라 자연적으로 나타나는 것이기 때문이다. 이 봄이 소리를 가지고 있다면 그것은 시간의 소리일 것이다. 김환기는 이 시간의 소리를 그리려고 했던 것이다.

　얼마나 놀라운 일인가! 시간의 소리를 그리려고 했다는 사실이. 김환기의 "봄의 소리"를 보고 또 듣고 있으면 시간이 강렬하게 변하고 있다는 것을 알 수 있다. 이것을 표현한 것이 바로 빨간색, 파란색, 녹색 등의 색채들이다. 김환기가 소리를 그리려고 했다는 것은 엄청난 상상력과 창의력의 발동이다. 그림을 보고 있으면 정말로 소리를 그린 것 같다. 바다는 이중섭과 김환기와 같은 천재들을 태어나게 하고 있다. 그림을 한 번 보기로 하자.

우리나라 사람들은 바다로부터 많은 생각을 얻고 있다. 다음은 노래의 한 구절이다. 앞에 있는 노래는 대중가요이고 뒤의 노래는 가곡이다.

밀려오는 그 파도 소리에
밤 잠을 깨우고 돌아누웠나
못 다한 꿈을 다시 피우려
다시 올 파도와 같이 될꺼나.

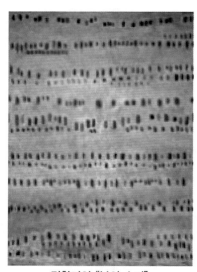

검푸른 바다 바다 밑에서
줄지어 떼지어 찬물을 호흡하고
길이나 대구리가 클대로 컸을 때
내 사랑하는 짝들과 노상
꼬리치며 춤추며 밀려 다니다가
어떤 어부의 그물에 걸리어.....
명태, 헛 명태라고
헛 이 세상에 남아 있으리라.

김환기의 "봄의 소리"

가곡 "명태"는 변훈이 작곡하고 양명문이 가사를 쓴 것이다. 변훈(1926년-2000년)은 함경남도 함흥에서 태어났다. 함흥은 동해안에 있는 도시이다. 변훈 또한 해안가에서 태어난 사람이다. 변훈은 양명문(1913년-1985년)보다 나이가 13살 적고 이중섭보다 10살 적지만 이들과 알고 지내는 사이였다. 변훈의 노래는 "명태"를 포함하여 "떠나가는 배", "한강", "낙동강"

등 바다, 강과 관련되어 있다. 변훈은 대표적인 해안가 도시에서 태어나 바다와 강을 노래하고 있었다. 변훈과 비슷한 시기에 최영섭(1929년-)이 태어난다.

최영섭은 "그리운 금강산"을 작곡한 사람이다. 최영섭은 경기도 강화에서 태어났다. 강화는 섬 자체이다. 최영섭의 곡들 중에는 바다, 섬, 강가와 관련된 것들이 있다. "동해의 여명", "소라", "강가에서", "동강에서", "또 하나의 강", "라구나 해변", "독도 아리랑" 등이 그러한 곡들이다. 최영섭은 "들국화"라는 곡도 만들었다. 음악그룹 들국화의 최성원은 바로 최영섭의 아들이다. 변훈과 최영섭을 이해하려면 이들이 바다에 관하여 가지고 있는 마음을 이해해야 한다.

변훈보다 25년 앞서 채동선(1901년-1953년)이 태어나 음악가가 되었다. 채동선 또한 해안가에서 태어났다. 채동선은 전라남도 보성 벌교에서 태어났다. 벌교는 순천 바로 옆에 있으면서 바다에 접하고 있다. 채동선은 1900년대가 시작한 바로 다음 해에 태어났기 때문에 상당히 이른 시기의 음악가이다. 채동선은 "망향", "고향", "바다", "한강", "갈매기" 등을 작곡했다. 채동선은 바다와 강을 소재로 한 곡을 작곡하고 있다. 채동선은 한국전쟁이 끝나는 해에 죽고 만다. 채동선의 동생인 채선엽 또한 성악가이자 피아노 연주가이다.

채동선은 작곡가이자 바이올리니스트이다. 홍난파는 작곡가이자 바이올리니스트이다. 현제명은 작곡가이자 테너 성악가이다. 안익태는 작곡가이자 첼리스트이다. 작곡가들은 자신이 특히 잘 다루는 악기가 있는데 이것이 사람마다 다르다. 윤심덕(1897년-1926년)은 성악가이다. 윤심덕은 상당히 이른 시기의 사람이다. 윤심덕은 평양에서 태어났으나 바로 진남포로 이주하여 자랐다. 진남포는 해안가에 있다. 진남포는 지금은 남포항이라고 부른다. 진남포는 대표적인 항구도시이다.

율곡 이이의 어머니인 신사임당 또한 해안가에서 태어났다. 신사임당은 강원도 강릉에서 태어났다. 신사임당은 산수, 풀, 벌레 등을 주로 그렸다. 대표적인 또 한 명의 화가인 김기창(1913년-2001년)은 김환기와 같은 해에 태어났다. 김기창이 그린 그림 중에는 "바보산수", "바보화조" 등이 있다. 대표적인 또 한 명의 화가인 박수근(1914년-1965년)은 김기창과 김환기가 태어난 다음 해에 태어났다.

박수근은 정물화를 그리면서 물고기를 소재로 삼기도 하였다. 그 그림이 바로 "굴비", "생선"이다. 박수근은 간경화와 응혈증이 악화되어 길지 않은 삶을 마감하였다. 이중섭, 김환기, 김기창, 박수근은 모두 1910년대에 태어난 사람들이다. 이것은 참으로 묘한 것이다. 우리나라의 대표적인 화가들은 동일한 시대에 태어나서 동일한 시대를 살아갔던 것이다. 이 중에서 김기창만이 2000년대까지 살았다.

좀 더 오래 산 화가는 김흥수(1919년-2014년)이다. 김흥수 또한 1910년대에 태어난 사람이다. 그리고 김흥수는 해안가 도시인 평안남도 함흥에서 태어났다. 함흥은 변훈이 태어난 곳이기도 하다. 김흥수는 1910년대의 마지막 해에 태어났다. 김흥수는 96살까지 장수하였으나 부인 장수현이 2012년에 먼저 세상을 떠나고 말았다. 김흥수는 부인이 세상을 떠난 후 얼마 되지 않아 같이 세상을 떠나고 말았다.

유영국(1916년-2002년)도 해안가에서 태어난 화가이다. 유영국은 1910년대에 이중섭과 같은 해에 태어났다. 유영국이 태어난 곳은 경상북도 울진이다. 울진은 동해안 해안가에 길게 늘어져 있다. 유영국은 추상화를 그리고 있다. 유영국은 산을 추상화로 그린 것으로 유명하다.

장욱진(1917년-1990년)은 유영국, 이중섭보다 1살 적다. 장욱진 또한 1910년대에 태어난 화가이다. 장욱진은 나무를 소재로 한 그림을 많이 그렸다. 또한 장욱진이 그린 그림 중에는 "나룻배", "강변풍경", "배와 고기" 등

배, 강과 관련된 것도 있다. 박래현(1920년-1976년)은 화가이자 김기창의 부인이다. 박래현은 길지 않은 삶을 살았다. 박래현 또한 해안가에서 태어난 사람이다. 박래현은 평안남도 진남포에서 태어났다. 박래현은 판화에서 활동하기도 하였다. 천경자(1924년-) 또한 해안가에서 태어난 화가이다. 천경자는 전라남도 고흥에서 태어났다. 천경자는 박래현처럼 1920년대에 태어난 사람이다. 고흥은 섬과 해안가로 되어 있다.

영국의 철학자 프란시스 베이컨(1561년-1626년)이 죽은 후 348년 후에 또 한 명의 프란시스 베이컨(1909년-1992년)이 태어났다. 이 베이컨은 이름도 동일하다. 다만 전공이 다를 뿐이다. 나중에 태어난 베이컨은 화가이다. 이 베이컨은 그림으로 사람들을 놀라게 하고 있다. 베이컨의 그림값은 어마어마하다. 베이컨은 피카소처럼 해안가에서 태어났다. 베이컨은 아일랜드의 더블린에서 태어났다. 더블린은 아일랜드의 수도이자 아일랜드에서 가장 큰 도시이다. 더블린은 아일랜드의 해안가에 위치하고 있다. 베이컨이 그린 그림 중에 "루치안 프로이트에 대한 3개의 연구"는 매우 유명한 그림이다. 이 그림은 1억 4,240만 달러에 거래되었다. 상상을 초월하는 금액이다. 이것이 다 베이컨의 창의력의 결과이다.

베이컨은 인물화를 많이 그렸다. 베이컨은 사람의 몸과 해부 그리고 병리학 등 의학적 내용에 관심을 가지고 이것을 그림으로 표현했다. 베이컨이 그린 그림 중에는 머리라는 제목을 가진 것들도 있다. 베이컨과 같은 그림을 그리기 위하여는 사람의 몸에 관한 전문가가 되어야 한다. 베이컨은 해안가에서 태어났지만 섬과 바다에 관한 그림을 그리지는 않았다. 이것은 피카소와 같은 것이다. 루치안 프로이트는 정신분석을 창설한 지그문트 프로이트의 손자이다. 루치안 프로이트 또한 화가이다. 화가가 다른 화가의 인물화를 그린 것이다. 루치안 프로이트의 아버지는 건축가이다. 지그문트 프로이트는 의사이자 심리학자였는데 자손들은 예술가, 방송인들이 많다. 프로이트

가문은 지금도 건재하다.

　같은 이름을 가진 또 한 명의 프란시스 베이컨(1561년-1626년)은 해안
가에서 태어난 것은 아니지만 섬을 동경하는 작품을 남기고 있다. 베이컨 또
한 섬을 통하여 유토피아를 묘사하고 있다. 베이컨과 허균은 거의 같은 시대
를 살았다. 허균의 홍길동전 또한 하나의 유토피아를 그리고 있다. 허균은
율도국이라는 수평선 너머 대양의 한 섬을 이상향으로 삼고 있다. 놀랍지 않
은가? 홍길동전은 일본 사람들이 읽을 만한 책이기도 하다.

　헤겔에게도 섬은 사람들의 이상이자 현실이었다. 헤겔은 "여기가 로도
스이다"라는 유명한 말을 남기고 있다. 로도스 섬은 그리스의 섬이다. 로도
스 섬은 역사 속에서 가장 유명한 섬 중의 하나이다. 로도스 섬의 입구에는
태양의 신인 아폴로 동상이 세워져 있었으나 지진으로 파괴되었다. 그보다
앞서 기원전 305년 로도스는 마케도니아의 침공을 받았다. 로도스는 이집트
의 프톨레마이오스 왕조와 교역을 하여 이익을 얻고 있었다. 마케도니아는
로도스를 공격하였다. 로도스 시민들은 목숨을 걸고 마케도니아에 대항하여
1년 동안 싸웠다. 마케도니아는 로도스에서 철수하였다. 승리를 기념하기
위하여 로도스 시민들은 거대한 아폴로 동상을 세웠다. 그 이후에도 로도스
는 역사 속에서 등장한다.

　빌럼 데 쿠닝(1904년-1997년)은 네덜란드의 화가이다. 쿠닝은 화가 베
이컨보다 5살이 많다. 쿠닝은 로테르담에서 태어났다. 로테르담은 해안가에
위치하고 있는 항구도시이다. 쿠닝은 여자라는 제목의 그림을 그리고 있다.
쿠닝의 그림은 1억 3,750만 달러에 거래되었다. 쿠닝의 부인 일레인 데 쿠
닝 또한 화가이다. 부인은 뉴욕시에서 태어났다. 뉴욕시 또한 해안가와 섬으
로 구성되어 있다.

　바네트 뉴먼(1905년-1970년)은 미국의 화가이다. 뉴먼은 뉴욕시에서
태어났다. 뉴먼은 빈 공간을 하나의 색채만으로 그리는 것으로 유명하다. 때

로는 **빨간색**만으로 빈 공간을 채우고 때로는 **파란색**만으로 빈 공간을 채우기
도 한다. 이것을 색채장이라고 한다. 뉴먼은 색채장을 추구한 사람이다. 뉴먼
의 그림은 1억 570만 달러에 거래되었다. 또 하나의 그림은 8,420만 달러에
거래되었다.

이 그림에서 노란색은 어디에 있을까? 오른쪽 테두리에 있다. 각각의 색
채가 차지하고 있는 면적에 차이가 있다. 노란색은 면적이 작아 잘 보이지도

않는다. 뉴먼의 그림 중에 다른 색채는
없고 파란색만으로 된 그림도 유명하다.
만약 각각의 색채가 차지하고 있는 면적
을 비슷한 크기로 했다면 어떠했을까?
새로운 감이 떨어졌을 것이다. 이 그림은
균형감을 파괴하려고 한 것에 특징이 있
다. 뉴먼은 균형감을 파괴하여도 두려워
하지 말라고 한다.

이 그림의 또 하나의 특징은 색채를
옆, 즉 수평으로 배치하고 있다는 것이

뉴먼의 "누가 빨강, 노랑, 파랑을
두려워하는가"

다. 그래야 색채가 위로 상승한다는 느낌을 받을 수 있다. 만약 각 색채를
위, 즉 수직으로 층층이 배치한다면 각 색채는 상승하지 못하고 옆으로 퍼져
가게 될 것이다. 그리고 각 색채의 면적은 모여서 일종의 사다리 모양이 될
것이다. 이 그림은 색채를 옆, 즉 수평으로 배치함으로써 사다리 모양을 피
하고 있다.

서양의 화가들은 1900년대 초에 태어난 사람들이 엄청난 두각을 나타
내고 있다. 그리고 위에서 본 사람들은 모두 해안가나 섬에서 태어난 사람
들이다. 살바도르 달리(1904년-1989년)는 스페인의 화가이다. 달리는 초
현실주의 화가이다. 달리는 상상력이 매우 풍부한 사람이다. 달리 또한

1900년대 초에 태어난 사람으로서 해안가에서 태어난 대표적인 사람이다. 달리는 어머니에 대한 정이 남다르게 컸던 사람이다. 그래서 어머니가 사망하자 큰 슬픔에 잠기기도 한다. 어머니는 달리의 예술적 재능을 북돋아주곤 하였었다.

달리는 스페인의 카탈로니아에 있는 피게레스에서 태어났다. 피게레스는 카탈로니아의 북부에 있는 해안가에 위치하고 있다. 피게레스 바로 위는 프랑스이다. 피게레스는 위치가 힘을 발휘하여 기계적 동력에 의하여 작동하는 잠수함을 만든 발명가가 태어난 곳이기도 하다. 피게레스에서 해안선을 따라 아래로 내려오면 바르셀로나가 있다. 바르셀로나 또한 지중해 연안의 항구도시이다. 바르셀로나는 축구로 유명한 도시이기도 하다. 달리의 친구들 중에는 바르셀로나의 선수들이 있기도 하였다. 달리는 어린 시절 이들과 축구를 하기도 하였다.

달리는 항구를 그림으로 그리기도 하였다. "리가트 항구의 성모 마리아"는 리가트 항구를 배경으로 하여 자리에 앉아 있는 성모 마리아를 그리고 있는 그림이다. "컬럼부스의 아메리카 발견"은 컬럼부스와 배를 그리고 있는 그림이다. 이 그림은 매우 큰 그림이다. "참치 고기잡이"는 싸우는 사람들과 큰 물고기를 그리고 있다. 달리를 이해하기 위하여는 바다와 항구에 관하여 가지고 있는 달리의 마음을 알아야 한다.

달리가 그린 그림 중에서 흥미를 불러일으키는 것에 "제비의 꼬리"란 그림이 있다. 이것은 달리의 창의력을 여실히 보여주는 그림이다. 이 그림은 달리가 그린 마지막 그림이다. 이 그림은 수학적 파국이론에 기초하고 있다. 파국이론은 연속적인 배경에서 불연속이 발생하는 과정을 수학적으로 설명하고자 하는 이론이다. 파국이론은 상당한 관심을 불러일으킨 이론이다. 달리는 그림을 수학적으로 그리려고 시도를 한 사람이다.

제비의 꼬리라는 이름은 파국이론에서 사용하는 말을 그대로 사용한 것이다. 달리는 그림에서 수학의 적분기호(인테그럴, $\int$)를 사용하고 있다. 적분기호는 에스(S)를 위와 아래에서 길게 잡아당겨 늘이면 나온다. 중요한 것은 달리가 이러한 그림을 시도했다는 것이다. 에스(S)는 다른 분야에서도 사용하는 기호이다. 달러 표시 또한 에스($)를 사용하고 있다. 달러 표시는 에스(S)에 수직선을 1개 그려넣은 것이다. 달리의 그림을 보고 있으면 달리가 에스(S)라는 기호로부터 상당한 신비감을 느끼고 있는 것 같다. 달리의 그림에서 에스는 몇 개가 있을까? 모두 5개이다. 이 그림의 제목을 "5개의 S"라고 해도 좋을 것이다.

마크 로스코(1903년-1970년)는 러시아 출생의 미국의 유명한 화가이다. 로스코 그림의 가치 또한 어마어마하다. 로스코 또한 1900년대 초에 태어난 사람이다. 알베르토 자코메티(1901년-1966년)는 스위스의 조각가이자 화가이다. 자코메티 또한 1900년대 초에 태어난 사람이다. 자코메티의 아버지도 잘 알려진 화가이다. 자코메티는 특히 조각으로 유명하다. 자코메티의 조각은 1억 430만 달러에 거래되

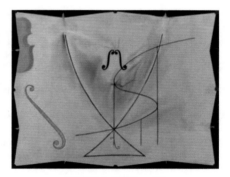

달리의 "제비의 꼬리"

었다. 또 다른 조각은 5,330만 달러에 거래되었다. 자코메티의 조각은 가장 가치가 큰 조각이다.

서양의 그림은 20세기에 들어와서 1900년대 초에 태어난 사람들이 쌓아놓은 아성을 도저히 뛰어넘을 수 없다. 또한 해안가에서 태어난 사람들은 바다를 보면서 멀리 보이는 수평선을 늘 바라보고 있다. 수평선을 보고 있으면 하늘과 바다와 그리고 수평선은 하나가 되어 훌륭한 공간을 만들어낸다. 때로는 바다를 나는 물새들이 점과 점들의 집합을 구성하기도 한다. 그림은

원래 종이 위의 공간을 활용하는 예술이다. 바다가 연출하는 공간은 해안가에서 태어난 사람들이 종이 위의 공간을 활용하는데 있어서 좋은 스승이 되고 있는 것이다. 이것이 해안가에서 태어난 사람들이 쌓아놓은 아성을 뛰어넘기가 힘든 이유이다.

우리나라의 경우 1910년대에 태어난 사람들이 쌓아놓은 아성을 도저히 뛰어넘을 수 없다. 이것이 시대, 즉 시간의 힘이라는 것이다. 그리고 보면 해안가는 장소, 즉 공간의 힘이다. 미국의 잭슨 폴락은 1910년대에 태어난 사람이다. 또한 미국의 앤디 워홀은 좀 더 뒤인 1920년대에 태어난 사람이다. 장 미셸 바스키아(1960년-1988년)는 미국의 화가이자 음악가이기도 하다. 바스키아는 젊은 나이에 죽고 말았다. 바스키아는 뉴욕시에서 태어났다. 바스키아 또한 섬에서 태어났다. 바스키아는 그림을 통하여 사회에 대한 비평을 하기도 하였다. 바스키아의 그림은 1,630만 달러에 거래되었다. 바스키아의 그림 또한 가치가 엄청나다.

중국 사람 제백석(치바이스, 1860년-1957년)은 1860년대에 태어난 사람이다. 치바이스는 동양화를 그린 사람이다. 치바이스는 새, 곤충, 꽃 등을 그리곤 하였다. 치바이스는 원래 목수였다. 목수일을 하다가 혼자서 그림을 배웠다. 40살 이후에 여러 곳을 여행하고 북경에 정착하였다. 현재 치바이스 그림의 가치는 어마어마하다. 장대천(장다첸, 1899년-1983년)은 중국 본토 출신의 대만 화가이다. 장다첸은 1890년대에 태어난 사람이다. 장다첸 또한 동양화를 그린 사람이다. 장다첸은 새, 꽃, 산수 등 동양화를 그리곤 하였다. 장다첸은 다른 나라들을 여행하기도 하였다. 현재 장다첸 그림의 가치 또한 어마어마하다.

왕몽(왕멍)은 중국 원나라 때의 화가이다. 왕멍은 한참 이른 시기의 사람이다. 왕멍은 다름 아닌 조맹부의 외손자이다. 왕멍은 산수를 잘 그렸다. 왕멍은 절강성(저장성) 호주(후저우)에서 태어났다. 절강성은 해안가에 있는 성이다. 호주는 항주(항저우) 바로 위에 위치하고 있다. 항주는 해안가에 위치하고 있는데 호주는 해안가에서 약간 떨어져 있다. 호주 위에는 커다란 호수가 있다. 왕멍이 태어난 곳은 이 호수에 접하고 있는 지역이다. 왕멍의 그림은 6,210만 달러에 거래되었다.

프랑스의 화가 폴 고갱(1848년–1903년)은 1890년대에 타이티섬에 살았다. 고갱은 타이티에 관하여 많은 그림을 그렸다. 고갱이 그린 타이티에 관한 그림들은 1890년대의 작품들이다. 1891년 고갱은 유럽을 피해 프렌치 폴리네시아로 항해를 떠난다. 이것은 고갱이 프랑스 사람이기 때문에 가능한 것이었다. 1893년 고갱은 프랑스로 돌아왔다. 1895년 고갱은 다시 프랑스를 떠난다. 고갱은 1903년에 죽기 때문에 프랑스 밖에서 아주 많이 산 것은 아니다. 고갱은 죽은 후에 매우 유명해졌다. 고갱은 색깔에 관하여 실험

◤ 쉬어가는 코너

정물화는 과일, 꽃, 꽃병 등 물체들을 대상으로 하여 그린 그림을 말한다. 노란색이 상징하는 것은 황금, 햇빛, 이성, 낙관주의, 기쁨, 질투, 배신이다. 빈센트 반 고흐는 노란색을 많이 사용하고 있다. 고흐의 작품 중에 "해바라기"가 있다. "해바라기" 역시 노란색이다. 고흐의 작품 중 "노란 집", "아를의 방" 모두 노란색이다. 고흐는 노란색의 화가이다. 고흐는 "해바라기"에서 우리에게 수수께끼를 내고 있다. 하지

고흐의 작품 "해바라기"

만 이 수수께끼는 쉽게 해결되었다. "해바라기"에서 해바라기는 몇 송이일까? 15송이이다. 그래서 이 그림을 15송이 해바라기 꽃병이라고도 한다.

적 사용으로 유명하다. 이것은 현대미술로 이어진다. 고갱은 조각에 있어서 나무의 사용에 대한 영향력 있는 지지자이다.

놀라움은 계속된다. 올림픽 마라톤에서 우승한 손기정(1912년–2002년)은 평안북도 신의주에서 태어났다. 신의주는 압록강 주변에 위치하고 있다. 또한 신의주는 바다와 매우 가깝다. 손기정과 함께 마라톤에 참가했고 동메달을 딴 남승룡(1912년–2001년)은 전라남도 순천에서 태어났다. 순천은 아래 부분이 해안가에 위치하고 있다. 손기정과 남승룡은 같은 해에 태어났다. 그리고 두 분 모두 1910년대에 태어난 사람들이다. 1910년대는 우리에게 엄청난 사람들을 선사하고 있다. 해안가에서 태어난 사람들이 마라톤을 잘한다고?

그런데 놀라움은 앞으로도 계속된다. 올림픽 마라톤에서 우승한 황영조는 어디에서 태어났을까? 바로 강원도 삼척에서 태어났다. 삼척은 해안가에 위치하고 있다. 황영조는 삼척 근덕면에서 태어났는데 이 근덕면이 바로 바다 옆이다. 이봉주는 놀라운 사람이다. 이봉주는 물과 아무런 관련이 없음에도 불구하고 잘 달렸기 때문이다. 이봉주는 천안에서 태어났다.

이번에는 축구를 한 번 보기로 하자. 축구선수이자 감독인 이회택도 해안가에서 태어났다. 이회택은 경기도 김포에서 태어났다. 김포는 해안가에 위치하고 있다. 김포에는 이회택 거리도 조성되어 있다. 허정무는 아예 섬에서 태어났다. 허정무는 전라남도 진도에서 태어났다. 진도는 우리나라의 대표적인 섬이다. 허정무는 1953년에 태어났다. 차범근 또한 1953년에 태어났다. 허정무와 차범근은 나이가 같다. 차범근은 경기도 화성시에서 태어났다. 화성시는 해안가에 위치하고 있다. 차범근이 태어난 곳은 송산동인데 여기는 해안가에서 약간 들어가 있다.

박지성도 해안가에서 태어났다. 박지성은 전라남도 고흥에서 태어났다. 박지성의 고향은 2개 또는 3개가 거론되고 있다. 고흥, 서울, 수원이 바로 그러한 지역들이다. 박지성은 어린 시절 고흥에서 학교를 다니기까지 하였다. 수원은 그 이후에 학교를 다닌 곳이다. 김태영도 고흥에서 태어났다. 이동국은 포항에서 태어났다. 포항도 해안가에 위치하고 있다. 이동국도 해안가에서 태어난 사람이다. 축구감독으로 유명한 박종환은 황해도 옹진에서 태어났다. 옹진은 해안가에 위치하고 있다. 박종환 또한 해안가에서 태어난 사람이다.

브라질의 축구선수인 호나우두는 리우데자네이루에서 태어났다. 리우데자네이루는 브라질 제2의 도시로서 항구도시이다. 호나우두 또한 해안가 도시에서 태어난 사람이다. 포르투갈의 축구선수인 크리스티아누 호나우두는 아예 섬에서 태어났다. 호나우두는 포르투갈의 마데이라에서 태어났다. 마데이라는 북부 대서양에 위치하고 있다. 마데이라는 1420년부터 포르투갈 사람들이 정착한 곳이다. 마데이라는 인기 있는 휴양지이다. 또한 마데이라는 마데이라 와인으로 유명하다. 마데이라 와인은 독특한 향기와 풍미가 있고 장기간 보존할 수 있는 포도주이다. 마데이라 와인은 포도에 따라 식전주로서 사용되기도 하고 디저트 와인으로 사용되기도 한다. 호나우두가 이러한 곳에서 태어났다는 것도 상당히 놀라운 일이다.

포르투갈의 또 한 명의 유명한 축구선수인 루이스 피구 또한 해안가에서 태어났다. 피구는 리스본에서 태어났다. 리스본은 유명한 항구도시이다. 피구는 해안가에서 태어나서 해안가에서 자라났다. 영국의 축구선수인 웨인 루니는 해안가에 있는 리버풀에서 태어났다. 루니가 태어난 곳은 해안가에서 약간 들어가 있다.

더 놀라운 사실은 포르투갈의 또 다른 유명한 축구선수인 에우제비오 (1942년-2014년) 또한 해안가에서 태어났다는 것이다. 에우제비오는 최근에 심장질환으로 사망하였다. 에우제비오는 원래 아프리카 모잠비크에서 태어났다. 에우제비오가 태어난 곳은 마푸투이다. 마푸투는 모잠비크의 수도이자 가장 큰 도시이다. 모잠비크는 아프리카 동부 해안가에 위치하고 있다. 마푸투는 인도양에 접하는 항구도시이다. 마푸투는 아카시아의 도시라고도 한다. 아카시아 나무들이 가로수를 따라 길게 심어져 있기 때문이다. 마푸투 는 모잠비크의 유명한 조각가가 태어난 곳이기도 하다. 모잠비크 또한 해안 가에서 예술가가 나오고 있다.

영국의 유명한 축구선수인 바비 찰튼은 어디에서 태어났을까? 찰튼은 영국의 동부 해안가에서 태어났다. 찰튼은 애싱턴에서 태어났다. 애싱턴은 인구가 자그마한 지역이다. 애싱턴은 이전에는 석탄광산의 중심지이기도 하 였다. 애싱턴에서 조금 가면 북해 해안가가 나온다. 바비 찰튼은 영국에서 가장 유명한 축구선수 중의 한 명이다. 네덜란드의 상황은 어떠할까? 네덜 란드에서 가장 유명한 축구선수 중의 한 명은 요한 크루이프이다. 크루이프 또한 해안가 도시에서 태어났다. 크루이프는 암스테르담에서 태어났다. 암 스테르담은 유명한 항구도시이다.

지네딘 지단은 프랑스의 유명한 축구선수이다. 지단 또한 유명한 해안 가에서 태어났다. 지단은 프랑스의 마르세유에서 태어났다. 마르세유는 프 랑스 제2의 도시이다. 마르세유는 역사적으로 중요한 경제의 중심지였다. 또한 마르세유는 중요한 항구도시이기도 하였다. 마르세유가 접하고 있는 바다는 지중해이다. 우리나라의 축구선수들인 이회택, 허정무, 차범근, 박지 성, 김태영, 이동국이 해안가에서 태어난 것이 결코 우연이 아니다.

벤 존슨은 캐나다의 유명한 육상선수이다. 벤 존슨은 원래 자메이카에 서 태어났다. 자메이카는 카리브해의 섬나라이다. 벤 존슨이 태어난 곳은 팰 머스이다. 팰머스는 해안가에 있는 지역이다. 팰머스는 이전에는 항구로서 번성한 곳이기도 하다. 육상선수도 해안가 또는 섬에서 태어나고 있는 것이 다. 현재 육상 100m 세계기록 보유자는 우사인 볼트이다. 볼트 또한 자메이 카의 선수이다. 볼트는 여러 기록들을 보유하고 있다.

볼트는 자메이카의 셔우드 콘텐트에서 태어났다. 여기는 팰머스에서 약간 떨어져 있다. 셔우드 콘텐트는 해안가에서 약간 들어가 있다. 두 지역 모두 트렐로니라는 지역에 속해 있다. 트렐로니가 바로 자메이카 육상의 총본산이다. 트렐로니에서는 많은 육상선수들이 배출되고 있다. 트렐로니 출신의 육상선수들이 좋은 기록을 내고 있는 것은 거의 비슷한 원인 때문이다. 바로 자메이카라는 섬과 트렐로니라는 바다에 접해 있는 지역 때문이다. 이것이 트렐로니를 육상의 성지로 만들었다.

해안가나 섬에서 태어난 육상선수들에 대하여 강력한 도전을 한 사람이 없었던 것은 아니다. 칼 루이스는 미국의 유명한 육상선수이다. 칼 루이스는 올림픽 금메달을 여러 개 딴 사람이다. 칼 루이스는 미국 알라바마주 버밍행에서 태어났다. 알라바마주는 미국에서 바다에 접하고 있는 주이다. 알라바마주의 아래 부분이 해안가이다. 버밍행 자체는 해안가에 위치하고 있지 않다. 버밍행은 알라바마주 중간 부분에 위치하고 있다.

제시 오웬스(1913년-1980년)는 또 한 명의 미국의 유명한 육상선수이다. 오웬스는 상당히 이른 시기의 사람이다. 오웬스는 육상에서 유명한 역사를 쓴 사람이다. 그런데 묘하게도 오웬스가 태어난 곳이 칼 루이스처럼 알라바마주이다. 오웬스가 태어난 곳은 오크빌이다. 오크빌 자체도 버밍행보다 위에 위치하기 때문에 해안가에 위치하고 있지는 않다. 그런데 오웬스와 칼 루이스의 기록은 결국 섬에서 태어난 벤 존슨과 볼트에 의하여 깨지고 말았다.

마라톤의 경우는 어떠할까? 우리나라는 해안가에서 훌륭한 선수들을 배출하였다. 지금 마라톤의 중심은 케냐이다. 케냐는 아프리카의 동부 해안에 위치하고 있는 나라이다. 그러면 마라톤 기록 보유자들이 해안가에서 태어난 사람들일까? 그렇지는 않다. 지금 마라톤 세계기록 보유자는 케냐의 데니스 키메토이다. 키메토는 케냐의 엘도레트에서 태어났다.

엘도레트는 해안가에 위치하고 있지는 않다. 엘도레트는 돌이 있는 강이라는 의미이다. 엘도레트에서 일정한 거리이기는 하지만 아래에 거대한 빅토리아 호수가 있다. 빅토리아 호수는 아프리카에서 가장 큰 호수이다. 엘도레트는 키메토 이외에 케냐 출신의 성공한 선수들의 고향이기도 하다.

임마누엘 킵칠칠 무타이는 2위 세계기록 보유자이다. 무타이가 태어난 곳은 키메토가 태어난 곳인 엘도레트에서 빅토리아 호수 쪽으로 더 가까이 위치한 곳이다. 무타이가 태어난 곳은 케냐에서 물이 모이는 지역이다. 여기에서는 비가 매우 자주 온다. 케냐의 다른 선수들도 주로 이들 지역에서 태어난 사람들이다. 마라톤의 경우 100m 달리기와 달리 엘도레트를 포함한 이들 지역이 지금 마라톤의 중심지가 되었다. 하지만 앞으로 해안가나 섬에서 태어난 선수들의 강력한 도전이 있을 것이다. 그리고 그 중심세력은 우리나라가 될 수도 있다.

우리나라는 해안가와 섬이 풍부하기 때문이다. 우리나라에서 마라톤 강자가 다시 나온다면 해안가나 섬에서 태어난 사람일 가능성이 크다. 특히 해안가에서 태어난 사람일 가능성이 크다. 이것이 손기정, 남승룡, 황영조가 마라톤을 잘한 이유이기도 하다. 이런 점에서 이봉주는 놀라운 저력을 보여준 사람이다. 무엇인가 규칙을 깬다는 것은 매우 힘든 일이기 때문이다. 수영선수인 조오련(1952년-2009년)도 해안가에서 태어났다. 조오련은 전라남도 해남에서 태어났다. 해남은 해안가에 위치하고 있다. 조오련은 독도 33바퀴 헤엄쳐 돌기를 시도하여 성공하기도 하였다. 조오련은 해남 집에서 심장마비로 사망했다.

레슬링 선수인 역도산은 어디에서 태어났을까? 역도산은 함경남도 홍원에서 태어났다. 홍원은 동해안 해안가에 위치하고 있다. 역도산은 일본 프로레슬링의 기초를 닦은 사람이다. 홍원의 해안선은 홍원만에 접하고 있다. 홍원의 지형은 북으로부터 산, 평야, 해안가로 되어 있다. 박치기 왕인 김일은 전라남도 고흥에서 태어났다. 김일은 금산면에서 태어났는데 여기는 섬이다. 김일은 섬에서 태어난 사람이다. 당수의 왕인 천규덕도 해안가 도시에서 태어났다. 천규덕은 부산에서 태어났다. 영화배우이자 탤런트인 천호진은 천규덕의 아들이다. 역도산, 김일, 천규덕은 레슬링계의 거물들이다. 올림픽 레슬링 금메달리스트인 양정모도 부산에서 태어났다. 바다는 레슬링의 거물들을 선사하고 있다.

그런데 더 놀라운 것은 유명한 권투선수인 멕시코의 차베스 또한 해안가에서 태어난 사람이다. 차베스는 멕시코의 시우다드 오브레곤에서 태어났다. 차베스 또한 챔피언을 여러 번 하였다. 또 한 명의 유명한 권투선수인 호야는 미국 동 로스앤젤레스에서 태어났다. 동 로스앤젤레스는 로스앤젤레스와 다른 지역이다. 동 로스앤젤레스는 해안가에 위치하고 있는 도시이다. 호야 또한 챔피언을 여러 번 하였다.

필리핀의 유명한 권투선수인 매니 파퀴아오는 아예 민다나오섬 출신이다. 파퀴아오 또한 챔피언을 여러 번 하였다. 파퀴아오는 국회의원을 하고 있다. 파퀴아오가 태어난 곳은 섬의 해안가에서는 떨어져 있다. 미국의 메이웨더는 미시간주의 그랜드 래피즈에서 태어났다. 그랜드 래피즈는 그랜드 강에 위치하고 있다. 이들은 모두 전설적인 권투선수들이다. 여기에 휘태커도 포함하여야 한다.

우리나라는 어떠할까? 김기수(1938년-1997년)는 프로권투에서 우리나라 최초의 세계 챔피언이다. 김기수는 함경남도 북청에서 태어났다. 북청은 동쪽으로 동해안과 접하고 있다. 김기수는 해안가에서 태어난 사람이다. 김기수는 한국전쟁 당시 전라남도 여수에 정착했다. 여수는 온통 바다이다. 북청은 물과 관련이 깊다. 북청 물장수도 북청 사람들이다. 북청 물장수는 북청 출신의 물장수를 말한다. 이들은 교육열이 상당히 높았다고 한다. 유제두는 전라남도 고흥에서 태어났다. 고흥 또한 온통 바다이다. 유제두도 세계 챔피언을 하였다. 이 뿐만이 아니다. 세계 챔피언을 한 우리나라의 권투선수들 중 그야말로 많은 선수들이 해안가나 섬에서 태어났다.

오페라와 해안가 나폴리

해안가에서 태어나 뛰어난 음악가가 된 사람들도 있다. 이탈리아의 음악가 비발디(1678년-1741년)는 베니스 출신이다. 베니스는 이탈리아의 해안도시이다. 비발디는 음악의 역사에 있어서 상당히 이른 시기의 사람이다. 비발디는 바흐(1685년-1750년)보다 7살이 더 많다. 바흐는 비발디의 영향을 받고 있다. 비발디는 여러 오페라를 남기고 있다. 비발디는 여러 기악곡들도 남기고 있다. 비발디는 40곡 이상의 오페라를 작곡했다. 비발디와 푸치니가 살았던 시대는 많이 다르다. 푸치니 또한 이탈리아 사람이다.

푸치니(1858년-1924년)는 비발디보다 한참 뒤의 사람이다. 푸치니는 비발디보다 무려 180년 뒤의 사람이다. 푸치니는 루카라는 지역에서 태어났다. 루카는 이탈리아 북서부에 있는 해안가에 위치하고 있다. 푸치니 또한 해안가 출신이다. 비발디와 푸치니 사이에 있는 오페라의 대가들은 오스트리아의 모차르트(1756년-1791년)와 이탈리아의 로시니(1792년-1868년) 그리고 독일의 바그너(1813년-1883년)와 이탈리아의 베르디(1813년-1901년)이다.

로시니는 페사로라는 지역에서 태어났다. 페사로는 이탈리아 동해안에 위치하고 있다. 로시니 또한 해안가에서 태어난 사람이었던 것이다. 로시니는 39곡의 오페라를 작곡하였다. 로시니는 가곡을 작곡하기도 하였다. 베르디는 파르마에서 태어났다. 파르마는 해안가는 아니다. 이탈리아의 오페라 대가들 중에서 비발디, 로시니, 푸치니는 모두 해안가에서 태어난 사람들이다. 이들은 뱃고동 소리와 파도 소리를 들으며 자신들의 귀를 갈고 닦았다. 이들의 귀는 잔잔한 바다와 갑자기 울리는 소리를 들으며 좋은 오페라를 만들 수 있었다. 이들의 눈은 몰려오는 파도를 보며 오페라를 구상할 수 있었다. 오페라는 원래 잔잔한 가운데 갑자기 폭풍처럼 밀려오는 소리를 내고 있다.

우리나라의 홍난파는 경기도 화성시에서 태어났다. 화성시 또한 해안가에 위치하고 있다. 홍난파는 일찍이 서울로 오게 된다. 홍난파가 태어난 곳은 해안가에서 조금 들어가 있다. 내가 지금 해안가에 살고 있다면 오페라에 한 번 도전해 보시기를. 음악공부를 하다가 구상이 떠오르지 않는다면 해안가나 섬을 찾아가 소리를 들으며 머리를 정리해 보시길. 바다와 섬은 사람으로 하여금 소리에 매우 민감하도록 해준다. 이탈리아의 나폴리는 음악의 역사에서 자그만치 400년 이상 동안 매우 중요한 역할을 한 곳이다. 16세기 나폴리에서는 최초의 음악학교가 설립되었다. 나폴리는 지금도 음악교육과 음악박물관의 중심지이다.

알레산드로 스카를라티(1660년-1725년)는 나폴리 오페라 학교를 설립했다. 스카를라티는 오페라의 역사에서 중심인물이다. 스카를라티는 많은 오페라 작품을 남기고 있다. 스카를라티 또한 섬 출신이다. 스카를라티는 시칠리아섬에 있는 팔레르모에서 태어났다. 스카를라티의 2명의 아들 또한 유명한 음악가이다. 한 명은 도메니코 스카를라티(1685년-1757년)로서 나폴리에서 태어났다. 아버지가 나폴리에서 살았기 때문이다. 아들 스카를라티는 많은 건반 소나타들을 남기고 있다. 그는 근대 피아노 주법의 아버지라고 불리기도 한다. 다른 한 명의 아들은 피에트로 필리포 스카를라티(1679년-1750년)이다. 그는 작곡가이자 오르가니스트였다.

나폴리는 여러 오페라 형태들이 출현한 곳이기도 하다. 유명한 오페라 가수인 엔리코 카루소(1873년-1921년)가 태어난 곳이 바로 나폴리이다. 카루소는 20세기에 들어와 오페라의 황금시대를 만든 사람이다. 카루소는 공연 도중에 과로로 토혈하기도 한다. 오페라는 나폴리와 떨어져서 존재할 수 없다.

그런데 놀라운 것은 화가인 피카소도 해안가에서 태어난 사람이다. 피카소는 스페인의 말라가에서 태어났다. 말라가는 지중해의 태양의 해안가라는 곳에 위치하고 있다. 말라가의 겨울은 유럽에서 가장 따뜻한 겨울 중의 하나이다. 말라가의 역사는 2,800년 동안 이어져 왔다. 이것은 말라가를 가장 오래된 도시 중의 하나로 만들고 있다. 말라가는 여러 문화적 유산들을 가지고 있다. 이러한 유산들 속에서 피카소도 태어났다. 영화배우인 안토니오 반데라스도 말라가에서 태어났다. 하지만 피카소가 바다와 해안가를 그림으로 그린 것은 아니다.

피카소는 해안가를 살기 좋은 곳으로 생각하고 있었다. 피카소는 프랑스의 바닷가에서 생활하면서 작품활동을 하기도 했다. 피카소는 어려서부터 그림을 그리기 시작했다. 그런데 피카소의 그림들 중에는 음악과 관련된 것들이 있다. "늙은 기타리스트", "기타리스트, 만돌린 연주자", "바이올린" 등 여러 그림들이 있다. 이것은 상당히 의외이다.

피카소의 "바이올린"

피카소도 김환기처럼 소리를 그림으로 그려보겠다는 생각을 하고 있었을 지도 모른다. 다만 소리 자체가 아니라 소리를 내는 악기를 그리고 있다는 것이 김환기와 다르다. 그림을 보면 음악의 기호가 등장하고 있다. 화살표도 보인다. 놀라운 것은 달리가 그림을 그릴 때 사용하였던 에스(∫)를 옆으로 회전시킨 것이 여러 개 보인다. 이것들은 가운데 부분에 3개가 그려져 있다. 피카소 그림의 특징은 악기를 그림의 대상으로 삼고 있다는 점과 그림을 상당히 기호화하고 있다는 점이다. 다른 화가들도 악기를 그림의 대상으로 삼기도 하지만 피카소는 거기서 더 나아가 그림 속에 기호를 그려 넣고 있다.

입자는 무엇일까? 1630년경 이후 그리고 특히 물리학계에 막강한 영향을 준 데카르트의 과학저술이 출현한 이후 대부분의 물리학자들은 우주는 미시적인 입자로 이루어져 있고 자연현상은 모두 입자의 형태, 크기, 운동, 상호작용에 의하여 설명될 수 있다고 믿게 되었다. 우주에는 오로지 형체를 가진 물질이 운동하고 있을 뿐이었다. 우주에 관한 입자적 관념은 과학자들에게 그들의 연구문제의 다수가 무엇이 되어야 하는지를 지시하였다.

이것은 방법론적인 측면에서 과학자들에게 궁극적 법칙과 기본이 되는 설명이 어떠하여야 하는지를 알려주었다. 법칙들은 입자의 운동과 상호작용을 명시하여야 하며 설명은 어느 주어진 자연현상을 이들 법칙 아래에서의 입자의 작용으로 환원하여야 한다. 이것은 또한 모든 화학적 변화의 바탕에 깔려 있다는 것이 틀림 없는 입자들의 재배열과정을 드러내는 것이었다. 역학, 광학, 열의 연구에서도 입자설이 이와 비슷한 영향을 미치게 된다. 입자는 여러 분야에서 사용하는 개념이고 동일한 분야에 있어서도 여러 종류의 입자가 있다. 입자는 단일한 것이 아니다. 그래서 입자의 이름도 많이 있다. 입자의 존속기간도 다양하다. 어떠한 입자는 금방 사라지는 것도 있다. 또한 입자의 크기도 매우 다양하다. 만약 피카소가 입자를 그림으로 그리려고 하였다면 어떠한 그림이 되었을까?

입자의 크기들

오페라 대가들은 여러 면에서 공통점을 가지고 있다. 비발디와 로시니는 안토니오 비발디이고 로시니는 안토니오 로시니로서 둘 모두 안토니오라는 이름을 가지고 있다. 로시니는 모차르트가 죽은 다음 해에 태어났다. 바그너는 베르디와 같은 해에 태어났다. 바그너와 베르디는 같은 해에 태어나서 오페라에 있어서 당대 최고의 명성과 영예를 누렸다. 베르디는 뇌졸중으로 사망했다. 베르디의 장례식에는 엄청나게 많은 사람들이 참여했다고 한다. 베르디의 장례식은 밀라노에서 열렸는데 이 당시 모인 사람들의 수는 이탈리아 역사상 기록을 남겼다고 한다. 로시니 아버지의 이름은 지우세페 로시니인데 이것은 지우세페 베르디의 이름과 같다.

로시니는 "세비야의 이발사"를 작곡하였는데 모차르트 또한 "피가로의 결혼"을 작곡하였다. 세비야는 스페인의 지방이름이다. 세비야는 이탈리아어로 시빌리아이다. 그런데 "세비야의 이발사"에 나오는 이발사가 바로 피가로이다. 로시니와 모차르트 모두 피가로를 대상으로 하고 있다. 그 이유는 무엇일까?

"세비야의 이발사"와 "피가로의 결혼"의 이야기의 원작자는 모두 프랑스 작가 보마르셰(1732년-1799년)이다. 보마르셰는 피가로라는 이름을 좋아하였다. 보마르셰는 피가로 시리즈 3부작을 썼다. "세비야의 이발사"는 피가로 시리즈 3부작 중에서 처음 부분이다. 모차르트의 "피가로의 결혼"은 피가로 시리즈 3부작 중에서 두 번째 부분이다. 하지만 모차르트가 "피가로의 결혼"을 작곡한 것은 로시니가 "세비야의 이발사"를 작곡한 것보다 더 빠르다. 로시니가 태어난 해는 모차르트가 죽은 다음이기 때문이다. 피가로 시리즈 3부작 중에서 세 번째 부분은 "죄 있는 어머니"이다.

해안가에서 태어난 음악가들의 이야기는 계속된다. 우리나라의 하춘화는 전라남도 영암에서 태어났다. 영암은 해안가, 섬, 강으로 이루어져 있다. 하춘화는 영암에서 태어나 어린 시절을 부산에서 보냈다. 흔히 남진과 나훈아를 경쟁자라고 한다. 과연 그럴까? 남진은 목포시에서 태어났다. 목포시에는 섬도 있고 해안가도 있다. 나훈아는 부산 동구에서 태어났다. 동구는 해안가에 위치하고 있다. 나훈아가 태어난 곳은 동구 중에서도 바로 바다에 접하고 있다. 남진과 나훈아는 장소적 유사성을 가지고 있기 때문에 경쟁자일 수도 있고 동지일 수도 있다.

조용필은 화성시에서 태어났다. 화성시는 해안가에 위치하고 있다. 조용필이 태어난 곳은 바로 바다에 접하고 있다. 이들 모두 해안가에서 태어난 사람들이다. 이미자는 서울에서 태어났다. 이미자는 대단한 사람이다. 해안가에서 태어나지 않고서도 가수로서 성공하였으니 말이다.

미국 록음악가인 지미 헨드릭스는 대표적 해안가 도시인 시애틀에서 태어났다. 시애틀은 미국 음악의 역사에서 의미 있는 역할을 한 도시이기도 하다. 시애틀에서 재즈가 상당히 발전하였다. 해안가는 소리와 밀접한 관련이 있다. 재니스 조플린은 미국의 블루스 가수이다. 조플린은 텍사스주 제퍼슨 카운티에서 태어났다. 제퍼슨 카운티는 해안가에 위치하고 있다. 조플린이 태어난 곳은 제퍼슨 카운티 중에서도 바로 바다에 접하고 있다. 재즈의 본고장은 뉴올리언스이다. 뉴올리언스 또한 대표적인 항구도시이다. 뉴올리언스는 항구의 규모가 시애틀보다 더 크다.

비틀즈는 어디에서 생겼을까? 당연히 해안가이다. 비틀즈는 영국의 리버풀에서 생겼다. 리버풀은 대표적인 항구도시이다. 비틀즈의 구성원인 존 레논은 리버풀에서 태어났다. 비틀즈의 구성원들인 폴 매카트니, 조지 해리슨, 링고 스타 모두 리버풀에서 태어났다. 링고 스타가 태어난 곳은 아예 바다에 접하고 있는 곳이다. 정말로 놀랍지 않은가? 롤링 스톤스의 믹 재거 또한 해안가에서 태어난 사람이다. 믹 재거는 영국의 다트퍼드에서 태어났다. 다트퍼드는 해안가에 위치하고 있다. 그런데 미국의 브루스 스프링스틴 또한 해안가에서 태어난 사람이다. 스프링스틴은 뉴저지주 롱 브랜치에서 태어났다. 롱 브랜치 또한 해안가에 위치하고 있다.

마이클 잭슨은 미국 인디애나주 레이크 카운티에서 태어났다. 레이크는

호수라는 의미이다. 레이크 카운티가 바로 호수가에 위치하고 있다. 그 호수
가 미시간호이다. 마이클 잭슨이 태어난 곳은 그 중에서도 바로 호수에 접하
고 있다. 또 다른 팝스타 마돈나는 어디에서 태어났을까? 당연히 호수가이
다. 마돈나는 미시간주 베이 카운티에서 태어났다. 베이는 만이라는 의미이
다. 베이 카운티 또한 호수가에 위치하고 있다.

　또 한 명의 유명한 가수인 휘트니 휴스턴은 뉴저지주 에섹스 카운티에
서 태어났다. 에섹스 카운티도 해안가에 위치하고 있다. 휴스턴이 태어난 곳
은 뉴워크로서 바로 바다에 접하고 있다. 미국의 경우에도 스프링스틴, 마이
클 잭슨, 마돈나, 휘트니 휴스턴 모두 해안가와 호수가에서 태어난 사람들이
다. 해안가와 음악이라?

　시는 리듬을 중요한 요소로 삼고 있다. 그래서 그런지 시인들 중에는 해
안가에서 태어난 사람들이 많다. 김영랑은 "모란이 피기까지는"으로 잘 알
려져 있다. 김영랑은 전라남도 강진에서 출생했다. 강진은 해안가에 위치하
고 있다. 강진은 독특하게 바다에 접하고 있다. 강진만이 강진 아래 부분 중
간을 뚫고 위로 올라가고 있다. 그래서 강진은 사람이 양 다리를 조금 벌린
모양을 하고 있다. 양 다리가 비교적 균형이 잘 맞아 있다. 김영랑은 일본경
찰에 체포되어 6개월 간 대구형무소에서 복역하기도 하였다. 김영랑은 음악
에 조예가 깊었던 것으로 알려져 있다. 또한 김영랑은 바다를 노래하기도 하
였다. 김영랑은 "바다로 가자"라는 작품을 남기고 있다. 이것은 상당히 놀라
운 시이다.

　"바다로 가자 큰 바다로 가자.....
　하늘이 바다요 바다가 하늘이라....
　바다 하늘 모두 다 가졌노라....
　오! 바다가 터지도다 큰 바다가 터지도다.....

우리 3년 걸려도 큰 배를 짓잤구나
큰 바다 넓은 하늘을 우리는 가졌노라.

우리 큰 배 타고 떠나가자구나
창랑을 헤치고 태풍을 걷어차고
하늘과 맞닿은 저 수평선 뚫으리라
큰 호통하고 떠나가자구나
바다 없는 항구에 사로잡힌 마음들아
툭 털고 일어서자 바다가 네 집이라.

서정주는 전라북도 고창에서 태어났다. 고창은 해안가에 위치하고 있다. 서정주가 태어난 곳 자체는 고창군 부안면 선운리이다. 선운리는 바다에 접하고 있다. 서정주는 꽃을 소재로 한 작품도 많이 쓰고 있다. 부안면과 이름은 같지만 다른 지역이 전라북도 부안군이다. 부안군은 고창군 위에 있다. 부안군도 해안가에 위치하고 있다. 신석정은 부안군 부안읍에서 태어났다. 신석정이 태어난 곳 자체는 해안가에서 떨어져 있다. 해안가로 가려면 위로 더 올라가야 간다.

김춘수는 경상남도 통영에서 태어났다. 통영은 해안가와 섬으로 이루어져 있다. 통영에는 한산도와 송도도 있다. 한산도는 임진왜란 때 이순신 장군이 일본을 무찌른 곳이다. 음악가인 윤이상은 경상남도 산청에서 태어났고 통영에서 성장했다. 윤이상이 활동한 곳도 통영이다. 윤이상은 통영에서 김춘수, 유치환과 같이 어울리기도 하였다. 윤이상의 작품 중에는 "나비의 꿈"도 있다. 윤이상이 나비를 노래하고 있다는 것이 놀랍기만 하다.

김춘수는 꽃에 관한 작품을 많이 썼다. "꽃", "꽃을 위한 서시", "구름과 장미", "꽃의 소묘", "달개비꽃" 등이 그러한 것들이다. 꽃은 시인들의 주된 소재이다. 김영랑, 김소월 모두 마찬가지이다. 사람들이 꽃을 좋아하는 이유

는 무엇일까? 크게 4가지로 분류할 수 있다. 하나는 색깔이다. 다른 하나는
꽃의 향기이다. 또 다른 하나는 꽃의 모양이다. 마지막은 꽃의 상징성이다.

이 중에서 어떠한 것이 가장 중요할까? 이것에 관한 대답은 사람에 따라
다르다. 시인들은 꽃의 상징성을 추구한다. 꽃의 색소 중에서 안토시아닌이
라는 것은 푸른색, 자주색, 분홍색의 색깔을 만든다. 수레국화, 치커리, 수국
이 이에 해당한다. 안토잔틴은 옅은 아이보리에서 노란색을 만든다.

베타레인은 노란색, 주황색, 홍색을 만든다. 붉은 것에서 자주색에 이르
는 선인장꽃, 노란색 채송화꽃이 이에 해당한다. 카로티노이드는 황수선화,
만수국의 노란색, 주황색, 붉은색을 만든다. 식물의 카로티노이드는 사람의
영양을 위하여도 중요하다. 카로티노이드는 과일과 채소의 형태로 섭취된
후 비타민 A를 만들어 눈과 피부의 건강에 필수적인 기능을 한다.

유치환도 통영에서 태어났다. 유치환이 경상남도 거제에서 출생하였고
통영에서 성장한 것이라는 의견도 있다. 거제는 통영 바로 옆에 있다. 거제
와 통영이 경합 중이다. 극작가인 유치진도 통영에서 태어났다. 유치진은 바
로 유치환의 형이다. 유치환은 "절도", "마지막 항구", "바다", 시집 "울릉
도", "파도야 어쩌란 말이냐" 등의 작품을 남기고 있다. 이러한 것들은 섬,
해안가, 바다와 관련된 것들이다.

유치환은 여류 시인인 이영도에게 사랑의 편지를 보내기도 하였다. 이
것을 모은 것이 "사랑했으므로 행복하였네라"이다. 유치환은 5,000여통 이
상의 편지를 보냈다고 한다. 유치환은 사랑을 읊고 있다. "사랑한다는 것은
사랑을 받느니보다 행복하느니라......설령 이것이 이 세상 마지막 인사가 될
지라도 사랑했으므로 나는 진정 행복하였네라."

이영도는 산을 노래하고 있다. "지리산시초", "한라산", "설악산시초",
"백록담" 등이 그러한 작품들이다. 이것 또한 놀랍지 않은가? 이영도 집안은
시인의 집안이다. 이영도는 시인 이호우의 누이동생이다. 이영도는 경상북

도 청도에서 태어났다. 청도 옆에는 경주가 있다. 경주 또한 해안가에 위치하고 있다. 경주는 박목월을 배출하고 있다. 박목월이 태어난 곳 자체는 해안가에서 떨어져 있다. 박목월은 지금의 경주시 건천읍에서 태어났다. 이전에는 월성군이었다. 박목월이 태어난 곳은 청도에서 약간 위에 위치하고 있다. 박목월이 태어난 곳에 관하여 경상남도 고성이고 월성군에서 성장한 것이라는 의견도 있다. 이 의견은 목소리가 큰 것은 아니다. 고성 또한 해안가에 위치하고 있다.

김동리도 경주 출생이다. 김동리가 태어난 곳 자체는 해안가에서 떨어져 있다. 박목월이 태어난 곳에서 지도상 오른쪽(동쪽)으로 가다 보면 김동리가 태어난 곳인 성건동이 나온다. 김동환은 함경북도 경성에서 태어났다. 경성은 해안가에 위치하고 있다. 김동환은 "북청 물장수"라는 작품을 남기고 있다. 김동명은 강원도 강릉 사천면에서 태어났다. 사천면은 바다에 접하고 있다. 김동명이 태어난 곳 자체는 해안가에서 약간 떨어져 있다. 김동명은 원산과 흥남에서 성장하였다. 원산과 흥남 모두 해안가에 위치하고 있다. 김동명은 "파초"로 유명하다. 파초는 식물의 이름이다. 파초의 잎은 긴 타원형이고 길이가 2m 정도나 된다. 파초는 강한 바람에 잘 견딘다.

김동명은 "동해", "바다", "하늘", "강물은 흘러간다", "강가" 등의 시도 남기고 있다. 김동명은 해안가에서 태어난 사람으로서 "진주만"이라는 거대한 작품을 시도하고 있다. "진주만" 안에는 "미뜨웨이", "산호해", "꽈달 칼날도", "사이판" 등이 들어 있다. 이것들은 모두 섬과 바다의 이름들이다. 김동명은 이것들을 통하여 태평양 전쟁과 일본의 패배를 그리고 있다. 이로써 김동명은 패배한 일본에 대하여 시인으로서 할 수 있는 최대한을 한 것이다. 해방 후 시인은 눈물로 마음을 닦아 새 아픔을 기다리자던 과거의 다짐을 회상하고 있다.

음악가 김동진은 평안남도 안주에서 태어났다. 안주는 해안가에 위치하고 있다. 이전에는 안주의 많은 부분이 바다와 접했으나 안주의 일부가 다른 지역으로 분리된 이후에는 바다와 접하는 부분이 작아졌다. 김동진은 김동명의 시로 "내마음"을 작곡하기도 하였다. "내마음"에는 "내마음은 호수요 그대 노 저어 오오. 나는 그대의 흰 그림자를 안고 옥같이 그대의 뱃전에 부서지리다"라는 대목이 나온다. 내마음은 물이 가득한 호수이기 때문에 내마음에 다가오려면 배를 타고 노를 저오 오라고 한다. 그러면 내마음은 그 배에 부딪혀 부서질 것이라 하고 있다. 그러니 빨리 나에게 오라고 한다. 오기만 하면 구슬 같이 산산이 부서질 것이라 하고 있다. 김동진은 "봄이 오면", "목련화", "수선화" 등도 작곡했다.

만해 한용운은 좀 더 이른 시기에 태어났다. 한용운은 "님의 침묵"으로 유명하다. 한용운은 해안가에서 태어났다. 한용운은 충청남도 홍성군 결성면에서 태어났다. 홍성군은 해안가에 위치하고 있다. 결성면은 바다와 접하고 있다. 한용운이 태어난 곳 자체는 해안가에서 약간 떨어져 있다.

고은도 해안가에서 태어났다. 고은은 전라북도 군산에서 태어났다. 군산은 해안가와 섬으로 이루어져 있다. 고은이 태어난 곳인 삼학동 자체는 해안가에서 약간 떨어져 있다. 약간 위로 가면 바로 바다이다. 고은은 "해변의 운문집", "독도" 등의 작품을 쓰고 있다. 고은은 "이중섭평전", "한용운평전" 등을 쓰고 있다. 그런데 이들의 공통점은 무엇일까? 모두 해안가 또는 섬과 관련 있는 사람들이다. 이중섭 또한 평안남도 평원에서 태어났고 섬에서 살았다. 고은이 이중섭에 관하여 관심을 가지게 된 동기는 무엇일까? 그리고 "한용운평전"을 쓰게 된 동기는?

"해변의 운문집"에는 "저녁 강가에서", "강물은 흐른다 해도", "여름 강가에서" 등의 시가 실려 있다. 고은은 "여름 강가에서" 강은 저 홀로 깊어지지 않는다고 노래하고 있다. 강물은 아름다운 소리를 전달하여 주는 매개물로 작용한다. 또한 강물은 빛을 전달하여 주는 매개물이기도 하다.

김소월은 평안북도 구성에서 태어났다. 구성에서 남동쪽으로 가다 보면 영변이 나온다. 김소월에게 영변은 친숙한 곳이다. 영변 서쪽 아래에는 박천이 있다. 박천도 평안북도에 있다. 박천에는 핵물질의 하나인 우라늄과 관련된 시설이 있는 것으로 알려져 있다. 영변, 박천, 구성 모두 해안가가 아니다. 북한의 핵시설이 있는 곳은 해안가가 아니다. 박천에서 남서쪽으로 내려가다 보면 정주가 나온다. 정주도 평안북도에 있다. 정주는 춘원 이광수가 태어난 곳이다. 이광수는 콜레라로 부모를 여의고 고아가 된 후 동학에 가입하기도 하였다.

평안북도를 중심으로 지역을 기억하면 북한의 행정구역을 잘 알 수 있다. 평안북도 오른쪽에는 자강도가 있다. 자강도 오른쪽에는 양강도가 있다. 양강도 오른쪽에는 함경북도가 있다. 자강도와 양강도라는 생소한 이름 때문에 북한의 행정구역이 매우 복잡해 보이는데 생소한 이름은 이것 2개 뿐이기 때문에 북한의 행정구역이 복잡할 것도 없다. 다만 북한에도 강원도가 있다는 것을 기억하면 된다. 강원도의 도청 소재지가 바로 원산시이다. 강원도는 북한에도 있고 남한에도 있는 도이다. 북한 강원도의 인구는 약 150만명이다. 남한 강원도의 인구는 약 155만명이다. 양자의 인구가 비슷하다. 양자를 합하면 305만명이다.

금강산은 강원도에 있다. 금강산의 높이는 1,638m이다. 이 높이는 금강산의 최고봉인 비로봉의 높이이다. 산봉우리는 산에서 뾰족하게 높이 솟은 부분을 말한다. 비로봉은 금강산에서 중요한 지위를 가진다. 금강산에는 많은 봉들이 있다. 월출봉, 일출봉, 옥녀봉 등도 이러한 봉들이다. 금강산의 높이는 한라산의 높이보다 312m가 작다. 한라산은 1,950m로서 매우 높은 산이다. 백두산이 있는 곳이 바로 양강도이다. 백두산을 중국에서는 장백산이라고 부른다. 백두산은 높이가 2,750m이다. 백두산에는 2,500m 이상 봉우리가 16개이다. 백두산의 최고봉은 장군봉이라고 한다. 또한 백두산에는 향도봉(2,712m), 쌍무지개봉 (2,626m), 청석봉(2,662m) 등이 있다.

백두산이 속해 있는 산맥은 마천령산맥이다. 마천령산맥을 북한에

서는 백두산맥이라고 한다. 마천령산맥은 백두산에서 두륜산까지
140km 길이로 뻗은 산맥이다. 백두대간은 이름은 백두이지만 백두산
에 그치는 것이 아니라 백두산에서부터 지리산에 이르는 산줄기를 말한
다. 백두대간은 한국의 기본 산줄기이다. 백두산, 백두산맥, 백두대간은
그 범위가 점점 넓어지고 있다. 백두산에는 백두산 정계비가 있다.

　김좌진 장군(1889년-1930년)은 일본과의 싸움에서 청산리전투
를 승리로 이끌었다. 청산리는 중국 길림성 화룡시에 있는 지역이다. 화
룡시는 연변 조선족자치주 안에 있는 시이다. 연변 조선족자치주는 북한
과 이어져 있다. 화룡시 동쪽으로는 용정시가 있다. 화룡시는 백두산의
동쪽 기슭에 위치하고 있다. 이 지역에는 고구려와 발해 시대의 유적들
이 많다. 그리고 청산리전투의 전적지 등 항일 독립운동의 유적들이 폭
넓게 분포하고 있다. 청산리대첩은 독립군이 간도로 출병한 일본군과 대
결하여 최대의 승리를 거둔 전투이다. 홍범도는 봉오동전투도 수행했다.
봉오동은 중국 길림성 연변 조선족자치주에 있는 왕청현에 위치하고 있
다. 왕청현은 북한과는 18km 거리에 있다.

　용정시에는 명동촌이라는 지역이 있다. 여기에서 윤동주 시인이 태
어났다. 윤동주(1917년-1945년)는 1910년대에 태어난 사람이다.
1910년대는 거인을 우리에게 선사하고 있다. 윤동주가 태어나기 바로
전에 박정희 대통령이 태어났다. 윤동주는 12월 30일에 태어났다. 박
정희 대통령은 1917년 11월 14일에 태어났다. 윤동주 시인과 박정희 대
통령은 같은 해에 태어난 사람들이다. 이 또한 놀랍지 않은가?

　윤동주는 "하늘과 바람과 별과 시"라는 아름다운 시를 우리에게 선
사하고 있다. 시만 제외하면 하늘과 바람과 별은 우주공간에 있는 것들
이다. 윤동주의 꿈은 저 우주를 향하고 있었던 것이다. "하늘과 바람과
별과 시"는 "우주와 시"라고 해도 좋을 것이다. 우리 한국 사람들은 "하
늘과 바람과 별과 시"를 읽고 또 읽는다. 그리고 내일도 또 읽는다. 그러
면서 "우주와 시"를 읽고 또 읽는 것이다. 윤동주는 "서시"에서 죽는 날
까지 하늘을 우러러 보고 별을 노래하는 마음으로 모든 죽어가는 것을
사랑해야 한다고 우리에게 말하고 있다. 또한 윤동주는 커다란 우주 속
에서 주어진 시인의 길을 걸어가야겠다고 다짐하고 있다.

해안가에서 태어난 사람은 오래 살까?

사람은 어떻게 하면 오래 살 수 있을까? 사람이 어느 정도까지 살 수 있는가를 나타내는 평균수명을 조사하면 나라별 순위가 나온다. 지금 1위는 일본이다. 일본이 세계에서 가장 오래 사는 나라이다. 일본은 84.6살이다. 2위부터 40위까지의 순위는 다음과 같다. 안도라, 싱가포르, 홍콩, 산 마리노, 아이슬란드, 이탈리아, 스웨덴, 호주, 스위스, 캐나다, 스페인, 프랑스, 이스라엘, 룩셈부르크, 노르웨이, 뉴질랜드, 오스트리아, 네덜란드, 아일랜드, 키프로스, 독일, 그리스, 핀란드, 우리나라, 몰타, 벨기에, 영국, 리히텐슈타인, 대만, 레바논, 포르투갈, 슬로베니아, 코스타리카, 미국, 칠레, 덴마크, 쿠바, 아랍에미리트 연합, 브루나이이다.

여기서 아주 놀라운 사실이 발견된다. 이들 나라들 중에서 해안가를 가지지 않은 나라의 수가 어느 정도일까? 안도라, 스위스, 룩셈부르크, 오스트리아, 리히텐슈타인 뿐이다. 단 5개이다. 일본이 1위를 한 이유는 무엇일까? 싱가포르, 홍콩, 산 마리노, 아이슬란드는 해안가이거나 섬 자체이다. 이탈리아, 스웨덴, 호주, 캐나다, 스페인, 프랑스, 이스라엘, 룩셈부르크, 노르웨이, 뉴질랜드, 네덜란드, 아일랜드, 키프로스, 그리스, 핀란드, 우리나라, 몰타, 벨기에, 영국, 대만, 레바논, 포르투갈, 코스타리카, 미국, 칠레, 덴마크, 쿠바, 아랍에미리트 연합, 브루나이도 해안가이거나 섬 자체이다. 그리고 해안가도 매우 풍부한 나라들이다.

독일은 해안가가 그리 많지 않다. 독일은 순위가 상당히 뒤로 가 있다. 영국은 전체가 섬나라이기는 하지만 섬 아래 부분의 폭이 상당히 두툼한 나라이다. 이것이 영국과 일본의 차이점이다. 미국은 해안가가 많이 있지만 육지 또한 상당히 많다. 이 육지에 사람들이 많이 살고 있다. 이것이 미국의 순위를 뒤로 밀리게 하고 있다. 중국도 해안가가 많이 있지만 육지 또한 상당히 많고 육지에 사는 사람들이 매우 많다. 중국은 40위 순위 안에 들어가지도 못하고 있다. 러시아 또한 사정은 마찬가지이다. 러시아도 40위 순위 안에 들어가지도 못하고 있다.

지금의 것보다 더 중요한 사실이 남아 있다. 갑자기 일본, 싱가포르, 홍콩 등 아시아 나라들이 상위권을 차지하고 있다는 사실이다. 이들은 아시아 중에서도 해안가와 섬으로 구성되어 있다. 이들이 아시아에서 평균수명이 가장 길다. 또한 갑자기 이스라엘, 뉴질랜드, 키프로스, 그리스, 몰타가 상위권을 차지하고 있다는 사실이다. 2012년을 기준으로 했을 때 키프로스의 1인당 GDP는 2만 6,000달러 정도이다. 2012년을 기준으로 했을 때 몰타의 1인당 GDP 또한 2만 1,000달러 정도이다.

갑자기 레바논과 아랍에미리트 연합이 순위에 등장한다. 이들 나라는 이스라엘과 더불어 중동 중에서도 해안가가 풍부한 나라들이다. 이들이 중동에서 평균수명이 가장 긴 나라들이다. 갑자기 대만과 브루나이도 순위에 등장한다. 이들 나라는 섬 자체이거나 해안가가 풍부한 나라들이다. 슬로베니아도 갑자기 순위에 등장한다. 슬로베니아는 남동부 유럽 중에서도 해안가가 있는 나라이다. 슬로베니아가 순위에 들어간 것은 거의 기적이다. 그러나 이 기적이 해안가 때문에 발생하고 있다.

코스타리카와 쿠바도 갑자기 순위에 등장한다. 이들 나라는 중미 중에서도 섬 자체이거나 해안가가 풍부한 나라들이다. 2014년을 기준으로 했을 때 코스타리카의 1인당 GDP는 1만 1,000달러 정도이다. 그럼에도 불구하고 코스타리카는 미국보다 평균수명이 더 길다. 이것 또한 기적이 아닐까? 2012년을 기준으로 했을 때 쿠바의 1인당 GDP는 아예 6,000달러 정도이다. 누가 더 오래 사는가 하는 것은 1인당 GDP, 즉 경제성장보다 오히려 해안가와 섬이 풍부한 나라인가 여부에 달려 있다. 코스타리카는 다른 또 하나

288 일본의 꼼수 올라서는 한국

의 기적도 만들고 있다. 코스타리카는 2012년을 기준으로 했을 때 행복지수가 가장 높은 나라이다. 코스타리카의 행복지수가 높은 이유는 무엇일까? 혹시 해안가에 살기 때문은 아닐까?

칠레도 갑자기 순위에 등장한다. 칠레는 남미 중에서도 그야말로 해안가가 너무 풍부한 나라이다. 칠레가 남미에서 평균수명이 가장 긴 나라이다. 해안가와 섬이 풍부한 나라의 평균수명이 길다는 것 따라서 이들 나라에서 태어난 사람들이 오래 산다는 것이 얼마나 놀라운 사실인가! 해안가와 섬 그리고 바다가 엄청나게 중요하다는 사실이 또 다시 한 번 확인되고 있다. 사람의 생명보다 더 중요한 것이 있을까? 일본 사람들이 왜 오래 사는 것이야? 미국 사람들은 왜 그 정도지? 쿠바 사람들도 상당히 오래 산다고? 칠레는?

이야기는 계속된다. 일본은 1인당 GDP 순위가 24위이다. 그럼에도 불구하고 평균수명이 1위이다. 홍콩은 1인당 GDP 순위가 일본 바로 다음이다. 1인당 GDP 순위가 1위인 나라는 룩셈부르크이다. 룩셈부르크는 1인당 GDP가 무려 11만 달러 정도이다. 그럼에도 불구하고 평균수명은 뒤로 밀려 있다. 이스라엘 다음이다. 룩셈부르크는 바다를 볼 수 없는 나라이다. 대만은 1인당 GDP 순위가 38위이다. 그럼에도 불구하고 평균수명의 순위는 더 앞에 있다.

러시아는 1인당 GDP 순위가 51위이다. 그럼에도 불구하고 평균수명의 순위는 123위이다. 러시아의 경우 1인당 GDP 순위와 평균수명의 순위 사이에 괴리가 매우 심하다. 러시아에는 해안가가 있기는 하지만 북극해에 접한 해안가이거나 유럽의 해안가에 접한 지역이 크지 않다. 그래서 해안가에 사는 사람들이 상당히 적다. 이것이 평균수명의 순위를 떨어뜨리고 있다.

해안가와 섬이 풍부한 나라의 평균수명이 길다는 것과 그렇지 못한 경우에는 평균수명이 길지 않다는 것을 가장 잘 설명해 주는 나라는 일본과 러시아이다. 더군다나 러시아의 1인당 GDP 순위는 그래도 상당하다. 러시아의 1인당 GDP는 1만 5,000달러 정도이다. 러시아의 1인당 GDP는 칠레와 거의 비슷하다. 칠레의 1인당 GDP는 1만 6,000달러 정도이다. 그럼에도 불구하고 칠레의 평균수명은 길고 러시아의 평균수명은 짧다. 칠레의 평균수명은 미국 바로 다음이다. 쿠바의 평균수명은 칠레 다음 다음이다. 칠레와 쿠바 사이에 덴마크가 들어 있다. 덴마크도 해안가와 섬이 많은 나라이다.

미국, 칠레, 덴마크, 쿠바는 경제적으로 매우 다른 나라들이다. 그럼에도 불구하고 평균수명에 있어서는 거의 유사성을 가지고 있다. 평균수명의 길이를 1인당 GDP, 즉 경제성장으로 설명하려고 하는 것은 정확한 것도 아닐 뿐만 아니라 설명력도 엄청나게 떨어진다. 평균수명의 길이에 관한 경제적 설명은 제대로 다듬어지지 않은 것이다. 단지 그럴 것이라는 생각만으로 만들어진 것에 불과하다.

우리나라는 해안가에 있는 지역에 어느 정도의 사람들이 살고 있을까? 그리고 섬에는? 우선 제주도를 보고 도시를 기준으로 한 번 따져보기로 하자. 제주도에는 약 60만명 정도가 살고 있다. 그리고 제주도에서 태어난 많은 사람들이 육지로 이동하였다. 우리나라 섬들에 사는 사람들의 총수는 제주도 인구의 2배에 약간 못 미친다. 섬에서 태어난 많은 사람들 또한 육지로 이동하였다. 부산의 인구는 약 360만명 정도이다. 부산의 인구는 현재 감소 중에 있다. 인천의 인구는 약 300만명 정도이다. 시간이 지나면 인천의 인구가 부산의 인구보다 더 많아질 것이다.

울산의 인구는 약 120만명 정도이다. 포항의 인구는 약 50만명 정도이다. 포항의 인구는 다른 도시들에 비하여 많은 편이 아니다. 경주의 인구는 약 26만명 정도이다. 거제시의 인구는 약 25만명 정도이다. 통영시의 인구는 약 14만명 정도이다. 창원시의 인구는 약 110만명 정도이다. 여수시의 인구는 약 30만명 정도이다. 순천시의 인구는 약 28만명 정도이다. 광양시의 인구는 약 15만명 정도이다. 군산시의 인구는 약 28만명 정도이다. 아산

시의 인구는 약 29만명 정도이다. 서산시의 인구는 약 17만명 정도이다. 당
진시의 인구는 약 17만명 정도이다.

　화성시의 인구는 약 54만명 정도이다. 안산시의 인구는 약 76만명 정도
이다. 시흥시의 인구는 약 40만명 정도이다. 화성시, 안산시, 시흥시는 경기
도에 속해 있다. 경기도에 있는 해안가 도시들은 인구가 상당하다. 속초시의
인구는 약 8만 5,000명 정도이다. 강릉시의 인구는 약 22만명 정도이다. 삼
척시의 인구는 약 7만 3,000명 정도이다. 해안가 도시들에서 태어난 많은
사람들 또한 다른 곳으로 이동했다. 이러한 점을 반영하면 섬과 해안가에서
태어난 사람들의 총수는 지금 섬과 해안가에서 살고 있는 사람들과 다른 곳
으로 이동한 사람들을 합한 총수이다. 지금까지 본 도시들의 인구를 모두 합
하면 1,223만 8,000명이다. 와, 엄청나게 많다! 우리나라는 해안가 도시에
서 살고 있는 사람들이 엄청나다.

　여기에 해안가 도시들에서 태어난 후 다른 곳으로 이동한 많은 사람들
과 제주도 그리고 섬에서 태어난 사람들을 더하고 도시가 아니라 군단위 행
정구역에서 태어나거나 살고 있는 사람들을 더하면 우리나라는 가히 해안가
와 섬의 나라이다. 다만 지금까지 이러한 사실이 알려져 있지 않았을 뿐이
다. 하지만 나라 자체가 섬나라는 아니다. 우리나라에서 해안가와 섬은 많은
사람들이 태어나는 곳이고 고향이다. 이 사실에 놀라움을 금할 수 없다. 놀
라움 그 자체이다.

　해안가와 섬 그리고 바다가 엄청나게 중요하다는 사실이 다시 한 번 확
인되고 있다. 우리나라의 국가발전과 성장은 해안가와 섬 그리고 바다를 활
용할 때 폭발한다. 우리나라는 총 6개의 광역시, 74개의 시, 89개의 군으로
되어 있다. 이 중에서 약 55개가 해안가에 위치하고 있다. 해안가에 위치하
고 있는 지역은 전체의 3분의 1 정도이다.

　히포크라테스는 자신의 의학 때문에 처벌 20년형을 살았다. 이 기간 동

안에 쓴 책이 바로 "복잡한 몸"이라는 책이다. 호르몬이라는 말은 히포크라테스가 사용하였다. 현대적인 의미에서 호르몬이라는 말을 사용한 사람은 영국의 생리학자 베일리스와 스탈링이다. 이들은 세크레틴의 발견을 보고하면서 호르몬이라는 말을 사용하였다. 호르몬이라는 말은 그리스어 호르몬타에서 왔다. 호르몬타는 나는 깨어나다, 나는 흥분하다라는 의미이다.

"인생은 짧고 예술은 길다"라는 말은 히포크라테스가 한 말이다. 의사인 히포크라테스가 보기에 사람이 길게 살지 못한다고 보였던 것이다. 정작 히포크라테스 자신은 오래 살았다. 이것은 히포크라테스가 인생이 짧다는 것을 알았기 때문일 것이다. 히포크라테스(기원전 460년-370년)는 91살을 살았다. 100살 이상을 살았다는 이야기도 있다. 히포크라테스는 소크라테스와 비슷한 시기에 살았다. 소크라테스가 9년 정도 일찍 태어났다. 그런데 히포크라테스는 소크라테스보다 무려 29년을 더 살았다. 그런데 역사상 많은 음악가들이 단명하고 있다. 이것을 보면 "예술은 길지만 예술가의 삶은 짧다."

다음의 긴 목록은 단명한 음악가들이다. 이 목록을 보고 있으면 목록이 너무 길다는 생각이 항상 든다. 모차르트(1756년-1791년)는 36살을 살았다. 베토벤(1770년-1827년)은 58살을 살았다. 독일의 칼 마리아 폰 베버(1786년-1826년)는 41살을 살았다. 베버는 "마탄의 사수"를 썼다. 베버는 독일 낭만파 오페라의 선구자이다. 베버는 모차르트의 부인인 콘스탄체 베버의 사촌이다. 슈베르트(1797년-1828년)는 오스트리아의 작곡가이다. 슈베르트는 약 600곡의 가곡을 작곡하였다. 슈베르트는 겨우 32살을 살았다.

포스터(1826년-1864년)는 미국의 노래작곡가이다. 포스터는 미국음악의 아버지로 알려져 있다. 포스터는 200곡 이상의 노래를 작곡했다. 포스터 또한 겨우 39살을 살았다. 프랑스의 작곡가 조르주 비제(1838년-1875년)는 38살을 살았다. 러시아의 작곡가인 무소르그스키(1839년-1881년)는 42살을 살았다. 또한 차이코프스키(1840년-1893년)는 54살을 살았다. 드뷔시

(1862년-1918년)는 57살을 살았다. 조지 거쉰(1898년-1937년)도 40살을 살았다. 이 중에서 그래도 베토벤이 58살로 가장 오래 살았다. 이 중에서 가장 짧은 삶을 산 사람은 겨우 32살을 살았던 슈베르트이다. 슈베르트의 삶은 이 세상에서 잠시 있다가 간 것에 불과하다.

다음은 그래도 오래 살았던 음악가이다. 스트라빈스키(1882년-1971년)는 러시아에서 태어난 음악가이다. 스트라빈스키는 90살을 살았다. 스트라빈스키는 해안가에서 태어났다. 스트라빈스키가 태어난 곳은 페테르부르크 교외이다. 리하르트 슈트라우스(1864-1949년)는 86살을 살았다. 슈트라우스는 독일의 음악가이다. 슈트라우스는 살로메를 작곡했다. 슈트라우스의 아버지인 프란츠 슈트라우스(1822년-1905년)는 호른 연주가이다. 아버지는 84살을 살았다. 아르투로 토스카니니(1867년-1957년)는 91살을 살았다. 토스카니니는 이탈이아의 유명한 지휘자이다. 어디 또 있나?

하지만 단명한 사람들이 음악가들만은 아니다. 몽고의 징기스칸은 세계적인 정복을 단행하였다. 징기스칸은 정복한 땅들을 아들들에게 각각 분할해 주었다. 이들 땅들은 한국으로 이어진다. 한국은 칸의 국가라는 의미이다. 칸은 최고권력자를 말한다. 징기스칸에도 칸이 들어 있다. 한국에는 일한국, 오고타이 한국, 차가타이 한국, 킵차크 한국이 있다. 징기스칸은 말을 듣지 않는 서하를 응징하려고 서하의 수도 영하를 포위공격하다가 청수현 강변에서 병으로 죽었다. 청수현은 감숙성(간쑤성)에 있는 지역이다. 징기스칸의 생존시기는 1167년-1227년으로서 딱 61살이다.

로마의 줄리어스 시저의 생존시기는 기원전 100년-기원전 44년이다. 시저는 57살을 살았다. 나폴레옹의 생존시기는 1769년-1821년이다. 나폴레옹은 53살을 살았다. 마케도니아의 알렉산더 대왕의 생존시기는 기원전 356년-기원전 323년이다. 알렉산더는 34살을 살았다. 알렉산더는 슈베르트보다 불과 2살을 더 살았을 뿐이다. 이들은 히포크라테스와 달리 인생이 짧다는 것을 알지 못하였을 것이다. 히포크라테스가 아무리 좋은 말을 해도 나폴레옹의 귀에는 그 말이 들어오지 않았던 것이다.

화가들은 어떠한 삶을 살았을까? 모딜리아니가 살았던 삶이 가장 슬픈 삶일 것이다. 모딜리아니(1884년-1920년)는 이탈리아 출신의 화가이며 조각가이다. 모딜리아니의 작품 중에는 긴 목을 가진 단순화된 여성상을 그린 것도 있다. 모딜리아니는 건강이 좋지 않았다. 공부할 당시에도 이미 늑막염이 폐결핵으로 진행되어 공부를 중단하기도 했다. 모딜리아니는 이탈리아에서 파리로 이주하여 파리의 몽마르트르에 정착했다. 몽은 산이라는 의미이다. 몽마르트르는 순교자의 산이라는 의미이다. 몽블랑은 흰색의 산이라는 의미이다. 몽마르트르는 파리 북부에 있는 130m 높이의 언덕이다.

모딜리아니는 작업 중에 발생하는 먼지로 인해 이미 결핵으로 약화된 폐가 더 손상되자 조각을 그만둘 수밖에 없었다. 모딜리아니는 잔 에뷔테른(1898년-1920년)을 만나 운명적인 사랑에 빠져들었다. 잔 에뷔테른은 모딜리아니를 헌신적으로 사랑한다. 모딜리아니와 그의 아이를 임신하고 있었던 잔 에뷔테른은 경제적으로 어렵게 살아간다. 모딜리아니와 잔 에뷔테른은 딸 잔 모딜리아니를 낳았다. 모딜리아니는 결핵성 뇌막염으로 의식을 잃고 쓰러져 끝내 숨을 거두고 말았다. 모딜리아니는 37살을 살았다. 그런데 잔 에뷔테른 또한 그 이튿날 자살로 생을 마감했다. 그녀의 몸에는 8개월 된 아기가 있었다. 모딜리아니와 잔 에뷔테른은 비극적인 삶을 살았다. 그 후 딸 잔 모딜리아니는 조부모와 친척의 손에서 자랐다.

이황은 평생을 질병과 관련하여 살았던 사람이다. 이황은 서원활동에 적극적이었다. 이황은 각 지방의 서원 발기와 경영에 적극적인 추진과 성원을 보냈다. 명종 말년까지 건립된 서원은 20개 미만인데 이 중에서 반수 이상이 이황이 관여한 것이다. 서원은 조선 중기 이후 학문연구와 선현제향, 향촌 자치운영을 담당하는 곳이다. 이황은 교육과 문화 운동을 전개한 사람이기도 하다.

　　이황은 1569년 이조판서에 임명되었으나 고사했다. 임금의 허락을 받고 고향으로 내려간다. 이황은 1570년 아침에 평소에 사랑하던 매화분에 물을 주게 하고 침상을 정돈시킨 후 일으켜 달라 해 단정히 앉은 자세로 사망했다. 이황이 서울의 벼슬을 고사하고 지방으로 내려가면서 이유로 든 것이 질병이었다. 이황은 시를 지으면서 질병을 소재로 삼곤 하였다. 이황의 시에는 병(病)이라는 글자가 234회 나오고 질(疾)이라는 글자가 35회 나오며 노(老)라는 글자가 175회 나온다고 한다. 이황은 17세 때에 낮에는 쉬지 않고 밤에는 자지 않으면서 공부하다가 병을 얻은 적도 있다. 이황의 상소문 중에는 다음과 같은 구절도 있다.

> "일찍부터 질병에 걸리어 혈맥이 마르고 허약해져서 마침내 고질이 되어 치료하게 되었습니다.…… 여러 차례 사경을 헤매다가 겨우 회복된 뒤로는 그 병이 나았다 가도 심해지곤 하여 조금이라도 수고롭거나 번거롭게 되면 문득 다시 발동하게 되어 당장에 직무를 편안히 볼 수 없는데 어떻게 제 한 몸은 돌보지 않으면서 충성만으로 세상일을 처리해 갈 수 있겠습니까."

이황의 시 중에는 이런 문구도 있다.

> "국화가 처음 필 때 율리를 떠났고 고운 풀 우거질 때 낙양을 사직했네.
> 병이 많아 임의 은총 받들기 어렵네."

　　식물은 어느 정도 살까? 식물 중에는 거의 무한한 삶을 사는 것들도 있다. 브리슬콘 소나무는 5,000년 이상 된 세계에서 가장 오래된 나무이다. 나이가 5,000살이다. 일부의 노송나무는 나이가 수천년이 넘는다. 700년 이상 된 니사나무도 발견되었다. 당단풍은 최고수령이 400년 이하이다. 삼나무도 오래 산다. 삼나무는 다른 기록도 가지고 있다. 삼나무는 현재 지구상에 존재하는 생명체 중 가장 키가 크다. 세계에서 키가 가장 큰 삼나무중의 하나는 키가 80m 이상이다. 이 나무는 미국 캘리포니아 세쿼이아 국립공원에 있다. 이곳 삼나무는 최대 3,000년 이상까지 산다. 더 큰 삼나무도 있다. 이만하면 무한한 삶이 아닐까?

마늘은 좋은 것일까? 사람의 건강은 먹는 것과 깊은 관련이 있다. 의사 히포크라테스는 전쟁에서의 상처를 치료하기 위하여 마늘을 추천한 사람이다. 마늘은 바이러스성 감염에 효능이 있다는 주장도 있다. 이러한 감염에는 손발에 생기는 바이러스성의 사마귀도 포함된다. 마늘은 위궤양에 대한 보호기능을 수행한다는 주장도 있다. 마늘이 위궤양을 일으키는 헬리코박터 파일로리를 제거하기 때문이라는 것이다. 헬리코박터 파일로리는 사람 위 안의 점막에 있는 세균이다. 박터가 세균이라는 의미이다. 성인의 경우 70-80% 정도의 감염율을 보이고 있다. 감염되면 위점막에 염증이 생기기도 하고 일부에서는 위염, 위궤양, 십이지장궤양의 중요한 원인이 된다. 위암을 유발하는 원인으로 지적되기도 한다.

마늘의 영양분은 탄수화물(33.06), 단백질(6.36), 지방(0.5), 비타민 C(31.2mg), 칼슘(181mg), 열량 149kcal(킬로칼로리)이다. 마늘에는 탄수화물과 단백질이 들어 있다. 지방은 거의 없다. 마늘이 식물이기 때문이다. 마늘에는 비타민, 칼슘, 무기질이 들어 있다. 열량도 상당하다. 양파와 마늘은 모두 양파 속에 소속하는 종들이다. 마늘은 백합과에 소속되어 있다. 마늘의 원산지는 중앙아시아이다.

우리나라에서 마늘은 고추와 더불어 양념으로 광범위하게 사용되고 있다. 마늘 한 통은 12-16개의 쪽을 가지고 있다. 마늘은 이 쪽을 통하여 번식한다. 마늘에는 항산화 물질이 들어 있다. 항산화 물질은 산화작용을 막는 물질이다. 이 항산화 물질은 세포막 손상을 방지하는 효소의 성분이 된다. 이 항산화 물질의 이름은 셀레늄이다. 셀레늄은 마늘, 달걀, 해바라기씨 등에 들어 있다.

마늘은 피부의 여러 구멍을 통하여 발산된다. 담수와 버섯은 마늘의 냄새를 줄이는데 도움이 된다. 마늘을 먹을 때 동시에 우유를 먹는 것은 숨을 중립화하는데 도움이 된다. 마늘은 살균작용을 하는 물질을 만들기도 한다. 이 물질의 이름은 알리신이다. 알리신은 오래된 마늘에는 부족하다. 알리신은 생으로 된 마늘을 씹을 때 생산되고 요리한 마늘에서는 생산되지 않는다. 마늘은 사람들에게 여러 좋은 기능을 선사하고 있다.

물고기는 사람에게 얼마나 좋은 것일까? 일본 사람들은 물고기를 통하여 단백질을 섭취한다. 물고기가 바로 단백질 덩어리이다. 일본의 동부지방 사람들은 연어를 잘 먹는다. 일본 사람들은 복어도 잘 먹는다. 그리고 생선구이도 잘 먹는다. 일본 사람들이 오래 산다는데 혹시 생선이 일정한 역할을 하는 것을 아닐까?

해덕은 대구과에 소속되어 있는 물고기이다. 해덕은 몸이 길쭉하며 입은 비교적 작다. 3개의 등지느러미와 2개의 뒷지느러미가 있다. 해덕의 경우 양분은 탄수화물(0), 단백질(24.24), 지방(0.93), 칼슘(42mg), 열량 112kcal(킬로칼로리)이다. 해덕의 경우 단백질은 있지만 탄수화물은 없다. 해덕은 동물이기 때문이다. 해덕에는 지방도 거의 없다. 물고기인 해덕과 닭고기의 공통점은 탄수화물이 없다는 것이다. 차이점은 닭고기에는 지방이 있는데 해덕에는 지방이 거의 없다는 것이다. 해덕은 단백질을 위주로 하는 음식이다. 해덕이 가지고 있는 다른 영양분로는 철, 마그네슘, 인, 칼륨, 아연 등이 있다.

명태의 경우 영양분은 탄수화물(0), 단백질(23), 지방(1), 열량 111kcal이다. 명태도 해덕과 비슷하다. 탄수화물은 없다. 지방도 거의 없다. 대서양 청어의 경우 영양분은 탄수화물(0), 단백질(23), 지방(12), 열량 203kcal이다. 대서양 청어도 명태와 비슷하다. 탄수화물은 없다. 그런데 대서양 청어의 경우 지방이 들어 있다. 대서양 청어의 경우 지방이 들어 있다는 것이 명태와의 차이이다.

청어에 기름기가 많다는 것은 이를 두고 하는 말이다. 기름기가 바로 지방이다. 청어는 푸른색 물고기라는 의미이다. 청어의 색이 바로 청색이다. 청어 중에서 가장 많은 종이 대서양 청어이다. 우리나라 해역을 포함하는 태평양에 서식하는 청어는 태평양 청어라고 한다.

명태는 살이 하얀 생선, 즉 흰살 생선(화이트피시)이다. 대서양 청어는 기름기가 있는 생선(오일리 피시)이다. 흰살 생선과 기름기가 있는 생선은 차이가 있다. 해덕은 흰살 생선이다. 흰살 생선은 지방이 거의 없다. 대개 1%가 안된다. 기름기가 있는 생선은 10-25%의 지방을 가지고 있다. 대서양 청어를 보면 이를 알 수 있다. 기름기가 있는 생선은 지방을 많이 가지고 있는 결과로서 지방에 녹는 비타민들을 포함하게 된다. 그리고 지방산을 포함하게 된다. 지방산은 몸이 건강하게 작동하는데 있어서 필요한 물질이다.

명태는 대구과의 물고기이다. 동태는 명태를 얼린 것이다. 생태는 얼리거나 말리지 아니한 명태이다. 명태를 말린 것은 북어라고 한다. 대구도 대구과의 물고기이다. 명태는 몸이 가늘고 길다. 대구와 생김새가 비슷하나 대구보다 가늘다. 대구는 큰 입이라는 의미이다. 대구의 입은 크고 비늘은 작고 둥근 모양이다. 대구는 퍼시픽 카드라고 한다. 퍼시픽 카드는 태평양 카드라는 의미이다. 명태는 알래스카 폴럭이라고도 한다. 알래스카 폴럭은 알래스카의 폴럭이라는 의미이다. 물고기 이름이라 바다가 등장한다. 폴럭은 물고기를 분류하는 용어이다.

생물 중에는 독이 들어 있는 것이 있다. 복어에도 독이 있다. 이것을 복어독이라고 한다. 복어는 위협을 받으면 몸에 공기나 물을 품어 몸을 부풀리는 특징이 있다. 생김새는 다양하지만 대체로 짧고 불룩하게 생겼고 표면은 아주 매끄러운 것과 가시 모양 비늘을 가진 것이 있다. 생김새가 다양한 이유는 복어라는 명칭 아래에 여러 다양한 물고기들이 소속되어 있기 때문이다. 복어의 입은 작고 위아래 두 턱에 각 2개의 앞니 모양 엄니가 있고, 좌우로 있는 2개는 중앙 봉합선에서 서로 닿아 주둥이 모양을 이루고 있다.

복어는 온대에서 열대에 걸쳐 널리 분포하는 연해성 물고기로서 주로 꼬리지느러미를 좌우로 흔들면서 헤엄치며 몸이 둥글어서 속도는 느리다. 복어는 움직이는 눈꺼풀을 가지고 있다. 복어는 육식성으로 단단한 이가 있고 턱의 근육도 발달되어 있다. 복어가 낚싯줄을 잘 물어 끊는 것도 그리고 낚아올렸을 때 끄득끄득 이빨가는 소리를 내는 것도 이빨과 턱이 발달되어 있기 때문이다.

복어는 일부의 종류만 식용이 가능하다. 이 중에 참복, 까치복 등이 포함된다. 황복은 참복과에 소속되어 있지만 참복 자체는 아니다. 황복은 바다에서 자라다가 알을 낳으러 강으로 올라온다. 산란시기에만 잡히며 맛이 좋아 고급어종에 속한다. 산란시기는 4월 말~6월 말이다. 황복은 봄에 강으로 올라와서 바닥에 자갈이 깔려 있는 여울로서 바닷물의 영향을 받지 않는 곳에 알을 낳는다. 알에서 깨어난 어린 고기는 바다로 내려가 자란다. 하지만 황복은 멸종위기에 처해 있으며 보호어종으로 지정되어 있어 허가 없이 잡지 못한다. 황복은 등과 배에 작은 가시가 빽빽하게 나 있다. 위턱과 아래턱에는 2개씩 서로 붙은 앞니가 있다.

복어를 요리할 때에는 반드시 독을 제거해야만 한다. 복어에 있는 독소는 복어의 생식선 속에 들어있는 독소이다. 복어독은 그 독성이 매우 강하다. 복어독은 청산나트륨의 1,000배에 달하는 독성이다. 청산나트륨 또한 맹독성의 물질로서 청산소다라고도 한다. 성인의 경우 복어독 0.5mg(밀리그램)은 치사량이다. 복어독은 신경이나 근세포의 나트륨 활성화메커니즘을 선택적으로 저해함으로써 신경독소로 작용한다. 중독증상은 입, 혀의 저림, 두통, 복통, 현기증, 구토, 운동불능, 지각마비, 언어장애, 호흡곤란, 혈압하강, 청색증, 반사의 소실, 의식의 소실, 호흡정지, 심장정지 등이다. 따라서 복어독에 의해 사망하기도 한다.

복어독은 신경을 마비시키는 독소이다. 이러한 독소를 신경독소라고 한다. 하지만 이것이 중추신경을 마비시키는 것인지 아니면 말초신경을 마비시키는 것인지에 관하여는 여러 의견이 제시되고 있다. 신경독소는 몸의 기능 또는 부위 중에서 신경에 해를 끼치는 독소라는 의미이다. 독소에는 여러 가지가 있는데 신경독소는 그 중의 하나이다. 생식독소는 생식에 해를 끼치는 독소라는 의미이다.

복어독의 이름은 테트로도 톡신이다. 톡신은 독소라는 의미이다. 발음도 비슷하다. 테트로도 톡신은 류마티스용 관절염 치료제, 말기 암환자의 진통 진정제, 국소 근육이완제 등으로 사용하기 위하여 연구되고 있다. 복어독으로 인한 사망 때문에 복어는 난소, 간장, 복부내장 대신에 살을 먹는다. 복어의 살에도 약한 독소가 있을 수 있다. 복어의 피부에는 독소가 거의 없는 것으로 연구들이 보고하고 있다. 복어에서 독소가 많은 부위는 난소, 간장, 담즙이다. 이들 부위에는 강력한 독소가 들어 있다. 그래서 이것들은 조심해야 한다.

　물에 사는 생물 중에는 소리에 대하여 뛰어난 능력을 가진 것들이 있다. 돌고래가 대표적인 경우이다. 돌고래는 소리로 위치를 파악할 수도 있다. 돌고래의 이빨이 이러한 기능을 돕는다. 이것은 의외이다. 또한 소리로 물체의 모양과 크기를 파악하기도 한다. 그런데 돌고래는 후각신경이 결핍되어 있다. 그래서 돌고래는 냄새감각이 없다. 돌고래는 사람보다 10배 이상으로 소리를 잘 듣는다. 그러면 사람이 소리를 들을 수 있는 능력은 어느 정도일까? 그리고 사람이 소리를 낸다는 것은 어떠한 의미를 가지는 것일까?

어머니의 마지막 목소리

우리가 흔히 볼 수 있는 현상들 중에 사람의 생명과 관련하여 중요한 것들이 많다. 사람의 생명이 소멸되기까지는 일정한 과정을 거친다. 이것을 생명의 소멸과정이라고 할 수 있다. 생명의 소멸을 하나의 과정으로 파악하는 것을 생명의 소멸에 관한 과정적 사고라고 할 수 있다. 이것은 사람 생명의 형성이 하나의 과정인 것과 같다. 사람 생명의 형성에 관하여는 과정적 사고가 체계화되어 있다. 비록 눈으로 볼 수는 없지만 조직과 기관이 형성되어 가는 모습은 뚜렷하다. 원래 없는 조직과 기관이 생기고 성장한다. 사람 생명의 형성에 관한 과정적 사고는 이러한 현상들을 중심으로 하면 된다.

그러면 사람 생명의 소멸과정은 어떠할까? 사람 생명의 소멸에 관한 과정적 사고는 어떻게 하는 것일까? 사람의 생명이 소멸되어 가고 있다고 하여 지금 있는 조직과 기관이 없어지는 것은 아니다. 조직과 기관의 소멸 여부와 형태를 보고서 사람의 생명이 소멸되어 가는 과정을 파악할 수는 없다. 사람 생명의 소멸과정을 파악하려면 조직과 기관의 기능을 살펴보아야 한다. 조직과 기관의 기능이 제대로 수행되지 않으면 병든 것이고, 잘못하면 생명이 소멸할 수도 있다. 병원에서 체크하는 것이 바로 이러한 기능들이다.

기능이 제대로 수행되지 않으면 기능손상이라고 한다. 사람 생명의 소멸과정에 관하여 병원은 기능적 사고를 한다. 그것도 주로 몸의 내부에 있는 조직과 기관에 관해서 말이다. 몸의 내부에 있는 것이 아니라 외부에 있는 것들, 즉 입(정확히 말하면 목소리이다), 눈, 귀는 사람 생명의 소멸과정과 관련이 없을까? 매우 밀접하게 관련되어 있다. 입, 눈, 귀의 기능이 손상되어 생명이 소멸되지는 않는다. 하지만 생명의 소멸과정에서 입, 눈, 귀에 징후들이 나타나기 시작한다. 입, 눈, 귀의 기능손상은 생명 소멸의 원인이 아니라 생명의 소멸과정의 결과이다.

눈에 관하여는 비교적 많이 알려져 있다. 눈에서 힘이 없어지면, 즉 눈동자가 풀리면 그것은 위험한 것이다. 입, 눈, 귀 이외에 몸무게 또한 생명의 소멸과정에서 중요한 징후가 된다. 아픈 사람의 몸무게가 많이 빠지면 위험이 시작되는 것이다. 하지만 생명의 소멸과정에서의 몸무게의 중요성이 환자와 그 가족들에게 제대로 전달되지 못하고 있다. 병원에서 아픈 사람의 몸무게를 그토록 재는 것은 몸무게의 중요성 때문이다. 그렇다고 몸무게가 줄고 있을 때 별다른 조치를 취하지는 않는다. 이것은 매우 위험한 것이다. 몸무게가 줄고 있다면 음식을 공급하여야 한다. 아픈 사람의 키를 재는 것을 본 적이 있는가? 몸무게가 심하게 줄고 있다면 시간이 별로 없음을 의미한다.

그러면 입맛은? 입맛은 입과 몸무게와 관련되어 있다. 아픈 사람이 입맛이 없어 음식을 먹지 않으면 몸무게가 줄어든다. 아픈 사람이 입맛이 없다면 이것 또한 위험한 것이다. 다만 몇 달 정도의 시간이 남아 있기는 하다. 그것이 한 달일 수도 있다. 목소리는? 지금까지의 징후 중에서 목소리가 가장 중요하다고 할 수 있다. 그런데 목소리의 중요성은 별로 알려진 것이 없다. 아픈 사람의 목소리의 변화는 위험신호이자 그 신호를 읽을 수만 있다면 생명의 신호이다. 눈의 변화보다 조금은 시간이 남아 있기 때문이다.

위험에 빠지게 된 사람은 다른 사람에게 도움을 요청하기 위하여 살려달라는 그리고 구해 달라고 큰 소리를 지른다. 아픈 사람의 목소리가 바로 그러한 기능을 수행한다. 아픈 사람의 목소리는 큰 소리 대신 작은 소리 또는 모기소리이다. 아픈 사람은 살려 달라는 그리고 구해 달라고 큰 소리를 지르고 싶지만 아프기 때문에 그 소리를 내지 못하고 대신 작은 소리 또는 모기소리를 내는 것이다. 아픈 사람이 큰 소리를 내지 않기 때문에 사람들은 아픈 사람이 지금 큰 위험에 빠져 있다는 것을 알지 못한다. 작은 소리 또는 모기소리는 오히려 고요함을 가져 온다.

이런 일이 있었다. 투병생활을 하는 사람이 있었는데 어느 날 그 사람을 아는 사람이 하는 말이 요즈음 투병생활을 하는 사람이 하는 말을 알아듣기가 힘들다고 하는 것이었다. 목소리도 작고 말이 새기도 하며 발음도 부정확해서 알아듣기 힘들다고 지나가는 투로 말했다. 우리는 이 말에 주의를 기울이고 조치를 취하고 있는가? 그 당시 투병생활을 하는 사람은 식사를 제대로 하지 않았고, 그 결과 몸무게도 많이 빠진 상태였다. 그리고 마침내 목소리에 변화가 생기기 시작한 것이다. 투병생활을 하는 사람은 바로 얼마 뒤에 생을 마감했다.

입(목소리), 눈, 귀, 몸무게, 입맛은 사람 생명의 소멸과정에서 나타나는 중요한 징후이기 때문에 아픈 사람 본인이나 그 가족은 이것들의 변화에 주의하여야 한다. 이것들의 변화는 대수롭지 않게 생각하고 놓치기 쉬운 부분이다. 이것들의 변화는 몸 안에서 생기는 것이 아니라 몸 밖에서 생기는 것이기 때문에 주의만 하다면 오히려 사람들이 발견하기도 쉽다. 발견 후에는 즉시 적절한 조치를 취하여야 한다. 이것들의 변화는 일반인들 뿐만 아니라 병원에서도 놓치기 쉽다. 아픈 사람 본인과 그 가족들은 병원에서 놓친 것을 반드시 보완할 수 있어야 한다. 병원만 믿고 있다가는 일이 생길 수 있다.

아픈 사람이 가는 마지막 길은 이러하다. 이것이 단계적으로 진행되는데, 그 단계가 굉장히 빨리 진행하기 때문에 아주 조심해야 한다. 이 단계들도 초기에 인식하고, 그 단계가 가지는 의미를 파악하여 필요한 조치를 취하면 위험을 무사히 넘길 수 있다. 초기 단계라면 아직 몇 단계가 더 진행할 것이기 때문에 초기에 인식하고 필요한 조치를 취하는 것이 대단히 중요하다. 어느 순간 아픈 사람이 말할 때 말하는 것이 굉장히 불완전해진다. 기억력 이런 것을 말하는 것이 아니다. 말소리의 크기가 갑자기 작아진다. 점점 작아지다가 아주 가까이 가야만 말소리를 들을 수 있을 정도가 되는 경우도 있다.

아픈 사람이 말을 하지 않으려고 하는 것이 아니라 물으면 대답도 하고, 스스로 말을 하려고 하는데도 그 말의 소리가 작아지고, 어떤 때에는 말의 소리가 너무 작아진다. 목소리에 쉰 소리가 나기도 한다. 이것을 우리말에 비유하면 말소리가 갑자기 모기소리처럼 변하는 것이다. 그렇다고 그 말을 듣지 못하는 것도 아니다. 다시 묻고 가까이 옆에 가서 물으면 그 말을 들을 수 있다. 무슨 말을 하는 것인지도 알 수 있고, 그 의미도 명확하다. 문제는 그런 것들이 아니다. 문제는 말소리에 물리적인 이상이 생기는 것이다.

그리고 아픈 사람이 말할 때 발음이 새 나간다. 아픈 사람이 정확한 발음을 하려고 해도 말이 샌다. 그래서 오물오물 말하다가 그 말을 중단하는 것처럼 보인다. 사실은 아픈 사람이 말을 중단하려고 하는 것이 아니다. 아픈 사람이 말을 하려고 해도 말이 새는 것이다. 이러한 사실을 아는 것은 힘든 일이다. 그런데 이런 일이 발생한다. 이러한 기간의 길이는 사람마다 차이가 있다. 그래서 더욱 조심해야 한다. 이러한 사실을 빨리 알아차리지 못하고 그대로 시간이 지나면 다음 단계로 진행하며, 이 때부터 아주 빨리 단계가 진행한다. 이 때에도 늦은 것은 결코 아니다. 이 때에도 필요한 조치를 취하면 무사히 위험을 피할 수 있다. 문제는 이러한 사실 자체를 거의 모르기 때문에 대부분의 사람들이 그 때 조치를 취하지 못하며, 그래서 기회를 놓치고 만다.

더군다나 아픈 사람이 말할 때 말소리가 작아지거나 말이 새더라도 다른 것들은 이상이 없는 상태가 대부분이다. 그래서 눈치를 더 채지 못하는 것이다. 아픈 사람이 말할 때 말소리가 작아지거나 말이 새는 현상이 발생하고, 아직 다음 단계로 넘어가지도 않은 채로 흘러가는 시간이 약 10일 정도에서 5일 정도 된다. 이 상태를 아픈 사람 본인도 그 의미를 전혀 알 수 없다. 이것이 최초의 징후이다. 이 때 원래 상태로 회복하여 말할 때 말소리가 이전처럼 커지고, 말소리가 새 나가지 않으면 진행하는 단계는 어느 정도 멈춘 것이다.

사람이 가는 마지막 길에도 여전히 작용하는 것은 듣는 것이다. 귀로 소리를 듣는 것은 거의 마지막 길의 끝에도 가능하다. 거의 마지막 길에도 아픈 사람은 알아 듣는다. 아픈 사람을 보호하는 사람은 이 마지막 상황에서도 여전히 기회는 남아 있다. 점점 어려운 상황이 이어지지만 말이다. 왜 아픈 사람이 말하는 말소리의 물리적 이상현상이 가장 먼저 나타나는 것일까? 그리고 귀는 거의 마지막 길에도 기능이 가능한 것일까?

그 이유는 필요한 에너지의 차이 때문이다. 사람이 말을 하는 것에는 눈과 귀에 비하여 더 많은 에너지가 필요하다. 말을 하려면 턱과 입의 바깥으로부터 입술, 치아, 잇몸, 혀, 성대, 목젖, 목, 허파까지 제대로 기능하여야 한다. 소리가 나는 과정을 보면, 소리가 나기 위하여는 입, 목, 배가 함께 작동해야 한다. 입에서는 다시 입술, 혀, 목젖이 함께 작동해야 소리가 난다. 목젖은 입과 목이 만나는 곳의 안쪽에 위치하고 있는 살이다. 이러한 부분들이 함께 작동하여 소리가 만들어진다.

이러한 기능에는 많은 에너지가 필요하다. 아픈 사람이 에너지가 고갈되기 시작하면 여기서 문제가 생긴다. 그래서 말소리에 물리적 이상현상이 발생하는 것이다. 이 때 빨리 아픈 사람에게 에너지를 공급해 주어야 한다. 지금 아픈 사람은 에너지가 고갈되기 시작한 것이다. 고갈되기 시작한 에너지를 공급해 주면 그 다음 단계로 진행되지 않는다.

여기서 아픈 사람의 눈까지 보아야 한다. 눈도 징후로 굉장히 중요하다. 말소리에 물리적 이상현상이 발생하더라도 눈은 아무 이상이 없다. 볼 것 다 볼 수 있다. 눈의 작용에 필요한 에너지는 눈을 뜨고, 감고 하는 것인데, 눈의 작용에 필요한 에너지가 말소리를 내는데 필요한 에너지보다 적은 것이다. 눈의 작용은 거의 신경에 의존한다. 그런데 눈의 작용에 필요한 에너지도 만만치 않다. 그래서 말소리에 나타나는 물리적 이상현상 다음에 눈의 기능에 이상현상이 발생한다.

눈의 기능에 이상현상이 생기기 전에 또는 동시에 혈압에서 이상현상이 발생한다. 혈압이 내려가는 저혈압현상이 발생한다. 이렇게 되면 나타난 현상은 말소리에 나타난 물리적 이상현상, 눈의 기능에 나타난 이상현상, 저혈압현상이다. 이 때 필요한 조치를 잘 해야 한다. 이러한 단계에서는 음식과 영양의 공급을 통한, 즉 에너지의 공급을 통한 회복보다는 빠른 응급조치를 해야 할 상황이다.

이러한 단계 전에서는 음식과 영양의 공급을 통한, 즉 에너지의 공급을 통한 회복이 가능했지만 지금 단계에서는 아니다. 눈의 기능에 이상현상이 생긴다는 것은 눈을 잘 뜨지 못한다는 것을 말한다. 눈을 떠도 눈에 힘이 없다. 그리고 눈에 힘이 들어가 있지 못하다. 눈동자가 풀리기 시작하는 단계이다. 궁극적으로 중요한 것은 저혈압현상을 원래대로 회복하여 정상으로 만드는 일이다. 이것이 성공하면 눈에 힘이 없는 것, 눈동자가 풀린 것, 말소리에 나타난 물리적 이상현상 모두 문제가 안 된다.

저혈압현상을 원래대로 회복하여 정상으로 만든 경우 가족들과 환자 본인이 이미 위험한 상황을 겪었기 때문에 진행하는 상황을 어느 정도 알게 될 뿐만 아니라 정상으로 회복하는 과정에서 시행한 여러 조치들로 인하여 오히려 눈에 힘이 없는 것, 눈동자가 풀린 것, 말소리에 나타난 물리적 이상현상이 사라진다. 아픈 사람은 이제 회복된 것이다. 앞으로 진행상황을 지켜보면서 잘 관리하면 된다.

위험한 상황에서 혈압이 중요한 이유는 혈압을 통하여 사람의 몸 곳곳에 혈액을 공급하는 것이기 때문이다. 혈액 속에는 몸의 조직과 기관의 재료가 들어 있고 에너지가 들어 있다. 혈압이 낮아지면 혈액을 제대로 공급할 수 없게 된다. 혈압이 낮을 때 혈액의 공급이 먼저 안 되는 곳은 심장으로부터 멀리 떨어진 곳이다. 심장으로부터 멀리 떨어진 곳일수록 더 높은 혈압을 필요로 한다. 그러다가 점점 심장 가까운 곳으로 이동하게 된다. 혈압은 계속하여 낮아지기도 한다. 이것이 바로 관건이다.

어느 순간 저혈압을 정상으로 회복하고, 정상으로 회복한 혈압이 일정한 시간을 유지할 수 있다면 아픈 사람은 회복된 것이다. 사람이 가는 마지막 길에서 삶이라는 것과 마지막 길의 끝의 차이는 사실 그리 큰 것이 아니다. 누가 빨리 제대로 필요한 조치를 할 수 있는지 여부에 따라 갈리는 것이다.

귀로 소리를 듣는 것은 에너지가 거의 소모되지 않는다. 소리를 듣는 것은 소리가 귀의 고막을 진동시키기 때문인데, 이것은 거의 자동적으로 이루어지기 때문에 에너지가 필요 없다. 그래서 사람이 가는 마지막 길의 끝에도 소리를 듣는 것이 가능한 것이다. 귀에서 소리를 듣는 것은 호흡이 멈추기 바로 전까지도 가능할 수 있다.

사람들은 사람의 생명이 소멸되어 가는 과정에 관하여 어떻게 생각하고 있을까? 목소리는? 컴퓨터 데이터베이스의 검색창에 죽음과 죽어가는 과정이라는 단어를 쳐 보았다. 단어를 쳐 보니 죽음에 관하여 많은 논문이 화면에 등장한다. 그런데 등장하는 논문들은 거의 대부분이 사람의 생명이 소멸되어 가는 과정, 즉 죽어가는 과정과는 관련이 없었다. 의학 논문은 거의 등장하지도 않는다. 생명이 소멸되어 가는 과정에 관하여 사람들의 인식도가 매우 낮음을 알 수 있다.

지금 어머니가 아프시다. 어느 날 어머니의 목소리가 갑자기 작아졌다. 작은 목소리 때문에 알아 듣기가 어렵다. 그래서 그대로 시간이 흐르고 있다. 이 목소리는 이제 어머니의 마지막 목소리가 될 수도 있다. 이것이 바로 어머니의 마지막 목소리이다.

탐험과 과학적 혁신이 출발한 곳은?

"중요한 것은 달에 누가 먼저 가느냐가 아니고 누가 제일 잘 가느냐 하는 것이다."

섬과 해안가는 과학의 혁신을 가져온 곳이기도 하다. 섬과 해안가는 과학자들에게 위대한 발견을 안겨주었다. 그리고 섬과 해안가는 기업가들에게 거대한 성공을 선사하였다. 찰스 다윈과 갈릴레오 갈릴레이도 바로 이러한 주인공들이다. 다윈은 배를 타고 멀리 떨어져 있는 섬으로 찾아갔다. 그 곳이 바로 갈라파고스섬이다. 갈릴레이는 해안가에서 무엇을 발견했을까? 그리고 기업가는?

갈릴레이는 망원경을 성능이 좋게 개발하였다. 갈릴레이는 발명가이기도 하다. 이 망원경은 별들을 관찰하는 데에도 유용하게 사용되었다. 갈릴레이는 조수의 이론과 혜성의 이론을 제안했다. 갈릴레이는 조수는 지구의 움직임의 증거라고 주장했다. 또한 갈릴레이는 그의 망원경에 의한 관찰은 코페르니쿠스의 태양 중심적 이론을 물리적 진실로서 선호한다고 주장했다. 조수는 바다와 해안가에서의 밀물과 썰물을 말한다. 조수는 달과 태양 등의 인력에 의하여 바닷물이 주기적으로 높아졌다 낮아졌다 하는 것이다. 바다와 해안가는 갈릴레이에게 있어서 창의력과 과학적 발견의 주요한 대상이자 원동력였다.

다윈도 그렇고 갈릴레이도 그렇고 자신들이 연구해야 하는 대상을 바다와 해안가 그리고 섬으로 정확하게 포착하고 있었다. 만약 다윈이 땅을 연구했다면 자신의 이론을 완성하기가 어려웠을 것이다. 과학적 발견을 하려면 연구대상을 정확하게 포착해야 한다. 그리고 관찰한다. 그 다음에는 관찰결과를 다른 것들에 적용하면 된다.

우리가 사용하는 말 중에 세계화라는 말이 있다. 갈릴레이가 세계화(글로벌라이제이션, globalization)라는 말을 들었으면 어떠한 생각을 할까? 글로브(globe)는 원래 동그란 모양의 구라는 의미이다. 지구가 둥글기 때문에 지구도 글로브라고 한다. 지구가 둥글다는 것을 발견한 것도 큰 발견이었다. 갈릴레이가 드디어 세계화라는 말을 들었다. 세계화? 지구를 둥글게 만든다고? 뭔 소리야? 지구는 이미 처음부터 둥글잖아! 내 책을 한번 보라고! 허허 참.

갈릴레이 이후에도 바다와 해안가는 끊임 없는 연구대상이다. 지구가 태어나고 그 후 지구가 변화된 역사 중에서 가장 흥미로운 것은 지구에 대륙과 바다가 생기는 역사이다. 이러한 역사를 대륙과 바다의 역사 또는 대륙과 바다의 나이라고 할 수 있다. 보통 대륙과 바다의 기원이라고도 한다. 대륙이동설은 독일의 기상학자이자 지구물리학자인 알프레트 베게너(1880년-1930년)가 제시한 이론이다. 베게너는 북극과 남극 등의 극지 연구가이기도 하다. 대륙이동설은 현재 지구 7개 대륙의 모습은 약 2억년 전 한 덩어리로 이루어져 있었던 거대한 대륙인 판게아에서 점차 갈라져 나와 만들어진 것이라고 한다. 대륙이동설은 대륙이 맨틀 위를 떠다니며 움직인다고 한다. 이것을 바로 드리프트, 즉 표류라고 한다.

그러면 대륙이동설은 어떠한 근거를 제시하고 있을까? 대답은 바로 바다와 해안가이다. 바다와 해안가는 그야말로 과학의 거대한 보고이다. 따라서 인류의 보고이다. 대륙이동설은 각 대륙 해안선의 모양이 서로를 마주대보면 비슷하다는 것을 근거로 제시한다. 원래 한 곳에서 분리된 것을 다시 붙이면 서로 맞아 들어간다. 남아메리카 대륙의 동쪽부분과 아프리카 대륙의 서쪽부분 해안선의 모습이 비슷하다는 것이다. 이 근거는 형태에 입각한 것이다. 서양 사람들은 형태에 관한 관찰력이 대단하다.

하나의 대륙이 분리되어 해안선의 모습이 비슷하다는 것은 마치 뻥튀기와 같은 비슷한 논리이다. 뻥튀기는 쌀, 감자, 옥수수 따위를 불에 단 틀에 넣어 밀폐하고 가열하여 튀겨낸 것을 말한다. 뻥튀기를 먹으려고 쪼갰다가 다시 2개의 조각을 붙여보면 모양이 맞기 때문에 다시 붙는다. 하나의 대륙이 분리되어 떨어져 있는 것을 다시 붙일 방법은 없다. 지도를 펴놓고 유심히 살펴보다가 분리된 대륙을 가위로 오려 맞추어 보면 대충 맞추어진다. 뻥튀기처럼 말이다. 대륙이동설은 하나의 뻥튀기이론이라고 할 수 있다. 베게너는 분명히 지도를 유심히 보았을 것이다. 이것이 베게너로 하여금 대륙이동설을 주장하게 하였을 것이다.

만약 어떤 사람이 한 연구에 몰두해 있는 과학자에게 무엇이 당신을 전념하게 하는 힘인가라고 묻는다면 ˝그것은 외부적 목표에 있지 않다. 다만 그 힘은 사냥꾼과 군인의 열정이며 실패로 인한 투쟁의 자극이다˝라는 대답을 들을 것이다.

과학자와 기업가는 매우 밀접하게 관련되어 있다. 알렉산더 그레이엄 벨(1847년-1922년)은 소리전문가이다. 그런데 벨이 태어난 곳이 바로 해안가이다. 벨이 태어난 곳은 스코틀랜드의 에딘버러이다. 에딘버러는 동부 해안가에 위치하고 있다. 벨의 아버지도 에딘버러에서 태어났다. 아버지 또한 소리전문가이다. 아버지는 발성과 발음에 관한 여러 연구를 한 사람이다. 아버지는 듣지 못하는 청각장애를 가진 사람들을 위하여 볼 수 있는 말을 만들기도 하였다.

벨의 할아버지도 소리전문가이다. 벨도 오페라 작곡가들처럼 풍부한 소리를 제공하는 해안가에서 태어난 것이다. 벨은 토머스 에디슨과 같은 해에 태어났다. 1847년에는 위대한 발명가가 2명이나 태어났다. 벨은 1885년에 석박 대신에 왁스와 밀랍으로 싼 원통형의 두꺼운 종이를 레코드로 사용했다.

벨이라는 이름 자체도 소리와 관련이 있다. 벨은 교류 또는 직류로 동작하는 전자석으로 쇠망치를 기계적으로 진동시켜 종을 두드려서 울리게 하는 장치를 말한다. 벨은 초인종이라고도 한다. 벨의 구조는 코일에 전류가 흐르면 전자석이 되어 철편이 당겨져서 쇠망치가 종을 두드린다. 이 순간 접점이 떨어져 전기가 끊어지면 전자석은 원상태로 되돌아가므로 철편은 떨어지고 다시 접점이 이어진다. 이러한 작동이 되풀이되면 쇠망치가 종을 연속적으로 두드리게 된다. 벨은 전기가 소리를 만드는데 사용되는 경우이다.

알렉산더는 마케도니아의 대왕이다. 알렉산더 벨은 벨, 즉 소리의 알렉산더라는 의미가 된다. 알렉산더 벨은 소리의 알렉산더 대왕이다. 마케도니아에는 알렉산더 대왕이 있었고 소리에는 알렉산더 벨이 있었다. 벨은 원래 발음에 관한 연구를 하고 대학졸업 후에 발성법의 교사로 있다가 교육자인 아버지를 도와 농아자의 발음교정에 종사했다. 런던대학에서 생리 해부학의 강의를 들은 후 캐나다를 거쳐 미국의 보스턴에 가서 농아학교를 세우고 보스턴대학의 발성학 교수가 되었다. 이것이 벨을 소리의 대왕으로 만든 경력이다. 벨의 경력은 놀랍게도 의외의 경력이다.

드디어 벨은 음성의 연구에서 전기적인 원거리 통화법을 고안하게 된다. 1875년 최초의 자석식 전화기를 발명하고, 1877년 벨 전화회사를 설립했다. 벨은 소리에 접촉하며 살았고 그것을 다른 분야인 전기와 관련시킨 것이다. 그 후 계속 농아자의 발성문제, 축음기, 광선전화 등의 연구를 하고 만년에는 항공기의 연구에 주력했다. 벨 전화회사는 지금도 엄청난 기업으로 존재한다. 벨은 소리, 전기, 자기, 빛을 모두 연구한 사람이 되었다. 그야말로 알렉산더 대왕이다.

최초로 전화가 실용화되기 시작한 것은 1870년대 후반 무렵이었다. 기록에 남아 있는 최초의 원시적인 전화교환은 코네티컷주 하트퍼드에 있는 캐피털 애비뉴 약국과 21명의 지방 의사들 사이에서 이루어졌다. 약국은 의사들에게 메시지를 전달해 주는 주요한 장소였다. 1923년에 나온 한 진료안 내서에는 전화가 의사들에게 청진기만큼이나 필요한 것이 되었다고 적혀 있다. 1890년대 처음 생산된 자동차는 20세기 전환기에 들어서면서 필수품으로 자리잡아 갔고 이동시간을 단축시켰다. 의사들은 가장 먼저 자동차를 구입한 계층에 속했다.

해안가와 호수가에서는 거대한 기업을 설립한 사람들이 태어나기도 한다. 미국의 자동차 기업가인 헨리 포드(1863년-1947년)는 미시간주 웨인 카운티에서 태어났다. 포드는 포드자동차를 설립한 사람이다. 미시간주는 주변이 호수들로 둘러싸여 있다. 웨인 카운티에는 강과 호수가 있다. 또한 섬도 있다. 포드 또한 물가 지역에서 태어난 사람이다. 포드의 아버지는 아일랜드의 코크에서 태어났다. 코크는 해안가에 위치하고 있다. 포드 가문은 물가 지역과 밀접한 관련이 있다.

윌리엄 듀런트(1861년-1947년)는 헨리 포드보다 2살이 더 많다. 듀런트는 미국의 자동차회사인 GM의 설립자 중의 한 사람이다. 듀런트는 매사추세츠주 보스턴에서 태어났다. 보스턴은 유명한 항구도시이다. 듀런트도 해안가에서 태어난 사람이다. 듀런트는 마차사업으로 시작했다. 마차는 자동차가 출현하기 이전의 교통수단이다. 듀런트는 마차사업으로 거대한 부를 형성했다. 이 마차사업이 자동차사업으로 발전했다.

미국의 철강 기업가인 카네기는 스코틀랜드의 파이프에서 태어났다. 파이프는 해안가에 위치하고 있다. 카네기가 태어난 곳은 해안가에서 약간 떨어져 있다. 카네기의 아버지는 보다 더 좋은 삶을 이루기 위하여 미국으로 이주하게 된다. 벤저민 프랭클린은 보스턴에서 태어났다. 프랭클린 또한 해안가에서 태어난 사람이다. 프랭클린은 전기의 발견과 연구에 있어서 매우 중요한 사람이다. 프랭클린은 활동분야가 매우 넓기 때문에 정치가이기도 하고 인쇄업, 신문발행, 우편, 교육에 종사하기도 하였다.

　　전기의 발견과 연구에 있어서 가장 중요한 사람에는 맥스웰도 포함된
다. 맥스웰 또한 해안가에서 태어난 사람이다. 맥스웰이 태어난 곳은 스코틀
랜드의 에딘버러이다. 에딘버러는 알렉산더 벨이 태어난 곳이기도 하다. 토
머스 에디슨 또한 전기의 발견과 연구에 있어서 매우 중요한 사람이다. 에디
슨은 오하이오주 밀란에서 태어났다. 밀란에는 밀란 운하도 있다. 밀란은 호
수가의 항구이다. 에디슨은 호수가에서 태어난 사람이다.

　　사람 몸의 심장과 전기의 관계를 활용하여 심전도계를 만든 사람은 빌
럼 에인트호번(1860년-1927년)이다. 에인트호번은 네덜란드의 의사이자
생리학자이다. 에인트호번은 노벨 생리의학상을 수상했다. 에인트호번이 태
어난 곳은 인도네시아 자바섬에 있는 세마랑이다. 세마랑은 인도네시아에서
중요한 무역항구로서 자바에서 가장 큰 도시이다. 세마랑은 18세기경부터
발전하기 시작한 항구이다. 세마랑에는 군사기지도 있다. 이들 자동차와 철
강 그리고 전기의 대가들은 해안가나 호수가에서 태어났다. 특히 전기의 대
가들이 눈에 띈다. 전류가 물처럼 흐르기 때문일까?

　　심전도계는 심장의 전기적 활동을 측정하고 기록하는 장치이다. 심전도
는 심장 전기의 그림이라는 의미이다. 뇌전도는 뇌 전기의 그림이라는 의미
이다. 근전도는 근육 전기의 그림이라는 의미이다. 이들은 모두 동일한 원리
에 입각하고 있다. 한 어린 소녀가 이 사실을 알고 놀라움에 소리를 친다. 엄
마, 내 몸이 온통 전기야? 그리고 다시 외친다. 엄마 몸도 그래? 이 소녀는
어린 나이에 위대한 과학적 발견을 하고 있는 것이다. 이 소녀는 앞으로 스
마트폰의 인터넷도 결국 전기의 작동이라는 것을 알면 더 놀랄 것이다.

　　경영학과와 경제학과를 다닌다고 성공한 기업가가 되는 것이 아니다.
내가 지금 하는 사업이 잘 안되고 있다면 해안가에 가서 바다가 제공하는 물
의 흐름과 소리를 한 번 들어보기를 권한다. 이것이 사업을 잘 되게 할 수도
있다.

"사업은 과학이다."

에인트호번은 음향학, 특히 심장의 소리에 관하여 연구하기도 하였다. 생물의 심장은 소리를 만들고 있었던 것이다. 심장은 소리의 생산공장이다. 심장이 만드는 소리에 이상이 있을 경우 심장이라는 공장에 이상이 생긴 것이다. 이러한 원리를 이용하여 질병을 진단하는 것이 바로 청진기이다. 사람의 몸 안은 전기와 소리 같은 여러 물리적 현상들이 발생하는 현장이다. 사람을 생물학적으로만 이해할 수 없는 이유이다. 사람이 말을 하고 노래를 부르는 것도 대표적인 물리적 현상이다. 에인트호번은 아예 섬에서 태어난 사람이다. 이 사람이 소리를 연구하는 사람이 된 것이다. 그건 그렇고 사람의 몸 안에는 빛도 있을까? 사람의 몸은 빛을 만들 수 있을까?

컴퓨터와 인터넷 그리고 스마트폰에서 가장 중요한 것은 무엇일까? 이것들은 모두 전기에 의하여 작동하도록 되어 있다. 컴퓨터와 인터넷 그리고 스마트폰 자체가 전기제품이기도 하다. 컴퓨터와 스마트폰에서 전기는 가장 중요한 요소이다. 컴퓨터와 스마트폰은 전기의 세계이다. 전기의 발견과 활용은 인류에게 있어서 가장 위대한 것이다. 전기가 없다면 지금의 문명은 존재하지 않았을 것이다. 그러면 전기란 무엇일까?

물은 물길을 따라 여기저기 흐른다. 전기 또한 마치 물처럼 여기저기 흐른다. 전기가 여기저기 흘러다니는 것을 전류(current, 커런트)라고 한다. 물은 수로를 흘러가고 자동차는 도로를 달려간다. 전기가 다니는 길은 무엇이라고 할까? 전기가 다니는 길은 회로라고 한다. 전기가 회로를 벗어나면 문제가 발생하기도 한다. 냉장고에 흐르는 전기가 회로를 벗어나면 누전이 되어 사람에게 감전사고를 일으키기도 한다. 냉장고를 포함하여 전기제품과 전자제품은 하나의 거대한 회로를 가지고 있다. 전등 또한 회로를 가지고 있다. 전기는 튜브(관) 안을 흐르기도 한다. 인터넷의 유튜브 또한 이러한 의미를 가지고 있다. 유튜브에는 전기 뿐만 아니라 새로운 소식, 정보도 흐르고 있다.

전선은 전기의 수송기관이다. 전기는 전선이 수송하는 대상이다. 전기는 에너지를 전선의 전자에 수송하며 이 전자는 다시 회로에 연결된 전기기구에 에너지를 수송한다. 이 전기기구는 전기에너지를 다른 형태의 에너지로 변환한다. 변환된 에너지는 일을 하면서 소모된다. 그래서 전기는 모바일 일꾼이다. 전기는 가장 중요한 물리적 현상이자 힘이고 에너지이다. 전기는 우리 주변에서 항상 일을 하고 있다. 전기는 우리에게 유용한 일꾼이다.

"전기는 모바일 일꾼이다. 전기는 여기저기 흘러다니는 에너지이다."

전기를 연구한 사람들은 거대한 기업을 설립했다. 그리고 엄청나게 큰 부자들이 되었다. 그런데 이들이 묘하게도 해안가에서 태어났다. 컴퓨터 소프트웨어 기업인 마이크로소프트를 설립한 빌 게이츠는 전기의 전문가이다. 빌 게이츠 또한 해안가에서 태어난 사람이다. 빌 게이츠는 미국 시애틀에서 태어났다. 시애틀은 태평양에 접하고 있는 항구도시이다. 마이크로소프트를 공동으로 설립한 폴 앨런 또한 시애틀에서 태어났다.

애플의 스티브 잡스 또한 해안가에서 태어난 사람이다. 잡스는 샌프란시스코에서 태어난 사람이다. 샌프란시스코는 해안가에 위치하고 있다. 샌프란시스코가 접하고 있는 바다는 태평양이다. 페이스북을 설립한 마크 주커버그도 해안가에서 태어난 사람이다. 주커버그는 뉴욕주 웨스트체스터 카운티에서 태어났다. 웨스트체스터는 해안가에 위치하고 있다. 래리 엘리슨은 미국의 오러클을 설립한 사람이다. 엘리슨은 아예 섬에서 태어난 사람이다. 엘리슨은 뉴욕시의 맨해튼에서 태어났다. 맨해튼은 대표적인 섬이다.

제리 양은 대만에서 태어난 미국의 기업가이다. 제리 양은 야후의 설립자이다. 제리 양은 섬에서 태어난 사람이다. 제리 양이 태어난 곳은 대북(타이페이)이다. 대북은 해안가에서 얼마간 떨어져 있기는 하다. 제리 양은 미국으로 이주한 후 캘리포니아주 산호세에서 성장했다. 산호세는 해안가에서 얼마간 떨어져 있다.

인터넷의 유튜브는 동영상 사이트이다. 유튜브는 2005년 채드 헐리, 스티브 첸, 자웨드 카림이 공동으로 창립했다. 스티브 첸(1978년-)은 대만에서 태어난 미국의 기업가이다. 스티브 첸이 태어난 곳은 제리 양처럼 대북이다. 스티브 첸은 1970년대에 태어난 사람으로서 주커버그(1984년-)보다 먼저 태어난 사람이다. 채드 헐리(1977년-)는 미국 펜실베이니아에서 태어났다. 채드 헐리가 스티브 첸보다 1살이 많다. 자웨드 카림(1979년-)은 가장 나이가 적다. 자웨드 카림은 독일에서 태어났다. 유튜브는 현재 구글에 소속되어 있다.

채드 헐리, 스티브 첸, 자웨드 카림은 페이팔의 직원이었다. 팔은 친구라는 의미이다. 펜팔은 펜으로 만난 친구라는 의미이다. 페이팔은 전자상거래에 기초하고 있는 디지털 결제시스템이다. 페이팔은 지불과 자금이체가 인터넷을 통하여 이루어지도록 해준다. 페이팔은 지불하는 친구라는 의미이다. 페이팔은 1998년 설립되었고 이베이에 소속되어 있다. 페이팔은 지금 미국의 큰 기업이 되어 있다. 페이팔은 2014년을 기준으로 했을 때 매출액이 79억달러이다.

중국의 마운(마윈)은 알리바바 그룹을 설립한 사람이다. 마운이 태어난 곳은 절강성(저장성) 항주(항저우)이다. 항주는 해안가에 위치하고 있다. 마운은 해안가에서 태어난 사람이다. 마운은 현재 중국에서 가장 큰 부자이다. 마운 때문에 중국이 들썩들썩하고 있다. 덩달아 우리나라에도 마운 이야기가 전설처럼 흘러다니고 있다. 마운은 사업을 시작할 당시 다른 지역에서 활동하다가 다시 항주로 돌아간다. 마운에게 해안가 항주는 성공을 가져다 주는 곳이었다. 마운이 해안가 항주를 선택한 것은 탁월함 그 자체였다.

물리학의 대가인 아이작 뉴턴은 영국의 링컨셔에서 태어났다. 링컨셔는 해안가에 위치하고 있다. 뉴턴이 태어난 곳 자체는 해안가에서 떨어져 있다. 에릭슨이라는 기업은 1876년에 스톡홀름에서 에릭슨(1846년–1926년)에 의하여 설립되었다. 에릭슨이라는 기업의 이름은 설립자의 이름을 따른 것이다. 에릭슨은 전신 수리상점으로 사업을 시작했다. 에릭슨이 태어난 곳은 베름란드주이다. 베름란드주는 베네른 호수에 접하고 있다. 베네른 호수는 스웨덴에서 가장 큰 호수이고 유럽에서 3번째로 큰 거대한 호수이다. 에릭슨은 호수가에서 태어난 사람이다. 에릭슨 기업은 통신기술, 소프트웨어, 비디오 시스템, 서비스 등을 공급한다.

노키아는 핀란드의 통신과 정보 기업이다. 노키아는 모바일 폰과 스마트 폰을 공급하기도 한다. 노키아는 한때 세계에서 가장 큰 모바일 폰 공급업체이기도 하였다. 노키아의 전신은 1865년 프레드리크 이데스탐(1838년–1916년)에 의하여 설립되었다. 이데스탐은 에릭슨보다 약간 먼저 태어난 사람이다. 이데스탐은 원래 광산기사였다. 미국의 마이크로소프트는 2013년 노키아의 모바일 폰 사업을 인수하였다. 마이크로소프트와 노키아는 일정한 관계를 유지하고 있다.

발트해에는 여러 나라들이 위치하고 있다. 발트해는 지중해 다음으로 중요한 바다이다. 발트 3국은 발트해에 접하고 있는 대표적인 나라들이다. 폴란드 또한 발트해에 접하고 있다. 그단스크는 폴란드의 중요한 항구도시이다. 그단스크는 독일어로는 단치히라고 한다. 노벨 평화상을 받았으며 폴란드의 대통령을 지내기도 한 레흐 바웬사는 그단스크에 있는 레닌조선소에서 전기공 생활을 하였다. 바웬사는 여기에서 노동조합 활동을 전개한다. 그단스크는 10세기에 무역항으로 개발되어 동부 유럽의 주요한 항구가 되었다.

여기 아주 흥미로운 사실이 있다. 폴란드 위로 러시아의 땅이 있다. 이

땅의 이름이 칼리닌그라드이다. 칼리닌그라드는 발트해에 접하고 있다. 칼리닌이라는 이름은 레닌의 혁명운동에 가담한 정치가인 칼리닌의 이름을 따른 것이다. 칼리닌그라드는 러시아 땅으로부터 완전히 고립되어 나홀로 있다. 칼리닌그라드는 폴란드와 리투아니아에 의하여 둘러싸여 있다. 이러한 땅을 고립영토라고 한다. 칼리닌그라드는 이전에는 쾨니히스베르크라고 불렸다. 쾨니히스베르크는 칸트가 태어나고 활동한 곳이다. 쾨니히스베르크는 이전에는 독일의 프러시아 땅였다. 그러면 칸트는 독일 사람일까 아니면 러시아 사람일까?

칸트는 해안가에서 태어난 사람이다. 칸트는 쾨니히스베르크 대학에서 공부했고 교수로 활동했다. 이 대학은 프러시아의 알베르트 공작에 의하여 1544년에 설립되었다. 그런데 제2차 세계대전 이후 쾨니히스베르크가 구소련에 이전됨에 따라 쾨니히스베르크 대학은 없어졌다. 지금도 러시아와 독일 사이에는 칸트와 쾨니히스베르크 대학에 관한 말들을 하고 있다. 칼리닌그라드는 항구도시이다. 칼리닌그라드를 중심으로 한 주변 지역은 칼리닌그라드주라고 한다. 칼리닌그라드주는 면적이 15,100km²이다. 인구는 2010년에 약 94만명 정도이다. 이 중에서 칼리닌그라드 항구도시에는 약 43만명 정도가 살고 있다. 칼리닌그라드 항구도시는 칼리닌그라드주의 중심지이다.

류드밀라 푸티나는 푸틴의 전 부인이다. 푸티나가 태어난 곳이 바로 칼리닌그라드이다. 푸티나는 칸트와 같은 고향 사람이다. 칼리닌그라드주는 가장 군사화된 지역였다. 칼리닌그라드주는 구소련의 발트 군사지구가 있던 곳이었다. 지금도 칼리닌그라드주에는 러시아 발틱함대의 본부가 있다. 칼리닌그라드주에는 해군 비행기기지와 공군기지들이 있다. 발틱함대에는 많은 군함들이 있다.

발트해에서는 청어가 잡힌다. 이 청어를 발트 청어라고 한다. 청어는 푸른 물고기라는 의미이다. 발트 청어는 발트해에 살고 있는 크기가 작은 청어이다. 발트 청어는 대서양 청어보다 지방이 적다. 스웨덴 요리 중에는 발트 청어로 만드는 것이 있다. 대서양 청어는 세계에서 가장 풍부한 물고기 중의 하나이다. 대서양 청어는 대서양에 살고 있다. 대서양 청어는 자라면 길이가 45cm 정도 된다.

섬과 해안가는 수학자들을 배출하는 주요한 장소이다. 탈레스, 피타고라스, 아르키메데스는 모두 수학자들이다. 이들은 모두 섬에서 태어났다. 피타고라스는 사모스섬에서 태어나 남부 이탈리아로 이사를 갔다. 아르키메데스는 이탈리아 시칠리아섬에서 태어났다. 뿐만 아니라 수학자인 유클리드와 프톨레마이오스는 알렉산드리아에서 활동한 사람들이다. 이들은 태어난 곳을 확인할 수 없다. 알렉산드리아는 이집트의 해안가에 위치하고 있다.

유명한 수학자인 아폴로니우스는 터키의 페르가에서 태어났다. 페르가는 해안가에 위치하고 있다. 아폴로니우스는 타원, 포물선, 쌍곡선이라는 이름을 만든 사람이다. 아폴로니우스는 한 마디로 도형 전문가이다. 존 네이피어는 영국의 수학자이다. 존 네이피어는 스코틀랜드의 에딘버러에서 태어났다. 존 네이피어는 계산의 간편화를 목적으로 로그(log)를 발명했다.

크리스티안 호이겐스는 네덜란드의 수학자이자 천문학자이다. 호이겐스는 헤이그에서 태어났다. 헤이그는 해안가에 위치하고 있다. 호이겐스는 수학적 기대값이라는 개념을 소개하였다. 1675년 호이겐스의 지휘 아래 균형유지 용수철에 의하여 조절되는 최초의 시계가 만들어졌다. 이것은 루이 14세에게 바쳐졌다. 게오르그 칸토르는 러시아에서 태어난 독일의 수학자이다. 칸토르는 페테르부르크에서 태어났다. 페테르부르크는 해안가에 위치하고 있다. 칸토르는 집합이론을 개발한 사람이다. 많은 수학자들이 섬과 해안가에서 태어났다. 이것은 상당히 놀라운 사실이다.

탈레스는 소크라테스 이전의 그리스의 철학자이다. 탈레스(기원전 약 624년-546년)는 소아시아의 밀레토스 출신이다. 탈레스는 상당히 오래 전

의 사람이다. 밀레토스는 그리스에 있는 것이 아니라 소아시아에 있는 도시
이다. 밀레토스는 지금의 터키에 있는 해안가에 위치하고 있다. 탈레스는 해
안가 출신이다. 탈레스는 수학과도 밀접한 관계가 있다. 탈레스는 피라미드
의 높이와 해안가로부터의 배의 거리를 계산하기 위하여 기하학을 사용하였
다. 이것 또한 탈레스의 출생지를 고려할 때 충분히 이해할 만한 것이다. 그
리하여 탈레스는 최초의 진정한 수학자라고 불리어졌다. 탈레스의 호칭은
최고의 찬사이다.

탈레스는 젊은 시절에 상인으로서 재산도 많이 모았다고 한다. 탈레스
는 올리브의 대풍작을 미리 예측하였다. 그는 지역의 착유기에 대한 전매권
을 얻은 다음 나중에 착유기를 빌려 주어 많은 돈을 벌었다. 착유기는 곡물
의 씨나 과일의 열매에서 기름을 짜내는 기계이다. 탈레스는 공부한 사람으
로서 돈 버는 재주가 있는 대표적인 예이다. 그리스의 철학자인 아리스토텔
레스는 탈레스의 돈 버는 재주를 경탄하면서 자세히 소개하고 있다.

쉬어가는 코너

우리의 글을 수학에서 활용할 수 없을까? 루트(root)는 뿌리, 근
이라는 의미이다. 크리스토프 루돌프(1499년-1545년)는 실레지아에
서 태어나서 비엔나에서 사망했다. 루돌프는 루트(제곱근)를 위한 기호
를 도입한 사람이다. 루돌프는 1525년 미지수라는 책에서 루트를 소개
하고 있다.

루트는 $\sqrt{x}$(루트 엑스)를 제곱하면 x가 된다는 의미이다.
$\sqrt{x} \times \sqrt{x} = x$. 이것이 의미하는 것은 $\sqrt{x}$가 자기 자신을 한 번 더 곱하면
루트가 없어진다는 것을 의미한다. 이것을 지수로 표시하면 $(\sqrt{x})^2$이 된
다. $x \times x = x^2$이 된다. $x^2 \times x^2 = x^4$이 된다. 이 결과를 순서대로 배열하
면 $\sqrt{x}, x, x^2, x^4$이 된다. 루트와 지수의 값은 일정한 규칙(자기 자신을
한 번 더 곱하라는 규칙)에 의하여 배열이 가능하다.

루트와 나눗셈은 어떠한 관계에 있을까? 루트의 표시는 루트($\sqrt{\ }$)이다. 나누기는 a/b이다. 이것을 $b)a$로도 나타낼 수 있다. 이것을 다시 $b\overline{)a}$로도 나타낼 수 있다. 이것을 $\overline{\ulcorner}$로도 나타낼 수 있다. 여기에다가 왼쪽 부분에 사선을 하나 더하면 루트가 된다. 루트는 사실 나누기의 특수한 형태이다. 루트는 나누기를 하면서 나누는 수와 답이 동일할 것을 요구하고 있을 뿐이다. 이것이 루트와 나누기의 관계이다.

$\ulcorner$ 대신에 우리글 기역(ㄱ)을 사용해도 무방할 것이다. 기역 오른쪽에 나누는 수를 배치하고 기역 위에 답을 쓰면 된다. 이러한 방식은 오른손 잡이에게 딱 맞는 방식이다. 이에 비하여 지금의 방식은 왼손 잡이에게 맞는 방식이다. 수직선처럼 생긴 부분이 왼쪽에 있기 때문이다. 기역은 수직선이 오른쪽에 있다. 그래서 오른손에 매우 가깝다.

데카르트는 프랑스에서 고등법원의 판사인 조아셍 데카르트의 셋째 아들로 태어났다. 데카르트는 몸이 허약하여 학교에서 아침에 늦게 일어나는 것이 허용되었고 데카르트는 침대에 누워 사색하는 습관을 갖게 되었다. 데카르트는 "음악개론"이라는 책도 썼다. 그리고 1633년에는 "세계 및 빛에 관한 연구"를 썼는데, 갈릴레이가 같은 주제에 관한 저서로 유죄판결을 받았다는 소식을 듣고 출간을 보류하였다. 갈릴레이에 재판이 이렇게 역사의 발전을 늦추고 있다. 재판 함부로 하는 것이 아니다.

더군다나 몸이 허약한 데카르트에게는 재판 같은 것은 감당할 수 있는 것이 아니다. 데카르트는 생각을 많이 하는 사람이다. 그것도 엉뚱한 생각을 말이다. 그런데 그 엉뚱함이 사실은 과학과 수학의 대발견인 것이다. 데카르트는 "나는 생각한다. 그러므로 나는 존재한다"라는 말을 하였는데 데카르트가 이 말을 한 것은 너무나 자연스러운 것이다. 무언가 깊이 생각했더니 존재의 속성이 발견되는 것이었다.

데카르트의 위대성은 생각을 강조한 것에만 있는 것이 아니다. 생각을 해도 밝혀지지 않는 것이 있다는 것도 발견하였다. 이것은 수학에서 미지수라고 한다. 데카르트는 이 미지수를 알파벳 x, y, z로 표시했다. 그리고 생각해서 알 수 있는 수를 알파벳 a, b, c로 표시하였다. 데카르트는 글자로 사용하고 있는 알파벳을 유심히 보고 있었던 것이다. 데카르트는 글자의 수학적 유용성을 누구보다 정확하게 간파한 사람이다. 알 수 있는 수를 알파벳 a, b, c로 표시한 이유는 이것들이 알파벳 순서에서 앞에 있기 때문이다. 알파벳 순서에서 앞에 있다는 것은 빨리 자신의 존재를 드러낸다는 것을 의미하기도 한다.

알파벳 순서에서 뒤에 있는 것들은 자신의 존재를 느리게 드러내거나 아니면 아예 드러내지 않을 수도 있다. 만약 데카르트가 a, b, c를 미지수를 표시하는 기호로 사용했다면 데카르트는 생각 없는 사람이거나 아니면 천재가 장난하기 위하여 일부러 그랬을 것이다. 데카르트가 x, y, z를 미지수를 표시하는 기호로 사용한 것을 보면 데카르트는 생각이 많은 사람이었고 장난을 좋아하지 않는 천재였던 것이다.

우리말에 거시기라는 것이 있다. 거시기는 이름이 얼른 생각나지 않거나 바로 말하기 곤란한 사람 또는 사물을 가리키는 말이다. 거시기는 것이기를 소리나는 대로 쓴 것이다. 것이다를 소리나는 대로 쓰면 거시다이다. 거시기는 것이라는 의미이다. 우리말 거시기는 미지수를 의미하는 말이다. 따라서 미지수 x를 거시기로 표현하면 거시기 x가 된다. 미지수의 표시방법은 우리말 거시기를 사용한 것과 같은 것이다. 데카르트가 이 사실을 알았다면 소리를 치며 누워 있던 침대에서 벌떡 일어났을 것이다. 거시기? 거시기! 그거 괜찮은데!

평방킬로미터(km^2)를 우리글로 표현할 수 있을까? 우리글 미음(ㅁ)을 사용하면 된다. ㅁ은 정사각형이다. 정사각형의 면적은 한 변을 2번 곱하면 된다. 이것이 바로 평방의 의미이다. 평방킬로미터는 정사각형 킬로미터이다. 평방킬로미터는 다름 아닌 ㅁ킬로미터이다. 좀 더 이쁘게 모양을 만들면 km^2의 2 대신에 ㅁ을 올려놓으면 된다.

섬, 해안가와 국가의 심장부

이제 섬 이야기를 하기로 하자. 흑산도는 전라남도 신안군에 딸린 섬이다. 흑산도의 면적은 $19.7km^2$(평방킬로미터)이다. 흑산도는 홍도, 다물도, 대둔도, 영산도 등과 함께 흑산군도를 이룬다. 흑산도에 사람이 처음으로 정착한 것은 통일신라시대인 828년이다. 장보고가 완도에 청해진을 설치하고 난 뒤 서해상에 출몰하는 왜구들을 막기 위한 전초기지로 이 섬에 반월성을 쌓으면서부터이다. 1678년(숙종 4년)에 흑산진이 설치되었다. 유적지로는 최익현 유적지, 정약전 유적지 등이 있다. 정약전(1758년-1816년)은 정약용 (1762년-1836년)의 형이다. 1801년(순조 1년) 신유사옥이 일어나 많은 천주교 신도들이 박해를 받았다. 이 때 정약용은 전라남도 강진에 유배되고, 정약전은 흑산도에 유배되었다.

정약용은 1818년 57살 되던 해에 유배에서 풀려나게 된다. 정약전은 유배에서 풀려나지 못하고 죽는다. 정약전은 1816년 6월 6일 사망하였다. 사망한 연월일을 보면 모두 6이다. 그래서 6이 3개이다. 그런데 더 놀라운 일이 있다. 정약용은 1836년 2월 22일 사망한다. 사망한 월일을 보면 모두 2이다. 그래서 2가 3개이다. 정약종(1760년-1801년)은 정약용의 셋째 형으로 가톨릭 신자가 되었다. 정약종은 신유사옥 때 서소문 밖에서 순교했다. 그런데 정약종은 1801년 2월 26일 사망했다. 사망한 월일을 보면 2가 2개이고 6이 1개이다. 정약전, 정약용, 정약종 모두 2와 6이라는 숫자에서 사망하고 만다.

정약전은 "자산어보"라는 책을 저술했다. "자산어보"는 그가 유배되었던 흑산도 근해의 수산생물을 실지로 조사, 채집하여 어류, 패류, 조류, 해금, 충수류 등으로 분류한 것이다. "자산어보"는 일종의 수산학책이다. 정약전은 흑산도 사리에서 복성재라는 서당을 열어 아이들을 가르치기도 한다. 정약전은 흑산도 해중에 서식하는 다양한 어종과 해초의 이름을 밝히고 이들의 생태와 습성을 연구했다. 그는 창대(장덕순)라는 흑산도 사람의 도움을 받아 물고기마다 세밀하게 관찰한 결과를 그림과 함께 기록하였다. 비늘을 가진 어류 71종과 비늘이 없는 43종, 해조류 45종, 조개류 50종, 바닷게 17종, 바다거북 1종을 조사하여 수록했다.

"자산어보"는 1814년(순조 14년)에 저술되었다. 정약전은 책의 이름을 자산어보라고 명명한 것에 관하여 자(玆)는 흑이라는 뜻도 지니고 있으므로 자산은 곧 흑산과 같은 말인데 흑산이라는 이름은 음침하고 어두워 두려운 데다가 가족에게 편지를 보낼 때마다 흑산 대신에 자산이라고 일컬었기 때문에 자산이라는 말을 제명에 사용하게 되었다고 말하고 있다. 자는 음이 현으로도 난다. 그래서 자산어보는 현산어보라고도 한다. 정약전은 자산어보에 관하여 다음과 같이 말하고 있다.

"흑산도 해중에는 어족이 극히 많으나 이름이 알려져 있는 것은 적어 박물자가 마땅히 살펴야 할 바이다. 내가 섬사람들을 널리 심방했다. 어보를 만들기 위해서였다……그리하여 나는 드디어 그를 맞아들여 연구하고 서차를 강구하여 책을 완성했는데, 이름지어 자산어보라고 하였다. 곁들여 해금과 해채도 다루어 후인의 고험에 도움이 되게 하였다."

쉬어가는 코너

칼 슈미트(1888년-1985년)는 독일의 정치이론가이자 법학자이다. 칼 슈미트는 98살을 살았다. 칼 슈미트가 태어난 해는 8이 3개나 된다. 같은 숫자가 연속하여 3개나 겹치는 연도는 흔한 일이 아니다. 100년마다 이런 일이 발생한다. 1777년과 1999년이 이에 해당한다. 1000년과 2000년도 이에 해당한다. 1110년도 이에 해당한다. 1110년대에는 0년부터 9년까지 10개나 된다. 2220년대에도 동일한 현상이 발생할 것이다. 하지만 이것은 아직 100년 정도가 남았다. 같은 숫자가 연속하여 4개나 겹치는 연도는 1111년 단 하나 뿐이다. 이것은 2222년에도 발생할 것이다.

그런데 수학자 가우스가 바로 1777년에 태어났다. 가우스가 칼 슈미트보다 딱 100년 먼저 태어났다. 가우스(1777년-1855)도 독일 사람이다. 가우스가 죽었을 때 기념 메달이 만들어졌다. 이 메달에는 다음과 같은 문구가 새겨졌다. "하노버의 왕 조지 5세가 수학의 왕에게." 가우스는 엄청난 호칭을 부여받은 것이다. 우리나라의 정조는 왕으로서의 재위기간이 1777년에서 1800년이다. 정조는 가우스가 태어난 해에 왕이 되었다. 정조는 아쉽게도 19세기가 막 시작할 때에 죽고 만다.

칼 슈미트는 국가간의 관계는 불가피하게 원시에로의 퇴화를 수반하고, 서로 각축하는 국가들은 항상적으로 상호적 위협의 장에 있으며, 적과 동지를 정당하게 구별하지 못하는 자는 멸망한다고 말하고 있다. 여기에는 국가적 합리성의 보장이라고 하는 레일이나 전철기를 결여한 일종의 진공지대에서 취하는 완전히 보장을 결여한 순현실적으로 단순한 행동이 전개된다고 한다. 칼 슈미트는 자립적, 자족적인 국가는 타국에 대하여 자기를 유지하기 위하여 전 정력을 경주해야 하고 타자에게 몸의 안전을 구하는 자는 그것에 종속한다고 한다. 이 대목에서 "적과 동지를 구별하여야 한다"는 유명한 말이 나온다.

우리나라에서 가장 큰 섬은 제주도이다. 그러면 2번째로 큰 섬은 어디일까? 제주도는 면적이 1,849.2km²이다. 제주도는 화산활동으로 분출한 용암류를 포함한 화산암류가 층상으로 축적되어 만들어진 화산섬이다. 제주도는 한반도에서 남쪽으로 약 90km 떨어져 있다. 제주도는 타원형의 본섬과 10여개의 부속 도서로 구성되어 있다. 제주도는 각 화산활동 시기에서 광역적으로 비슷한 수준의 고도를 이룬 것이 아니라 용암류가 우세하게 흘러간 지역을 중심으로 서로 다른 고도차에 의한 굴곡지형으로 형성되었다. 제주도는 현무암, 안산암, 조면암으로 구성되어 있다. 제주도는 고려시대와 조선시대에도 화산폭발 및 지진이 있었던 것으로 기록되어 있다. 이것은 제주도의 화산활동이 최근까지도 있었음을 나타내 준다.

화산은 지각 내부에서 고온의 용융상태(녹아 있는 상태)로 있던 마그마가 지표로 분출하여 쌓여서 이루어진 곳을 말한다. 화산이 형성될 때에는 지각 내부에서 분출물이 밖으로 나오게 되는데 이 때 나오는 분출물로는 화산가스, 화산쇄설물, 용암 등이 있다. 용암은 마그마가 직접 지표로 흘러나온 것으로 이것이 굳은 것이 암석이다. 마그마 → 용암 → 암석. 화산쇄설물은 화산이 분화할 당시 발생한 여러 가지의 파편물을 말한다. 화산쇄설물에는 화산암괴, 화산재 등이 있다.

1883년 수마트라와 자바섬 사이에 있는 크라카토아 섬의 화산폭발로 인하여 섬의 대부분이 없어져 버리고 해일이 발생하여 3만 6,000명이 죽었다. 화산폭발로 인한 해일을 화산해일이라고 한다. 지진으로 인한 해일은 지진해일이라고 한다. 기원전 1400년경 지중해의 티라 산의 폭발로 크레테의 미노아 문명과 트로이문명이 멸망했다는 의견도 있다.

한라산의 높이는 1,950m이다. 한라산의 높이는 독도에 관하여 하나의 참고자료가 된다. 독도 해산의 수심은 2km가 넘어 독도의 대부분은 물에 잠겨 있다고 할 수 있다. 해산은 바다의 산이라는 의미이다. 가장 아래쪽 수심

약 2km인 동해 해저에서부터 수심 약 200m까지는 비교적 경사가 완만한 형태를 띠고 있다. 여기에서 수심 약 60m까지는 경사가 더욱 완만하다. 이곳에 돌출된 것이 바로 독도이다.

독도의 수심은 매우 깊다. 독도에 관하여 바이칼 호수도 하나의 참고자료가 된다. 러시아 시베리아 남동쪽에 있는 바이칼 호수는 1,742m로 세계에서 가장 깊은 호수이다. 그리고 저수량이 2만 2,000km²로 담수호 가운데 최대 규모이다. 바이칼 호수의 깊이는 한라산의 높이보다 약간 작다.

우리나라에서 2번째로 큰 섬은 거제도이다. 거제도는 경상남도 거제시에 속하는 섬이다. 거제도는 면적이 378.14km²이다. 거제도에서 가장 높은 산은 섬의 남단에 있는 가라산(580m)이다. 거제도에는 소철, 종려나무, 석란, 풍란, 팔손이나무, 동백나무 등 아열대식물이 자란다. 섬의 동남부 와룡반도와 운곶반도 사이의 도장포만 일대에 자리잡은 해금강은 천태만상의 기암과 해식애로 이루어져 있다. 해금강은 바다의 금강이라는 의미이다. 그런데 해금강이 다른 곳에도 있다. 강원도 고성군 현내면에 있는 지역도 해금강이다. 강원도 해금강은 태백산맥의 산줄기가 바다까지 드리운 지역이다.

거제도는 1971년 통영반도와 거제도 간의 견내량해협에 거제대교(길이 740m)가 건설됨으로써 교통이 편리해졌다. 1950년 11월 거제도에는 포로수용소가 설치되었다. 옛 포로수용소 일대에 유적공원이 조성되어 있다. 포로 수용규모는 처음에는 6만명이었으나 나중에 22만명으로 확대되었다.

우리나라에서 3번째로 큰 섬은 어디일까? 진도가 그 대답이다. 진도는 전라남도 진도군에 속하는 섬이다. 진도의 면적은 363.16km²이다. 진도는 제주도, 거제도 다음으로 큰 섬이다. 섬의 약 70%가 산지로 되어 있다. 동쪽의 첨찰산(485m)이 최고봉이다. 주민들은 농업과 어업에 종사한다. 교통은 목포-진도-제주도 간을 정기 여객선이 운항한다. 진돗개는 천연기념물로 지정되어 있다. 진도는 진도아리랑의 발상지이기도 하다.

거문도는 전라남도 여수시에 속하는 섬이다. 거문도는 면적이 12km²이다. 거문도와 진도는 면적 차이가 상당히 많이 난다. 거문도는 고도, 동도, 서도의 3개의 섬으로 구성되어 있다. 이 중에서 서도가 가장 큰 섬으로서 온 섬이 동백나무로 뒤덮여 있다. 거문도의 거는 클 거이고 문은 글월 문이다. 거문은 큰 문장이라는 의미이다. 중국 청나라의 정여창이 섬에 뛰어난 문장가가 많은 것을 보고 문장가가 많다는 뜻으로 거문으로 개칭하도록 건의하여 거문도가 되었다고도 한다. 정여창이 거문도와 이렇게 관련되고 있다. 거문도에는 거문도 등대가 있다.

1885년에 거문도사건이 발생한다. 거문도사건은 영국이 러시아의 남하를 막는다는 구실로 거문도를 불법 점령한 사건을 말한다. 그 뒤 영국은 섬을 매수하겠다고 하였다. 1887년 영국은 거문도에서 철수하였다. 영국은 1885년 3척의 함대를 파견하여 거문도를 불법 점령한 후 영국기를 게양하고 포대를 쌓아 섬을 요새화했다. 섬 주위에는 수뢰를 부설하고 급수로와 전선을 가설했다. 그 밖에 제방 축조공사도 벌였다. 영국의 거문도 주둔군은 때에 따라 200-800명 정도였다. 군함은 때에 따라 5-10척 정도였다.

영국은 청나라와 일본에 거문도점령 사실을 통고하였고 우리나라에는 주청 영국 공사관을 통해 통고했다. 청나라도 거문도에 가서 진상을 파악한 뒤 일본의 나가사키로 가서 영국과 외교교섭을 벌였다. 우리나라는 강력한 항의를 전달했다. 영국은 서울의 총영사에게 거문도를 영국의 급탄지로서 임차교섭을 하되 금액은 1년에 5,000파운드 이내로 할 것을 훈령했다. 러시아는 제주도 등 조선의 영토를 점령하겠다고 위협했다.

영국은 청나라가 다른 나라들로 하여금 거문도를 점령하지 못하도록 하는 보장을 하면 거문도에서 철수할 의사가 있음을 밝혔다. 영국은 청나라를 중재자로 하여 교섭을 벌인 뒤 철수의사를 청나라에 통고했다. 영국은 거문도에서 철수했고 우리나라는 관원을 거문도에 파견하여 철수사실을 확인했다.

♣ 마라도와 이어도

우리나라 남쪽에는 마라도가 있다. 마라도는 제주도 서귀포시 대정읍 마라
리에 속한다. 마라도는 대정읍 모슬포항에서 남쪽으로 11km 거리에 있고,
가파도에서 5.5km 거리에 있다. 섬 전체가 남북으로 긴 타원형이다. 마라도
에는 100명이 넘는 사람들이 살고 있다. 1981년에는 72명의 사람들이 살았
다. 마라도는 바다 속에서 화산이 분화하여 이루어진 것으로 추정하고 있다.
마라도의 중심부에는 작은 구릉이 있고 섬 전체가 완만한 경사를 이룬다. 난
대성 해조류가 잘 보존되어 있다. 해면동물, 이매패류(호두조개, 홍합, 대합
등), 갑각류(게, 새우 등)가 관찰되고 있다.

마라도는 복합용암류로 흘러 만들어진 현무암으로 구성되어 있다. 마라
도의 토양은 현무암 풍화토에 기원하고 있으며 그 색깔은 암갈색토이다. 마
라도의 토양은 중심부의 토양층이 약 10-20cm 정도이고, 섬의 가장자리의
토양층은 10cm 이하이다. 마라도에서는 토양침식이 크게 일어나고 있다.
그래서 흙이 부족하게 되었다. 마라도의 경우 일부를 제외하면 사질해안이
거의 나타나지 않는다. 마라도의 해식애는 탁월하며 동쪽 해안에는 높이가
20m를 넘는 수직 단애면이 나타난다. 해식애는 해식과 풍화 작용에 의하여
해안에 생긴 낭떠러지를 말한다.

마라도는 제주도 해역이 삽입되는 지역이다. 마라도는 수심 80-140m
정도의 해저로부터 돌출되어 형성된 섬이다. 마라도의 주변해역의 수심은
110m 정도이다. 마라도 주변해역의 수심은 동쪽의 경우 마라도에서 멀어지
면서 40m, 90m씩 깊어지는데 서쪽의 경우 120m까지 깊어진다. 마라도 주
변해역에는 수심 115-140m 정도의 깊은 곳이 여러 개 있다. 제주도 연안에
서 남쪽으로 75m 정도의 수심을 유지하다가 마라도 주변에서 수심이 변하
면서 수심이 100m 이상이 된다.

마라도에서 서남쪽으로 149km에 위치한 섬이 이어도이다. 이어도는 파랑도라고도 부른다. 이어도는 수중에 있다. 따라서 이어도는 물에 잠기어 있다. 2003년 이어도에는 해양기지가 건설되었다. 이어도는 4개의 봉우리를 가지고 있다. 최고봉이 수중으로 잠겨 있다. 이어도는 화산이 폭발하여 형성되었다. 이어도의 수심은 50m 정도이다. 이어도의 최고봉은 바다 수면 아래로 4.6m 정도 잠겨 있다. 이어도 수심 40m 정도에서 해저지반 아래로 구멍을 뚫기도 하였다.

이어도의 표면은 응회암인데 해저지반은 모래, 점토 등이다. 이어도에 설치한 해양과학기지는 수중 암반에 60m 정도의 기둥을 박고 수면 위로 36m 정도의 플랫폼을 설치한 것이다. 이어도는 태풍이 지나가는 길목이기도 하다. 또한 이어도는 해상에서의 조난과 선박의 표류와 침몰 등 해상사고 시 구조를 위한 중요한 곳이기도 하다.

♣ 보길도와 선유도

훌륭한 작품을 남긴 고산 윤선도(1587년-1671년)는 보길도의 아름다움 속에서 살았다. 보길도는 전라남도 완도군 서남해역에 있는 섬이다. 보길도 주변에 있는 일부 섬들을 포함하면 보길도의 면적은 32.51km²이다. 이것은 여의도 면적의 약 4배이다. 보길도는 대부분의 지역이 해발고도 300m 이하의 산지를 이룬다. 해안선은 급경사를 이루며 일부 지역에서는 암석해안이 발달해 있다.

보길도는 다도해 해상국립공원으로 지정되어 있다. 보길도는 윤선도 뿐만 아니라 송시열(1607년-1689년)과도 관련되어 있다. 윤선도는 송시열보다 딱 20살이 많다. 보길도에는 1689년 송시열이 제주도로 귀양을 가다가 보길도에 머물면서 시를 지어 새겼다는 글쓴 바위가 남아 있다. 송시열은 이 해에 죽기 때문에 글쓴 바위는 송시열이 죽으면서 남긴 글이 되었다.

윤선도는 보길도를 배경으로 하여 어부사시사를 지었다. 어부사시사는 어부의 사시에 관한 노래라는 의미이다. 어부사시사는 춘하추동에 따라 각 10수씩 총 40수로 되어 있다. 어부사시사는 어부의 노래 40곡인 셈이다. 윤선도는 여러 정치적 역경 속에서 자신이 의지할 만한 곳으로 보길도를 택했다. 윤선도는 마지막 삶을 보길도에서 보내다가 숨을 거두었다.

그로부터 18년이 지난 후에 송시열이 보길도를 찾았다. 송시열은 보길도에서 윤선도를 생각하였을 것이다. 송시열과 윤선도는 사이가 좋지 않았다. 하지만 송시열은 자신의 마지막 길을 가면서 보길도에서 마지막을 보냈던 윤선도를 떠올렸을 것이다. 같은 시대를 사는 사람들은 때때로 같은 운명을 따르기도 한다.

선유도는 군산도라고도 한다. 선유도는 전라북도 군산시에 소속되어 있는 섬이다. 선유도는 면적이 2.132km²이다. 이것은 여의도 면적의 약 4분의 1이다. 선유도는 고군산군도의 중심 섬이다. 고군산군도는 군산시에서 남서쪽으로 약 50km 떨어진 해상에 있다. 고군산군도는 선유도, 무녀도, 신시도, 방축도 등으로 구성되어 있다.

새만금 방조제가 바로 군산시, 고군산군도, 부안군을 연결하는 방조제이다. 방조제는 밀려드는 바닷물의 피해를 막기 위하여 인공으로 만든 제방을 말한다. 방조제는 우리나라 여러 곳에 설치되어 있다. 새만금 방조제는 길이가 33.9km이고 평균높이는 36m(최대높이 54m)이다. 새만금 방조제의 공사가 진행되는 동안 환경오염 문제가 제기되기도 하였다.

선유도에는 해수욕장도 있다. 선유도라는 이름은 신선이 놀았다 하여 부르게 된 것이다. 선유도는 역사적으로 군사기지로서 활용되기도 하였다. 고려 우왕 때에는 왜구의 침입이 절정을 이루었다. 1380년 왜구는 전라북도

금강하류 진포를 거점으로 내륙으로 침입했다. 당시 우리나라는 최무선이
발명한 화포를 사용하여 왜구에 대응했다. 이 때 해전의 기지로 삼은 곳이
선유도였다. 우리나라는 이 전투에서 승리했다. 이 전투를 진포해전이라고
한다. 이 당시 왜구의 배는 500여척이었다. 엄청난 수의 배이다.

왜구는 내륙으로 이동했는데 이성계는 황산대첩에서 왜구를 섬멸하였
다. 황산은 전라북도 남원이다. 이성계는 왜구를 토벌하기 위하여 양광, 전
라, 경상도 순찰사로 임명되어 이 지방의 방위책임을 맡고 있었다. 그 후 약
200년 후 이순신은 명량해전 승리 후 선유도에 머물며 전열을 재정비했다.
이순신 또한 선유도를 활용할 줄 아는 능력을 가지고 있었던 것이다. 바다의
싸움에서 승리하려면 바다와 섬 그리고 해안가를 속속들이 알고 있어야 한
다. 이순신의 바다에서의 승리는 바다를 늘 생각했기에 존재한 것이었다.

바다의 수심은 다음과 같다. 우이군도와 대흑산도 사이의 수심은 30-
60m 정도이다. 대흑산도의 서안에 위치한 홍도 주변 수심은 약 80m 정도이
다. 소흑산도의 주변 수심은 90-100m 정도이다. 안마군도에서 진도 남단에
이르는 지역의 수심은 30m 이내이다. 자은도의 수심은 30m 내외이다. 보길
도에서 돌산도에 이르는 남해 중서부의 수심은 30m 내외이다. 소흑산도, 여
서도, 거문도의 수심은 50m 이상이다.

교동도는 면적이 47.14km²(평방킬로미터)이다. 강화도는 면적이
293km²이다. 서울의 여의도는 면적이 8.48km²이다. 인천의 영종도는 면적
이 98km²이다. 영종도에는 인천국제공항이 위치해 있다. 섬은 비행장으로
서 훌륭한 역할을 한다. 강원도 춘천에 있는 남이섬은 1944년 청평댐이 만
들어지면서 생겨난 섬이다. 댐이 만들어지면 물이 많아지는 지역이 생기는
데 주위가 물에 잠기고 자신은 잠기지 않으면 섬이 생길 수 있다. 남이섬이
라는 이름은 조선시대 남이장군의 묘소가 있다는 데에서 유래한다. 남이장
군은 17살에 무과에 급제하고 조선 세조 13년에 이시애의 난을 평정하여 공

신이 되었다. 27살에 병조판서가 되었으나 세조가 죽고 예종이 왕이 되자 28살의 젊은 나이에 요절했다.

서해 5도의 면적은 어느 정도일까? 백령도는 인천시 옹진군 백령면에 속해 있고 면적은 45.83km²이다. 이 정도 면적이면 가로 7km, 세로 7km의 면적인 49km²보다 조금 작은 면적이다. 대청도의 경우 옹진군 대청면, 면적은 12.63km²이다. 이 정도 면적이면 가로 4km, 세로 4km의 면적인 16km²보다 조금 작은 면적이다. 또한 소청도의 경우 옹진군 대청면 소청리, 면적은 2.91km²이다.

연평도의 경우 옹진군 연평면, 면적 대연평도 7.01km², 소연평도는 0.24km²이다. 우도의 경우 인천시 강화군 서도면 말도리, 면적 0.21km²이다. 우도의 면적은 독도와 비슷하다. 독도의 면적은 0.188km²이다. 우도라는 명칭을 가진 섬들은 여러 개가 있다. 그 중에서 서도면 말도리에 속하는 우도가 서해 5도에 속하는 우도이다. 서해에 있는 북한의 마합도는 면적이 0.94km²이다.

우리나라의 섬은 모두 몇 개일까? 3,358개이다. 이 중에서 전라남도에 소속된 것이 2,020개(60.2%), 경상남도에 소속된 것이 565개(16.8%), 충청남도에 소속된 것이 270개(8.0%)이다. 우리나라의 섬들의 이름들 중에는 귀에 익숙한 것들도 있고 그렇지 않은 것들도 있다. 이들 섬들에 관하여 많은 관심을 가져야 한다. 섬들은 관심을 가지지 않으면 버려지기 쉽다. 일단 버려진 섬들은 다시 회복하기가 쉽지 않다. 세계에서 섬이 가장 많은 나라는 인도네시아이다. 무인도를 포함하여 약 13,000개 이상이다. 필리핀은 7,107개의 크고 작은 섬들로 구성되어 있다.

우리나라 사람들이 섬에 살기 시작한 것은 상당히 오래 되었다. 이미 선사시대부터 연안의 도서에 살고 있었다. 연안도서에서는 신석기시대의 유물들인 빗살무늬토기, 고인돌, 패총 등이 발견되고 있다. 그 당시 인구로 보아

육지가 부족하지는 않았을 것이다. 그럼에도 불구하고 섬에 살았다는 것은 인간의 섬에 대한 끊임 없는 열망과 꿈을 반영한 것이기도 하다. 삼국시대에 이미 강화도에서 거제도까지 군현치소가 설치되었다.

완도에는 청해진이 설치되었다. 청해진은 신라시대인 828년 흥덕왕 3년에 설치되었다가 851년 문성왕 13년에 철폐되었다. 청해진의 중심인물은 장보고이다. 장보고의 원래 이름은 궁복이다. 장보고는 당나라로 갔다가 돌아온 후 흥덕왕에게 청해진을 설치할 것을 요청했다. 청해진이 설치되자 장보고는 청해진의 대사가 되었다. 장보고는 해적을 소탕하고 해상무역을 주도하는 등 해상권을 장악했다.

고려시대인 11세기 초에 신안군 팔미도의 인구는 300여명이나 되었다. 1789년에는 638명였다. 통계자료인 호구총수에 의하면 18세기 후반에는 일부 섬을 제외하고서도 섬에 사는 인구가 무려 178,000명이나 되었다. 도서 군, 면의 인구는 1925년에 575,000명 정도였다. 1940년대 초에는 70만명을 넘었다. 1960년대에는 1백만명이 되었다. 1971년의 도서인구는 130만 3,000명 정도였다. 섬에 사는 사람들이 총인구에서 차지하는 비중은 높은 것이었다.

♣ 북한의 섬과 해안가

북한에도 상당한 수의 섬들이 있다. 황토도, 소초도, 대초도, 송도, 소감도, 대감도, 비단섬, 위화도, 능라도, 마합도, 덕도 등이 북한의 섬들이다. 위화도는 이성계가 군대를 회군시켜 조선을 건국한 섬이기도 하다. 위화도는 압록강 하류에 있는 섬이다. 위화도는 면적이 11.2km²이다. 능라도는 평양 대동강에 있는 섬이다. 능라도의 면적은 약 1.3km² 정도이다. 능라도는 크기가 자그마하다. 능라도는 평양 시민들이 관광하는 곳이다.

북한의 경우 서해안에는 남포항이 있고 동해안에는 청진항이 있다. 남포항은 원래 진남포라고 하였다. 남포항은 평안남도 아래 부분에 위치하고 있다. 남포항은 항구이자 공업도시이기도 하다. 또한 남포항은 군사기지이기도 하다. 청진항은 동해안에 있고 함경북도에 있다.

청진항에는 나진과 선봉지역이 바로 옆에 붙어 있다. 나진과 선봉지역도 해안가에 있는 지역이다. 청진항은 항구이자 공업도시이기도 하다. 청진항과 남포항의 인구는 비슷하거나 어느 한 도시가 약간 더 많은 것으로 알려지고 있다. 양자 모두 약 40-60만명 정도이다. 청진항과 남포항은 근본적인 차이가 있다. 청진항은 함경북도 가장 위에 있기 때문에 중국과 국경을 맞대고 있다. 청진항에서 위로 올라가면 바로 중국이다. 이에 비하여 남포항은 평안남도 아래 부분이기 때문에 국경과는 관련이 없다.

운하는 배의 운항을 위해 인공적으로 만든 물길이다. 물론 그러한 목적 외에 관개용수의 공급과 배수 등의 목적으로도 사용된다. 현재 사용하고 있는 운하 가운데 가장 긴 것은 중국의 대운하로 길이가 1,515km 정도이다. 중국의 대운하는 이름 자체가 대운하이다. 운하가 크다 보니까 대운하라고 이름을 붙였다. 우리나라에서 건설하려고 했던 한반도 대운하의 길이는 한강과 낙동강을 연결한다는 경부운하가 553km였다. 한반도 대운하는 운하가 크다는 의미인가? 한반도 대운하를 건설하려는 목적은 무엇일까? 그리고 명칭을 한반도라고 한 이유는 무엇일까?

한반도 대운하는 한반도를 세로로 흘러가게 된다. 다시 말하면 위와 아래로 흘러가게 된다. 이것은 별로 의미가 없다. 만약 한반도에 운하를 만든다면 한반도를 세로로 흘러가게 만들 것이 아니라 한반도를 가로로 흘러가게 만들면 어떨까? 이것은 서해와 동해를 연결하는 운하가 된다. 다시 말하면 바다와 바다를 연결하는 운하가 된다. 한반도 대운하는 무슨 생각을 하고 계획한 것은 아니다. 한반도 대운하는 만들어도 사용하는 국가가 우리나라 뿐이다. 그 중에서도 관광하는 사람들이 겨우 이용할 뿐이다. 관광하는 사람들을 위하여 운하를 만든다는 것은 의미가 거의 없다.

바다와 바다를 연결하는 운하는 완전히 다른 개념이다. 한반도를 가로로 흘러가게 하는 운하를 만들 때 적절한 지점은 어디일까? 후보지는 여러 곳이 있을 것이다. 망설일 것은 없다. 가장 효과적인 지점을 찾으면 된다. 이 지점은 북한 땅일 수도 있고 남한 땅일 수도 있다. 또는 중국과 북한 땅의 경계일 수도 있다. 중국과 북한 땅의 경계에 운하를 만들면 서해와 러시아의 블라디보스토크가 연결된다. 그러면 중국과 러시아가 바로 연결된다. 지금은 대한해협을 지나야 하기 때문에 반드시 일본을 통하게 되어 있다.

그리고 한반도를 가로로 흘러가게 하는 운하를 만들 때 이름을 한반도 라고 하지 말고 서해-동해 운하라고 하는 것이 좋을 것이다. 운하에서 대 자도 빼야 한다. 대 자는 별로 어울리지 않는 말이다. 한반도를 가로로 흘러가게 하는 운하는 완전히 국제적인 운하가 될 것이다. 동북아의 역학은 이 운하로 인하여 큰 변화를 경험할 것이다. 한반도를 가로로 흘러가게 하는 운하를 만들 때 지점이 아래로 내려갈수록 운하의 효과는 거의 없어지게 된다.

중국의 대운하는 해하, 황하, 회하, 양자강, 전당강 등 5개의 강 사이를 연결한 운하이다. 중국에서 하는 강이라는 의미이다. 수에즈 운하는 1869년에 개통되었다. 수에즈 운하는 유명한 프랑스인 레셉스가 건설하였다. 파나마 운하는 레셉스가 시작하기는 하였지만 공사가 중단되었다. 이 레셉스는 수에즈 운하를 건설한 바로 그 레셉스이다. 그 후 미국이 1914년에 운하를 완성했다. 파나마 운하를 운항하는데 20시간에서 30시간이 걸린다. 레셉스는 수에즈 운하 한 번은 성공적으로 완성했으나 파나마 운하를 건설하는 회사는 파산했다. 이로 인하여 조사를 받았고 1894년 삶을 마감하게 된다. 파나마 운하의 건설이 레셉스의 삶을 망가뜨린 것이다.

♣ 섬과 교도소

섬은 서양에서 교도소로 이용하기도 하였다. 이것은 죄수들을 격리시키고 탈출을 방지하고자 하는 목적을 가지고 있다. 교도소로 이용한 섬 중에서 대표적인 것은 이프섬(If)이다. 이프섬은 프랑스의 마르세유 항구에서 3.5km 정도 떨어진 지중해에 있는 석회질의 작은 섬이다. 이프섬은 면적이 0.03km² 정도이다. 이프섬은 가파른 절벽으로 이루어져 있다. 프랑스어 이프는 삼각형의 촛대꽂이, 물에 씻은 병을 걸어 물기를 말리는 기구인 원추형 병걸이, 식물 주목이라는 의미이다. 이것들은 모양이 서로 비슷하다.

이프섬에는 이프성(샤토 디프)이 있다. 이프성은 이프섬에 있는 성이라는 의미이다. 프랑스어 샤토는 성이라는 의미이다. 이프성은 하나의 요새이고 후에는 교도소로 사용되었다. 1524년 프랑스의 프랑수아 1세가 건립한 이후 이프성에는 17세기까지 많은 정치범들이 갇혀 있었다. 이프성이 바로 알렉산더 뒤마가 쓴 몽테 크리스토 백작이라는 소설의 배경이다.

뒤마의 아들도 또한 이름이 알렉산더 뒤마이다. 아들 뒤마도 유명한 작가이다. 아들 뒤마는 1848년 "카멜리아의 여인"이라는 작품을 썼다. 이 작품은 연극무대에 올려진다. 그리고 작곡가 베르디가 음악으로 만들기 시작한다. 이 음악이 바로 오페라 라 트라비아타이다. 그래서 라 트라비아타의 원작은 "카멜리아의 여인"이다. 아들 뒤마는 자신의 연인 마리 뒤플레시가 젊은 나이에 폐결핵으로 죽자 그녀를 애도하며 "카멜리아의 여인"을 썼다. 이 작품은 사연이 많은 작품이다. 이것이 베르디의 관심을 끌었던 것이다. 뒤마와 베르디는 이렇게 연결되고 있었다.

이프섬은 섬 전체가 요새화되어 있었다. 이프섬에는 절벽을 둘러싸고 포대가 설치되어 있다. 절벽은 바다에서 가파르게 상승한다. 이프성은 3층으로서 정사각형이다. 이프성에는 대포가 설치된 3개의 탑이 있다. 프랑수아 1세는 섬을 방문했을 때 이프섬이 바다로부터의 공격을 방어할 수 있는 중요한 장소라고 생각했다. 이프성이 교도소로 사용될 때 죄수들의 도망을 방지할 수 있는 이상적인 교도소라고 생각했다.

이프성에 정치적인 수용자들과 종교적인 수용자들이 수용되면서 이프성은 두려움의 대상이었고 악명이 높았다. 3,500명 이상의 프랑스 신교도들 (이를 위그노라고 한다)이 이프성으로 보내졌다. 또한 파리코뮌의 지도자인 가스통 크레미외는 1871년 이곳에서 사형집행을 당했다. 19세기 말 이프성은 교도소로서 사용되지 않게 된다. 그리고 비군사화되었다.

바스티유감옥은 이프성과 다른 또 하나의 교도소이다. 바스티유는 일종의 요새이다. 바스티유는 대부분의 기간을 교도소로서 사용되었다. 1789년 프랑스혁명 때 바스티유감옥은 습격을 당했다. 그 후 바스티유는 철거되고 바스티유 궁전으로 대체되었다. 바스티유에 대한 최초의 공사는 1357년에 시작되었다. 바스티유는 8개의 탑을 가진 강력한 요새로 만들어졌다. 바스티유는 파리의 동쪽 끝에 있는 문을 보호하기 위하여 만들어졌다.

1417년 바스티유는 국가교도소로서 선언되었다. 1789년까지 5,279명이 바스티유감옥을 거쳐 갔다. 18세기 동안 바스티유감옥에 대한 비판이 일어났다. 1789년 프랑스혁명 때 7명의 죄수가 발견되었다. 이들은 석방되었다. 바스티유의 책임자는 군중들에 의하여 죽음을 당했다. 군중들이 바스티유감옥을 습격한 것은 그 곳에 있는 폭약을 구하기 위한 것이었다. 바스티유감옥을 들어가 보니 죄수는 7명이었던 것이다. 그 후 바스티유감옥은 철거되었다.

미국 서부의 알카트래즈섬은 샌 프란시스코만에 위치하고 있다. 알카트래즈섬은 1868년 군사요새와 교도소로서 개발되었다. 그리고 등대도 건설되었다. 알카트래즈섬은 1933년부터 1963년까지 연방교도소로서 사용되었다. 알카트래즈섬은 프랑스의 이프성과 쌍벽을 이루는 교도소이다. 1986년 알카트래즈섬은 국가역사장소로 지정되었다.

알카트래즈섬은 이미 1861년 미국 시민전쟁 동안에도 죄수들을 수용하기 위하여 사용되었다. 남북전쟁 후에 육군은 알카트래즈섬을 포탄공격에도 견딜 수 있도록 건설하려는 계획을 가지고 있었다. 하지만 이 계획은 완성되지 않았다. 대신에 육군은 계획의 중심을 해안방어에서 교도소로 전환했다. 이것은 알카트래즈섬의 고립성으로 인하여 잘 맞는 것이었다. 알카트래즈섬은 공식적으로 군대의 죄수들을 대상으로 한 장기 교도소로서 지정되었다.

1898년 미국과 스페인 사이의 전쟁 당시에는 교도소에 수감된 죄수가 26명에서 450명으로 증가했다. 1906년 샌 프란시스코 지진 후에는 민간인 죄수들도 이송되어 왔다. 연방교도소로서 사용되는 동안 알카트래즈섬은 미국에서 악명 높은 사람들을 수용하였다. 이러한 사람들 중에는 알 카포네(1899년-1947년)도 포함되어 있다. 알 카포네는 49살을 살았다. 그는 긴 삶을 산 것이 아니다. 알 카포네는 미국의 유명한 갱단 두목이다. 알 카포네는 뉴욕시에서 태어났다. 뉴욕시 자체가 항구이므로 알 카포네도 해안가 출신이다. 알 카포네는 뉴욕시의 브루클린에서 태어났다.

알 카포네는 파브 포인트 갱의 구성원이었다. 파브 포인트는 5개의 점이라는 의미이다. 파브 포인트 갱은 19세기와 20세기 초의 범죄조직이다. 파브 포인트 갱은 뉴욕시의 맨해튼에 근거지를 두었다. 파브 포인트 갱을 설립한 사람은 폴 켈리라는 사람이다. 폴 켈리는 후에 조니 토리오, 알 카포네, 러키 루치아노 등을 모집하게 된다. 조니 토리오와 알 카포네는 시카고로 진출한다. 연방정부는 시민들의 요구에 따라 1931년 알 카포네를 탈세혐의로 기소하게 된다. 알 카포네는 얼굴에 흉터가 있어 별명이 스카페이스였다. 스카페이스는 흉터가 있는 얼굴 또는 그러한 얼굴을 가진 사람이라는 의미이다.

알카트래즈섬이 연방교도소로서 사용되는 29년 동안 어떠한 죄수도 도망에 성공하지 못했다. 이 기간 동안 36명의 죄수가 도망을 시도했다. 23명은 붙잡혔고 6명은 도망가다가 죽었으며 2명은 익사했다. 5명은 행방불명되어 익사한 것으로 추정되었다. 알카트래즈라는 말은 스페인어에서 온 말이다. 스페인어 알카트래즈는 펠리컨이라는 의미이다. 알카트래즈섬은 펠리컨의 섬이라는 의미이다. 펠리컨은 부리가 크고 아랫부리에 신축성이 있는 큰 주머니가 달려 있다. 다리는 짧고 4개의 발가락 사이에 물갈퀴가 있다. 해안이나 내륙의 호수에 살면서 부리주머니 속에 작은 물고기나 새우 따위를 빨아 삼킨다.

알카트래즈라는 말은 어원이 알바트로스이다. 알바트로스는 펠리컨과 분류상의 소속이 다르다. 알바트로스는 섬과 바다에서 생활한다. 그래서 알바트로스는 먼 바다여행의 상징이다. 그런데 지금은 알바트로스가 골프의 용어로 사용된다. 버디, 이글, 알바트로스 모두 새를 의미하는 용어들이다. 골프는 새들의 운동인 셈이다.

골프는 15세기부터 스코틀랜드 동쪽 해안의 모래 언덕에서부터 발달했다. 16세기에 들어와 골프는 왕실 스포츠가 되었다. 스코틀랜드의 왕들은 골프를 좋아했다. 스코틀랜드 출신의 메어리 여왕도 골프를 즐겼다. 골프 전통은 메어리 여왕의 아들인 영국의 제임스 1세에게로 이어졌다. 그리고 잉글랜드로 확산되었다. 또한 스코틀랜드 출신 이주민들이 캐나다와 미국으로 이주하면서 골프는 북아메리카에서도 확산되었다.

알바트로스는 신천옹이라고도 한다. 펠리컨과 알바트로스는 우리나라에서 잘 보이지 않는다. 알바트로스는 일본 토리섬(토리시마, 조도라고도 한다)에서 번식하고 북태평양에서 월동한다. 이전에는 태평양 북부 베링해까지 번식했었다. 조도는 글자 그대로 새의 섬이라는 의미이다. 우리나라에서는 부산 해협에서 1885년 1개체가 잡혔을 뿐이다.

제임스 쿡이 호주를 탐험한 후에 영국은 처벌적 식민지를 설립하기 위하여 함대를 파견했다. 이것은 영국이 호주에 식민지를 만드는 초기 모습을 반영한다. 1788년 캠프들이 설치되었다. 캠프는 수용소라는 의미이다. 호주에 설립되었던 처벌적 식민지로는 노포크섬, 타스마니아섬, 퀸즈랜드, 뉴 사우스 웨일즈 등이 있다. 타스마니아섬은 호주에서 가장 큰 섬이다. 처벌적 식민지는 여러 곳에 설립되었다.

알카트래즈섬

버뮤다도 처벌적 식민지로 사용되었다. 보어전쟁 동안에 약 5,000명의 보어 전쟁포로들이 버뮤다에 수용되었다. 보어전쟁은 1899년–1902년 동안 영국과 보어인 사이에서 일어난 전쟁이다. 보어인은 남아프리카의 네덜란드계 백인을 말한다. 영국은 인도에서 다양한 처벌적 식민지를 만들었다. 싱가포르도 초기에는 인도의 죄수들을 수용했다. 이들은 공공적 사업에 동원되어 근로를 하기도 하였다. 호주의 타스마니아섬에 있는 포트 아더는 호주에서 가장 큰 교도소이다.

뉴 칼레도니아는 호주 동쪽의 바다에 위치하고 있다. 뉴 칼레도니아는 지금 프랑스령으로 되어 있다. 뉴 칼레도니아의 본섬은 프랑스에서 가장 큰 섬이다. 본섬은 본토와 비슷한 발상에서 사용되는 개념이다. 본섬에 대비되는 것은 본섬 이외의 섬이다. 그랑드 테르는 뉴 칼레도니아에 있는 가장 크고 주요한 섬이다. 그랑드 테르에서 가장 큰 정착지는 누메아이다. 누메아는 뉴 칼레도니아의 수도이다. 그랑드 테르는 상당히 큰 섬이다. 면적은 16,372km²이다. 1,500m가 넘는 산이 5개가 있다. 최고 높이는 1,628m이다.

뉴 칼레도니아는 그랑드 테르를 포함하여 여러 섬들로 구성되어 있다. 뉴 칼레도니아 원래의 주민은 카나크 사람들이다. 1853년 프랑스의 나폴레옹 3세는 뉴 칼레도니아에 대한 공식적인 점유를 명령했다. 그 후 뉴 칼레도니아는 처벌적 식민지가 되었다. 뉴 칼레도니아에는 매우 많은 죄수들이 호송되어 왔다. 1860년대부터 1897년까지 무려 2만 2,000명의 죄수들이 호송되어 왔다. 이 중에는 정치범들도 포함되어 있다. 프랑스에서 파리 코뮌이 실패한 후 많은 사람들이 호송되어 왔다. 이들 중 대부분은 사면을 받고 프랑스로 돌아갔고 적은 수의 사람들만이 정착했다.

제2차 세계대전 때에는 연합국의 중요한 기지가 되었다. 미국은 누메아에 남태평양을 관장하는 해군과 육군의 본부를 설치했다. 5만명에 달하는 미국의 군인들이 주둔했다. 1946년 뉴 칼레도니아는 프랑스의 해외영토가 되었다. 1953년 프랑스는 이곳 사람들에게 시민권을 부여했다. 뉴 칼레도니아는 지역적으로 멜라네시아에 속해 있다.

멜라네시아는 뉴 칼레도니아를 포함하여 더 큰 지역단위이다. 멜라네시아는 솔로몬 제도, 피지, 파푸아 뉴기니, 뉴 칼레도니아 등으로 구성되어 있다. 멜라네시아는 검은 섬이라는 의미이다. 멜라네시아라는 이름은 1832년에 처음으로 사용되었다. 이 이름은 멜라네시아 사람들이 폴리네시아와 미크로네시아에 사는 사람들과 다르기 때문에 붙여진 이름이다.

멜라네시아는 비스마르크 제도도 포함한다. 비스마르크 제도는 파푸아 뉴기니의 일부이다. 비스마르크 제도는 면적이 5만km²이다. 비스마르크 제도는 면적이 상당히 크다. 비스마르크라는 이름은 독일의 수상인 비스마르크를 기념하기 위한 것이다. 비스마르크 제도는 1884년 독일보호령 뉴기니의 일부로서 병합되었다. 이 당시 독일의 수상이 비스마르크이다. 1888년

리터섬에서 화산이 폭발했다. 이것은 거대한 쓰나미를 가져왔다.

미국의 뉴욕시 옆에는 롱 아일랜드가 있다. 아일랜드가 섬이라는 의미이므로 롱 아일랜드는 글자 그대로 해석하면 긴 섬이라는 의미이다. 아이슬랜드라는 국가 이름도 있다. 아이슬랜드는 영국 위에 있으며 얼음땅이라는 의미이다. 뉴욕시와 롱 아일랜드의 지리적 관계는 다소 복잡하다. 양자는 완전히 별개가 아니고 뉴욕시의 일부 지역이 롱 아일랜드에 포함된다. 롱 아일랜드는 뉴욕시의 일부 지역과 뉴욕시가 아닌 지역을 합한 지역이다. 종종 롱 아일랜드라고 하면 뉴욕시가 아닌 지역만을 말하기도 한다. 롱 아일랜드는 뉴욕주에 있는 섬이다.

롱 아일랜드의 인구는 2013년을 기준으로 했을 때 약 774만명이다. 인구가 상당히 많다. 롱 아일랜드의 인구는 뉴욕주 전체 인구의 약 40% 정도이다. 롱 아일랜드는 미국에서 가장 인구가 많은 섬이다. 그리고 세계에서 17번째로 인구가 많은 섬이다. 롱 아일랜드는 면적이 3,629km²이다. 롱 아일랜드는 미국땅에 인접한 가장 큰 섬이다. 롱 아일랜드는 미국에서 11번째로 큰 섬이다.

스리 마일 섬은 미국 펜실베이니아주의 강에 있는 섬이다. 스리 마일은 3마일이라는 의미이다. 스리 마일 섬 사고는 핵 발전소사고이다. 스리 마일 섬에는 원자로 2기를 가진 원자력발전소가 있는데, 1979년 제2원자로에서 방사능 누출사고가 일어났다. 이 사고 직후 스리 마일 섬의 원자로와 같은 구조의 원자로 7개가 작동을 중지했으며, 새로운 원자로에 대한 허가가 정지되었다. 손상되지 않은 이 섬의 제1원자로도 1985년까지 작동되지 않았다.

밸브는 수압장치 중 가장 신뢰하기가 힘든 부품 중의 하나이다. 1979년 스리마일 섬에서 일어난 핵원자로 사고의 원인도 압력 경감 밸브의 개폐상태에 관한 결정적인 자료의 부족이었다. 다른 곳의 핵원자로에서 동일한 원인에 의하여 밸브의 오작동이 발생했다. 일부가 보고서를 작성하여 문제를 제기했으나 원자로 제조사에서 관심을 기울이지 않았던 것이다.

후쿠시마 원자력 발전소사고는 지진해일이 발생시킨 사고이다. 이 사고는 지진과 지진해일로 인하여 후쿠시마 원자력발전소가 침수되어 전원 및 냉각시스템이 파손되면서 방사성 물질이 누출된 사고이다. 해일을 일본에서는 쓰나미라고 한다. 해일의 발음이 쓰나미인 것은 아니다. 쓰나미는 한자로 진파이다. 진파는 파도라는 의미이다. 후쿠시마 원자력발전소는 후쿠시마현(복도현)의 해안가에 있다. 원자력발전소는 해안가에 건설하는 경우가 많다. 이러한 경우 바다의 수면과 원자력발전소의 수면이 차이가 없게 된다. 그래서 바닷물이 들어오지 못하도록 해안가에 방벽을 설치해야 한다.

바닷물이 방벽을 넘는 경우 원자력발전소는 침수하게 된다. 원자력발전소가 침수되면 시스템이 고장을 일으킨다. 이 때 핵사고가 발생한다. 후쿠시마 원자력발전소에는 지진이 발생한 지 약 52분 뒤에 높이 14-15m의 쓰나미가 도달했다. 이로 인하여 원전 건물이 모두 4-5m 높이로 침수되었다. 그 후 전원이 끊기고 냉각장치가 작동하지 않아서 원자로 노심을 식혀 주는 냉각수 유입이 중단되었다. 그 결과로 핵연료가 녹아서 수소가 발생함으로써 수소폭발이 발생했다. 이것으로 원자로 격벽이 붕괴되어 다량의 방사성 물질이 누출되었다. 우리의 원자력발전소는 해안방벽이 어느 정도일까?

미국에서 가장 큰 섬은 하와이섬이다. 하와이섬의 면적은 10,458km²이다. 이탈리아에서 가장 큰 섬인 시칠리아섬은 면적이 2만 5,708km²이다. 미국은 대륙의 면적은 크지만 섬은 다른 나라들보다 면적이 작다. 그린란드는 어마어마하다. 영국의 그레이트 브리튼섬은 세계에서 8번째로 큰 섬이다. 또한 유럽에서 가장 큰 섬이다. 그레이트 브리튼섬의 면적은 21만 8,595km²이다. 영국의 대부분은 그레이트 브리튼섬이다. 일본에서 가장 큰 섬은 혼슈이다. 혼슈는 면적이 약 22만 7,414km²이다. 그레이트 브리튼섬과 혼슈는 면적이 비슷하다.

버뮤다는 어디에 있을까? 버뮤다는 상당히 의외의 곳에 있다. 버뮤다는 대서양에 위치하고 있다. 버뮤다는 여러 섬들로 구성되어 있는데 다른 나라들로부터 멀리 떨어져 있다. 버뮤다는 바다에 혼자 있는 외로운 섬이다. 버뮤다처럼 외로운 섬으로 찰스 다윈이 갔던 갈라파고스섬도 있다. 갈라파고스섬 또한 멀리 떨어져 있다. 버뮤다는 영국에 속해 있다. 버뮤다는 미국의 동해안에서 멀리 떨어져 있다. 버뮤다는 놀라움의 대상이기도 하다. 버뮤다에는 보험산업이 발달되어 있다. 버뮤다는 1인당 GDP가 엄청나게 높다. 2013년을 기준으로 했을 때 1인당 GDP가 8만 5,302달러이다. 버뮤다의 면적은 53.2km²이다.

버뮤다는 두 번의 세계대전 동안 연합국의 중요한 군사기지였다. 영국뿐만 아니라 미국도 버뮤다를 군사기지로서 활용했다. 버뮤다는 해군과 공군의 군사기지로서 활용되었다. 버뮤다 삼각지대란 것은 뭘까? 이 지역에서는 비행기와 배의 사고가 자주 일어난다고 한다. 버뮤다 삼각지대는 정확하게 말하면 버뮤다 삼각형이다. 버뮤다 삼각지대는 버뮤다를 하나의 점으로 하고 미국 플로리다의 마이애미를 다른 하나의 점으로 하면서 미국의 푸에르토리코를 연결하는 삼각형을 말한다.

케이맨 제도는 카리브해에 있는 섬들이다. 케이맨 제도는 영국에 속해 있다. 영국은 먼 바다에 여러 섬들을 가지고 있다. 영국은 영국령 버진 아일랜드도 가지고 있다. 영국령 버진 아일랜드 옆에는 미국령 버진 아일랜드가 있다. 이것은 미국에 속해 있다. 버진 아일랜드는 컬럼부스가 발견했다. 버진 아일랜드는 대서양과 카리브해 그리고 파나마 운하를 연결하고 있다. 버진 아일랜드는 관광지이기도 하다.

코디액섬은 미국의 알래스카에 있는 섬이다. 코디액섬은 미국에서 하와이섬 다음으로 2번째로 큰 섬이다. 코디액섬은 면적이 9,311.24km²이다. 코디액섬에서 가장 큰 도시는 코디액이다. 코디액섬에는 코디액곰과 왕게가 있다. 이 왕게를 알래스카 킹 크랩이라고 한다. 코디액섬에서 어업은 중요한 산업이다. 코디액섬에서 나는 수산물로는 태평양 연어, 태평양 광어, 게 등이 있다. 태평양 연어 중의 한 종류가 우리나라 동해안 하천으로도 온다. 연어는 산란기에는 강으로 거슬러 올라온다. 연어는 바다에서 약 4년을 성장하여 60cm 이상의 크기가 된다. 연어는 최대 6년까지 산다.

러시아 사람들은 모피 거래를 위하여 코디액섬을 탐험했다. 이들은 1784년에 코디액섬에 정착지를 설립했다. 코디액섬은 러시아의 모피거래의 중심지가 되었다. 1867년에 미국이 알래스카를 구입하면서 코디액섬도 미국의 일부가 되었다. 미국 사람들은 코디액섬에서 사냥과 고기잡이를 한다.

코디액섬에는 노바룹타라는 화산이 있다. 1912년 노바룹타는 폭발하였는데 이것은 20세기에 있어서 가장 큰 화산폭발이었다. 이것으로 인하여 코디액섬은 많은 어려움을 겪었다. 연어산업은 황폐화되고 곰들은 화산재로 인하여 눈이 멀었다. 건물은 붕괴하고 통신시설은 불통이 되었다. 화산재가 하늘을 뒤덮어 하늘을 볼 수 없었다. 1964년에는 지진과 쓰나미가 코디액섬을 강타했다.

영국과 일본은 나라 전체가 섬들로 구성되어 있다. 그럼에도 불구하고 영국과 일본은 강대국이 되었다. 섬은 참으로 묘한 것이다. 영국과 일본을 보면 대륙에 있는 국가들에 뒤지지 않는다. 미국은 대륙에 있는 국가이다. 하지만 대륙 자체가 풍부한 바다로 둘러싸여 있다. 이것이 미국을 러시아와 중국과 다르게 만든다. 미국은 태평양에 크지 않은 여러 섬들을 가지고 있다. 이 섬들의 전략적 가치는 그야말로 엄청난 것이다. 하와이, 마리아나 제도, 웨이크섬, 미드웨이 제도가 바로 이러한 섬들이다. 만약 이들 섬들이 미국의 것이 아니라면 미국은 태평양에서 그리 큰 의미를 가지지 못할 것이다.

태평양전쟁은 이들 섬들을 두고 미국과 일본이 싸운 전쟁이다. 이들 섬이 아니었다면 미국과 일본이 그렇게 싸울 이유가 없었다. 이들 섬들을 모두 합해도 면적은 얼마 되지 않는다. 앞으로 중국이 하와이, 마리아나 제도, 웨이크섬, 미드웨이 제도를 향하여 내려갈 지도 모를 일이다. 그러면 미국은 다시 중국을 막을 것이다. 이들 섬들이 중요한 이유는 이들 섬들이 바로 태평양 자체이기 때문이다. 마리아나 제도에는 괌 등 여러 섬들이 위치하고 있다.

일본은 태평양전쟁에서 패배하면서 일부 자신들의 영토마저 상실하고 만다. 이것을 미국 사람들의 영토매수와 비교해 보면 하늘과 땅 차이라는 것을 알 수 있다. 이것이 일본의 한계이다. 제2차 세계대전 당시 일본은 완전히 고립되어 있었다. 동맹국으로 독일이 있었다고는 하지만 독일은 너무 멀리 떨어져 있을 뿐만 아니라 독일의 사정이 일본을 도와줄 형편도 아니었다. 그 결과 독일은 일본에게 동맹국도 아닌 동맹국이었던 것이다. 일본은 나홀로 태평양전쟁을 치르고 있었던 것이다. 이렇게 고립된 것을 선택하는 것이 바로 일본이다.

이러한 일본의 본질은 지금도 변한 것이 별로 없다. 일본은 섬에 대한 욕심이 매우 많다. 태평양전쟁 당시 일본은 솔로몬 제도까지 내려갔다. 솔로몬 제도는 멜라네시아에 속해 있기 때문에 일본이 솔로몬 제도까지 내려갔다는 것은 호주 바로 위까지 내려갔다는 것을 의미한다. 일본은 태평양전쟁 당시 태평양의 남부까지 진출하고 있었던 것이다.

세계에서 2번째로 큰 섬은 뉴 기니섬이다. 뉴 기니섬은 호주의 북쪽에 있는 섬이다. 뉴 기니는 새로운 기니라는 의미이다. 아프리카 서해안에는 기니라는 나라가 있다. 뉴 기니라는 호칭은 뉴 기니가 아프리카의 기니를 닮은 경관이라고 해서 붙여진 것이다. 뉴 기니섬에는 한 나라만 있는 것이 아니다. 뉴 기니섬의 서쪽은 인도네시아령이고 동쪽은 파푸아 뉴기니이다. 보르네오섬은 세계에서 3번째로 큰 섬이다. 면적은 75만 5,000km²이다. 보르네오섬 또한 말레이지아와 인도네시아가 차지하고 있다. 세계에서 가장 큰 섬은 그린란드, 뉴 기니섬, 보르네오섬 순이다.

카타르는 페르시아만으로 둘러싸여 있다. 카타르는 사우디아라비아와 국경을 접하고 있다. 카타르는 면적이 큰 나라는 아니지만 바레인에 비하면 매우 큰 나라이다. 바레인이 그만큼 작기 때문이다. 카타르는 석유와 천연가스를 많이 가지고 있다. 카타르의 수도는 도하이다. 도하는 해안가에 위치하고 있는 항구도시이다. 도하는 카타르의 중심지이다. 카타르 인구의 많은 부분이 도하의 인구이다. 카타르는 해안가에 의존하는 나라이다.

요르단은 바레인과는 사정이 정반대이다. 요르단은 아래 부분이 약간 바다에 접할 뿐 영토 자체가 다른 나라들로 둘러싸여 있다. 그런데 요르단은 왼쪽 옆에 사해를 접하고 있다. 요르단은 사해를 사이에 두고 이스라엘과 마주하고 있다. 사해를 접하고 있는 나라는 이 두 나라이다. 사해는 이스라엘과 요르단에 걸쳐 있는 호수이다. 사해는 바닷가에 있는 것이 아니라 내륙에 위치하고 있다. 사해는 염호의 대표적인 예이다. 염호는 염분의 농도가 높은 물을 담고 있는 호수를 말한다. 사해는 물이 빠져나가는 곳은 없고 유입량과 같은 량의 증발이 일어난다.

사해의 염분은 표면에서 바닷물의 5배 정도이다. 사해에는 거의 생물이 살지 못한다. 높은 염분은 사람 몸을 물 위로 뜨게 만들기도 한다. 사해로 흐르는 강이 요르단강이다. 요르단강은 요단강이라고도 한다. 요르단강은 길이가 251km이다. 요르단강 서쪽에는 이스라엘과 팔레스타인이 있고 동쪽에는 요르단이 있다. 요르단강과 사해는 매우 밀접한 관계에 있다. 요르단강과 사해를 두고 요르단과 이스라엘도 매우 밀접한 관계에 있다. 요르단이라는 이름도 요르단강이라는 이름에서 따온 것이다.

요르단의 아래 부분이 약간 접하고 있는 바다는 바로 홍해이다. 요르단은 거의 완전한 육지 나라이다. 사해 아래로는 육지로서 이스라엘과 긴 국경을 마주하고 있다. 이스라엘은 요르단과는 달리 서쪽에 해안가를 가지고 있다. 이스라엘의 동쪽에 있는 것이 사해와 요르단과 국경을 마주하고 있는 육지이다. 요르단은 작은 나라가 아니다. 면적이 89,342km²이다. 이것은 남한보다 약간 작은 것이다. 하지만 요르단의 인구는 2014년에 665만명 정도이다. 요르단은 왕이 존재하는 왕국이다.

현재 왕은 압둘라 2세(1962년-)이다. 압둘라 2세는 1960년대에 태어난 사람이다. 압둘라 2세의 아버지는 후세인왕이다. 압둘라 2세는 하심 가문 사람이다. 하심 가문은 아랍의 유명한 가문이다. 하심 가문은 아랍에서 여러 나라의 왕가를 배출했다. 이들 왕가는 현재 존재하기도 하고 존재하지 않기도 한다. 요르단의 압둘라 2세 왕가는 현재 존재하는 왕가이다. 요르단의 공식 명칭은 요르단 하심 왕국이다.

마요르카섬은 지중해 서부에 있는 스페인의 섬이다. 섬의 최고점은 푸이그마요르(1,445m)이다. 마요르카섬은 페니키아인, 카르타고인, 로마인 등의 지배를 받았으며, 8-13세기에는 이슬람 세력의 지배를 받았다. 마요르카섬은 역사적으로 지중해 교역의 중요한 중계지였다. 현재 마요르카섬은 유럽의 주요 관광지이다. 마요르카섬의 수도는 팔마이다. 이 섬은 기원전 123년 로마에 의해 정복되었다. 로마제국의 통치 시기에 팔마와 같은 섬의 주요 도시가 세워졌다. 당시 섬의 산업은 올리브 및 포도 재배, 소금 생산이 중심이었다.

올리브의 재배는 지중해의 국가들에게 전파되었다. 고대 그리스인들과 로마인들에게 올리브의 재배는 중요했다. 올리브는 자연상태에서는 먹을 수 없다. 올리브는 소화계를 자극하는 쓴 화학적 화합물을 가지고 있다. 올리브를 먹기 위하여는 절여야 하고 다양한 처리를 하여야 한다. 올리브를 소금에 절일 수도 있다. 올리브로부터 기름을 얻는다. 이것을 올리브기름이라고 한다. 올리브기름은 맛, 향기, 식사적 혜택을 제공한다.

마요르카의 군인들은 특유의 투석기 사용기술로 로마군에게 인정받았다. 마요르카섬은 426년 반달족의 침입을 받았고 반달족의 지배 하에 놓이게 된다. 그 후 비잔틴 제국에 의해 정복당했고 사르디니아 왕국의 통치 하에도 들어갔다. 707년 이후로 북아프리카의 이슬람계 침략자들로부터 지속적인 공격 대상이 되었다.

아라곤 왕국의 제임스 1세가 통치를 시작했으며 이후 아라곤 왕국으로 편입되었다. 팔마를 방문한 관광객의 숫자는 1997년에 약 673만을 기록하였다. 2001년에는 거의 2천만명을 기록하였다. 스페인이 관광대국이라는 말은 이것을 두고 하는 말이다. 세계적인 테니스 선수인 라파엘 나달은 마요르카섬 출신이다. 작곡가 쇼팽과 프랑스의 여류작가 조르주 상드가 마요르카섬에서 살기도 하였다. 화가였던 호안 미로는 여생을 이곳에서 살았다. 스페인 왕족들은 전통적으로 마요르카에서 여름휴가를 보낸다.

스페인의 페롤은 갈리시아 지방에 있는 항구도시이다. 페롤은 대서양 해안에 위치하고 있다. 페롤은 주요한 해군기지이다. 17세기에 페롤은 유럽에서 가장 중요한 무기고였다. 페롤은 1892년 스페인의 프랑코 장군이 태어난 곳이기도 하다. 프랑코 장군은 오랜 기간 동안 스페인을 통치했다. 흔히 독재자로 알려져 있다. 파블로 이글레시아스는 스페인 사회노동당을 창설한 사람이다. 그런데 이글레시아스도 1850년 페롤에서 태어났다. 나폴레옹의 코르시카섬, 이탈리아를 통일한 사르디니아섬에 이어 페롤도 역사적으로 유명한 사람들을 배출하고 있다.

이글레시아스는 스페인 사람들의 성이다. 유명한 가수 중에 훌리오 이글레시아스도 있다. 훌리오 이글레시아스는 스페인 마드리드 출신이다. 페롤은 2013년 기준으로 인구가 약 7만 1천명 정도이다. 페롤은 자그마한 지역이지만 스페인에서 역사를 좌우했던 사람들이 출생한 지역이 되었다. 펠리프 5세는 페롤을 해군기지로 삼았고 그 후 조선소도 건설되었다.

라 팔마는 스페인 카나리아 제도에 있는 섬이다. 카나리아 제도는 스페인 본토로부터 1,050km 떨어져 있고, 아프리카 서안 모로코로부터 115km

떨어진 대서양에 있는 섬이다. 라 팔마는 706km²이다. 라 팔마는 화산섬이다. 가장 높은 곳은 2,400m 이상이다. 섬의 위치와 산의 높이 때문에 여러 개의 국제관측소가 라 팔마에 설치되어 있다. 아이작 뉴턴 망원경 그룹은 구경 4.2m 윌리엄 허셜 망원경, 구경 2.5m 아이작 뉴턴 망원경, 구경 1m 야코부스 캅테인 망원경 등을 운영하고 있다. 라 팔마는 섬이 천문관측의 주요한 기지로 사용되고 있음을 확인해 준다.

카나리아는 개라는 의미이다. 카나리아섬도 있다. 카나리아섬이라고 부른 이유는 그 곳에 개들이 많이 살았기 때문이다. 카나리아섬은 개들의 섬이라는 의미이다. 카나리아라는 이름은 300년경에 카나리아 제도 전체를 부르는 이름으로 사용되기 시작한다. 카나리아라는 새도 있다. 이 새는 카나리아섬의 새라는 의미이다. 우리나라에도 진돗개가 있다. 진돗개는 진도에 사는 개라는 의미이다. 카나리아라는 포도주도 있다. 이것은 카나리아섬에서 나는 포도주라는 의미이다.

카나리아새는 카나리아 제도가 원산지이다. 카나리아새는 집에서 기르기도 한다. 집에서 기르는 카나리아새는 밝은 노란색이다. 카나리아새는 우는 소리가 아름다워 관상용으로 많이 기른다. 카나리아새는 금사조라고도 부른다. 금사조는 색깔 때문에 붙여진 이름이다. 금사는 황금실이라는 의미이다. 카나리아새는 십자매, 잉꼬와 더불어 3대 사육조이다. 사육조는 사육하는 새라는 의미이다.

카나리아새

테네리페섬은 카나리아 제도에서 가장 큰 섬이다. 면적은 2,034km²이다. 테네리페섬은 산이 많은 화산섬으로 테이데 화산은 높이가 3,710m이다. 테네리페섬에서는 대추야자, 목화, 사탕수수, 바나나, 오렌지 등을 재배한다. 해안에는 해식애가 발달하여 경치가 뛰어나고 많은 관광객이 찾아온다. 1797년 영국은 테네리페 침공을 시도한다. 이 때 영국의 호레이쇼 넬슨은 테네리페섬의 산타 크루즈를 공격한다. 산타 크루즈는 지금 테네리페섬의 수도이다. 호레이쇼 넬슨은 대포의 화염으로 오른쪽 팔을 잃는다.

테네리페섬에는 카나리아 천문물리학 연구소가 설치되어 있다. 이 연구소는 테이데 관측소를 운영하고 있다. 테이데 관측소는 천문관측소이다. 테이데 관측소는 1964년에 문을 열었고 국제적인 관측소가 되었다. 여러 나라들이 망원경을 설치하고 있다. 테네리페섬은 천문관측의 좋은 조건들을 구비하고 있다. 테이데 관측소는 높이가 2,390m이다. 테네리페섬과 라 팔마는 천문관측의 기지들이다.

테이데 관측소

그리스에는 여러 유명한 섬들이 있다. 레스보스섬은 그리스의 섬이다. 레스보스섬은 에게 문명의 한 중심지로서 번창했다. 레스보스섬은 지금의 그리스에서 3번째로 큰 섬이다. 그리스에서 가장 큰 섬은 크레테섬이다. 2번째로 큰 섬은 에보이아섬이다. 4번째로 큰 섬은 로도스섬이다. 파로스섬은 대리석으로 유명하다. 그래서 유명한 조각가가 배출되었다. 레스보스섬은 좁은 해협에 의하여 터키와 분리되어 있다. 레스보스섬은 비잔틴 제국에 속하기도 하였고 오토만 터키에 속하기도 하였으며 그 후 그리스에 속하게 되었다.

테오프라스토스(기원전 약 371년–286년)는 그리스의 철학자로서 레스 보스섬에서 태어났다. 테오프라스토스는 소요학파에 있어서 아리스토텔레 스의 승계자이다. 소요는 이동하는 것을 말한다. 테오프라스토스는 아테네 로 와서 처음에는 플라톤의 학교에서 공부했고 플라톤이 죽은 후에는 아리 스토텔레스를 따랐다. 테오프라스토스는 무려 36년 동안 소요학파를 주재 했다. 그는 종종 식물학의 아버지로 간주된다. 그의 승계자는 스트라톤이다. 소크라테스 이후 플라톤, 아리스토텔레스, 테오프라스토스, 스트라톤으로 학맥이 이어진다.

테오프라스토스는 식물학, 광물에도 관심이 많았다. 그는 처음으로 식 물 500가지를 가지고 식물의 분류를 시작하였다. 그는 암석을 색깔, 굳기, 강하게 열을 받았을 때 일어나는 변화에 따라 분류하였다. 그의 광물학 저서 는 거의 2천년 동안 선도적 업적으로 유지되었다. 천문학은 프톨레마이오스 의 이론이, 의학은 갈레노스의 이론이 오랫동안 유지되었다. 테오프라스토 스는 행복은 덕 뿐만 아니라 외부적 영향에 의존하는 것으로 생각했다. 그는 "인생은 지혜가 아니라 행운에 의하여 지배된다"라는 말도 하였다.

이러한 말들을 보면 테오프라스토스는 상당히 현실적인 생각을 하고 있 었던 것으로 보인다. 이 말들을 자세히 보면 한 개인의 한계를 지적하고 있 다. 외부적 영향이라는 것도 그렇고 행운이라는 것도 그렇다. 우리가 지금 살아가는 현실도 이러한 측면을 모두 가지고 있다. 이것을 지적하는 테오프 라스토스는 매우 솔직한 사람이다. 이제 독도에 관하여 다시 이야기를 해보 기로 하자.

중국은 땅이 큰 나라이다. 중국의 면적은 9,596,961km²이다. 그런데 중국의 땅은 특정지역 3개에 집중되어 있다. 그 중 신강(신장)은 1,664,900km²이다. 서장(시짱, 티베트)은 1,228,400km²이다. 내몽구(네이멍구)는 1,183,000km²이다. 이들 3개 지역의 면적은 합계 4,076,300km²이다. 이들 3개 지역의 면적은 중국 전체 면적의 42.4%이다. 중국의 면적은 대략 1,000만km²이다. 이들 3개 지역의 면적은 대략 400만km²이다. 몽고는 면적이 1,564,115km²이다. 몽고의 면적도 매우 넓다. 면적이 100만km²가 넘는 나라는 모두 30개이다. 30번째에 해당하는 국가는 이집트이다. 이집트의 면적은 100만km²가 조금 넘는다.

중국의 면적은 미국과 비슷하다. 미국의 면적은 9,857,306km²이다. 미국도 대략 1,000만km²이다. 캐나다의 면적은 약간 더 큰 9,984,670km²이다. 캐나다도 대략 1,000만km²이다. 면적이 약 1,000만km²인 국가는 세계에서 3개이다. 러시아는 이들보다 훨씬 큰 17,098,242km²이다. 러시아는 대략 1,700만km²이다. 구소련이 분리되었음에도 불구하고 러시아는 여전히 엄청난 땅을 가지고 있다. 브라질은 약 850만km²이다. 호주는 약 770km²이다. 이상이 500만km² 이상의 면적을 가진 국가들이다. 모두 6개 국가이다. 인도는 의외로 면적순위가 떨어진다. 인도의 면적은 약 316만km²이다. 그런데 아르헨티나의 면적이 의외로 인도와 비슷하다. 무려 278만km²이다.

세계에서 가장 큰 섬인 그린란드의 면적은 약 216만km²이다. 그린란드는 아르헨티나보다 약간 작은 것이 물에 떠 있다고 보면 된다. 달의 표면적은 3,793만km²이다. 이것은 러시아 면적의 약 2배이다. 달을 볼 때 러시아 2개 정도가 하늘에 떠 있는 것으로 생각하면 된다. 또는 미국 4개 정도가 하늘에 떠 있는 것으로 생각하면 된다. 달의 표면적은 지구의 7.4%이다. 화성의 표면적은 약 1억 4,479만km²이다. 이것은 지구의 28.4%이다. 화성은 달의 약 4배이다. 화성을 볼 때 러시아 8개 정도가 하늘에 떠 있는 것으로 생각하면 된다. 태양의 표면적은 지구의 12,000배이다.

사람의 손가락 길이(10cm 정도)

빙어의 모습(15-25cm 정도)

잉어과 버들치속의 물고기(8-16cm 정도)

6

그러면
일본의 모든 섬들은
주인 없는 땅들이다.

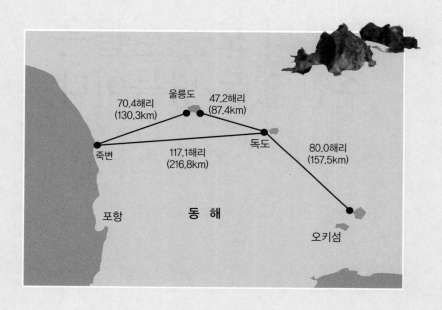

70.4해리
(130.3km)

울릉도

47.2해리
(87.4km)

죽변

117.1해리
(216.8km)

독도

80.0해리
(157.5km)

포항

동 해

오키섬

울릉도와 독도

울릉도는 강원도 삼척시 원덕읍에서 137km 정도 떨어져 있고 포항에서 217km 정도 떨어져 있다. 울릉도는 한반도에서 설정한 영해 밖에 위치하고 있다. 섬은 독자적인 영해 설정의 기준이 되므로 울릉도는 독자적인 영해 설정의 기준이 된다. 독도는 경상북도 울릉군 울릉읍 독도리에 소속되어 있다. 독도는 우리나라의 영토이므로 우리나라 영해 설정의 기준이 된다.

독도의 중요성은 독도 자체가 영토라는 점과 독도가 영해 설정의 기준이 된다는 점에 있다. 양자의 중요성을 합하면 독도는 매우 중요한 영토이다. 독도에는 헬기장, 통신시설, 발전실, 탑, 접안시설 등이 설치되어 있다. 일본은 독도가 자신의 영토라고 주장하고 있다. 하지만 이것은 일방적인 주장일 뿐이다.

일본 해상보안청 소속 순시선 오키호가 독도 등대 앞 해상까지 접근하기도 하였다. 일본에는 오키섬이 있다. 오키호의 이름은 오키섬을 본딴 것이다. 오키섬은 독도로부터 157.5km 정도 떨어져 있는 섬이다. 울릉도와 독도 사이의 거리는 87.4km 정도이다. 해상보안청은 1948년 설치된 기구이다. 해상보안청은 지금은 국토교통성에 소속되어 있는 기구로서 경비업무, 구난업무, 해양정보업무, 교통업무를 담당하고 있다. 직원은 약 12,600명 정도이다. 일본의 해상자위대는 약 45,000명 정도이다.

오키(은기)섬은 시네마현(도근현)에 소속되어 있다. 해상보안청은 모두 11개 관구로 나누어져 있다. 각각의 관구는 몇 개의 현을 담당하고 있다. 여러 관구 중에서 제8관구가 시네마현을 담당하고 있다. 제8관구에는 4개의 해상보안부가 설치되어 있다. 제8관구에는 6개의 해상보안서가 설치되어 있다.

오키섬을 담당하고 있는 해상보안부는 경해상보안부이다. 경해상보안부에는 2개의 해상보안서가 설치되어 있다. 그 중의 하나가 오키해상보안서이다. 오키해상보안서는 일본의 해상보안서 중에서 독도에 가장 가까운 해상보안서이다. 경해상보안부는 2,000톤급 순시선과 1,000톤급 순시선을 보유하고 있다. 일본이 독도를 자신의 영토라고 주장하는 이유 중의 하나는 독도를 차지하면 오키섬과 독도가 연결될 뿐만 아니라 독도를 통하여 울릉도까지 밀고 들어올 수 있기 때문이다.

독도의용수비대는 울릉도 주민으로서 우리의 영토인 독도를 일본의 침탈로부터 수호하기 위하여 1953년 4월 20일 독도에 상륙하여 1956년 12월 30일 국립경찰에 수비업무와 장비 전부를 인계할 때까지 활동한 33명의 의용수비대원이 결성한 단체를 말한다. 국가는 독도의용수비대원 본인 또는 그 유족이 원하면 독도의용수비대원의 시신 또는 유골을 국립묘지에 안장할 수 있다. 다만 독도의용수비대원의 시신을 찾을 수 없는 경우에는 독도의용수비대원의 머리카락, 손톱 등 신체의 일부분도 안장할 수 있다. 국가 및 지방자치단체는 독도수호를 위한 독도의용수비대의 애국정신을 기리고 계승, 발전시키기 위하여 학술연구 및 기념사업 등을 추진할 수 있다.

독도의용수비대를 조직한 사람은 울릉도 출신 홍순칠이라는 사람이다. 홍순칠에게는 1996년 보국훈장 삼일장이 추서되었다. 최종덕은 1981년 독도를 처음으로 주민등록지로 한 사람이다. 최종덕은 독도를 지키고 독도를 개발하기 위하여 많은 노력을 한 사람이다. 그 후 사위도 독도에 거주하였다. 지금은 독도 사람들이 매우 많다. 이 사람들은 모두 최종덕의 후예들이다. 최종덕은 어업활동에 종사하다가 독도와 인연을 맺었다고 한다. 최종덕은 독도를 매우 사랑하였고 사망할 때까지 독도에 살았다.

일본은 태평양에도 여러 섬들을 가지고 있고 이들 섬에는 기지도 설치되어 있기 때문에 해상보안청과 해상자위대의 활동범위는 매우 광범위하다. 일본의 섬들은 태평양과 관련하여 크게 3가지로 분류할 수 있다. 하나는 태평양 서쪽에 있는 충승현(오키나와현)이다. 다른 하나는 태평양 중앙에 있는 이두제도(이즈제도)이다. 그리고 나머지는 이두제도 아래에 있는 소립원군도(오가사와라군도)이다. 이들 섬들은 해상보안청과 해상자위대에 의하여 활용되고 있다. 일본의 해상자위대는 아프리카 해안에서도 활동하고 있다. 일본의 해상보안청 본부는 동경에 위치하고 있다. 해상자위대 본부도 동경에 있다.

해상자위대에는 자위함대가 있다. 자위함대의 사령부는 횡수하(요코스카)에 위치하고 있다. 요코스카는 일본의 중요한 군사도시이다. 요코스카는 동경만에서 태평양으로 나오는 길목에 있다. 동경만은 일본에서 가장 중요한 만인데 동경이 위치하고 있기도 하지만 동경만을 나오면서 이두제도를 거치고 소립원군도를 거쳐 태평양으로 진출할 수 있기 때문이다. 해상보안청과 해상자위대는 유기적으로 활동하고 있다.

해상보안청은 일본 정부에 속해 있고 일본 정부의 지시에 따라 행동한다. 해상보안청에는 내부부서가 6개가 있다. 총무부, 장비기술부, 경비구난부, 해양정보부, 교통부, 감찰관(2명)이 바로 그것이다. 이 중에서 관측, 측량업무를 담당하고 있는 해양정보부가 핵심적인 역할을 담당하고 있다. 해양정보부는 수로측량, 영해측량, 해양관측, 해양오염조사를 수행하면서 현상을 파악하고 지도작성을 담당한다. 해양정보부는 일본의 종합적인 해양정보기구이다.

해양정보부가 작성한 지도에는 독도 주변을 일본의 영해로 표시하고 있다. 그리고 동해를 일본해로 표시하고 있다. 일본은 지속적으로 독도가 자신의 영토라고 주장하고 있다. 일본은 일본본토의 오른쪽 해안에서 시작하는 바다에 매우 넓은 영해를 가지고 있다. 일본의 독도에 관한 일방적인 주장은 그야말로 지나친 욕심인 것이다. 2012년 일본은 우리나라가 불법점거하고 있는 것이라는 표현까지 사용하기에 이른다. 중요한 것은 일본 해상보안청의 순시선과 항공기의 동향을 항상 잘 알고 있어야 한다는 것이다. 그리고 중요한 또 한 가지는 일본이 독도를 자신의 영토라고 주장할 때 어떻게 대응해야 하는가 하는 것이다.

한국과 일본은 무엇을 의미할까?

한국이라고 말할 때 그 의미는 무엇일까? 일본이라고 말할 때 그 의미는 무엇일까? 이것이 독도와 관련하여 중요한 의미를 가진다. 한국과 일본이라는 말은 평화조약에 나오는 말이다. 샌프란시스코 평화조약은 제2차 세계대전의 종결에 관한 조약이다. 평화조약은 승전국들이 일본을 상대로 하여 체결하였다. 이 평화조약은 매우 중요한 조약이다. 평화조약에는 한국과 일본에 관하여 다음과 같은 내용이 나온다.

> 제2조 (a) 한국의 독립을 인정하는 일본은 제주도, 거문도, 울릉도를 포함하여 한국(Korea)에 대한 모든 권리, 타이틀 그리고 청구권을 포기한다.

1951년 평화조약이 서명된다. 평화조약에서 말하는 코리아(Korea)에는 당연히 독도가 포함되어 있다. 조약에서 국가의 이름을 호칭할 때 그것의 의미는 그 국가의 영역 전부를 의미한다. 이러한 영역에는 영토, 영해, 영공이 모두 포함된다. 국가의 영역은 영토, 영해, 영공으로 구성되어 있기 때문이다. 이러한 사정은 모든 국가들에게 동일하다. 한국이라고 호칭할 때 한국 속에는 한국의 모든 섬들이 포함되어 있다. 뿐만 아니라 한국의 영해와 영공도 포함되어 있다.

조약에서 국가의 이름을 호칭하면서 동시에 영해를 호칭하는 경우 영해의 호칭은 국가의 이름을 호칭하는 것과 중복되는 것이지 영해의 호칭에 의하여 비로소 호칭된 영해가 조약의 적용범위에 포함되는 것은 아니다. 섬은 영토에 해당한다. 조약에서 영토를 호칭할 때 그것의 의미는 그 국가의 영토 전부를 의미한다. 이러한 영토에는 바다 속의 영토인 섬도 당연히 포함되어 있다. 국가의 영토는 바다가 아닌 육지의 영토와 섬으로 구성되어 있기 때문이다. 국가가 관할하는 섬은 그 수가 매우 많을 수도 있다. 우리나라의 경우에도 많은 섬들이 있다.

조약에서 국가의 이름을 호칭하거나 영토를 호칭할 때 그 많은 섬들의 이름을 모두 호칭해야 하는 것은 아니다. 이것은 가능하지도 않은 일이다. 조약에서 국가의 이름을 호칭할 때 몇 개 섬의 이름을 동시에 호칭하는 경우 섬의 호칭은 국가의 이름을 호칭하는 것과 중복되는 것이지 섬의 호칭에 의하여 비로소 호칭된 섬이 조약의 적용범위에 포함되는 것은 아니다.

평화조약 제2조가 코리아(Korea)를 호칭하면서 제주도, 거문도, 울릉도를 호칭하고 있는 경우 제주도, 거문도, 울릉도의 호칭은 코리아를 호칭하는 것과 중복되는 것이지 제주도, 거문도, 울릉도의 호칭에 의하여 비로소 이들 섬이 조약의 적용범위에 포함되는 것은 아니다. 만약 평화조약 제2조에서 제주도, 거문도, 울릉도의 호칭이 빠져 있다고 하여 이들 섬이 조약의 적용범위에서 제외되는 것은 아니다. 이들 섬은 당연히 코리아에 포함되어 있기 때문이다. 독도의 경우에도 사정은 마찬가지이다. 독도라는 호칭이 평화조약에서 사용되고 있는지 없는지 여부는 평화조약 제2조를 독도에 적용하는 데 있어서 아무런 차이를 가져오지 않는다. 평화조약에는 다음과 같은 내용도 나온다.

제1조 (b) 연합국은 일본 사람들이 일본(Japan)과 그것의 영해에 대하여 완전한 주권을 가지는 것을 인정한다.

이 조문은 천황이 아니라 일본 사람들이 주권을 가지고 있다는 것을 밝힌 조문이다. 그 주권이 미치는 범위는 일본(Japan, 저팬)과 영해로 되어 있다. 이 일본이라는 용어가 바다가 아닌 육지의 영토만을 포함하고 섬은 포함하지 않는다면 일본 사람들이 가진 주권의 범위는 바다가 아닌 육지의 영토와 영해 뿐이다. 그 결과 섬은 주권의 범위에서 제외된다. 섬 뿐만 아니라 영공도 제외된다.

그러면 주권의 범위에서 제외되는 섬과 영공은 누가 주권을 가지는 것일까? 천황이 가지는 것일까? 만약 천황이 가진다면 주권을 가진 자는 2가지가 된다. 하나는 바다가 아닌 육지의 영토와 영해에 대하여 주권을 가지는 일본 사람들이다. 다른 하나는 섬과 영공에 대하여 주권을 가지는 천황이다. 이것은 말이 되지 않는다. 더군다나 일본헌법에는 국민이 주권을 가진다고 되어 있다. 주권의 범위는 바다가 아닌 육지의 영토와 영해 뿐이고 섬과 영공은 주권의 범위에서 제외되는 것이라면 지금 섬과 영공은 누구의 영역인가? 일본은 이들 섬과 영공에 대하여 주권이 없다는 말인가? 이것은 말이 되지 않는다.

평화조약에 나오는 일본이라는 용어에는 바다가 아닌 육지의 영토와 영해 뿐만 아니라 자신의 섬과 영공도 포함되어 있다. 이러한 논리는 평화조약 제2조에도 마찬가지로 적용된다. 평화조약 제1조에 나오는 영해라는 용어도 필요 없는 문구이다. 일본(Japan, 저팬)이라는 용어에는 이미 영해도 포함되어 있다. 영해라는 용어는 일본이라는 용어와 중복된다. 비록 중복은 되지만 일본이라는 용어와 동시에 영해라는 용어도 사용하고 있다.

평화조약 제2조가 코리아를 호칭하면서 제주도, 거문도, 울릉도를 호칭하는 것은 중복되는 것이기는 하지만 호칭할 수도 있다. 평화조약 제1조가 일본을 호칭하면서 영해라는 용어를 사용하고 있듯이 평화조약 제2조도 코리아를 호칭하면서 제주도, 거문도, 울릉도를 호칭하고 있는 것이다. 이상의 논리가 맞지 않는다면 일본의 그 많은 섬들과 영공은 도대체 누구의 것이란 말인가? 혹시 무주지? 다시 말하면 주인이 없는 것들이란 말인가? 그러면 대마도도 무주지인가? 더군다나 대마도는 우리나라와 가장 가까운 섬이다. 대마도는 부산에서 약 50km 정도이다. 독도와 오키섬까지의 거리 157.5km

에 비하면 부산에서 대마도까지의 거리는 매우 가까운 거리이다.

일본은 평화조약 제2조가 독도를 언급하지 않고 있다고 하면서 일방적인 주장을 하고 있다. 이러한 일본의 주장대로 하면 일본은 대마도를 포함하여 그 많은 섬들과 영공을 모두 잃게 된다. 일본의 주장대로 하면 대마도가 일본 땅이 아니라는 사실은 명확한 것이다. 평화조약 제1조가 대마도가 일본 땅이 아니라는 논리의 근거가 된다. 일본의 활동범위를 정하고 있는 평화조약과 관련하여 일본의 일방적인 주장에는 자신의 존립기반을 송두리째 무너뜨리는 무서운 논리가 들어 있다.

지금까지 일본은 이러한 논리를 전혀 의식하지 못하였기 때문에 자신의 존립기반을 무너뜨리는 주장을 하여 온 것이다. 지금까지의 내용은 일본의 일방적인 주장이 근거가 없다는 것을 밝히기 위하여 일본의 주장을 다른 조문에 적용해 본 것이다. 일본의 일방적인 주장은 잘못된 것이기 때문에 일본의 그 많은 섬들과 영공이 무주지, 즉 주인 없는 땅들과 공간인 것은 아니다.

평화조약 제1조와 제2조는 여러 논의를 거친 후에 조약의 내용으로 결정된 것이다. 논의과정에서 여러 의견들이 제시되었다. 위에서 본 조약의 내용은 복잡한 논의를 거친 후에 최종적으로 결정된 것이다. 조약은 체결된 후에 그 의미를 해석하게 되는데 평화조약 제1조와 제2조의 해석은 위에서 본 바와 같다. 조약은 해석할 때 조문들간의 일관성을 유지하는 것이 핵심이다. 제2조는 이렇게 해석하고 제1조는 이와 다르게 해석할 수는 없다. 이러한 해석은 조약의 해석에서 가장 잘못된 해석이다.

조약이 서명되면 각국은 조약의 비준절차를 거치게 된다. 조약의 비준대상과 비준절차에서 다루어지는 것은 서명된 조약이다. 이렇게 비준된 조약은 조약의 내용대로 효력을 발생시킨다. 일본은 평화조약을 비준하면서 서명된 조약 각각의 조문들에 대하여 심사했다. 이러한 심사과정에서 평화조약 제1조의 일본과 제2조의 코리아도 심사했다. 양조문의 일본과 코리아는 동일한 논리에 의하여 해석해야 한다.

만약 일본이 양조문의 일본과 코리아를 동일한 논리로 해석하고 독도에 대하여 지금과 같은 주장을 하고 있다면 일본의 그 많은 섬들과 영공은 무주지이다. 만약 일본이 양조문의 일본과 코리아를 동일한 논리로 해석하고 일본의 그 많은 섬들과 영공에 대하여 자신의 권리를 주장하고 있다면 독도는 일본땅이 아니라 우리땅이다.

만약 일본이 양조문의 일본과 코리아를 동일한 논리로 해석하지 않고 서로 다르게 해석한다면, 즉 일본의 그 많은 섬들과 영공은 평화조약 제1조에 의하여 자신에게 권리가 있고 독도는 다른 논리에 의하여 자신의 땅이라고 해석한다면 이러한 일본의 해석은 조약의 해석에서 가장 잘못된 해석이다. 이러한 해석은 조문들간의 일관성을 상실한 해석일 뿐이다.

평화조약 제2조의 코리아에는 독도가 포함되어 있다. 그래서 평화조약에 입각해 보더라도 독도는 우리의 땅이다. 평화조약 제2조에 대한 일본의 근거 없는 주장은 이것으로 접어야 한다. 근거 없는 주장을 계속하다가는 일본은 대마도와 다른 섬들 그리고 영공을 지키기가 어려워진다. 일본이 평화조약 밖으로 뛰쳐나간다는 것은 불가능하다. 평화조약은 일본의 활동을 정하고 있는 기본틀이다.

일본은 현재 평화조약을 위반하고 있는 것이다. 평화조약은 제2차 세계대전을 평화적으로 마무리하는 조약이다. 이러한 조약을 위반하면 제2차 세계대전을 마무리하는 기준과 질서를 위반하는 것이다. 평화조약은 일본에게 어떠한 국가의 영토적 통합에 대하여 위협이나 힘의 사용을 피하여야 할 의무를 부과하고 있다. 여기서 말하는 어떠한 국가는 모든 국가를 말한다. 일본이 다른 국가의 영토를 자신의 영토라고 하는 것은 그 국가의 영토적 통합을 해치는 것이다. 이러한 일본의 행위에 대하여 다른 국가는 위협을 받게 된다.

일본은 평화조약의 당사국이다. 다시 말하면 일본은 이 조약을 자신의 손으로 만들었다. 그런데 일본은 스스로 이 조약을 위반하려고 한다. 평화조약은 일본의 위협 또는 힘의 사용으로부터 발생하는 다른 국가들의 안전에 대한 위험을 방지하는 거대한 조약이다. 일본은 평화조약이 부과하고 있는 의무를 한 치도 위반해서는 안된다. 일본이 독도에 대한 일방적인 주장을 하려면 평화조약을 다른 내용으로 개정해야 한다.

그런데 이 조약을 개정한다고 하여 이미 포기된 것들이 다시 살아나는 것은 아니다. 평화조약의 의무는 조약 체결 후 일본의 행위를 필요로 하는 것이 아니라 조약의 효력발생에 의하여 자동적으로 일본의 의무가 발생한다. 일본은 이 의무를 지키기만 하면 된다.

평화조약은 1951년 9월 8일 서명되었고 1952년 4월 28일 효력 발생되었다. 독도의용수비대는 1953년 4월 20일 독도에 상륙한다. 평화조약이 서명된 시기와 효력발생시기 그리고 독도의용수비대가 독도에 상륙한 시기는 모두 6·25전쟁이 진행되고 있을 때이다. 독도의용수비대는 무기와 장비로 무장하고 있었다. 독도의용수비대는 1953년 6월 독도에 접근한 일본 수산고등학교 실습선을 돌려보냈다.

6·25전쟁이 진행하는 동안 잠잠하던 일본은 7월 일본 해상보안청의 순시선을 독도에 파견한다. 이 순시선은 독도에 접근하여 왔다. 이에 독도의용수비대는 순시선을 발견하고 사격하여 저지하였다. 1954년 8월에 일본 해상보안청의 순시선이 다시 독도에 접근하여 왔다. 이에 독도의용수비대는 순시선에 다시 사격하여 저지하였다. 11월에는 일본 해상보안청의 순시선 3척과 항공기 1대가 다시 독도에 접근하여 왔다. 이에 독도의용수비대는 총격전을 벌여 저지했다.

일본의 헌법에는 영토에 관한 조항이 없다. 이것은 일본의 헌법이 제정된 시기와 관련되어 있다. 일본의 헌법은 1946년 제정되었다. 1946년이면 평화조약이 체결되기 전이다. 평화조약이 체결되기 전에는 영토에 관한 조항을 헌법에 넣을 수가 없었다. 일본은 전쟁에서 진 패배국이기 때문이다. 그리고 일본은 연합국에 의하여 점령되어 있기 때문이다. 뿐만 아니라 지금도 평화조약이 개정되기 전까지는 헌법에 영토에 관한 조항을 넣을 수가 없다. 우리나라의 경우 헌법에는 영토에 관한 조항이 있다. 우리나라의 영토는 한반도와 그 부속도서이다. 일본의 경우 헌법 뿐만 아니라 법률에도 조약에 위반되는 영토에 관한 조항을 넣을 수가 없다. 그 이유 또한 평화조약 때문이다.

일본은 샌프란시스코 평화조약처럼 전쟁 후의 평화조약들이 영토에 관한 규정들을 마련하고 있다. 일본의 영토체제는 매우 특수하다. 샌프란시스코 평화조약은 일본의 사활이 걸린 조약이다. 평화조약을 어떻게 해석하는가에 따라 일본의 영토체제는 엄청나게 달라진다. 일본이 평화조약을 잘못 해석하게 되면 일본의 영토체제는 붕괴된다. 위에서 이미 본 평화조약의 해석에 관한 내용들은 일본에게는 매우 중요하고도 필요한 내용들이다.

이미 제시된 해석을 따르지 않으면 일본의 그 많은 섬들과 영공은 무주지, 즉 주인 없는 땅들과 공간이 된다. 일본이 지금 하고 있는 독도에 관한 해석, 즉 평화조약 제2조에 관한 해석 때문에 이와 같은 결과가 나와서는 안 된다. 일본이 살 길은 이미 제시된 해석을 따르는 길 밖에는 없다. 지금 우리나라에는 대마도에 관한 주장도 나오고 있다. 일본의 해석방법에 따르면 이러한 주장이 근거 없는 주장이 아니다. 일본의 해석방법에 따르면 대마도는 무주지, 즉 주인 없는 땅이기 때문이다.

샌프란시스코 평화조약은 일본의 생명선이다. 일본은 1956년 과거 소련과 사이에 공동선언을 채택했다. 평화조약에는 일부 참가하지 않은 국가들이 있다. 과거 소련이 대표적인 예이다. 일본은 과거 소련과 사이에 공동선언을 채택하기는 하였지만 북방의 영토문제를 해결하지 못하고 있다. 일본은 1972년 중국과 사이에 공동선언을 채택했다. 하지만 도서문제를 해결하지 못하고 있다. 일본과 중국 사이에 있는 도서문제 중에는 조어도(댜오위다오) 문제가 있다.

　조어도는 5개의 섬이다. 1900년 경에 일본의 기업인 고하진사랑(코가타추시토)이 이 섬들에 고기가공처리 공장을 건설했다. 이 공장의 근로자 수는 200명 정도이었다. 1940년경에 이 사업은 실패하고 본국으로 철수했다. 일본이 전쟁에서 항복한 이후 미국이 이들 섬들을 점령했다. 그러다가 1972년에 미국은 이 섬들을 일본에게 돌려주었다. 미국은 이 섬들을 돌려주기 위하여 조약까지 체결했다. 미국의 상원은 조약에 동의하였다. 1972년에 중국은 이들 섬들에 대한 소유권을 주장하기 시작한다. 이 섬들은 대북(타이베이)시로부터 170km 정도 떨어져 있다. 울릉도와 독도 사이의 거리는 87.4km 정도이다.

　일본의 논리는 독도는 조선총독부와 관련이 없다는 것이다. 조선총독부가 독도와 관련되어 있으면 독도는 일본의 식민지가 되게 된다. 일본의 식민지는 일본의 땅이 아니고 일시적으로 식민지의 지위에 있을 뿐이다. 울릉도에 거주하였던 일본인들은 오키섬 출신들이 많았다. 그 이외에 요나고, 사카이미나토 출신들도 있었다.

　이것이 의미하는 것은 오키섬보다는 울릉도가 독도와 연결되어 있다는 것이다. 오키섬이 독도와 연결되어 있다면 울릉도 대신에 오키섬을 근거지로 삼았을 것이다. 독도가 울릉도와 연결되어 있음에도 불구하고 인위적으로 독도를 조선총독부와 관련이 없는 것으로 만들고자 하는 것이 일본의 의도이다.

　일본이 제2차 세계대전이 끝나기 전에 독도를 떠났다면 그 이유는 무엇일까? 이러한 경우 일본은 자발적 의사에 의하여 독도를 떠난 것이 된다. 일본이 제2차 세계대전이 끝난 이후에 독도를 떠났다면 전쟁의 패배에 따른 것이지 자발적인 것은 아니다. 일본이 자신의 의사가 아니라 전쟁의 패배에 따라 떠나야 했던 것은 독도가 식민지였기 때문이다.

일본은 제2차 세계대전이 끝난 이후에 전쟁의 패배에 따라 식민지를 반환해야 했다. 그렇게 하여 독도는 우리나라에 반환된 것이고 우리나라는 독도를 회복했던 것이다. 일본이 제2차 세계대전이 끝나기 전에 자발적으로 독도를 떠났다면 그 이유는 독도가 식민지이기는 하지만 그 당시 이용가치가 별로 없었기 때문이다. 그러다가 전쟁에서 패배하면서 독도는 자동적으로 반환되었던 것이다.

1910년의 병합조약에 의하여 독도는 일본의 식민지가 된다. 1945년 해방된 이후 일본은 독도에 대한 식민지 지배권을 상실하게 되는데(그래서 우리나라가 원래의 지배권을 회복하게 된다) 만약 독도가 식민지가 아니라면 전쟁의 패배와 관계 없이 일본은 독도에서 지배권을 행사하면 되었다. 그런데 일본은 그렇게 하지 않았다. 그 이유는 독도가 식민지였기 때문이다.

이 시기 일본은 우리나라 뿐만 아니라 다른 식민지들도 상실했기 때문에 조그마한 섬이라도 무척 아쉬울 때였다. 그 많은 식민지들이 모두 독립했기 때문이다. 전쟁이 끝난 후 우리나라는 우리의 잃어버린 섬을 찾기 위하여 독도에 대한 지배권을 회복하는 과정과 절차를 진행시켰던 것이고 일본은 식민지로서 차지하고 있던 독도를 반환하는 과정과 절차를 자연스럽게 진행시켰던 것이다.

전쟁이 끝난 후 진행된 과정과 절차는 그 이상도 그 이하도 아니다. 이러한 자연스런 진행의 결과가 일본이 독도에 대한 일방적인 주장을 하면서 완전히 구겨졌다. 이것이 지금의 모습이다. 우리가 입은 옷이 너무 구겨지고 있다. 우리는 우리의 옷을 기분좋게 입었다. 우리가 일본의 땅을 빼앗으려고 한 것이 아니다. 다만 식민지 지배권에서 벗어났을 뿐이다.

만약 일본이 전쟁이 끝난 후 지배권을 행사하고 있다면 그것이야말로 불법점거이다. 전쟁의 패배는 이것을 금지시켰고 처음에는 일본도 이러한 사실을 받아들였던 것이다. 식민지에 대하여 전쟁의 패배가 금지시킨 것을 일본은 도전할 수 없었던 것이다. 일본이 우리에 대하여 일방적인 주장을 하고는 있지만 지금 독도를 사람이 살지 않는 섬으로 비워두어도 일본은 1945년과 같은 행동을 할 수밖에 없다.

일본은 독도에 결코 상륙할 수가 없다. 그것이 바로 전쟁이 끝나고 만들어진 기본틀이다. 이 기본틀은 전쟁의 승전국들이 허락할 때에만 변경될 수 있다. 이 기본틀은 한 번 짜여진 후에 결코 변한 적이 없다. 일본이 전쟁이 발생하기 전에 가졌던 강성함은 전쟁의 패배로 모두 상실되었다. 일본이 과연 독도에 상륙할 수가 있을까?

일본이 독도에 상륙할 수 없는 이유가 또 하나 있다. 바로 우리나라가 있기 때문이다. 우리는 독도를 지키고 있다. 일본이 독도에 상륙할 수 없는 이유가 하나 더 있다. 일본이 독도에 상륙하는 순간 저팬(Japan)과 영해를 제외한 모든 섬들과 영공은 무주지, 즉 주인 없는 땅들과 공간이 된다.

이것이 일본의 논리에 따라 평화조약 제2조와 제1조를 동시에 해석한 결과이다. 평화조약 제2조의 논리는 제1조에 곧 바로 그리고 직접적으로 엄청나게 큰 영향을 준다. 이 2개의 조항은 일체로 그리고 같은 방향으로 움직이는 또한 같은 소리를 내는 쌍둥이가 부르는 합창이기 때문이다. 이것은 마치 그리스신화에 나오는 에코가 부르는 메아리와 같은 것이다.

일본의 논리에 따라 평화조약 제2조와 제1조를 동시에 해석하면 대마도도 무주지가 된다. 중국이 바라보는 저팬의 모든 섬들과 영공이 무주지가 된다. 첨각제도, 여나국도, 충대동도, 충노조마, 소립원군도, 유황도, 남조도, 팔장도는 어떠할까? 일본의 섬은 6,852개이다. 이것은 본토와 다른 섬들 6,847개를 합한 것이다.

일본은 무주지, 즉 주인 없는 땅이 된 이들 섬들을 감당할 수 있을까? 일본의 논리가 아니라면 일본에게 평화조약 제2조는 생명의 조항이다. 코리아 (Korea)에는 독도가 포함되어 있는 것이다. 따라서 저팬(Japan)에는 저팬의 모든 섬들과 영공도 포함되어 있는 것이다. 이것을 통하여 평화조약은 평화를 가져다 줄 것이다. 그러면 더 이상 무주지는 없다.

한국전부와 전연한국의 숨겨진 비밀

한국전부와 전연한국은 무슨 의미일까? 한국전부와 전연한국이라는 말은 놀랍게도 병합조약에 나온다. 한국전부와 전연한국에는 독도가 포함되어 있다. 한국병합조약은 1910년에 만들어졌다. 한국병합조약에는 다음과 같은 내용이 들어 있다.

> 제1. 한국황제폐하는 한국전부에 관한 일체의 통치권을 완전하고도 영구히 일본국 황제폐하에게 양여함.
> 제2. 일본국황제폐하는 전조에 게재한 양여를 수락하고, 또 전연 한국을 일본국에 병합함을 승낙함.

병합조약의 제목도 한국병합조약이다. 제1조에는 한국전부라는 말이 나온다. 제2조에는 전연한국이라는 말이 나온다. 전연은 모두라는 의미이다. 한국전부라는 말과 전연한국이라는 말에는 독도가 포함되어 있다. 그 결과 독도는 일본의 식민지가 되었던 것이다. 한국전부라는 말과 전연한국이라는 말 속에 독도가 포함되어 있지 않다면 독도는 일본에게 병합된 적이 없단 말인가? 병합조약에서 전부 또는 전연이라는 말을 사용하지 않고 한국이라고만 하여도 한국 전부를 의미한다. 이것에 이의를 제기할 사람이 있을까? 일본은 1905년에 독도를 죽도라고 부르면서 시네마현 오키섬 소관으로 하였다. 이것은 불법적인 것이었다.

병합조약에서 전부라는 말과 전연이라는 말을 사용하고 있는 것은 바로 독도를 염두에 둔 것이다. 일본은 1905년에 실시한 독도에 대한 불법적인 행위에 대하여 자신들이 생각하는 바의 합법화를 하기 위하여 1910년의 병합조약에서 전부라는 말과 전연이라는 말을 사용하고 있는 것이다. 전부라는 말만으로도 부족하여 다시 전연이라는 말을 추가하고 있다. 전부는 한국이라는 말 뒤에 위치하고 있지만 전연이라는 말은 한국이라는 말 앞에 위치하고 있다. 이렇게 함으로써 독도가 병합조약에서 빠질지도 모른다는 자신의 불안을 방지하고 있는 것이다. 병합조약에서 전부라는 말과 전연이라는 말을 사용하고 있는 것은 바로 이러한 이유 때문이다.

전부라는 말과 전연이라는 말을 사용한 것은 일본의 치밀한 그러나 지금에 와서 보면 조잡한 계획에 의한 것이다. 병합조약을 작성할 때에는 1905년에 실시한 독도에 대한 불법적인 행위가 혹이 되어 있었던 것이다. 병합조약에는 병합 후의 행정에 관한 언급이 없다. 오로지 병합한다는 언급만이 있다. 이것이 의미하는 것은 병합 후의 행정은 일본의 의사에 맡긴다는 것이다. 이것이 울릉도와 독도에 대하여 가지는 의미는 비록 독도가 1905년에 실시한 불법적인 행위에 의하여 시네마현 오키섬 소관으로 되었다고 하지만 병합조약이 있은 후에는 울릉도와 독도를 합치는 것이 가능하다는 것이다.

독도는 시네마현 오키섬보다는 울릉도와 거리도 가깝고 일체성이 있다. 독도를 울릉도 소속으로 하는 것에는 아무런 제약이 없었다. 그래서 독도를 울릉도 소속으로 하는 것이 자연스러운 일이다. 그럼에도 불구하고 일본은 독도를 울릉도 소속으로 할 수 없었다. 그 이유는 독도를 울릉도 소속으로 하면 독도를 시네마현 오키섬 소관으로 한 것이 근거도 없고 불법이었다는 사실이 스스로 드러나기 때문이다. 이러한 이유 때문에 일본은 독도를 끝내 울릉도 소속으로 할 수 없었다.

1910년의 병합조약과 일본이 독도를 불법적으로 시네마현 오키섬 소관으로 한 1905년은 불과 5년 차이이다. 병합조약 후에는 독도를 시네마현 오키섬 소관으로 할 이유가 없었다. 하지만 독도를 시네마현 오키섬 소관으로 한 것이 불법이었기 때문에 일본은 이것을 은폐하여야만 하였고 그 결과 독도는 계속하여 시네마현 오키섬 소관으로 할 수밖에 없었다.

병합조약 이후에 독도를 다루는 일본의 방식은 매우 비정상적인 것이었다. 독도는 시네마현 오키섬 소관으로 한 것이 불법이었기 때문에 일본으로서도 독도를 다루기가 곤란했다. 1940년에는 독도가 엉뚱하게도 해군성으로 이관된다. 1945년 11월에 해군성이 폐지되자 독도는 또 다시 엉뚱하게도 대장성으로 이관된다. 독도를 다루는 일본의 방식은 일본의 땅과 다른 것이었다. 독도를 시네마현 오키섬 소관으로 하였지만 독도는 일본의 땅이 아니었기 때문에 항상 일본의 땅과 다른 취급을 할 수밖에 없었다. 이러한 사실들은 독도가 일본땅이 아니라는 것을 자연스럽게 노래해 주고 있다. 독도는 우-리의 땅, 우리 땅!

우리 글자로 본 하늘의 높이

국가의 영역은 영토, 영해, 영공으로 구성되어 있다. 영토는 땅이라는 의미이고 영해는 바다라는 의미이며 영공은 하늘이라는 의미이다. 영토, 영해, 영공은 서로 어떠한 관계에 있을까? 영해는 영토의 옆에 있는 부분이다. 영해와 영토는 수평적인 관계에 있다. 영공은 영토와 영해의 위에 있는 부분이다. 영공은 영토, 영해와 수직적인 관계에 있다. 수평적인 관계는 우리글 으(ㅡ)로 표시할 수 있다. 우리글 으(ㅡ)가 바로 수평선이다. 수직적인 관계는 우리글 이(ㅣ)로 표시할 수 있다. 우리글 이(ㅣ)가 바로 수직선이다.

영토, 영해, 영공을 한 번에 표시하면 우리글 니은(ㄴ)이 된다. 우리글 니은(ㄴ)은 이(ㅣ)와 으(ㅡ)를 합한 것이다. 이(ㅣ)는 영공을 의미하고 으(ㅡ)는 영토와 영해를 나타낸다. 니은(ㄴ)의 오른쪽 옆에다가 이(ㅣ)를 더하면 열린 미음(ㄴ)이 나온다. 열린 미음(ㄴ)은 영공의 양쪽 범위를 표시한다. 영공이 무한대라면 열린 미음(ㄴ)이 정확한 표시이다. 만약 영공이 우주 끝까지 무한대가 아니라면 영공은 중간에서 끝날 것이다. 그 중간이 어디까지인지 정해진 것은 없다. 영공이 중간에서 끝나는 것을 우리글로 표시하면 비읍(ㅂ)이 된다. 비읍(ㅂ)은 열린 미음(ㄴ)의 안에 으(ㅡ)를 집어넣은 것이다. 으(ㅡ)는 영공의 한계를 나타낸다. 지금 국가에 따라 열린 미음(ㄴ)의 입장을 취하는 국가도 있고 비읍(ㅂ)의 입장을 취하는 국가도 있다.

우리나라는 어떤 입장일까? 우리나라는 열린 미음(ㄴ)의 입장을 취하고 있다. 이것이 의미하는 것은 우리나라의 영공은 무한대라는 것이다. ㄴ을 열린 미음이라고 하는 이유는 미음에서 위에 있는 부분이 열려 있기 때문이다. 영공에 관하여 비읍(ㅂ)과 열린 미음(ㄴ)의 차이는 비읍(ㅂ)의 경우 다른 국가가 으(ㅡ)의 위에 있는 부분을 활용할 수 있지만 열린 미음(ㄴ)의 경우에는 으(ㅡ)가 없기 때문에 다른 국가가 열린 미음(ㄴ) 안으로 들어올 수 없다. 다른 국가가 열린 미음(ㄴ) 안으로 들어오려면 관할국가의 허가를 받아야 한다.

비행기는 비행높이가 낮기 때문에 비읍(ㅂ)과 열린 미음(ㄴ) 사이에 차이가 없다. 영공에 관하여 비읍(ㅂ)의 입장을 취하여도 비행기는 비읍(ㅂ)의 으(ㅡ) 아래를 비행하기 때문에 비행기가 다른 국가의 위를 비행하려면 관할국가의 허가를 받아야 한다. 비읍(ㅂ)과 열린 미음(ㄴ) 사이에 차이가 있는 것은 비행높이가 높을 때이다. 여기에 해당하는 것으로 우주발사체를 들 수 있다. 우주발사체가 다른 국가의 위를 비행할 때에는 관할국가의 허가를 받아야 하는지 여부가 문제된다.

영공은 다른 국가에 대하여 매우 예민하다. 다른 국가의 영공을 건드릴 때에는 매우 조심해야 한다. 영공 뿐만 아니라 영해와 영토도 마찬가지이다. 이들은 매우 예민한 존재들이다. 섬도 마찬가지이다. 섬은 더욱 더 예민한 존재이다. 그것은 섬이 가지고 있는 상징성 때문이다. 독도는 매우 예민한 존재이다. 독도를 함부로 건드리면 독도는 화를 심하게 낼 것이다. 이 사실을 일본은 명심하여야 한다.

괴테의 시 "마술견습공"에서는 다음과 같은 내용이 나온다. 마술사의 견습공은 자기 선생의 마술주문을 사용하여 빗자루에게 물을 길어오게 한다. 그러나 그는 빗자루를 멈추게 하는 적절한 명령을 기억할 수 없어서 거의 익사하기에 이르렀을 때 그의 선생이 돌아온다. 라이프니츠는 말하고 있다.

"현재는 과거를 걸머지고 미래를 머금고 **있다."**

인간이 미래의 일을 생각하고 미래에 사는 것은 인간성의 어쩔 수 없는 부분이다. 모든 유기적 과정들의 특징은 우리가 그것들을 미래에 관련시키지 않고서는 기술할 수 없다는데 있다. 미래는 다만 하나의 심상에 그치는 것이 아니고 하나의 이상이다. 인간이 직시하는 미래는 보다 넓은 영역에 걸치고 그 계획은 더욱 더 의식적이고 조심성 있는 것이다. 이제 다음과 같은 말로 이 글을 마쳐야 할 때가 왔다.

"두 번 다시 똑같은 강물에 발을 담글 수는 없다."

글을 마치며

이 글은 그 동안 우리가 소홀하게 생각했던 것들을 정리한 것이다. 하지만 우리는 명확하게 꼬집어 말할 수는 없어도 이것들을 마음 속으로 느끼고 있었다. 우리의 삶과 역사를 돌아보면 우리는 위대한 창의력을 가지고 있었다. 우리의 중심에는 무한한 상상력, 창의성과 용기가 자리를 잡고 있다. 그런데 우리의 주변에는 일본이 항상 자리를 잡고 있다. 일본은 큰 영토와 많은 인구를 가지고 있는 나라이다. 이것이 지금까지의 일본이 강점이었다.

이 일본이 항상 우리와 같이 있어 왔다. 두 나라의 위치가 바로 옆에 붙어 있기 때문이다. 개인들이야 마음에 맞지 않으면 다른 지역으로 이사갈 수도 있는 것이지만 나라는 그러하지 못하다. 마음이야 솔직히 일본으로부터 멀리 떨어진 곳으로 이사가고 싶은 생각이다. 지금 일본이 하는 행동을 보면 이러한 생각이 올바르다는 것을 더욱 느낀다. 독도문제만 하더라도 그렇다.

지금까지 일본은 샌프란시스코 평화조약이 자신들에게 유리한 것으로만 알고 평화조약 노래를 부르고 있었다. 하지만 평화조약은 자신들에게 유리한 것이 아니다. 일본식대로 평화조약을 해석하면 지금의 일본은 완전히 붕괴하고 만다. 모두 무주지가 될 판이다.

일본은 그 많은 서양국가도 아니고 단 1개의 동양국가일 뿐이다. 우리가 일본으로부터 얻을 수 있는 것도 배울 것도 없다. 우리가 일본으로부터 배우려고 노력해 보았자 기껏해야 일본일 뿐이다. 이러한 점에서 일본은 보편성을 가진 국가도 아니고 보편성을 가진 문화도 아니다. 비록 우리가 일본보다 영토도 작고 인구도 적지만 일본보다 더 우수한 창의력을 가지고 있다. 이것이 바로 한국의 창의력이고 한국정신이다.

우리의 창의력과 한국정신은 시간이 흐르면서 더욱 더 다듬어지고 보완될 것이다. 우리의 창의력은 결코 폐쇄적인 것을 고집하지 않는다. 우리의 창의력은 무한한 상상력과 창의성을 가지고 있다. 우리의 창의력은 바로 우리의 원동력이자 생명력이다. 우리의 창의력은 우리에게 힘과 용기를 준다. 우리의 한글은 우리의 조상들인 집현전의 학자들이 발휘한 무한한 상상력과 창의성의 성과이다. 집현전의 학자들이 우리글을 만들 때 일본에 기웃거린 적은 없다. 위대한 사상가인 우리의 이황과 이이도 일본에 기웃거린 적은 없다. 이순신 장군도 일본에 기웃거린 적은 없다. 전봉준 장군도 일본에 기웃거린 적은 없다.

우리는 때로는 노블리스 오블리지를 외치고 있다. 고용문제를 해결하고 경제성장을 촉진하려면 돈을 가지고 있는 사람들이 박애와 자선의 유통경로에 새로이 돈을 투입해야 한다. 이렇게 새롭게 만들어진 유통경로는 엄청난 생산력을 발휘하면서 투입된 돈을 훨씬 능가하는 서비스를 국가와 사회에 창출해 줄 것이다. 말로만 노블리스 오블리지를 외칠 것이 아니다. 이제 더 이상 귀족이 아니라 박애와 자선의 왕이 되어 서비스 창출의 왕이 되어야 한다. 우리는 박애와 자선의 왕이 나오기를 목이 빠지라고 기다리고 있는 중이다.

안전행정부와 행정안전부는 그게 그거다. 안전행정부는 다시 행정자치부로 옛날로 돌아가고 있지 않은가. 그게 그거가 아니라면 뭐하러 다시 옛날로 돌아가겠는가. 그런데 돌아간들 또 그게 그거다. 우리는 여전히 정부 부처의 이름을 바꾸는데 여념이 없다. 우리가 갈 길은 먼 곳에 있지 않다. 바로 우리 옆에 있다. 먼 곳에서 답을 찾으면 답을 찾지 못할 수도 있다. 그래서 영원히 길을 가지 못할 수도 있다.

사람이 100m를 달릴 때에는 속도가 빠르고 대단한 것처럼 보인다. 하지만 거리가 늘어나 1,000m를 달리거나 마라톤을 달릴 때에는 속도가 줄어든다. 마라톤을 기준으로 하면 100m를 달릴 때의 속도는 착시현상일 뿐이다. 우리가 해방 후 많은 시간을 달려 온 것처럼 보이지만 기간을 좀 더 늘이면 사실은 그 긴 기간의 일부일 뿐이다.

우리도 노벨상을 타야 한다면서 일본이 탄 노벨상을 분석하고 있는 사람들은 서양이 우리가 못 올라갈 나무라고 생각하는 걸까? 아니면 서양이 우리가 올라가서는 안될 나무라고 생각하는 걸까? 정답은 이것도 저것도 아니다. 이 사람들은 단지 일본이 만들어 놓은 동면상태에서 깨어나지 못하고 있는 것이다. 그것이 얼마나 우리에게 해로운 것인지 전혀 생각하지 않고 말이다.

일본이 탄 노벨상을 분석하고 있는 사람들이 제시하는 것에 빠져들면 우리에게 일본이 정말로 대단한 국가처럼 다가온다. 이것이 한일합방 때 정부측 사람들이 생각하고 있었던 일본의 크기이다. 그 당시 정부측 사람들은 일본을 너무 과대하게 생각하고 있었다. 이것 때문에 우리는 일본의 식민지가 되었다. 일본이 대단할 것도 없다. 큰 영토와 많은 인구를 빼면 말이다.

독일 베를린에 있는 샤리테 병원은 1710년 설립되었다. 샤리테 병원은 가난한 사람들을 위한 자선병원이기도 하다. 샤리테라는 말은 자선이라는 의미이다. 샤리테 병원은 많은 노벨상 수상자들이 근무한 병원이고 다른 유명한 사람들이 근무한 병원이다. 노벨상 수상자의 수는 11명이다. 우리도 이젠 엉뚱한 짓 좀 그만해야 한다. 서양 사람들은 일본에 관하여 별 관심이 없다. 일본에 관하여 관심을 가진들 얻을 것이 없기 때문이다.

우리들 중 일부가 아직도 일본에 기웃거리는 이유는 아마도 우리 주변에 중국과 일본을 제외하면 나라가 없기 때문일 것이다. 우리가 위치하고 있는 동북아시아는 원래 단 4개의 국가로 구성되어 있을 뿐이다. 그러다 보니까 우리나라와 비슷한 국가가 지구상에는 없다. 우리들 중 일부가 우리나라와 일본을 비슷하게 생각하고 있는데 우리나라와 일본은 삶의 방식과 생각이 완전히 다르다.

한일합방 이전까지 우리나라와 일본은 비슷한 점을 가지고 있지 않았다. 다만 한일합방 이후에 일본이 자신들의 문화와 제도를 우리나라에 강제로 가져왔을 뿐이다. 지금 우리나라와 일본이 비슷한 점을 가지고 있다면 그것이 아직 남아 있기 때문이다. 동북아시아에 국가가 별로 없어도 세계는 넓다. 우리가 일본에 기웃거릴 이유가 하나도 없다.

서울에서 일본의 동경까지 거리는 1,160km 정도이다. 서울에서 동경까지 거리는 남북한의 최장거리와 비슷하다. 중국의 수도는 북경이고 일본의 수도는 동경이다. 이들 이름은 자신들 국가에서의 위치를 기준으로 하여 정한 것이다. 그런데 우리나라의 서울을 기준으로 할 때 북경은 서울 북쪽에 있고 동경은 서울 동쪽에 있다. 참으로 묘한 이름들이다. 물론 이름을 짓다 보니까 그렇게 된 것이지만 말이다. 우리의 무한한 상상력과 창의성은 우리에게 새로운 발견과 창조를 촉구하고 있다. 일본은 단지 우리의 동쪽에 있는 지역일 뿐이다.

하지만 우리의 무한한 상상력과 창의성은 일본으로 인하여 아직도 동면 상태에 들어가 있다. 이것이 아직도 끝나지 않은 일본 식민지지배의 결과이다. 해방 이후에 모든 것을 끝냈어야 했다. 법이고 교과서고 용어고 모두 말이다. 일본 것은 절대로 우리 것이 아니고 그렇다고 서양 것도 아니다. 해방 이후 우리가 할 일은 우리 고유의 것에 서양 것을 반영하는 것이어야 했다. 우리는 이 작업을 아직도 못하고 있다.

우리는 불가능해 보이는 것을 목표함으로써 종종 불가능을 가능하게 한다는 것을 알았다. 또 우리는 불가능을 가능하게 하는데 실패할지라도 결국 종래보다 더 나은 일을 하게 된다는 진실을 알고 있다.

이제 우리는 바뀌어야 한다. 미래는 과거의 잘못에 대한 반성으로부터 시작한다. 우리의 창의력은 반성과 성찰로부터 시작한다. 우리가 가지고 있는 무한한 상상력, 창의성과 용기는 여전히 우리 피 속에 자리잡고 있다. 지금 우리의 숭고한 정신과 창의력의 심장이 바로 여기서 펌프질을 시작하고 있다. 여기 모든 사람들이 외치고 있다. 미래는 준비하는 사람들의 것이라고. 가자! 미래로!

올해에
오래가 이야기를
편지로 드립니다.

일본의 꼼수 올라서는 한국

발행일	2015년 2월 21일 초판 1쇄 인쇄
	2015년 2월 28일 초판 1쇄 발행
저 자	정상익
발행인	황인욱
발행처	도서출판 오래
주 소	서울특별시 용산구 한강로 2가 156−13
전 화	02) 797−8786, 070−4109−9966 (대표)
팩 스	02) 797−9911
메 일	orebook@naver.com
홈페이지	www.orebook.com
출판신고번호	제302−2010−000029호. (2010.3.17)

ISBN 978−89−94707−08−2   93810